KB086484

단두대에서 시작하는 황녀님의 전생 역전 스토리

제국이야기
티어문

TEARMOON
EMPIRE STORY
WRITTEN BY
NOZOMU MOCHITSUKI

XII

모치츠키 노조무 지음

Gise 일러스트

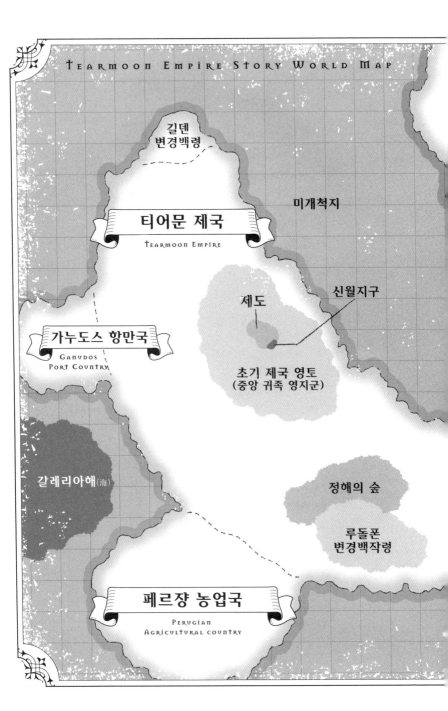

선크랜드 왕국
SUNKLAND KINGDOM

왕도

기마 왕국
KINGDOM OF
CAVALRY

세인트 노엘
학원

노엘리쥬 호수

공도

왕도

성 베이르가 공국
PRINCIPALITY OF
SAINT VEIRGA

렘노 왕국
REMNO KINGDOM

변경지

N

미개척지

contents

제5부 황녀의 휴일 Ⅰ

프롤로그	◆ 섬세()한 황녀의 악몽	010
제 1 화	◆ 재회	016
제 2 화	◆ 너의 이름은?	022
제 3 화	◆ 약속의 때~울려 퍼지는 슈트리나의…… 비명?~	027
제 4 화	◆ 말린 버섯보다 단단한 의구심……	035
제 5 화	◆ 뱀의 그림자	043
제 6 화	◆ 솔직하지 않은 충신	048
제 7 화	◆ 우리나는 히로인의…… 관록?	056
제 8 화	◆ 저주받은 클라우지우스가	060
제 9 화	◆ 티어문설트 킥 작렬…… 하지 않음	065
제 10 화	◆ 어디에나 있는 흔한 불행	071
제 11 화	◆ 미아 황녀의 제왕교육	077
제 12 화	◆ 벨, 말하다	082
제 13 화	◆ 배스리스트 미아의 버섯 챌린지!	088
제 14 화	◆ 재상 루드비히의 시간 흔들림 이론	095
제 15 화	◆ 습격!	111
제 16 화	◆ 미아와 라피나의 스위트 토크	116
제 17 화	◆ 미아 황녀, 연기가 모락모락…… 안 남!	121
제 18 화	◆ 이리하여 선거 공약 완료!	126
제 19 화	◆ 걸즈 토크는 끝나지 않는다	131
제 20 화	◆ 미아 황녀, 근거 없는 중상모략을 받다!	137
제 21 화	◆ 달라진 미아 황녀	143
제 22 화	◆ 하이 파워 아이 프린세스, 재래	148
제 23 화	◆ 제국의 예지가 구상한 최강의 학생회!	153
제 24 화	◆ 미아 의장, 우물우물 회의를 이끌다	158
제 25 화	◆ 풍선 벨	166
제 26 화	◆ 유탄을 맞는…… 키스우드	172
제 27 화	◆ 못된 손녀딸, 할머니에게 연애 테크닉을 설파하다	180

제 2 8 화 ✦ 미아가 그렇게 말한다면…… 187

제 2 9 화 ✦ 권위주의자 미아! 194

제 3 0 화 ✦ 복수자들 집결 199

제 3 1 화 ✦ 미아 황녀, 밀고 당하다! 205

제 3 2 화 ✦ 벨 논파 211

제 3 3 화 ✦ 미아식 교육론 '다섯 버섯 그라탕의 가르침' 217

제 3 4 화 ✦ 공감과 한탄과 희망적 예측 224

제 3 5 화 ✦ 잠 못 이루는 미아(미아치고는)의 고민 229

번 외 편 ✦ 미아 황녀, 불똥이 튀다 234

제 3 6 화 ✦ 미아의 위화감과 머나먼 조언자 243

제 3 7 화 ✦ 당근이 되고 싶은 미아 황녀 250

제 3 8 화 ✦ 제국의 예지, 강력한 권위를 돈으로 사려고 하다! 258

제 3 9 화 ✦ 낮은 곳으로 흘러가고, 빵을 먹고…… 263

제 4 0 화 ✦ 적의에는 적의를, 신뢰에는…… 272

제 4 1 화 ✦ 뜨거워지는 보이즈 토크! 279

제 4 2 화 ✦ 낮은 곳으로 흘러가자…… 287

제 4 3 화 ✦ 세 번째 눈의 의미 295

제 4 4 화 ✦ 패티의 친구, 패티의 과거 302

제 4 5 화 ✦ 미아 황녀, 출격! 승마 데이트로…… 317

제 4 6 화 ✦ 미아 황녀, 너무 고통스러워서…… 히죽거리며 견디다! 324

제 4 7 화 ✦ 패트리시아는 고찰한다 332

제 4 8 화 ✦ 아직 불티일 때…… 337

제 4 9 화 ✦ 나, 이번 일이 무사히 끝나면…… 누군가의 뭐시기 플래그가 선 순간 341

제 5 0 화 ✦ 흔들림 없는 권위를 그 몸에 두르고 ~나는 망할 안경이다!~ 346

제 5 1 화 ✦ 벨은 속지 않는다! 359

제 5 2 화 ✦ 제국의 예지 미아의 금단의 망상 363

제 5 3 화 ✦ 구경꾼…… 탐정 벨, 미행하다! 368

99일 뒤에 놀아오는 벨 377

누나들의 타산적인 우정 385

미아의 (음식과 함께하는) 육성 일기 397

후기 ~교육론과 미아의 교육자 데뷔~ 400

권말 보너스 만화판 제24화 403

루돌폰 변경백가

세로

티오나의 남동생. 우수하다.
추위에 강한 밀을 개발했다.

혁명 원수

티오나

변경백의 장녀.
미아를 학우로서 좋아한다.
이전 시간축에서는 혁명군을 주도했다.

서전

선크랜드 왕국

지원

키스우드

시온 왕자의 종자.
시니컬한 성격이지만
실력이 좋다.

원수

시온

제1왕자. 문무겸비의 천재.
이전 시간축에선 티오나를 도와
훗날 단죄왕으로 이름을 떨친
미아의 원수.
이번 삶에선 미아를
'제국의 예지'로 인정하고 있다.

[바람 까마귀] 선크랜드 왕국의 첩보대.

[백아(白鴉)] 어떤 계획을 위해 바람 까마귀 내부에 만들어진 팀.

성 베이르가 공국

지원

라피나

공작 영애. 세인트 노엘 학원의
학생회장이자 실질적인 지배자.
이전 시간축에서는 시온과
티오나를 후방에서 지원했다.
필요하다면 웃는 얼굴로 살인할 수 있다.

[세인트 노엘 학원]
인근국의 왕후·귀족 자제가 모이는
엘리트 중의 엘리트 학교.

렘노 왕국

아벨

왕국의 제2왕자.
이전 시간 축에서는
희대의 플레이보이로 유명했다.
이번 삶에선 미아를 만나 진지하게
검 실력을 단련하기 시작했다.

[포크로드 상회]
클로에

여러 나라에서 활동하는
포크로드 상회의 외동딸.
미아의 학우이자 독서 친구.

혼돈의 뱀

성 베이르가 공국과 중앙정교회를 적으로 보며
세계를 혼돈에 빠뜨리려고 하는 파괴자 집단.
역사의 그늘 속에서 암약하지만, 상세는 불명.

티어문 제국

미아

주인공.
제국의 유일한 황녀이자
제멋대로 굴던 황녀.
하지만 사실은 그냥 소심할 뿐.
혁명이 일어나 처형당했지만
12세로 회귀했다.
단두대 회피에 성공했지만,
벨이 나타나서는……?!

수수께끼의 소녀
벨과 같이
나타났는데……?

손녀와 할머니

미아벨

목에 화상을 맞고
빛의 입자가 되어
사라졌지만
성장한 모습으로
다시 나타났다.

사대 공작가

루비

레드문
공작가의 영애.
남장 미인.

슈트리나

옐로문 공작가의
외동딸.
벨이 사귄
첫 친구.

에메랄다

그린문
공작가의 영애.
자칭 미아의
절친.

사피아스

블루문 공작가의
장남.
미아 덕분에
학생회에 들어간다.

루드비히

젊은 문관. 독설가.
지방으로 좌천될 뻔했으나
미아가 막아준다.
자신이 숭상하는 미아를
황제로 만들 생각이다.

안느

미아의 전속 메이드.
가족은 가난한 상가.
회귀 전엔 미아를 도와주었다.
이번 삶에서는
미아에게 충성한다.

디온

백인대의 대장으로,
제국 최강의 기사.
이전 시간축에서
미아를 처형한 인물.

원수

※ ──────── 미래 시간축에서의 관계　　※ ·············· 이전 시간 축에서의 관계

티어문 제국

니나
에메랄다의 전속 메이드.

발타자르
루드비히와 같은 스승 밑에서 배웠다.

질베르
루드비히와 같은 스승 밑에서 배웠다.

무스타
티어문 제국의 궁정 주방장.

에리스
안느의 동생으로, 리트슈타인가의 차녀. 미아의 전속 소설가.

리오라
티오나의 메이드. 삼림의 소수민족 룰루 족 출신. 활의 명수.

바노스
디온의 부관으로 티어문 제국군 백인대의 부대장. 체격이 좋다.

마티아스
미아의 아버지. 티어문 제국의 황제. 딸을 극진히 사랑한다.

아델라이드
미아의 어머니. 고인.

갈브
루드비히의 스승. 노현자.

루돌폰 변경백
티오나와 세로의 아버지.

기마 왕국

마롱
미아의 선배. 승마부 부장.

후이마
불꽃 부족의 후예. 미아의 친구.

황람
월토마. 미아의 애마.

선크랜드 왕국

모니카
백아의 일원. 아벨의 종자로서 렘노 왕국에 잠입해 있었다.

그레이엄
백아의 일원. 모니카의 상사에 해당하는 남자.

상인

마르코
클로에의 아버지. 포크로드 상회의 수장.

샬로크
대륙의 각국에 다양한 상품을 판매하는 대상인.

렘노 왕국

린샤
렘노 왕국의 몰락 귀족의 딸.

란베일
린샤의 오빠.

페르쟝 농업국

라나
페르쟝 농업국의 제3왕녀. 미아의 학우.

아샤
라나의 언니로, 페르쟝 농업국의 제2왕녀.

STORY

이기적인 황녀로 혁명군에게 처형당했던 티어문 제국의 황녀 미아는
피투성이 일기장과 함께 12살 때로 시간 역행! 어떻게든 단두대의 운명을 회피했으나
미래에서 온 손녀 벨이 제국의 붕괴를 알려준다.
암약하는 '혼돈의 뱀'과의 싸움 끝에 그녀를 잃어버리지만——
성장한 벨이 수수께끼의 어린아이와 함께 다시 나타나는데?!

제5부 황녀의 휴일 I

PRINCESS' HOLIDAY

프롤로그 섬세()한 황녀의 악몽

자 그럼…… 미아 앞에 벨이 다시 나타난 날. 그날로부터 조금 전…….

미아는…… 달리고 있었다!

"혁……, 혁, 혁……."

황폐한 지면을 박차며 열심히 달렸다.

그 몸을 지키는 사람도 없고, 모시는 메이드의 모습도 없고.

그저 홀로 도망치고 있었다.

뒤를 돌아보자 검을 든 남자들이 쫓아오고 있었다.

"더는 도망 못 가! 포기해!"

"자식의 원수!"

그런 말을 한다고 발을 멈출 수도 없다.

열심히, 열심히 앞을 향해 달렸다.

숨이 가쁘다.

폐가, 다리가 아프다.

숲속 나뭇가지에 걸려서 난 상처가 욱신거리며 통증을 호소했다.

그런 도주극이 오래 이어질 리도 없고…… 이윽고 발이 멈추더니…… 뒤에서 어마어마한 발소리가 울리고…….

"각오해라!"

"흐아아아아악!"

미아는 비명과 함께 침대 위에서 벌떡 일어났다.

우아한 낮잠과는 거리가 먼 기상이었다.

"미아 님! 무슨 일이십니까?"

놀란 얼굴로 다가오는 안느를 보고 미아는 안도의 숨을 내쉬었다.

"아아…… 안느……."

그대로 힘이 탁 풀려서 부드러운 침대 위로 쓰러지며 중얼거렸다.

"그렇죠……. 꿈이죠……."

"꿈……, 앗……."

미아의 중얼거림을 듣고 안느는 입을 눌렀다.

"혹시 그 뱀의 성에서 일어난 일을 꿈으로……?"

얼굴이 어두워진 안느를 향해 미아는 작게 고개를 저었다.

"아아, 아뇨……. 그런 건 아닙니다."

당황하며 부정하는 미아였지만…… 안느의 얼굴은 밝아지지 않았다. 미아를 향하는 시선은 여전히 걱정으로 가득했다.

──으음, 이거 곤란하네요…….

미아는 무심코 생각에 잠겼다. 설명하기는 어렵다. 왜냐하면 지금 꾼 악몽은 혼돈의 뱀이 아니다. 혁명기 때의 꿈이니까.

──하지만 참으로 불가사의하단 말이죠. 왜 또 혁명군에게 잡히는 꿈을 꾸게 된 건지…….

그때 뱀의 성에서 일어난 일을 꿈으로 꾼 거라면 이해하지 못할 것도 없다. 확실히 미아에게 그 일은 충격이긴 했으니까. 며칠간 식사가 맛있지 않았을 정도로는…….

하지만 그것도 지난 일.

처음부터 벨의 정체를 아는 미아였다. 식욕이 사라졌다간 나중에 태어날 벨에게 악영향이 갈지도 모른다.

『오히려 벨의 몫까지 많이 먹어야만 해요!』

그렇게 주장하며 케이크를 두 배로 먹으려고 했다가…… 차마 간과하지 못한 안느에게 간언을 듣기도 했다.

주군의 반감을 사는 걸 두려워하지 않고 용기를 내어 충언하는 충신의 귀감 안느였다.

뭐, 그렇게 미아의 꿍꿍이는 백지로 돌아갔으나, 아무튼 미아는 벨로 인해 나름대로 충격을 받기는 했다. 악몽 정도는 꿔도 이상하지 않을지도 모른다.

하지만 최근에 꾸는 악몽은…… 아니었다. 이미 상당히 멀어져 버린 혁명 시절의 악몽을 또 꾸게 되었다.

심지어 기억에는 없는, 다른 제국 붕괴의 악몽까지 꾸는 형국.

이건 대체 어떻게 된 일일까…….

"역시 혁명 시기가 다가오고 있기 때문일까요……?"

이전 시간축에서는 이미 제국의 몰락이 시작된 시기였다.

미아는 이번 겨울에 16살이 된다. 그렇다면 혁명군의 손에 떨어질 때까지 앞으로 2년도 남지 않은 셈이니…….

"조급해진 걸까요……. 저도 마음이 참 섬세하니까……. 기분 전환을 위해 무언가 달콤한 것이라도 먹는 게 좋지 않을까요……. 건강을 위해서도."

섬세(?)한 미아는 자신의 마음을 어떻게 돌봐야 하는지 잘 알고 있다.

그렇게 힘차게 침대에서 일어난 미아는 식당으로 향했다.

"어머……?"

식당에 들어가자마자 미아는 낯익은 인물을 발견했다.

제국 사대공작가의 한 축, 옐로문가의 영애 슈트리나 에트와 옐로문이 홀로 넋을 놓고 있었다.

어딘가 쓸쓸해 보이는 그 얼굴……. 그 얼굴…… 의 입에서 크림을 발견한 미아는 눈을 부릅떴다.

게다가 잘 보니 슈트리나의 눈앞에는 케이크 접시가 세 개나 쌓여 있었다!

──슬픔을 속이기 위해서 단것을 먹는다……. 확실한 방법이긴 하지만…… 동시에 양날검이기도 해요. 너무 많이 먹으면 어떻게 될지…….

미아는 살며시 슈트리나에게 다가가 위팔을 덥석 붙잡았다!

"히익! 무슨, 미, 미아 님……?"

갑작스러운 자극에 펄쩍 뛰어오른 슈트리나와 경악하며 굳어버린 미아. 미아는 자신의 위팔을 붙잡으며 연신 고개를 갸웃거렸다.

"이상하네요…… 어떻게 된 거죠……? 설마 구조가 다르기라도 한 걸까요?"

그렇게 중얼거리며 미아는 다시금 슈트리나의 얼굴을 바라보았다.

"저기……?"

의아한 얼굴인 슈트리나. 여전히 입가에 묻어있는 크림과 케이크 접시를 번갈아 바라본 뒤 미아는 작게 한숨을 쉬었다.

──이거…… 역시 중증이네요…….

벨의 상실에서 온 충격 때문에 토실지옥으로 타락해버릴 것 같은 슈트리나였다.

의미심장하게 사라졌던 것이 아슬아슬한 지점에서 슈트리나를 붙잡아주고 있다고 할 수 있을지도 모르지만…….

──어쨌거나 이대로 건강이 상했다간 나중에 태어날 그 아이에게 면목이 없죠. 지금 어떻게든 해야겠어요…….

하지만 사정은 그리 간단하지 않았다.

승마도 댄스 연습도, 슈트리나를 부를 수 있을 법한 운동에는 항상 벨의 모습이 어른거린다. 그렇다고 같이 하자고 할 수 있을 법한 다른 운동도 떠오르지 않았다.

──에메랄다 양을 불러서 수영하는 것도 지금 시기에는 추우니까요……. 여름이 되었을 때 해수욕을 하러 가는 건 괜찮겠지만 그 전에 무언가……. 아, 그래요!

짝 손뼉을 친 미아가 말했다.

"리나 양……. 이따가 선거 공약을 만들려고 하는데, 괜찮다면 도와주실 수 없을까요?"

몸을 움직이지 못한다면 머리를 써서 에너지를 소비한다. 이것이 미아식 건강법이다. 단것을 먹어도 머리만 열심히 굴리면 된다. 아무리 먹어도 괜찮다.

…………그래, 괜찮은 것이다!

게다가 힘든 일이 있을 때는 무언가 마음을 속일 수 있는 일을 하는 게 낫다. 바쁘게 지내다 보면 차차 시간이 해결해주는 일도 있을 것이다.

미아의 말에 그리 내켜하는 듯한 반응은 아니었지만…… 슈트리나는 작게 고개를 끄덕였다.

"네……. 알겠습니다. 도서실에 가면 되는 건가요?"

"그렇게 서두르지 않아도 괜찮아요. 저도 단것을 조금 먹은 뒤에 갈 예정이거든요. 음……, 잠기운을 날릴 겸 목욕이라도 한 뒤에 와주세요."

그렇게 말하며 미아는 슈트리나의 입가에 묻어있던 크림을 손수건으로 살며시 닦아주었다.

"앗, ……죄송합니다…… 미아 님."

슈트리나는 살짝 부끄러운 듯 뺨을 붉혔다.

"후후후, 리나 양답지 않군요. 그래서야 에메랄다 양을 만났을 때 잔소리를 듣게 될 거예요."

그런 대화 후 미아는 다디단 간식을 뚝딱 해치운 다음 도서실로 이동했는데…….

제1화 재회

자, 그렇게…… 도서관에서 벨과 감동적인 재회를 마친 미아는…….

"…………흐어?"

저도 모르게 괴상한 목소리를 냈다.

한편 벨은 자기 옆에 서 있는 소녀를 보고 연신 고개를 갸웃거렸다.

"저를 따라와 버린 걸까요? 하지만 그런 일은 못 들어봤는데…… 처음 보는 아이네요……. 누구죠?"

반면 소녀는 주위를 두리번거리고 있긴 하지만 그 표정은 거의 움직이지 않았다.

"흐음……."

미아는 그런 두 사람을 보며 작게 신음을 흘리고는…….

"뭐, 좋아요. 우선……."

정신을 다잡고 미소 지었다.

"다시 만나서 기뻐요. 벨."

중요한 것은 그거다.

한동안 만나지 못할 줄 알았던 벨이 눈앞에 있다. 그것만으로도 충분하다.

뭔가 잘 알 수 없는 어린아이가 딸려오긴 했지만, 그 정도는 사소한 문제다.

"잘 지냈던 것 같아서 다행이에요. 게다가 옷을 보아하니 황실도 안녕한 모양이군요."

벨이 입고 있는 건 고급스러운 드레스였다. 잘 보면 표면이 매끈매끈하고 반짝반짝 빛나는 재질이었다.

"앗, 네. 이건 미아 할머니의 탄생 25주년에 재봉사 조합이 만든 옷감인데요. '뷰티풀 미아 스킨'이라고 불리는 옷감을 사용했습니다."

"…………그, 그래요?"

미아는 살짝 경직된 미소를 지으며 자신의 팔과 드레스의 매끈함을 비교했다.

──흐음……. 뭐, 저 정도로 반짝거리지는 않는…… 것도 아닌 듯 하고요? 음, 뭐, 안느가 관리해주고 있으니까요……. 하지만 미래의 제국은 괜찮은 건가요……? 뭔가, 이것 하나만으로도 불안해지는데요.

그 작명을 막는 사람은 없었던 걸까? 그런 고민을 하면서도 대충 넘기기로 하고…….

"아무튼 어딘가에서 차분하게 이야기를 들을 필요가 있겠군요."

"뷰티풀 미아 스킨에 대해서요?"

"……아뇨, 그게 아니라요. 당신이 다시 여기에 온 사정이나 그 아이를 정말로 모르는 신시 같은 거요. 이딘기에서 차분하게……."

"실례합니다."

그때였다!

도서실의 문이 열리는 소리. 동시에 입구 쪽에서 가련한 소녀의 목소리가 들렸다.

"앗, 큰일이에요……."

그 목소리의 주인이 누구인지 알아차린 미아는 당황했다. 왜냐하면…… '그녀'가 이 자리에 나타나면 차분하게 이야기를 들을 여유 같은 건 날아가 버리기 때문이다.

하지만 동시에…….

──뭐, 막는 것도 매정한 짓이죠.

그런 생각이 드는 바람에 그만 움직임이 늦어졌다.

그러는 사이에도 '그녀', 슈트리나 에트와 옐로문은 도서실 안쪽으로 저벅저벅 걸어왔다.

"아, 여기에 계셨군요. 미아 님, 학생회 선거 준비를 도우러 찾아왔…………."

담담한 얼굴로 들어온 슈트리나…… 였으나, 그 목소리가 중간에 멈췄다.

무언가 사전에 준비해온 건지 손에 양피지 다발을 들고 있었지만…… 그것도 바닥으로 후두둑 떨어졌다.

"아…………."

그 모습을 보고 벨도 굳어버렸다. 하지만 바로 민망한 듯 웃으며 입을 열었다.

"리나…… 어, 음, 다, 다녀왔습니다……? 그게…… 그때는 걱정 끼쳐서……."

우물쭈물 변명 같은 걸 늘어놓았지만…… 슈트리나는 아무 말 없이 서 있기만 했다.

찰나! 한 걸음, 그 발이 앞으로 나왔다.

두 걸음…… 마치 방파제가 무너진 것처럼 세 걸음, 네 걸음, 다섯 걸음!

슈트리나는 달렸다. 그 기세대로 벨의 허리를 덥석 끌어안고는…….

"……꺄악!"

그대로 바닥으로 쓰러트렸다.

그러고는 두 손으로 벨의 얼굴을 단단히 붙들고 빤히 관찰. 이어서 목을 손끝으로 조심조심 쓰다듬었다.

"히익, 리, 리나! 리나! 그, 그만! 아하하! 가, 간지러워요!"

벨이 팔다리를 버둥거리며 처절한 비명을 질렀지만 슈트리나는 쓰다듬는 손을 멈추지 않았다. 그러고는…….

"상처 하나, 없어……."

어딘가 가라앉은 목소리로 툭 중얼거렸다. 슈트리나는 벨의 얼굴을 보았다.

"당신은…… 가짜 벨이야? 뱀이 똑같이 생긴 아이를 보내서 리나의 마음을 공격하려는 거야? 아니면, 리나가…… 벨이 너무 보고 싶어서 환상이라도 보는 거야?"

"리나……."

당황을 드러내는 슈트리나를 보며 벨은 난처한 듯 웃었다.

"그게, 믿어줄지는 모르겠지만 가짜도 환각도 아니에요. 저는…… 리나의 친구인 벨이에요. 돌아왔어요."

그렇게 말한 벨은 품에서 무언가를 꺼냈다.

“아······.”

그것은 낡은 ‘트로이야’였다······.

그 작은 부적을 본 순간이었다. 불현듯······ 슈트리나의 입에서 작은 목소리가 새어나갔다.

“윽······ 흡.”

입술을 깨물고 필사적으로 오열을 참는 슈트리나. 하지만······ 억누를 수 없는 환희의 목소리는 소녀의 자제심을 손쉽게 무너트렸다.

긴 속눈썹이 바들바들 떨렸다. 순식간에 사랑스러운 눈동자에 굵은 눈물이 차올랐다. 눈꼬리에 매달릴 수 있는 양을 금방 넘어버린 눈물은 부드러운 뺨을 타고 흘러내려 바닥으로 떨어졌다.

뚝, 뚝······. 그 물방울은 멈추지 않았다.

“다녀왔어요, 리나······ 꺅.”

슈트리나는 벨의 목에 와락 달라붙었다.

“벨······ 벨! 흐아아아앙!”

엄마를 붙잡고 우는 어린아이처럼 슈트리나는 벨에게 매달렸다. 여느 때의 의젓한 가면이 벗겨지자 그곳에는 제 나이에 맞는 한 명의 소녀가 남았다.

그런 슈트리나를 껴안고 머리를 조용히 쓰다듬으며 벨은 다정한 목소리로 속삭였다.

“죄송해요. 리나······, 걱정 끼쳐서······.”

그렇게 슈트리나가 진정할 때까지 벨은 그 자리에서 움직이려 하지 않았다.

제2화 너의 이름은?

——흐음…… 리나 양, 다행이에요.

손녀와 그 친구의 재회를 바라보는 할머니의 시선은 따뜻했다.

슈트리나 일로 골머리를 썩이고 있던 미아였으나, 역시 친구는 강하다고 해야 하는 걸까.

——이로써 벨의 입으로 직접 어떻게 된 일인지 들을 수 있다면 리나 양도 기운을 회복해주겠죠……?

한동안 벨을 껴안고 있던 슈트리나가 간신히 진정한 건지 몸을 조금 떼어놓았다.

그러고는 벨을 똑바로 바라보며 말했다.

"벨, 뭐가 어떻게 된 거야? 벨은 목에 화살을 맞고 사라졌잖아? 아니면 역시 벨은 천사였던 거야?"

"……천사?"

어리둥절해서 고개를 갸웃거리며 미아를 올려다보는 벨.

"아, 그게요. 당신이 사라질 때의 모습이 조금 그런 느낌이라서, 리나 양이 그렇게 생각한 모양이더라고요. 천사가 하늘로 돌아갔다고……."

"아하……."

벨은 잠시 침묵한 뒤 슈트리나에게 말했다.

"으음, 리나. 전에 약속했던 거 기억하세요?"

"약속……."

"네. 제도에 돌아가면 제 비밀을 가르쳐준다고……."

"앗……."

슈트리나는 눈을 부릅떴다.

간절히 바라면서도 결코 이뤄질 일은 없다고 생각했던 소중한 약속…… 그것이 지금 이뤄지려 하고 있었으니까…….

"그 약속을 지금 지킬게요. 사실 저는…… 어?"

어느새 슈트리나는 벨의 팔을 잡고 꾹꾹 잡아당기고 있었다.

"어, 리나……?"

"미아 님, 무례임은 알지만 부탁드립니다. 벨을 빌려 가겠습니다."

그렇게 말하며 머리를 깊게 숙인 슈트리나는 냉큼 벨을 끌고 가 버렸다.

아무래도 벨의 비밀을 들을 때는 단둘이서 듣고 싶은 모양이었다.

"……부탁이라니…… 아직 허락한다는 말은 한마디도 안 했는데…….."

무심코 쓴웃음이 나오는 미아였다.

"물론 그 부탁은 아무리 저라고 해도 거절할 수 없지만요……."

슈트리나는 미아에게서 '벨의 비밀'을 듣는 걸 거부했다.

친구에 대해 궁금했을 텐데도 꾹 참고 벨과 한 약속을 완강하게 지켰다.

둘이서 그 약속의 순간을 맞이하고 싶어 하는 마음은 자연스러운 감정일 것이며, 슈트리나에게는 그럴 자격이 있다는 게 미아의 생각이었다.

슈트리나의 순수한 우정을 방해할 만큼 미아는 눈치가 없진 않았다.

미아는 센스 있는 여자다.

"하지만 난감하게 됐군요. 그 반응을 보면 벨을 당분간 해방해주지 못할 텐데, 그렇다면……."

미아의 관심은 자연스럽게 바로 옆에 서 있는 수수께끼의 소녀에게 향했다.

"대체 뭐가 어떻게 된 것인지 설명해줬으면 하는데요……, 흐음……."

다시금 정체불명의 소녀를 관찰했다.

멀뚱히 미아를 향하는 얼굴에 표정은 없고, 무슨 생각을 하는지 잘 알 수 없었다.

눈동자의 색은 벨과 같은 파란색이지만, 눈매는 굳이 따지라면 미아와 비슷한 느낌이 들었다.

──흐음, 아몬드형 눈매는 저를 닮았지만…… 제 피를 진하게 이어받은 걸까요……? 하지만…….

그 순간 미아는 위화감을 느꼈다.

──이 아이…… 조금 전 벨과 리나 양의 대화를 보고도 아무런 느낌도 안 들었던 걸까요?

두 사람의 대화는 사정을 모르는 사람이 들으면 영문을 알 수 없는 내용이었을 테지만, 그래도 호기심이 생기기에는 충분했을 것이다.

──화살을 맞았다거나, 천사라거나, 어린아이라면 궁금할 만한 대화였을 테고, 리나 양의 행동도 호기심을 자극하고도 남았을 거예요……. 그런데 어째서 이렇게 무관심한 태도를 보일 수 있는 거죠?

예절 교육을 잘 받았기 때문이라고 할 수 있을지도 모르지만, 미아로서는 오히려 기이함을 느꼈다. 어딘가 표정이 빈곤한 그 얼굴은 인형처럼 보여서 약간의 으스스함마저 느껴졌다.

"으음, 우선 당신, 이름이 뭐죠? 저는 미아라고 하는데요."

소녀가 혼란스러워하지 않도록 우선 풀네임은 피했다. 그후 미아는 무릎을 살짝 굽히고 소녀의 눈을 들여다보았다. 그러자 소녀는 미아에게 힐끔 시선을 주었다가 조용히 눈을 돌렸다.

──어머? 이름을 밝히지 않는다……. 흐음.

순간 안 좋은 예감이 들었다. 오히려 불길한 예감밖에 안 들었다.

──이거 혹시…… 말하기 싫을 정도로 부끄러운 이름인 거 아닌가요……?

기본적으로 미래의 자신을 믿지 않는 미아다. 아무래도 미아벨의 이름에서 이미 전과가 있으니…….

소녀에게 어떤 '미아 네임'을 붙였을지 전전긍긍하는 미아였다.

──물론 제가 붙인 게 아닐지도 모르지만요……. 이상한 이름을 붙여버렸을 가능성은 적지 않아요. 으음, 무슨 이름을 붙였을지…….

듣는 게 무섭지만 그렇다고 이름을 모르는 건 이래저래 불편하다. 게다가 이름에서 얻을 수 있는 정보도 있을 것이다.

——으음, 어떻게 할까요……?

그때였다. 작게 꼬르륵 소리가 들렸다. 아주아주 작고 귀여운 밥벌레 소리가 들리자…… 순간적으로 배를 누른 사람은 놀랍게도 미아였다! 조금 전에 디저트를 먹어놓고 참으로 뻔뻔하다!

그렇게 미아는 바로 깨달았다. 지금 그건 자신이 아니라…….

"어머……? 지금 그건 당신인가요?"

소녀의 얼굴을 들여다보았다. 그러자 소녀의 얼굴에 처음으로 표정다운 표정이 보였다. 뺨이 희미하게 붉어진 것이다.

"그래요, 배가 고팠군요. 그렇다면 무언가 맛있는 것을 먹으면서 차분하게 이야기를 듣기로 할까요."

소녀에게서 제 나이에 맞는 어린 면모를 보고 아주 조금 안심한 미아였다.

제3화 약속의 때 ~울려 퍼지는 슈트리나의……
비명?~

슈트리나에게 끌려간 벨은 그대로 슈트리나의 방으로 연행되었다.

벨을 침대 위에 앉힌 뒤 슈트리나는 의자를 가져와 그 앞에 앉았다. 무릎과 무릎을 마주 보고…… 벨의 눈을 물끄러미 응시한 뒤 슈트리나는 후우 한숨을 쉬었다.

"정말로 벨이구나……."

"네……. 걱정 끼쳐서 죄송해요. 리나."

벨은 머리를 깊이 숙이고 사과했다.

"아냐. 리나야말로. 그때는 미안해. 그리고……."

슈트리나는 벨의 손을 꼭 붙잡고 말했다.

"고마워. 리나를 구해줘서……. 계속 인사하고 싶었어……. 하지만 말할 수 없어서…… 너무 아파서……."

슈트리나의 눈에 다시 눈물이 그렁그렁 맺혔다.

히끅히끅 어깨를 떠는 슈트리나가 진정할 때까지 벨은 조용히 기다렸다.

"이번에야말로 약속을 지킬게요. 리나."

벨은 슈트리나의 눈을 똑바로 바라보며 말했다.

"저는 미아벨…… 미아벨 루나 티어문이에요."

"루나…… 티어문? 그건……."

의아한 표정인 슈트리나에게 벨은 진지한 얼굴로 고개를 저었다.

"아뇨. 저는 미아 언니의 동생이 아니에요. 저는 미아 언니, 아니, 미아 할머니의 손녀예요. 저는 미래에서 왔어요."

"손녀……. 미래……?"

벨은 드레스의 가슴 부근에서 다시 부적을 꺼냈다.

그것은 낡긴 했지만 틀림없는 그《트로이야》였다…….

슈트리나는 조금 놀란 얼굴로 눈을 크게 뜨는…… 자리에서 일어나 책상 서랍을 열었다. 그곳에는 두 개의 트로이야가 들어 있었다.

"리나가 계속 보관하고 있었다고 들었어요. 고이고이 간직했다가 제가 태어나면 주려고 했다고……."

거기까지 말한 벨은 걱정하며 슈트리나를 올려다 보았다.

"믿어, 주실래요?"

반면 슈트리나는…… 진심으로 신기하다는 듯 고개를 갸웃거렸다.

"왜? 당연히 믿지. 벨이 그렇게 말한다면 의심할 이유는 어디에도 없어. 벨이 천사라고 해도 안 놀라고 믿을 거야."

슈트리나는 고개를 주억거린 뒤 말을 이었다.

"오히려 이래저래 석연치 않았던 게 이해가 가서. 그래…… 벨은 미아 님의 손녀였구나……. 그럼 혹시 미래에선 리나와 벨은 할머니와 손녀 같은 관계가 된 거야?"

농담 같은 어조로 말하자 벨은 난처한 얼굴로 고개를 저었다.

"아뇨…… 그건, 아니고요. 사실 리나는…….'

벨은 조용히 이야기했다. 그날 미아의 침대에서 눈을 뜬 뒤의 이야기를…….

"천천히 이야기하도록 해요. 그 후에 무슨 일이 있었는지. 그리고 앞으로의 일도……. 하고 싶은 이야기가 많이 있어요…….'

다정한 미소를 짓는 미아에게 벨은 가장 궁금했던 것을 물었다.

"저기, 미아 언니. 리나는……?'

자신의 친구……. 슈트리나가 지금 어떻게 되었는지…….

그러자 미아는 놀란 얼굴로 벨을 바라보았으나…….

"아…… 그랬었죠. 아직 기억이 제대로 정리되지 않은 거군요…….'

그러고는 문득 벨에게서 시선을 돌렸다.

"리나 양은…….'

무언가 말하기 어려운 것처럼 머뭇거리는 미아.

그 모습을 보고 벨은…… 무척 불길한 예감이 들었다.

혹시…… 슈트리나는 이미…….

그때였다.

"실례합니다.'

문이 열리고 한 명의 '소녀'가 모습을 드러냈다.

"미이 폐하, 벨이 여기 있나요? 오늘은 차를 마시기로 약속했는데요…….'

가련한 소녀였다.

들판에 핀 꽃처럼 가냘픈 머리카락을 부드럽게 살랑이며 걸어오는 소녀, 그녀는…… 벨의 소중한, 정말로 소중한 친구…….

"리나……?"

중얼거린 직후, 부정했다.

아니, 아니다……. 그럴 리가 없다.

왜냐하면 슈트리나는 미아보다 한 살 연하니까…….

반면 이쪽으로 다가온 소녀는 아무리 봐도 10대 중반으로 보인다. 머리카락에는 매끄러운 광택이 반짝이고 피부에도 젊음 특유의 탄력이 보였다. 그러니까 슈트리나일 리가 없다.

그럼…… 슈트리나가 아니라면? 이 슈트리나와 똑같이 생긴 소녀의 정체는…… 대체 누구란 말인가?

"리나의 딸, 아니, 손녀, 인가요……?"

벨의 뇌리에 다시 불길한 예감이 스쳤다.

왜 자신은 슈트리나 본인이 아니라 그 손녀와 우정을 쌓았는가.

왜 차를 마신다는 약속을…… 친구인 슈트리나 본인과 하지 않은 건가.

그리고 조금 전 미아 할머니의 뭐라 말할 수 없는 표정…….

"혹시…… 리나는……, 리나는…… 이미."

벨의 시야가 서서히 흐릿해졌다. 무심코 코를 훌쩍이는 벨에게 미아는…….

"으음, 벨……. 잘 떠올려보세요. 아마 당신의 기억 속에 답이 있을 테니까요. 리나 양이…… 어떻게 되었는지."

역시나 뭐라 말할 수 없는 복잡한 얼굴로 그렇게 말했다.

그 목소리를 따라가듯 벨은 머릿속에 떠올리려고…… 기억의 상자를 뒤집어엎어 보고는…….

"……어, 어라?"

다시 위화감이 밀려들었다.

어째서일까. 자신의 기억 구석구석에 항상 눈앞의 슈트리나가 있었다.

5살 생일 축하 파티, 다과회, 사교계 데뷔, 미아 할머니의 탄신제 등등……. 추억 속에 남아있는 이벤트에는 반드시라고 해도 될 정도로 슈트리나가 같이 있었으며…….

전혀 달라지지 않는 모습으로 벨을 지켜보고 있었다.

"어라……? 어떻게 된 거죠? 어어, 리나, 인 건가요……?"

혼란스러워하는 벨에게 슈트리나는 고개를 갸우뚱 기울였다.

"저기, 미아 님. 벨이 왜 이러는 거죠?"

"네. 실은 드디어 기억이 돌아온 모양이에요. 그때, 뱀의 성에서 일어난 그 일 이후로……."

"아……."

슈트리나는 두 손으로 입을 누르며…… 작은 목소리를 흘렸다.

그러고는 벨에게 걸어가 그녀의 머리를 살며시 끌어안았다.

"살 돌아왔어. 벨……. 리나는 계속 기다렸어."

"리나…… 역시, 리나였군요……."

그제야 간신히 벨은 확신할 수 있었다. 눈앞의 소녀가 슈트리나 본인이라고.

그렇다면 당연한 의문이…….

"하지만 리나는 어째서 나이를 안 먹은 거죠?"

이것이다.

벨이 봤을 때 슈트리나는 10대 중반. 명백하게 나이가 맞지 않는 느낌이 드는데……

슈트리나는 그런 벨의 반응을 보며 재미있다는 듯 웃었다.

"우후후. 고마워, 벨. 하지만 리나는 이미 오래전에 할머니가 되었어. 미아 님처럼 손주도 봤고. 자, 여기 봐봐. 주름이 이렇게……"

그렇게 말하며 손등을 보여주었지만…… 솔직히 벨에게도 그 정도의 주름은 있었다. 슈트리나의 상태는 명백하게 이상했다.

도움을 요청하듯 미아에게 시선을 던졌다. 그러자 미아는 기가 막힌다는 듯 고개를 절레절레 내저었다.

"옐로문가의 총력을 다한 결과랍니다. 옐로문가의 약초 지식을 모조리 활용해서 젊음을 유지하고 있다나……. 저는 마법이나 마녀 같은 건 믿지 않지만, 어쩌면 리나 양은 마녀인 건지도 모른다는 생각이 드네요."

어이없어하는 미아를 향해 슈트리나는 가련하게 생긋 웃었다.

"어머. 미아 폐하, 이 정도는 별것 아닌걸요. 리나는 벨과 친구로 지내기 위해 노력을 거듭해온 것뿐이니까요."

그 후 슈트리나는 벨에게 시선을 돌렸다.

"벨, 리나는 벨의 친구로 지내기 위해 열심히 젊음을 유지했어. 이래저래 바쁜 시기도 있었지만, 자식들은 이미 성인이 되었고 가주 자리도 물려줬지. 그러니까 앞으로는 마음 편히 벨과 같이 있을 수 있어."

"리나……."

참으로 슈트리나다운 우정의 형태에 벨은 감동할 뻔했으나……

"어라? 하지만 리나. 결혼한 배우자분은 괜찮은 거예요?"

"후후후, 괜찮아. 그 사람은 검 말고는 관심이 없는 사람이니까. 리나가 자유롭게 지낼 수 있게 해줘. 아니면 벨과 놀러 갈 때 호위로 따라와 줄지도 모르겠네."

어째서일까…… 결혼 상대에 대해 언급한 순간 벨은 슈트리나에게서 뭐라 말할 수 없는 검은 아우라를 본 것 같은 느낌이 들었다.

슈트리나의 결혼 상대가 아주 조금 걱정이 되었으나…… 곧바로 슈트리나의 파트너가 누구였는지가 생각났다.

——아아, 그 사람이라면 걱정할 필요는 없을지도 모르겠네요.

아무튼 그는 벨이 아는 사람 중에서는 가장…….

"그러니까 벨. 100살 정도까지 오래 살아도 괜찮아. 벨과 리나의 나이 차는 40살 정도니까 리나는 140살 정도까지 살면서 계속 벨의 친구로 지낼게."

그렇게 슈트리나는 장난기 어린 미소를 지으며 말했다.

"100살과 140살 할머니라면 나이 차이 같은 건 상관 없이 좋은 친구라고 할 수 있잖아?"

"……뭐 이렇게, 리나와는 할머니와 손녀라기보다는 평범한 친구로서 지내고 있어요."

"그래. 그런 거였구나."

슈트리나는 오묘한 얼굴로 고개를 끄덕였다.

"응······. 확실히 벨이 미래에서 왔다는 걸 알면······ 리나라면 그렇게 할 거야. 어쩐지 내 일이지만 무척 이해가 가······."

고개를 깊이 끄덕인 뒤 슈트리나는 말했다.

"······참고로 벨. 리나, 아주아주 신경 쓰이는 게 있는데 그것도 가르쳐줄래?"

"네. 뭔데요?"

생글생글 웃는 벨에게 슈트리나가 물었다.

"리나의 결혼 상대는 누구야? 벨의 이야기를 들었더니 왠지 아주 궁금해졌다고 해야 하나, 불길한 예감이 드는데······."

"으음, 그건 말할 수 없지만······."

벨은 고개를 살짝 기울였다가 말을 이었다.

"아, 하지만 안심하세요. 리나 부부는 굉장히 알콩달콩하거든요. 얼마 전에도······."

직후, 슈트리나의 소리 없는 비명이 실내에 울려 퍼졌다.

제4화 말린 버섯보다 단단한 의구심……

미아는 수수께끼의 소녀를 데리고 식당을 찾았다.

조금 전에 온 뒤로 그리 시간이 지나지 않았기에 식당에서 일하는 여성이 놀란 얼굴로 말을 걸었다.

"미아 님, 설마 또! 드시러 오신 거예요?!"

"네? 그럴 리가 없잖아요."

무슨 말도 안 되는 소릴 하냐며 미아는 웃었다.

아무리 미아라고 해도 지금 사태에서 단것을 또 먹을 생각은 없다. 미아의 그릇은 그렇게까지 크지 않다. 오히려 작다. 물리적으로도 정신적으로도……

게다가 안느는 식당 직원과도 친하다. 과식하면 혼날 것이다.

또또! 미아는 조금 전 벨이 입었던 드레스도 신경 쓰였다.

──타티아나 양이 단것을 너무 많이 먹는 건 피부의 적이라고 했으니까요……. 미래의 제국 산업을 위해서도 지금은 자중해야겠죠. 훌륭한 옷감을 만들어야 해요.

자신의 두 어깨에 미래 제국의 제품 품질이 달려있다는 사실을 느끼며 미아는 결단을 내렸다. 무거운 각오와 자각이었다! 그런고로……

"저는 차를 마시러 왔답니다. 그보다 이 아이에게 무언가 먹을 것을…… 으음, 당신, 점심은 이미 먹었나요?"

그렇게 묻자 소녀는 완만히 고개를 기울이며 미아를 올려다보았다.

"……어째서?"

"아직 안 먹었다면 식사를 부탁하고, 이미 먹었다면 케이크를……. 아, 하지만 케이크를 먹고 싶다고 이미 식사했다고 거짓말을 하면 안 됩니다. 식사하지 않고 케이크만 먹으면 훌륭한 어른이 되지 못하니까요."

과거 자신이 들었던 말을 손녀(?)에게 제대로 전수하려는 미아였다. 훌륭한 할머니!

그런 미아에게 소녀는 난감한 듯한 분위기로 말했다.

"아직, 안 먹었는데……."

"어머. 그렇군요. 어디 보자, 제가 추천하는 풀코스를 부탁할까요……."

미아의 시선을 받은 여성 직원이 난처한 얼굴로 머리를 숙였다.

"죄송합니다. 미아 님. 사실은 재료가 조금……."

"아아…… 그러고 보면 그랬었죠."

그 말에 떠올렸다. 최근 며칠 동안 세인트 노엘 섬이 비상사태에 빠졌다는 사실을.

사실 사흘 전, 때아닌 봄 폭풍이 베이르가 공국을 덮쳤다.

폭풍 자체는 이미 지나갔지만 규모가 제법 컸고, 그 후 강풍의 영향도 더해져 노엘리쥬 호수가 크게 거칠어졌다. 그 결과 숙련된 뱃사공이라고 해도 배를 타는 걸 주저하게 되는 상황이라 세인트 노엘 섬은 현재 외부에서 고립된 상태였다.

다행히 섬에는 비축분이 있긴 하지만 학원 식당도 그 영향을 피할 수가 없어서 주문할 수 있는 메뉴에 다소 제한이 걸렸다.

"그럼 지금 가능한 건 무엇이 있죠?"

"네. 지금이라면 베이르가 버섯 스튜밖엔……."

참으로 풀이 죽은 얼굴이 된 스타프를 향해 미아는 오히려 미소 지었다.

"우후후, 충분합니다. 오히려 일주일 동안 같은 메뉴라고 해도 불평할 생각은 없어요."

베이르가 버섯 스튜. 그것은 말 그대로 지고의 요리.

부드러운 크림과 버섯의 감미로운 식감이 무척이나 훌륭하다. 미아가 최후의 만찬으로 먹고 싶은 메뉴 베스트 10 이내에는 들어가는 훌륭한 요리다.

──분명 이 아이도 마음에 들어할 게 틀림없어요.

흡족하게 웃으며 소녀에게 시선을 던졌다. 그러자 소녀는 여전히 의아한 듯 고개를 갸웃거리고 있었다.

"요리, 먹게 해주는 거야?"

"네, 물론 드려야죠. 아, 하지만……."

미아는 무언가를 떠올렸다는 듯 장난기 어린 미소를 짓고는,

"이름을 가르쳐주신다면요……."

농담처럼 그렇게 말해봤다. 그러자 소녀는 잠시 생각한 끝에 작게 고개를 끄덕이고 중얼거리듯 대답했다.

"패트리시아……."

그 대답을 들은 미아는…… 무심코 눈을 부릅떴다!

"어머! 멀쩡한 이름이에요!"

영락없이 이상한 미아 네임을 듣게 될 줄 알았던 만큼 맥이 풀렸다.

미아는 팔짱을 끼며 생각했다.

──그렇군요, 패트리시아라면 할머니의 이름에서 따온 거예요.

패트리시아 루나 티어문. 그것은 미아의 할머니. 현 황제의 어머니의 이름이다.

"만나 뵌 적 없는 할머니의 이름을 따서 붙이다니…… 저치고는 너무 멀쩡하잖아요. 참으로 정석적이에요."

……미아는 미래의 자신을 전혀 믿지 않았다.

그래서 미아는 묘한 위화감을 느꼈다.

"왠지 너무 정석적인 작명 아닌가요?"

태어난 황녀에게 과거 혈족의 이름을 붙이는 건 흔한 일이지만…… 과연 자신이 이렇게 멀쩡하게 이름을 붙여줄까?

미아에게는 몹시 의문이었다.

──뭐, 제가 붙인 게 아닐지도 모르지만요……. 하지만.

작은 의구심이 피어났다.

──이 아이는 정말 벨과 같이 온 아이일까요? 제…… 손녀일까요?

벨은 짐작 가는 게 없다고 했다. 뭐, 벨은 의외로 덤벙거리는 구석이 있으니까 그녀가 모른다는 건 그리 이상하지 않다고 생각했으나…….

──그래도 왠지 걸린단 말이죠. 이건 조심할 필요가 있겠어요.

미아의 의구심은 수많은 위험을 극복해온 자신의 직감에 대한 자신감과 미래의 자신에 대한 불신에 근거를 둔 단단한 의심이었다. 미아는 살짝 경계심을 끌어올리며 소녀, 패트리시아를 바라본…… 그때였다.

미아의 코가 움찔움찔 움직였다.

"아아……. 맛있는 냄새가 나기 시작했어요."

시선을 돌리자 식당 직원들이 테이블에 스튜를 가져오는 게 보였다.

"뭐, 복잡한 이야기는 나중으로 미루죠. 우선은 식사로 배를 든든히 채워야 해요. 베이르가 버섯 스튜는 아주 맛있답니다."

우쭐한 얼굴로 요리를 설명하는 미아. 하지만 문득 소녀를 보자 소녀는 심드렁한 얼굴이었다.

"어머? 왜 그러시나요?"

고개를 갸웃거리는 미아에게 패트리시아는 민망한 듯……. 포크로 스튜를 휘젓고는…….

"이거………… 싫어."

그녀의 행동을 본 미아는……,

"무슨, 네?!"

저도 모르게 몸을 뒤로 젖혔다.

왜냐하면 패트리시아가 포크로 옆으로 치워놓은 것, 그것은…… 그 스튜의 주역인……,

"버, 버섯이…… 싫…… 다고요……?"

쿠구구궁! 커다란 충격을 받은 미아의 입술이 부들부들 떨렸다.

──그, 그럴 수가, 있는 건가요? 제 자손이 버섯을 싫어한다

니, 그런 일이…… 정말로?

보통은 가능할지도 모른다.

편식은 개성이라고 할 수 있다. 따라서 미아의 자손이 버섯을 싫어해도 이상하지는 않다. 이상하진 않지만…….

──역시 묘해요…….

미아의…… 버섯 여제의 감이 외쳤다.

──이름도 그렇고, 아주 수상해요…….

그렇다. 미아는 알고 있다. 자신이 손녀에게 좋아하는 음식을 권하지 않을 성격이 아니라는 것을.

미아는 나눔형 인간이다. 재미있는 이야기는 다른 사람과 공유하고 싶어하는 타입이고, 맛있는 것은 다 함께 먹고 싶어 한다.

그런 미아의 손녀가 버섯을 싫어한다니, 그럴 수가 있나?

──주방장이 버섯을 요리했다면 극상의 맛으로 조리했겠죠. 한번 먹으면 좋아할 수밖에 없어요. 그러니 버섯이 싫다는 건 먹어보지도 않고 싫어한다는 건데…….

미아는 확신에 찬 얼굴로 고개를 끄덕였다.

"그건 말이 안 돼요……. 아뇨, 애초에 저와 피가 이어져 있는데 버섯을 싫어한다는 게 말이 안 되는 일이죠. 그렇다면 이 아이는…… 혹시!"

수상하다! 너무 수상하다!

미아가 품은 의구심이 돌보다도, 강철보다도…… 말린 버섯보다도 단단한 확신으로 바뀌어 간 다음 순간!

"……앗!"

미아의 눈앞에서 패트리시아가 스튜를 한입 먹었다.

차려준 음식을 아예 먹지 않는 건 미안했던 걸까. 머뭇거리면서 첫입을 먹은 패트리시아였으나,

"맛있어……."

곧바로 그 입에서 작은 중얼거림이 흘러나왔다.

어린 뺨을 살짝 붉게 물들이며 미소 지은 그녀는 생글거리면서 미아에게 말했다.

"이거, 아주 맛있어. 이 버섯도 엄청……."

"그렇죠! 알아주셔서 기뻐요!"

그 말을 들은 미아도 생글생글!

단단하게 굳어가던 의혹과 확신은 뜨거운 물에 불린 건조 버섯처럼 흐물흐물 물렁물렁해졌다.

뭐, 미아의 확신 같은 건 어차피 그 정도였다…….

제5화 뱀의 그림자

패트리시아는 묵묵히 버섯 스튜를 먹었다.

그걸 보며 미아는 만족스러운 듯 고개를 끄덕였다.

──흐음……, 제법 잘 먹는군요. 어쩐지 보는 저마저 배가 출출해졌어요.

미아는 자신의 배를 문지른 뒤 주변으로 시선을 보냈다. 그러자 그걸 알아차린 식당 직원이 재빠르게 차를 가져오는 게 보였다.

"미아 님, 특제 밀크티입니다."

"어머나, 고마워요. 더불어 제게도 무언가 다과를……."

"재료도 부족하고…… 안느 씨에게 혼나서요……."

대놓고 거절하는 직원에게 미아는 끄응 신음했다.

참고로 이 여성 직원은 미아와 많이 본 사이이며 안느와도 가깝게 지낸다. 미아의 행동은 모조리 다 공유된다.

안느가 설치한 훌륭한 미아 시프트라고 할 수 있을 것이다. 이렇게 그녀들의 부단한 노력으로 미아의 건강을 지키고 있다.

──어쩔 수 없군요……. 하지만…… 이 아이, 이 모습으로 보아 역시 버섯을 먹어본 적이 없었던 모양이에요. 먹지도 않고 싫어했다는 건데…….

역시 마음에 걸렸기 때문에 물어보기로 했다.

"저기, 당신. 어째서 버섯을 싫다고 한 거죠?"

패트리시아는 아래로 고개를 숙인 채 작은 목소리로 대답했다.

"버섯은…… 먹으면 배가 아프니까……."

그 대답에 미아는…… 크게 공감했다.

──아아, 이해해요! 독버섯을 잘못 먹으면 확실히 배가 아프죠. 그렇군요. 실수로 독버섯을 먹은 것이 마음에 상처가 된 거예요…….

살짝 훈훈한 기분이 든 미아였다.

그 순간 미아는 발견했다. 패트리시아의 둥근 뺨에 스튜가 묻어있는 것을!

"어머……."

미아는 부드러운 미소를 지으며 손수건으로 뺨을 닦아주었다. 아주 자상한 미아 할머니였다. 하지만 패트리시아의 반응이 조금 이상했다.

"아, 죄, 죄송, 합니다……."

움찔 몸을 떠는 것이 한눈에 봐도 겁을 먹은 듯했다. 그 반응에 미아는 막연한 위화감을 느꼈다.

"딱히 사과할 필요는 없습니다. 숙녀로서 얼굴에 음식물을 묻히는 건 피하는 것이 바람직하기는 하지만, 사람은 맛있는 버섯 앞에선 냉정해지지 못하니까요."

그렇게 말했지만…… 어째서일까, 패트리시아는 무척 놀란 얼굴로 미아를 바라보았다. 그러고는 쭈뼛거리며 입을 열었다.

"저기…… 왜 이렇게 맛있는 걸, 주는 거야?"

"왜냐니……. 어차피 먹을 거라면 맛있는 게 좋잖아요? 그건 귀족이든 황족이든 다를 게 없다고 생각하는데요……."

기왕 먹는 거 맛있는 게 좋다. 그런 절대불변의 진리를 주장하는 미아였으나…….

"…………그렇구나."

패트리시아는 무언가를 이해했다는 듯 귀엽게 고개를 끄덕였다.

"……즉 티어문의 황제를 타락시키려면 미식을 추구하게 만드는 것도 방법 중 하나……."

"후후, 뭐 그런 셈…… 네?"

버섯 요리 칭찬을 듣고 흡족하게 웃던 미아였으나 그 미소는 중간에 굳어버렸다.

──티어문의 황제를 타락시킨다……? 네……?

"미식도 돈 낭비로 빠지게 할 수 있다고, '땅을 기어가는 자의 서'에도 적혀 있었어."

그 입에서 튀어나온 경악스러운 단어에 미아는 눈을 부릅떴다.

──따, 따따, '땅을 기어가는 자의 서'! 이, 이 아이! 역시 뱀 관계자?!

무심코 등을 뒤로 젖힐 뻔한 미아였으나 아슬아슬하게 멈췄다.

빙글빙글 혼란스러워지려는 머리를 열심히 정리하면서 대외용 미소를 지었다.

──이, 이거, 제가 제국의 황녀라는 걸 알면 곤란해지겠어요. 조금 전에 이름을 댔을 때 눈치채지 못하다니 좀 둔한 아이인 건지도 모르지만…… 그래도 방심은 금물. 서둘러 상황을 파악할 필요가 있겠네요! 우선 벨과 합류해서…….

미아는 꿀꺽…… 홍차를 마시며 마음을 달랬다.

"저기…… 그렇다는 건, 역시 미아 씨는 클라우지우스가의 선생님? 이예요?"

──클라우지우스 가문……? 으음…… 그 이름은 어디선가……. 하지만…….

미아는 무심코 고개를 갸웃거렸다.

자꾸 잊어버리게 되는 사실이긴 하지만, 이래 봬도 미아는 제국의 황녀다. 루드비히의 교육 성과인지 현재 제국 내에 있는 귀족의 이름은 대부분 머릿속에 넣어놓고 있다. 의외로…….

하지만 신기하게도 클라우지우스가라는 이름은 어디서 들어본 적이 있긴 하나 어째서인지 뚜렷하게 떠오르진 않았다. 어딘가 머리 한구석에서 걸리는, 그런 이름…….

──으음, 뭐였죠……?

"저기……?"

문득 시선을 돌리자 패트리시아가 미심쩍은 눈으로 이쪽을 보고 있었다.

"아, 음, 네, 뭐, 그게요."

뭐라고 대답해야 할까…….

아무래도 패트리시아는 미아를 뱀의 교육 담당이라고 생각하는 모양이었다. 그 오해를 이용하지 않을 수는 없지만, 조금 전 본명을 밝혀버린 이상 언제 들킬지 알 수 없다.

어떻게 대답하는 게 최선인지……. 이 패트리시아라는 소녀에게…… 패트리시아……?

──아, 그래요! 패트리시아, 이거예요!

미아는 기사회생의 아이디어를 떠올렸다!

"그래요. 저는 클라우지우스가의 교육 담당. 당신을 철저히 교육하겠습니다. 저를 제국의 황녀, 미아 루나 티어문으로서 대하도록 하세요."

"제국의 황녀……? 어? 하지만……."

의아한 얼굴인 패트리시아에게 미아는 미소 지었다.

"그런 훈련입니다. 훈련."

그렇다……. 이것은 훈련. 눈앞의 소녀가 미아의 할머니의 이름을 빌려 미아의 핏줄로 위장한 것처럼…… 미아도 자신의 이름을 위장인 셈 치기로 했다.

──조금 전 깜빡 미아라고 이름을 대고 말았지만, 이러면 잘 속일 수 있지 않을까요?

미아는 고개를 갸웃거렸다.

──그나저나 이건 대체 어떻게 된 일이죠? 이 아이가 뱀이 보낸 자라고 해도 그 목적은 뭘까요? 애초에 이 아이는 벨과 같은 미래에서 온 걸까요? 뱀이 시간 이동에 개입했다? 애초에 벨은 어떻게 여기에 온 거죠?

머리에서 모락모락 연기를 흘리면서도 미아는 벨과 합류하기 위해 패트리시아를 데리고 식당을 나섰다.

제6화 솔직하지 않은 충신

세인트 노엘 학원 여자 기숙사 2층, 계단에서 세어서 세 번째 방.

다른 학생의 방과 똑같은 구조인 그 방이 학원의 지배자가 사는 장소라는 사실은 여자 기숙사에 사는 사람이라면 누구나 잘 알고 있다.

즉, 그곳이 바로 라피나 오르카 베이르가의 방이다.

그 문 앞에 선 소녀…… 린샤는 작게 숨을 내쉬었다.

──아직도 여기에 오는 건 익숙하지 않아…….

그런 생각을 하며 살며시 문을 노크했다.

"실례합니다. 라피나 님."

"어머, 린샤 양. 들어와."

허가를 받고 문을 열었다. 그러자 린샤를 맞으러 나온 라피나는 살짝 피곤한 얼굴이었다. 눈 아래가 살짝 검은색으로 죽어 있다.

──무리도 아니겠지…….

린샤는 최근 며칠 동안 눈 돌아갈 만큼 바빴던 걸 떠올리며 작게 한숨을 쉬었다.

성 베이르가 공국을 덮친 봄 폭풍. 그 대응을 위해 라피나는 잠잘 시간도 아끼면서 일했다.

라피나를 보좌해주던 모니카가 섬에서 나가 있던 타이밍에 폭풍이 와 버린 것이 치명적으로 작용했다.

매년 이 시기는 날씨가 조금 불안정해진다고 해도 올해처럼 폭풍이 오는 일은 거의 없다. 이례적인 사태에 산테리를 비롯한 섬의 경비를 주관하는 자들도 힘겨워했다.

──학생회장은 미아 님이 담당하고 있다지만 섬의 자잘한 문제는 역시 베이르가 공국에서 지휘할 필요가 있으니까 고생이었겠지.

그런 생각을 하고 있을 때였다.

"부려먹어서 미안해. 매년 이렇지는 않지만……."

미안해하는 라피나에게 린샤는 무심코 쓴웃음을 지었다.

"어때? 이제 학원 일에는 익숙해졌어?"

피로를 얼버무리듯이 미소 지으며 라피나가 말했다.

"네. 덕분에요."

"무리하는……. 아니, 아무것도 아니야."

짧게 대답하는 린샤에게 라피나는 염려하는 얼굴로 무언가 말하려다 바로 고개를 저었다.

그것을 본 린샤는 라피나는 확실히 오만한 귀족이 아니라는 사실을 새삼 느꼈다.

무리하는 건 아닌가.

이 질문은 상대를 염려하는 말이지만 때로는 잔인해진다.

상처받은 사람에게 그렇게 물어보면 오히려 상대방을 몰아세우기도 한다.

왜냐하면, 무리하지 않을 리가 없으니까.

상처받고, 그래도 앞을 보며 살아갈 수밖에 없는 사람은 무리해서라도 평정을 가장할 수밖에 없다. 그런 사람에게 무리하고 있는 건 아니냐는 당연한 걸 물어봐서는 안 된다.

그래서 라피나는 말하던 도중에 멈춘 것이다.

하지만…….

"딱히 무리하고 있지는 않습니다. 이렇게 학원에서 공부도 하고 있고요. 걱정하실 필요 없습니다."

린샤는 당당한 미소를 지으며 말했다.

——나는 딱히 상처받지 않았으니까.

그것은 갑작스러운 일이었다.

렘노 왕국으로 귀향해서 혁명파였던 동료들에게 인사한 뒤 겸사겸사 제삼국에 있는 오빠 란베일을 살펴보고(참고로 란베일은 그 일 이후 중앙정교회가 운영하는 학교의 교사가 되었다. 문학 교사라고 하는데…… 즐겁게 일하고 있었다.) 세인트 노엘로 돌아왔다.

——그 애는 내가 없는 동안 잘 공부하고 있었을까? 안 했겠지. 에휴, 또 잔소리를 늘어놔야겠어…….

그런 생각을 하며 돌아온 린샤에게 미아가 말했다.

"미안해요. 린샤 씨. 벨 말인데…….."

그렇게 들은 사실.

그 아이가…… 사라져버렸다는 것.

사라졌다……. 그런 식으로 완곡하게 말했지만, 린샤는 그 표현에서 눈치채지 못할 만큼 둔하지 않았다.

즉 그 아이는…… 벨은 죽은 것이다.

자신에게 아무 말도 하지 않고, 허무하게 죽어버렸다.

그것을 안 린샤는…… 아주 화가 났다.

딱히 슬프지는 않았다.

슬픔도 뭣도 전혀 없었지만, 그래도 '모처럼 살려냈는데 멋대로 죽어버리다니……'라고 생각하자 울화통이 터져서 눈물이 났다.

슬프지도 않고 상처받지도 않았지만, 그저 분했다.

……눈물이 난 이유는 그것뿐이다.

"저기, 그래서 말인데. 린샤 씨. 세인트 노엘에 남을 마음은 있나요?"

"……무슨, 의미죠?"

무심코 낮은 목소리가 나와버린 건 화가 나서 목소리가 떨리는 걸 참고 있기 때문이다.

"당신은 벨에게 아주 잘해주었죠. 그런 사람을 이쪽에서 마음대로 해고하는 것도 내키지 않고, 세인트 노엘에서 공부하는 건 당신에게 도움이 된다고 봐요. 그래서 라피나 님께 상담했더니 세인트 노엘에서 라피나 님을 도와주며 계속 공부할 수 있는 길을 제안해주셨답니다."

"라피나 님을, 돕는다고요?"

"네. 당신도 기억하고 있죠? 바르바라 씨나 젬이라는 남자를."

잊을 리 없다. 한 명은 자신을 폭행한 여자고, 다른 한 명은 오빠를 현혹한 사기꾼 같은 남자다.

"저희 주변에는 그런 자들이 숨어있습니다. 그래서 린샤 씨처럼 신뢰할 수 있는 분은 아주 귀중하죠."

미아는 그렇게 말했지만, 그건 틀림없는 배려였다.

렘노 왕국 혁명파 주모자의 동생…… 그 딱지는 린샤 본인도 자각하는 대로 아주 무겁다. 앞으로 렘노 왕국에서 살아가는 건 편하지 않을 것이다. 그렇다고 타국에서 살 수 있을 만큼 무언가 재능이 있는 것도 아니다.

세인트 노엘에서 공부하며 라피나 밑에서 일하면 장래에는 정식으로 라피나의 종자가 되는 길도 있을지도 모른다. 혹은 세인트 노엘에서 얻은 지식을 살려 장사를 시작할 수도 있을 것이다.

게다가 여기서 거절하는 건 자신 안에 지울 수 없는 상처가 있다고 인정하는 것 같은 느낌이 들어서…… 그 아이의 죽음이 상처받았다는 걸 인정하는 것 같아서…….

그래서 린샤는 그 제안을 받아들였다.

"감사합니다. 큰 도움이 됩니다."

그것은 자신의 이득이 되니까. 거절하는 건 이상하니까.

딱히 자신은 그 아이의 죽음에 상처받지도 않았고, 슬프지도 않으니까.

그렇게 라피나 밑에서 일하게 된 뒤…… 린샤는 조금 한가해졌다.

벨도 손이 많이 가지 않는 아이이긴 했지만 그 이상으로 업무량이 줄어들었다.

그건 린샤가 제대로 공부할 수 있도록 라피나와 미아가 마음을 써준 결과이긴 했으나, 오히려 린샤는 허전함을 느꼈다.

마음속 어딘가에 구멍이 뚫려있는 듯한…… 그런 느낌이 들었다.

그래서 최근 며칠 동안 폭풍 대처에 쫓기던 시간은, 굳이 따지라면 린샤에게는 고마운 시간이었다.

"그래서, 무슨 일로 왔어?"

과거를 돌아볼 뻔한 순간 라피나의 질문이 들렸다.

"아, 그게, 모니카 씨에게서 연락이 왔습니다. 바르바라가 감옥에서 도망쳤다고……."

그 놀라운 정보에 라피나의 어깨가 움찔 흔들렸다.

"……그건 누군가가 외부에서 도와준 걸까?"

살며시 팔짱을 낀 라피나가 중얼거렸다.

"보고서에는 별도의 언급은 없었습니다. ……다만 열흘 전에 일어난 사건이라고 합니다. 폭풍 때문에 연락이 늦어졌다고……."

"그래……."

라피나는 조용히 한숨을 쉬고는 작게 고개를 저었다.

"무녀…… 발렌티나 왕녀와 접촉을 시도할지도 모르겠어. 경비를 강화할 필요가 있겠네……."

보고를 마친 린샤는 자신의 방을 향해 걸었다.

"내일은 산수 수업이 있던가……. 장사를 한다면 필수니까 열심히 배워야지."

그리고 보면 그 아이는 산수를 싫어했었지…… 하는 걸 떠올리고 그만 쓴웃음을 짓고 말았다.

"뭐, 그렇게 공부를 싫어하는 애한테 산수를 가르치지 않아도 되니까 편해졌지."

딱히 쓸쓸하지는 않다. 다만, 뭐 조금 의욕이 덜 생긴다고 느끼긴 하지만…….

"아, 오랜만에 떠올렸더니 뭔가, 역시 빡치네……."

전직 귀족 영애답지 않은 단어가 그만 입에서 튀어나왔다.

하지만 그것도 어쩔 수 없다.

돈으로 보답하지 말라고 가르쳐놓고, 결국 벨 덕분에 세인트 노엘에서 공부를 계속할 수 있게 되었다. 그것이 그 아이가 두고 간 선물처럼, 보답처럼 느껴져서……. 그게 아주 화가 나서…….

"나도 참, 왜 화를 내는 거지? 상관없는 일인데."

대단한 사이는 아니었다. 벨과는 1년하고도 조금 더 알고 지냈을 뿐이다.

다만 미아의 부탁을 받아서 종자로서 모셨을 뿐이다. 자신의 충성심 같은 건 기껏해야 은화 몇 닢 정도에 불과한…… 하잘것없는 수준인데…….

그렇게 문득 고개를 들었을 때…… 린샤는 숨을 삼켰다.

눈앞에서 마침 문이 열리는 게 보였다. 그곳이 옐로문 공작가의 영애가 지내는 방이라는 것도 알고 있다.

그러니 그곳에서 그 아이의 친구인 슈트리나가 나와도 전혀 이상하진 않다. 다만 친구가 사라진 뒤로 그리 웃지 않게 된 슈트리나가 유난히 즐거워하는 게 왠지, 조금 신경 쓰여서…….

문득 그쪽을 봤더니…… 그랬더니, 보였으니까.

그 그리운 소녀가 나오는 것이…… 보였으니까!

"아…… 아……."

목소리가 떨린다.

하지만 딱히 기쁘지 않다.

자연스럽게 발이 달려나갔다.

하지만 이 녀석과 재회한 것쯤은 아무런 느낌도 없다.

그러니까, 그래……. 이건 분명, 화가 난 것뿐이다.

"앗, 리, 린샤 어머…… 아니지, 린샤 씨! 흐억?!"

멋대로 사라져놓고 태평한 목소리로 아무렇지도 않다는 듯 그런 말을 하니까…… 그냥 화가 났을 뿐.

그러니까 린샤는 홧김에 벨에게 달려들었다.

"너 진짜, 환장하겠네! 뭘 멋대로 사라진 거야! 내가 얼마나 걱정했는데! 얼마나, 얼마나……!"

말문이 막혔다.

눈앞이 흐릿해진다.

눈물이 흐른다.

그러거나 말거나. 린샤는 계속 마음속에 담아두었던 답답함을 벨에게 부딪쳤다.

제7화 우러나는 히로인의…… 관록?

식당을 뒤로한 미아가 찾아온 곳은 여자 기숙사에 있는 슈트리나의 방이었다.

──뭐, 데려온다면 여기밖에 없겠죠. 하지만…….

방문을 앞에 둔 미아는 살짝 망설였다.

지금쯤 안에서는 뜨거운 우정의 대화가 이어지고 있을 거라고 생각하니 자꾸만 위축된다고 해야 할까…….

──한창 좋을 때 방해했다고 하면서 리나 양에게 무서운 보복을 당할 것 같은 느낌도 들고 말이죠.

설마 독을 쓰지는 않을 테지만, 벨을 잃고 슈트리나가 크게 상심했던 걸 떠올리면 무섭기도 하고 방해하는 게 미안하기도 했다.

그렇다고 여유를 부릴 수 있는 시간도 없다.

미아는 옆에 서 있는 소녀, 패트리시아를 보고…… 인형처럼 표정을 움직이지 않고 그저 작게 고개를 갸웃거리는 그녀를 보고 '흐음' 하고 침음했다.

──이 아이가 뱀 관계자라면 반드시 무언가 음모가 움직이고 있을 거예요. 이 아이 본인은 그렇게까지 위협적이지 않아 보이지만 방심은 금물이죠.

작은 불티를 계기로 나라 전체를 태워버리는 게 뱀의 방식이다. 무해하거나 사소한 것처럼 보여도 방심은 금물. 따라서 미아는 흐으읍 크게 숨을 들이마신 뒤 굳게 결심하고 문을 두드렸다!

만……!

"어라? 없네요."

반응이 없었다. 만약을 위해 문에 귀를 가져가 실내의 상황을 살펴도 안에서는 소리가 일절 들리지 않았다.

"영락없이 방에서 사정을 이야기하는 줄로만 알았는데, 어딘가로 나간 건가요……?"

미아는 찰나의 추리 타임을 거치고 결론을 내렸다.

"그래요……. 마을에 나갔어도 이상하진 않겠군요. 친구와 재회한 뒤에는 마을로 놀러 나가 맛있는 것을 먹고 싶어지는 게 인간의 심리. 게다가 세인트 노엘 섬만큼 놀러가기에 적절한 장소도 없고요……."

미아는 식당에서 케이크를 먹던 슈트리나의 얼굴을 떠올렸다.

슈트리나 또한 미아와 마찬가지로 티어문 황실의 피를 이어받은 자. 그렇다면 증거는 충분하다.

"그럼 찾으러 갈 필요가 있겠네요."

다행히 미아는 세인트 노엘 섬의 먹거리 명소를 숙지하고 있다.

제국의 예지의 정보망은 장식이 아니다.

"저기, 미아 선생님. 어디로 가는 거죠?"

"마을로 나갈 거예요. 세인트 노엘 섬의 마을을 돌아다닐 기회는 귀중하지 않겠어요?"

"세인트 노엘……? 성 베이르가 공국의 섬?"

"맞아요. 으음, 뱀에게도 좋은 배움의 기회가 되겠죠?"

미아의 질문에 패트리시아는 순순히 고개를 끄덕였다.

여자 기숙사에서 나오자마자 쌩 하고 강렬한 바람이 불었다.
"꺅!"
참으로 귀여운 비명이 터졌다!
그렇다. 고등부로 올라간 미아는 이전과는 다르다.
귀여운 히로인으로서 가련한 숙녀의 교양이라는 것을 몸에 익혔다! 갑자기 강한 바람이 불면 비명도 귀엽게 지를 수 있다──있다?
"어머? 괜찮은가요? 패트리시아."
……미아는 태연한 얼굴로 옆에 있는 패트리시아에게 말을 걸었다.
놀랍게도 비명을 지른 사람은 미아가 아니라 패트리시아였다!
참고로 미아는 바람이 분 순간 '오오, 굉장한 바람이군요!'라며 당당한 태도를 무너트리지 않았다. 그 얼굴에는 여유가 넘치는 미소마저 짓고 있었다…….
승마를 즐기게 된 뒤로 바람과 친구가 된 미아였으나…… 강풍이 불어닥쳐도 당황하지 않게 되었기 때문인지 기묘한 관록이 묻어나와 히로인 지수는 내려갔다는 소문이 있다나 없다나…….
뭐, 그건 별로 중요하지 않으니까 치우고…….
"이렇게 바람이 강하면 앞으로도 한동안은 호수에 배를 띄우지 못할 것 같네요."
문득 그런 걱정이 들었다.

지금부터 향하는 마을에도 그 영향이 나와 있었다. 몇몇 가게는 상품이 오지 않아서 문을 닫아버렸고, 열고 있다고 해도 메뉴가 한정적이다.

미아는 세인트 노엘 섬의 디저트 가게 상황을 전부 파악하고 있다.

제국의 예지의 디저트 정보망은 장식이 아니다!

"뭐, 먹을 것이 아예 사라지진 않을 테지만요……. 여차할 때는 숲속의 버섯을 먹으면 되니까요……."

그 대기근을 경험한 미아다. 여차하면 야생 버섯으로 끼니를 때우는 것 정도는 수월했다.

아니, 오히려…….

——베이르가 버섯에 소금을 뿌려서 구워 먹으면 맛있지 않을까요? 그걸 다 함께 먹는 것도 조금 즐거울 것 같아요.

그런 식으로 설레기도 할 정도였다. 역전의 미아의 위장은 이정도의 문제는 맛있는 이벤트로 바꿔버리는 것이다.

"이 폭풍이니 외부에서 사람이 오지도 못할 테고…… 평소보다 안전하겠죠. 급하기도 하니……."

그렇게 중얼거리며 미아는 성큼성큼 거리를 걸어갔다.

힘차게, 방심이 등을 떠미는 대로 성큼성큼 성큼성큼 걸어간다.

그 앞에서 오랜만에 보는 적이 기다리고 있다는 사실은, 지금의 미아가 알 도리가 없었다.

제8화 저주받은 클라우지우스가

"흐음, 여기도 아니었군요…….."

미아는 짐작 가는 가게를 세 곳 정도 돌아보았지만 슈트리나와 벨의 모습은 흔적도 찾을 수 없었다.

"어쩌면 아직 기숙사에 있을 가능성도 있을까요……? 행복의 파란 버섯은 가까운 곳에서 자란다고 하니까요……. 흠, 곤란하네요."

"미아 선생님, 저기……. 저기."

문득 시선을 돌리자 패트리시아가 주위를 두리번거리면서 눈을 반짝반짝 빛내고 있었다.

"저 가게……."

"아. 의류점 말이군요. 대륙 최첨단 디자인을 갖추고 있다고 하는데요……."

"저렇게 반짝거리는 가게, 처음 봐."

"어머? 당신, 제도는 본 적이 없는 건가요?"

미아는 무심코 고개를 갸웃거렸다.

세인트 노엘은 확실히 대륙 유행의 중심지이긴 하다. 하지만 제도도 이 정도의 가게는 있다. 그렇게 놀랄 일도 아니라고 생각했으나…….

"네. 계속 클라우지우스 령의 영도에서 살았으니까……."

그 대답을 듣고 미아는 코웃음을 쳤다.

──흐흥, 말실수를 저질렀군요. 제 손녀로 위장했는데 루나티어에 온 적이 없다니⋯⋯. 아니, 하지만 이 아이가 벨과 같은 곳에서 왔다는 보장은 없죠. 애초에 이 아이는 그 빛 속에서 나타났을 뿐, 시간 이동이 아닐 가능성도 있지 않을까요? 그렇다면 제 손녀로 위장한 게 아니다? 흐음⋯⋯.

애초에 벨 같은 케이스가 여러 번 있으면 곤란하다.

아니면, 혹시 우연히도 타이밍이 맞았을 뿐 이 아이는 벨과는 전혀 상관이 없는 건지도 모른다는 생각이 드는 미아였다.

──역시 힌트는 클라우지우스 가문이에요. 신경 쓰이네요. 클라우지우스가. 분명 어디선가 들어본 적이 있는데 떠오르지 않아요. *끄으응⋯⋯*.

이전 시간축에서 루드비히에게 설교를 들은 뒤로 미아는 필요한 이름은 외우도록 노력해왔다. 애초에 그 전부터 제국의 황녀로서 제국 귀족의 이름은 어느 정도 기억하고 있었다. 어느 정도는⋯⋯ 최소한은⋯⋯ 일단⋯⋯ 으음⋯⋯.

그런데도! 어째서인지 클라우지우스가에 대한 인상이 전혀 없었다.

──외국의 귀족일 가능성도 있지만⋯⋯ 뭔가 아닌 느낌이 든단 말이죠. 흐으음⋯⋯.

생각한 끝에 미아는 의문을 해소하려고 시도했다. 방법은 아주 간단하다.

"저기, 패트리시아. 클라우지우스 백작은⋯⋯."

그렇다⋯⋯ '작위'를 알아내는 것이다.

가문 이름만이 아니라 작위까지 합치면 떠오를지도 모른다. 그런 희망을 품고 움직인 미아였으나…….

"……백작? 저, 클라우지우스가는 후작가인데……."

뜻밖의 대답이 돌아왔다.

"후작……?"

미아는 무심코 고개를 갸웃거렸다. 후작가면 상위 귀족. 아무리 미아라고 해도 기억하지 못할 리가 없다…… 분명! 아마도…… 응…….

그런데도 기억나지 않는다는 것은…….

"역시 제국 귀족이 아닌 건가요……? 아니, 하지만 분명히 들어본 적이…… 앗……."

그 순간이었다. 미아의 뇌리가 번뜩였다.

──아…… 아아, 그래요! 클라우지우스 후작가! 들어본 적이 당연히 있어야죠!

생각나고 보니 들어본 적이 있는 게 당연했다. 왜냐하면, 클라우지우스 후작가는…….

──패트리시아 할머니의 본가……. 할아버지와 결혼하시기 전의 가문명이잖아요!

무심코 머리를 부여잡을 뻔한 미아였다. 설마 자신과 혈연관계인 가문 이름을 잊고 있었다니…….

확실히 말도 안 되는 실수였다. 하지만 동정의 여지도 없지는 않았다.

왜냐하면 미아는 클라우지우스 가문의 인물과 만난 적이 없기 때문이다. 클라우지우스 후작가는 미아가 태어나기 전에 이미 망했으니까.

더불어 미아에게는 그 이름을 기억에 남겨두고 싶지 않은 사정이 있었다. 그것은…….

──아아, 그랬었죠. 저주받은 클라우지우스 후작가……. 오랜만이네요.

『저주받은 클라우지우스.』

그것은 미아가 어린아이일 때 여러 번 듣고 트라우마가 된 괴담에 등장하는 일족이었다. 심지어 그 괴담은 클라우지우스가의 핏줄에게 무시무시한 괴물이 찾아온다는 악질적인 저주가 나오는 괴담이었다.

일단 만약을 위해…… 오해하지 않도록 말해두자면, 미아는 딱히 저주나 유령 같은 건 무섭지 않다. 전혀 무섭지 않다. 그러니 그런 이야기를 들었을 때 귀를 틀어막는다거나 하지도 않는다. 최대한 듣지 않으려고, 기억에 남기지 않으려고 하지도 않았다. 정말이다!

……뭐 그런 이유로, 미아 안에서 할머니의 본가인 클라우지우스가는 기억에 남겨두고 싶지 않은 가문의 이름이었다.

──그렇다는 건, 이 아이는 할머니의 이름을 이어받은 제 손녀가 아니라 할머니 본인임을 주장하는 건데요……. 적이지만 연구를 열심히 했다고 해야 하나요……? 으음?

그때 미아는 다시 위화감을 느꼈다.

뭘까……. 무언가 중요한 것이 보이기 시작한 듯한…… 그런 예감이……

――만약 위장이라고 해도 그렇게 귀찮은 짓을 할까요?

위화감은 의문의 형태를 하고 있었다.

――그런 번잡스러운 해석보다 훨씬 간단한 답이 있지 않나요?

미아가 추리에 몰두하려고 한…… 바로 그때였다!

"어머나, 평안하셨습니까. 미아 황녀 전하."

갑자기 미아에게 말을 거는 사람이 있었다.

――으음? 누구죠?

반사적으로 고개를 든 미아는 깨달았다.

생각에 잠겨있었기 때문일까. 어느새 인기척이 없는 뒷골목에 들어와 있었다.

그리고 그 뒷골목에 한 명의 여성이 서 있었다. 그리고, 그녀는……

"……흐어?"

저도 모르게 얼간이 같은 목소리가 나와버렸다.

왜냐하면, 거기에 서 있던 건……,

"우후후, 이러한 장소에서 만날 줄이야……. 신께 행운을 주셔서 감사드리고 싶을 정도군요."

끈적하게 휘감는 듯한…… 뱀 같은 미소를 지은 여성, 바르바라였기 때문이다.

제9화 티어문설트 킥 작렬…… 하지 않음

"바, 바바, 바르바라 씨……. 어째서 여기에?"

분명 이 자식은 베이르가에 잡혀있을 텐데……! 미아는 경악하며 떨리는 목소리로 물었다. 반면 바르바라는 승리자의 얼굴로 대답했다.

"네, 다소 고생은 했지만 이 정도의 바람이라면 배를 타고 건너올 수 있었죠. 실력 좋은 선원을 알고 있었으니까요. 게다가 반대로, 이런 상황에선 경비도 느슨해지는 법. '이런 날씨에는 섬에 오지 못하겠지?', '설마 이 타이밍에 탈옥하진 않겠지?' 그런 인식은 방심을 만듭니다. 그렇게 적절하지 않은 타이밍이 오히려 최적의 타이밍이 되는 일이 많죠."

"그, 그렇군요……."

미아는 무심코 신음했다.

──이거 많이 배우네요. 다음에 지하 감옥에 들어가게 되면 시험해봐야겠어요.

마음속 메모장에 착실히 기록하는 미아였다. 어떤 때라도 '피혁명 마인드'를 잊지 않는, 수감자 황녀의 귀감이다.

"아니, 그게 아니죠. 제가 물은 것은 여기에 무슨 목적으로 왔냐는 거예요."

"이상하군요……. 제국의 예지답지 않은 둔감함이라니. 말할 필요가 있습니까? 당연히 제 비원을 이루기 위해서입니다."

그렇게 말하며 바르바라가 살짝 시선을 굴렸다.

그 시선을 따라 미아는 그제야 깨달았다.

바르바라의 오른손이 붙잡은 어린아이의 존재를.

팔이 뒤로 꺾여서 얼굴을 고통스럽게 일그러트린 소녀, 그것은 조금 전까지 미아 옆에 있던 패트리시아였다. 심지어 바르바라의 손에는 번뜩이는 날붙이가 들려있었다.

"후후후, 당신과 슈트리나 아가씨에게 크게 한방 먹이지 않으면 제 마음은 평온할 수가 없습니다. 겸사겸사 성녀 라피나도 이 손으로 해칠 수 있다면 더 좋죠. 이 대륙을 좀먹는 귀족 쓰레기들을 송두리째 일소할 수 있다면 더는 바랄 게 없지만……."

바르바라는 어딘가 황홀한 듯한 얼굴로 말했다.

"뭐, 그런 거창한 일은 다른 자들에게 맡기도록 할까요. 우선은 당신입니다, 제국의 예지. 자, 저와 함께 와 주실까요. 미아 황녀 전하."

그렇게 말하며 패트리시아의 목에 나이프를 들이밀었다.

"잠깐, 제정신인가요? 그 아이는 뱀인데요?! 당신, 동료를 죽이려는 건가요?"

"네? 이 아이가? 동료?"

바르바라는 고개를 갸웃거리며 생긋 미소 지었다.

"그렇군요. 그건 아주 좋은 변명이지만……. 과연 그 말을 당신의 동료가 받아들여 주겠습니까? 제국의 예지가 어린아이를 버린다? 심지어 그 아이가 뱀의 동료니까 죽어도 어쩔 수 없다는 이유로?"

──큭! 그렇죠. 뱀은 그런 글러 먹은 족속들이었어요.

미아는 무심코 혀를 찼다.

설령 저 아이가 뱀이었다고 해도 목적을 달성하기 위해서는 가차 없이 자른다. 미아가 무시해버린다면 그 사실을 이용해 동료들과의 관계에 균열을 만들어낸다.

저 아이가 뱀이라는 건 절대 인정하지 않을 것이다.

"자, 이해하셨다면 얌전히 따라와 주시겠어요?"

승리를 확신한 얼굴로 바르바라가 말했다.

──큭, 안 되겠네요. 지금은 시키는 대로 따를 수밖에…….

그 순간 미아는 생각했다.

──아뇨…… 아직이에요. 방법이 없는 건 아니에요……. 저에게는 시온에게 대적하려고 단련한…… 하이킥이 있잖아요!

미아는 머릿속으로 바르바라가 들고 있는 나이프를 걷어차는 자신의 모습을 그렸다.

망상 속 미아는 치마를 차고 깔끔한 곡선을 그리며 하이킥을 날렸다. 바르바라가 든 나이프가 빙글빙글 돌면서 허공으로 날아오르는 모습을 본 미아는 자신감을 다졌다.

──그래요. 생각해 보면…… 그 뱀의 자객, 젬을 쓰러트린 것도 제 다리였어요! 상대가 늑대술사나 디온 씨라면 모를까, 바르바라 씨 정도라면…….

"빨리해주시겠어요? 안 그러면…….'

"아윽!"

팔이 한층 더 꺾이자 패트리시아가 비명을 질렀다. 눈을 질끈 감고 입술을 깨물었다.

"저런, 안 됩니다. 숙녀가 어린아이를 거칠게 대하면 되나요."

미아는 무척 차분한 목소리로 말했다. 그 차분함은 마치 무술에 통달한 달인과도 같았다.

미아는 당당히 바르바라 쪽으로 다가가더니……. 간격을 가늠하며 다가가더니!

"자, 어디에 갈 생각인 거죠?"

앞으로 다섯 걸음…… 네 걸음, 셋, 둘………… 지금!

그 순간, 미아는 움직였다.

"흐야아아아아아아압!"

용맹한 포효와 동시에 힘껏 발을 차올렸다.

승마와 댄스로 단련한 미아의 힘찬 다리는 채찍처럼 휘면서 초승달 같은 궤도를 그리며 멋지게, 멋지게── 허공을 찼다!

게다가 쌔애앵 강풍이 불었다. 중심이 뒤로 기울었던 미아의 몸은 그 바람을 고스란히 받아 힘차게 뒤로 쓰러지더니…….

"흐아아아아아아아악!"

용맹한 비명을 지르는 미아의 몸 바로 위를 무언가가 어마어마한 기세로 지나갔다. 그것은 날카로운 빛을 발하는 칼날……. 그 궤도는 조금 전까지 미아의 몸이 있던 곳이었다.

직후 미아는 엉덩이로 쿵 착지했다.

"흐걱!"

울상을 지으면서도 '아야야야' 하고 엉덩이를 문지른 뒤…… 1초, 2초…… 3초 후에 등에 식은땀이 푸확 분출되었다.

조금 전 상황을 이해하고 말았기 때문이다.

——위, 위위, 위험했어요! 엄청 위험했어요! 지금 피하지 않았다면 위, 위, 위허버버버법!

허둥지둥 당황하는 미아를 보며 바르바라는 작게 고개를 기울였다.

"저런, 빗나갔군요."

"다, 다, 당신, 지금, 얌전히 따라오라고…….'

"그야 그렇잖아요? 솔직하게 얌전히 죽어달라고 하면 죽어주실 겁니까?"

"흠……. 뭐 듣고 보니…… 아니, 그게 아니고요!"

순간 수긍할 뻔한 미아였으나 바로 붕붕 고개를 저었다.

——이, 이, 이거, 큰일이에요!

아군을 잃었기 때문일까. 바르바라는 아주 성급하고, 공격적이고, 그렇기에 위협적이었다.

함정이 아닌 직접적인 폭력으로 온다면 미아는 완전히 무력하기 때문이다.

달인의 차분함은 착각이었다! 상대의 무기를 차버린다고? 그런 게 가능할 리 없다!

"후후, 뭐 좋습니다. 어차피 그 자세로는 다음 일격은 피할 수 없을 테고……. 잠깐 목숨을 부지해봤자 별 차이는 없죠."

그렇게 나이프를 들어 올리는 바르바라. 그 얼굴은 승리의 확신으로 일그러져 있었다.

하지만…… 그것은 큰 실수였다.

미아가 지른 포효는, 만들어낸 시간은 확실하게 전해졌기 때문이다.

"그럼 얌전히 죽어주시죠, 미아 황녀 전하."

번뜩 빛나는 칼날.

"히이이이익!"

내리꽂히는 차가운 살의에 미아는 속수무책으로 눈을 감았다. 하지만!

"미아!"

직후에 들린 목소리에 미아는 급히 눈을 뜨고…… 부릅떴다!

"아, 아벨!"

자신 앞에 나타난 든든한 등을 본 미아는 저도 모르게 새된 소리를 질렀다.

제10화 어디에나 있는 흔한 불행

"아벨 렘노. 이 타이밍에!"

바르바라가 질색하며 혀를 찼다.

성급하고 폭력적인 행동을 택한 것이 완전히 역효과가 났다.

바르바라 또한 단순한 전투 능력은 결코 뛰어나지 않다. 우연이라고는 해도 미아가 피해버렸을 정도니까, 그 실력은 대충 추리할 수 있을 것이다.

반면 아벨은 휘 마취 같은 강적과 싸우고, 검술 천재 시온과 훈련을 거듭해왔다. 그 실력은 이미 평범한 기사 수준이 아니다.

그것은 설령 그 손에 검이 없다고 해도…….

세인트 노엘 섬에서 검을 소지하려면 허가가 필요하다. 왕후·귀족 자제라고 해도 그 점은 변하지 않는다. 따라서 아벨의 손에는 검이 없었지만, 지금의 그에게는 사소한 문제이기도 했다.

"도(徒), 류(留), 봉(封). 그 손에 검을 들지 않은 '도수(徒手)'라고 한들 일부러 적의 눈앞에서 '억류(抑留)'하여 그 손의 칼날을 '봉쇄(封鎖)'하는 것이야말로 렘노식 검술의 진수, 라. 그래, 기미마피아스도 설묘하게 표현했군."

중얼거린 직후 딱딱한 소리가 울렸다. 그것은 바르바라의 손에서 떨어진 나이프가 땅바닥으로 떨어진 소리였다.

"검을 들고 있기에 기사가 아니라 그저 등 뒤에 소중한 것을 지키며 싸우는 것이 기사…… . 드디어 조금 이해한 것 같아."

아벨은 그녀의 팔을 제압한 채 날카로운 안광으로 바르바라를 노려보았다.

"내 소중한 사람에게 손을 대지 말아 주겠어? 바르바라 양."

"이거 아벨 왕자 전하 아닙니까. 평안하셨는지요?"

바르바라는 순간 얼굴을 꿈틀거렸지만, 곧바로 평소와 다름없는 미소를 지었다.

"제 무기만을 치워버리다니, 여전히 상냥하시군요."

"필요하다면 이 팔을 부러트리는 정도는 할 생각이야. 필요하지 않으니까 하지 않는 것뿐이지."

아벨은 바르바라에게 잡힌 소녀에게 힐끔 시선을 던졌다.

"그 아이를 해방하지 않는다면 할 필요가 생길지도 모르지만……."

"저런, 가능하시겠습니까? 여성의 팔을 부러트린다는 야만적인 짓을…… 당신이? 마음 착한 아벨 왕자님."

바르바라의 정신 공격을 아벨은 산뜻한 미소로 흘려넘겼다.

"내 마음을 흔들어놓으려고 하는 거라면 소용없어. 당신이, 누나가 뱀의 무녀였다는 것보다 더한 사실을 들이밀 수 있을까?"

그곳에 있는 건 이전의 선이 가는 소년 왕자가 아니었다. 그 등으로 더없이 소중한 자를 지키는, 한 명의 기사였다.

흔들림 없이 곧은 적의를 앞에 두고 바르바라는 이를 악물었다. 그러고는 인질로 잡고 있던 패트리시아 쪽으로 시선을 돌리더니…… 이윽고 포기한 듯 구속을 풀었다.

너무나 갑작스러운 전개에 패트리시아는 멍한 얼굴을 하고 있었으나 바로 정신을 차린 건지 미아에게 달려와 그대로 품에 안겼다.

"아아, 무서웠군요. 하지만 이제 괜찮습니다."

다정하게 패트리시아의 머리를 쓰다듬는 미아. 그걸 확인한 후 아벨은 바르바라의 팔을 놓았다.

"죽이지 않아도 되는 겁니까? 아벨 왕자님. 저는 포기하지 않을 겁니다. 아무리 성녀 라피나의 가르침을 받든, 아무리 시간이 감정을 풍화시키든……."

바르바라는 핏발 선 눈으로 사악한 미소를 지었다.

"저는 이 목숨이 붙어있는 한 이 땅에 들러붙은 귀족들을 근절할 겁니다. 단지 그것뿐입니다."

그 얼굴을 증오로 일그러트리며 큰 목소리로 선언했다.

뿌리 깊고 바닥을 알 수 없는 증오에 미아의 등골이 서늘해졌다.

"바르바라 씨, 어째서……. 당신은 왜 그렇게나 귀족을 미워하는 거죠?"

그렇게 물어본 순간 바르바라의 얼굴에서 표정이 싹 사라졌다.

"딱히 대단한 이유는 아닙니다. 그저 사랑하는 자식이 멍청한 귀족의 손에 죽어 버렸을 뿐이죠."

그렇게 바르바라는 어떤 여자의 이야기를 했다.

여자는 귀족가의 메이드였다. 열심히 일하던 여자는 어느 날 당주의 마수에 걸려 아이를 갖게 되었다.

그 사실을 안 당주의 아내는 격노하여 여자를 저택에서 내쫓았다. 직장과 거주지를 잃은 여자는 마을에서 일할 곳을 찾아 아들과 단둘이 살아가기로 결의했다.

소소하지만 행복한 나날. 하지만 그것도 오래 가지 않았다.

어느 날 여자에게 귀족이 보낸 사자가 찾아와 아들을 납치하듯이 데려갔다. 당주가 급사하였고 후계자는 병약했기에, 만약을 대비하여 당주의 피를 이어받은 아이가 필요하다고 했다.

여자는 아들의 앞날을 염려하면서도 귀족 가문에서 곱게 자랄 수 있다면 괜찮다고 기뻐했다. 기뻐했는데⋯⋯.

몇 년 뒤, 여자에게 아들이 죽었다는 소식이 날아왔다.

그렇게 이야기를 마친 바르바라는 메마른 미소를 지었다.

"흔해 빠진 이야기죠? 질리도록 들었을, 어디에나 흔히 있는 이야기죠?"

바르바라는 키득키득 웃으면서 말했다.

"소설을 좋아하는 미아 황녀 전하께는 아주 지루한, 시시한 이야기였을 테죠. 그러니까 부디 귀를 더럽힌 이야기 따위는 잊어 주시길. 기억해둘 가치도 없는 평민의 헛소리니까요. 평민을 짓밟는 것이야말로 귀족이자 왕이자 황제. 그렇지 않습니까?"

그것은⋯⋯ 그녀의 말대로 어디에나 있는, 무척이나 흔한 이야기였다.

귀족의 횡포는 이 세상 어디에나 굴러다닌다.

그래서 미아는 바르바라가 특별히 불행하다고 생각하진 않았다. 특별히 동정해야 할 사람이라고 느끼지도 않았다.

하지만⋯⋯.

"불쌍해⋯⋯."

패트리시아의 작은 중얼거림이 들렸다.

미아도 그 말에 순순히 동의했다.

동정 같은 건 바라지 않을 테지만. 실제로 그 정도의 불행은 어디에나 흔히 굴러다니지만.

그래도, 그렇다고 해서 바르바라가 동정받지 않을 이유는 되지 않으니까.

그녀가 저지른 짓은 악이지만, 그녀가 경험한 일은 확실히 동정받을 만한 일이었기에⋯⋯.

어디에나 있는 흔한 불행이라고 해도 당사자인 바르바라가 슬퍼하고 괴로워한다는 건 쉽게 상상할 수 있었으니까.

──이 사람의 분노는 당사자인 귀족만이 아니라 그런 행위를 허락한 국가 자체에, 그리고 그것을 흔하다고 흘려넘기는 귀족 사회 자체를 향하고 있군요.

미아와 같은 생각을 한 건지 아벨이 괴로운 표정으로 말했다.

"그건⋯⋯ 면목이 없군. 그러한 횡포가 태연히 용서받는 건 우리들 위정자의 책임이지. 내 힘이 미치는 한 앞으로는 그런 일이 일어나지 않도록, 공정할 수 있도록 좋은 사회를 만들어 가겠다고 맹세하겠어."

아벨의 말에 바르바라는 무척 즐겁다는 듯이 웃었다.

"아하하. 선정을 베풀겠다고 약속하시겠다? 그건 렘노 왕국에서? 아니면 세인트 노엘을 나온 사람 모두에게 철저히 따르게 해서 평민이 짓밟히는 일을 없애겠다? 그래요, 그건 참 좋은 일이군요. 대단히 훌륭하십니다. 아벨 전하. 아무쪼록 선정을 베풀어서 장래의 화근을 일소하시지요. 저는 그저 변할 수 없는 과거의 복수를 위해 당신들의 선정을 모조리 파괴하겠습니다. 반드시, 반드시, 반드시. 이 목숨이 다할 때까지……."

바르바라는 절대 흔들리지 않는다.

왜냐하면 그녀를 파괴로 내몬 것은 이미 어떻게 할 수 없는 과거이니까.

하지만 그녀를 죽일 수 없는 미아로서는 할 수 있는 일이 거의 없다. 기껏해야 엄중하게 가둬놓으라고 라피나에게 건의하는 정도…….

──정말 그걸로 괜찮은 걸까?

그런 생각은 들지만 딱히 무언가를 할 수 있는 것 같지도 않았다.

이윽고 소란을 듣고 섬의 경비병이 달려와 바르바라를 체포했다.

연행되는 그녀의 등을 보며 패트리시아는 한 번 더 작게 중얼거렸다.

"……불쌍해."

그 순간이었다.

불현듯…… 미아는 현기증과도 닮은 감각을 느꼈다.

눈앞의 풍경이 순간 스윽 일그러진 듯한…… 기묘한 감각.

──으음? 지금 이건…….

그 이변은 한순간에 사라졌지만, 어쩐지 미아 안에는 기묘한 위화감만이 계속 남아있게 되었다.

제11화 미아 황녀의 제왕교육

바르바라가 연행되는 걸 지켜본 뒤 미아는 여자 기숙사로 돌아가기로 했다.

아마도 이 소동을 듣고 걱정했을 안느를 배려하기 위해서였다.

——라피나 님께 보고할 필요도 있을 테고요.

바르바라 일은 라피나에게 보고해야 한다. 정상참작의 여지를 발견할 수 있을지 없을지는 라피나에게 달려있으나, 적어도 조금 전에 들은 이야기는 라피나에게 전달해야만 한다고 느꼈다.

——게다가 이 아이도 충격이 컸을 테고요.

미아는 옆에 선 패트리시아를 봤다.

인형처럼 표정이 희박한 얼굴에는 숨길 수 없는 불안이 묻어나고 있었다. 조금 전까지 칼날로 위협을 받았다. 어린 마음에는 무시무시한 상황이었을 것이다.

——역시 마을 산책은 일단 중지하는 게 좋을 것 같아요.

그런 미아에게 아벨이 말을 걸었다.

"아직 위험이 숨어있을지도 몰라. 기숙사까지 바래다줄게."

"어머나, 하지만 무언가 할 일이 있었던 건 아닌가요……?"

걱정하며 물어보자 아벨은……,

"하하하, 너보다 더 우선해야 할 일 같은 건 없어."

가볍게 웃으며 그렇게 말했다!

"어머!"

미아의 기분은 파도를 탄 해파리처럼 하늘 높이 올라갔다! 조금 전까지 살짝 씁쓸한 기분이었지만, 미아는 태세 전환이 빠르다.

"그럼 갈까."

다정한 미소를 지으며 손을 내미는 아벨에게 미아는 화르륵 뺨을 붉히며 살며시 오른손을 맡겼다.

완전히 소설 속 히로인이 된 기분이었다.

그러고는 문득 깨닫고 반대쪽 손으로는 패트리시아의 손을 잡았다.

"앗⋯⋯."

깜짝 놀란 얼굴로 올려다보는 패트리시아에게 미아는 안심시켜주듯 미소 지었다.

"자, 가요. 패트리시아. 이번에는 무서운 사람에게 잡히면 안 됩니다?"

"미아 님!"

여자 기숙사 입구까지 오자 안느가 당황한 모습으로 달려왔다. 역시 이미 바르바라 일을 들은 모양이었다. 걱정하는 안느를 안심시키고자 미아는 평온한 미소를 지으며 손을 들었다.

당당한 히로인의 관록이다.

"다친 곳은 없으십니까? 미아 님! 저 깜짝 놀라서⋯⋯."

"괜찮습니다, 안느. 아벨이 구하러 와 주었거든요. 아주 멋있었답니다."

방금 전에 목숨의 위기에 처했던 사람으로는 보이지 않을 만큼 기분이 좋아 보이는 미아였다.

여자 기숙사까지 오는 짧은 거리가 미아의 연애 뇌세포를 강렬히 자극했기 때문이다.

아벨과 패트리시아와 손을 잡고 거리를 걸었다. 그때 생성된 달달한 분위기라고 해야 할지, 조금 행복한 공간이 아주 아늑해서…….

미아는 완전히 기분이 좋아졌다.

──우후후, 즐거웠어요. 왠지 오랜만에 아주 행복했네요.

그렇게 사랑에 들떠 있었더니…….

"무사하셔서 다행이에요……."

안느는 한눈에 봐도 안도했다는 얼굴로 절절히 한숨을 쉬었다. 그리고는 문득 미아 옆에 있는 소녀에게 시선을 주었다.

"저기, 그런데, 미아 님. 이분은……."

"아, 그게……."

미아는 패트리시아에게 시선을 주며 말했다.

"패트리시아, 그녀는 안느입니다. 제 전속 메이드로 일해주고 있죠."

미아의 소개를 받은 안느가 조용히 머리를 숙였다.

"처음 뵙습니다, 안느 리트슈타인입니다."

그것은 완벽한 예절을 따른 인사였다. 반면 패트리시아는 말없이 안느를 바라보았다.

"어머? 패트리시아, 제대로 인사하지 않으면 안 돼요."

미아가 어깨를 쿡쿡 찌르자 패트리시아는 어리둥절한 얼굴로 고개를 갸웃거리고는 진심으로 의아하다는 듯 말했다.

"어째서요? 미아 선생님, 왜 메이드에게 제가 이름을 밝혀야 하는 거죠?"

『신분이 낮은 평민에게 인사할 필요는 없다.』

확실히 그것은 제국 귀족에게는 당연하게 존재하는 사고방식이었다.

──하지만 그리 좋은 사고방식은 아니죠.

미아는 작게 고개를 저은 뒤 입을 열었다.

"그렇게 해야만 하는 이유는 많이 있답니다. 예를 들어 사용인이 호감을 품으면 더 열심히 일해주죠. 게다가 사용인의 마음을 사로잡는 건 귀족 영애로서 당연한 것. 그렇게 하지 못하는 게 부끄러운 일이에요."

어쩐지 전에 없이 똑똑해 보이는 말을 하는 미아였다.

패트리시아가 말한 '미아 선생님'이라는 단어가…… 순수한 경의가…… 미아를 아주 조금 어른스럽게 만들었다.

──우후후, 선생님이라. 왠지 조금 기분이 좋아요.

그렇게 살짝 자아도취하면서 미아는 패트리시아를 똑바로 바라보았다.

"하지만 무엇보다 중요한 건, 안느는 제 충신이자 제 오른팔이라는 점이랍니다."

미아는 강하게 단언했다.

"그러니 당신도 제게 경의를 표하고자 한다면 이 안느에게도 경의를 보이세요."

이어서 단호한 얼굴로 말했다. 참으로 관록이 넘쳐나는 미아 선생님이었다.

그런 미아의 재촉에 패트리시아는 고개를 작게 끄덕였다.

"저는 패트리시아. 패트리시아 클라우지우스. 앞으로 잘 부탁합니다, 안느 양."

스커트 자락을 살짝 들어 올리며 머리를 숙이는 패트리시아.

그 인사를 보며 만족스럽게 고개를 끄덕인 미아는 안느에게 시선을 주었다.

"안느, 미안하지만 이 아이에게 목욕을 시켜주겠어요?"

"네……! 알겠습니다, 미아 님."

어쩐지 전에 없이 기합이 들어간 얼굴로 등을 곧게 펴는 안느였다.

그렇게 안느와 패트리시아의 등을 배웅하며 미아는 작게 한숨을 쉬었다.

──어디 보자. 해야 할 일이 산더미로군요. 우선 상황을 파악해야겠어요. 벨이 돌아와 있으면 좋겠는데요…….

너무 많은 일이 일어났다. 우선 지금 해야 할 일을 머릿속으로 정리하며 미아는 자신의 방으로 향했다.

제12화 벨, 말하다

"으음, 벨에게서 제대로 들어야겠어요······."

끙끙 앓으며 어떻게든 해야 할 일을 정리하면서 방으로 돌아온 미아.

문을 열고 방에 들어오자마자 그대로 침대 위로 슝 다이빙했다!

"흐아암······. 조금 피곤하네요. 누워서 기다리기로 할까요······, 하아암."

최근 악몽을 꾸는 바람에 완전히 잠이 부족한(······미아의 기준에는) 미아였다. 커다란 하품을 한 번, 두 번.

"뭐······ 그 애는 라피나 님께 맡기면 문제없겠죠. 음, 그게 좋겠어요. 바르바라 씨 일도 포함해서 나중에 라피나 님께······ 으응."

미아는 침대 위에서 꾸벅꾸벅 졸기 시작했다.

그렇게····· 미아는 꿈을 꿨다.

그곳은 옐로문 공작의 저택.

어째서인지 아주 사근사근한 로렌츠, 그리고 슈트리나와 함께 케이크를 먹으려고 하는 중이었다.

눈앞에 놓인 건 거대하고 크림이 듬뿍! 위에는 색색의 마카롱이 올라간, 참으로 훌륭한 케이크였다!

"오오, 오오오! 이것이 옐로문 공작가 비전의 케이크······. 아주 맛있어 보여요!"

그렇게 환한 미소로 케이크를 입에 넣은 미아는 그 직후 깨달았다.

케이크를 가져온 메이드가 생글생글 미소 짓는 바르바라였다는 사실을!

"크흑?!"

그 순간 눈앞이 핑그르르 돌더니 바닥으로 쓰러진 미아는······ 의식을 잃고······.

"흐어어어어어억!"

비명과 함께 벌떡 일어났다.

"크윽, 부, 불길한 꿈이에요. 이건 바르바라 씨를 만났기 때문인 걸까요?"

땀을 축축하게 흘린 미아는 저도 모르게 후우 한숨을 내쉬었다.

"으음, 땀이 많이 흘렀군요. 빨리 벨에게 보고를 듣고 저도 목욕하러 가야겠어요······."

그때 타이밍 좋게 벨이 방으로 들어왔다.

"으으····· 가, 간신히, 해방되었어요······."

벨은 어째서인지 조금 지친 얼굴이었다.

"아아, 드디어 돌아왔군요. 벨, 지금까지 어디에 있었죠?"

"리, 리나 다음에, 린샤 어머니에게 붙잡혀서······ 방에서 아주 탈탈 털렸어요······. 피, 피곤해요······."

미아 옆으로 걸어와 그대로 침대 위에 풀썩 쓰러지는 벨. 머리를 침대에 파묻은 채 움직임을 멈춰버린 손녀에게 미아는 물끄러미 시선을 보냈다.

"……벨, 당연히 저에게도 같은 설명을 해줄 거죠?"

"아…… 역시 듣고 싶으세요?"

웅얼거리는 목소리로 대답한 뒤 고개만 옆으로 돌리는 벨.

"네. 가능하다면 당장에라도. 대체 무슨 일이 있었던 건지, 왜 당신이 또 여기에 오게 되었는지……."

벨은 '으으음' 하고 신음하더니…….

"끄응, 그렇겠네요……. 역시 설명해야만 하겠죠."

침대 위에 무릎을 꿇고 앉은 벨은 아주 진지한 얼굴로 말하기 시작했다.

"이건 제 생각이 아니라 루드비히 선생님의 생각인데요……."

그때 미아는 신경 쓰였던 것을 지적했다.

"말하던 도중에 끼어들어서 미안하지만, 루드비히는 당신의 비밀을 알고 있는 건가요?"

슈트리나만이라면 모를까, 벨은 린샤에게도 자신의 비밀을 말한 모양이었다.

아무리 벨의 입이 가볍다고 할까, 자신의 손녀치고는 툭하면 방심하는 태평한 성격에다 제법 느슨한 구석이 많다고 해도…… 그렇게 쉽게 그 비밀을 말해도 된다고 여긴다고 보기는 어렵다. 아무리 벨이라고 해도…….

"……저기, 미아 언니. 지금 뭔가 너무한 생각하지 않으셨어요?"

살짝 부루퉁해진 벨을 향해 미아는 '오호호' 하며 미소를 돌려주었다.

"아뇨, 눈곱만큼도요. 그런 사실은 전혀 없답니다. 정말로요."

빠르게 쏟아내며 얼버무리듯이 손을 팔랑팔랑 내저었다.

"아무튼, 그 부분은 어떻게 된 거죠?"

"으으, 영 믿어지지 않지만 믿기로 할게요. 그러니까, 네. 거기서부터 해야겠네요."

벨은 고개를 주억거리며 팔짱을 꼈다.

"사실 제가 과거에 온다는 건 미아 언니의 동료분들은 다들 알고 계세요. 즉 제가 있던 미래는 저 '미아벨이 미래에서 과거에 왔다는 사실이 알려져 있다'는 게 전제인 세계인 거죠."

"……으음? 네……?"

고개를 갸웃거리는 미아에게 벨은 손가락을 까딱이며 거들먹거리는 태도로 설명을 이어갔다.

"그러니까, 미래 세계에선 제 비밀을 아는 사람이 많이 있고, 그 사람들에겐 지금의 제가 비밀을 말해도 된다는 거예요. 왜냐하면 제가 있던 세계에서는 '그렇게' 되어있으니까요."

"그러니까, 즉 벨의 세계에서 과거의 벨에게서 비밀을 들은 적이 있는 사람은 지금 벨이 알려줘도 미래가 바뀌지 않는다는, 그런 뜻인 거죠?"

"오히려 알려주지 않으면 미래가 조금 바뀌어버릴지도 몰라요."

그렇게 고개를 크게 끄덕이는 벨을 보며 미아는 열심히 머리를 굴렸다.

벨의 말은 요컨대 자기가 온 미래는 자신이 과거에 가서 이런저런 일을 한다는 게 전제가 된 미래라는 소리다.

──뭐, 뭔가, 빙글빙글 도는 것 같은 느낌이 드는데요……. 으

음, 뭐, 그런 걸로 해두고…….

뭐가 어떻게 되어서 그렇게 되는 건지는 잘 모르겠지만, 우선 그런 셈 치기로 했다. 그게 중요하다.

"그리고 그건 제가 특정 나이가 되면 과거에 떨어지는 걸 미리 인식하고서 준비해놓은 세계이기도 해요."

"아, 그렇군요. 그럼 미래에서 무언가 문제가 생겨서 과거로 도망쳤다는 건 아닌 거죠?"

그렇게 묻자 벨은 쓴웃음을 지었다.

"맞아요. 아쉽게도. 그런 편리한 방법이 있다면 저도 그 활에 맞기 전으로 가고 싶지만……. 그거 아주 무서웠거든요."

벨은 목을 문지르며 쓰게 웃었다. 미아도 무심코 상상하는 바람에 소름이 돋았다. 목에 화살이 박힌 채 잠시 의식이 남아있다는 건 참으로 무시무시한 경험이다.

아픈 걸 싫어하는 미아는 상상만으로도 오한이 들었다.

"아, 그러고 보면 미아 언니. 미래 세계에서 '저희는 아무래도 목에 저주라도 걸린 모양이에요'라고 말씀하셨는데, 그건 무슨 의미였던 거죠?"

고개를 갸웃거리는 벨을 보고 미아는 한 가지 사실을 추가로 알아차렸다.

──그렇군요……. 제가 단두대에서 부활했다는 이야기는 듣지 못한 모양이에요.

"미아 언니?"

의아한 얼굴인 벨에게 미아는 작게 고개를 저었다.

"아무것도 아닙니다. 아마 그런 꿈이라도 꾼 거겠죠. 흐아암, 지금도 뭔가 이상한 꿈을 꿔서⋯⋯."

"꿈⋯⋯?"

그때였다.

벨의 얼굴이 불현듯 진지해졌다.

"무슨 꿈이었어요? 언니."

"네? 아, 대단한 꿈은 아니었어요. 그저 제가 살짝 독살당할 뻔하는 꿈인데⋯⋯."

그 말을 한 순간 벨이 어깨를 덥석 붙잡았다.

"중요한 일이에요. 미아 언니, 그 이상한 꿈 이야기를 들려주세요!"

제13화 배스리스트 미아의 버섯 챌린지!

벨의 압력에 굴복한 미아는 조금 전에 꾼 꿈을 이야기하게 되었다.

이따금 들어오는 벨의 질문에도 대답하면서…….

──이상하네요. 제가 벨에게서 이야기를 듣던 도중이었는데…….

불만을 느끼면서도 착실하게 설명해주었다.

"뭐 이런 느낌이었는데……. 대체 그 꿈이 뭐라고 그러는 거죠?"

"그렇군요……."

벨은 무언가 생각에 잠기듯 팔짱을 낀 뒤 느릿하게 입을 열었다.

"이건 루드비히 선생님께서 말씀하신 건데, 꿈이라는 건 사라진 시간선의 기억이라고 해요. 물론 모든 꿈이 그렇다는 게 아니라, 평범한 꿈도 섞여 있다는 모양이지만 이따금 다른 시간선의 기억이……."

"…………네?"

갑자기 시작된 조금 그런 이야기에 미아는 무심코 눈이 휘둥그레졌다.

"아, 아무리 미아 언니라고 해도 너무 갑작스러워서 당황스러우시죠? 으음, 그러니까……."

미아의 반응을 본 벨은 '으으음' 하고 신음하며 방 안을 두리번거렸다.

"저기, 미아 언니. 갑작스러운 질문이지만 현악기를 즐기신 적은······?"

"아뇨, 아쉽게도 없네요."

"그렇죠······. 그럼······ 아! 맞아요. 그럼 미아 언니, 지금부터 같이 목욕하러 가지 않으실래요?"

짝, 손뼉을 치고 그런 말을 하는 벨이었다.

세인트 노엘 학원 여자 기숙사의 공중목욕탕은 미아에게는 친숙한 장소이다.

미아는 목욕을 좋아한다. 버섯이나 케이크만큼 좋아한다고 하면 얼마나 좋아하는지 느낌이 전해질까.

"어머? 혹시 버섯을 목욕물에 띄우면 최고이지 않을까요?!"

그런 발상을 실천해보려고 했다가 라피나가 비교적 진지하게 화를 낸 적도 있었지만······ 아무튼, 기분 좋은 목욕을 위해서는 도전과 실패를 아끼지 않는 목욕의 스페셜리스트, 배스리스트 미아였다.

탈의실에 들어가자 마침 목욕하고 나온 안느와 패트리시아의 모습이 있었다.

의자에 앉아 안느의 정중한 손길에 머리카락을 맡기고 있는 패트리시아. 사용인에게 목욕 시중을 받는 건 귀족 영애로서 당연한 일이지만······.

그 담담한 표정과는 반대로 작은 손을 불편한 듯 꼼질거리는 것을 미아의 눈이 포착했다.

——흐음······. 귀족 영애답게 행동하고 있지만 조금 어색해하는 느낌이 드러나 있네요. 역시 뱀이 위장해서 잠입하고 있는 거예요.

"앗, 미아 님······!"

그때 미아를 향해 시선을 돌린 안느가 멍하니 입을 벌렸다.

그 시선 끝에는 벨이 서 있었다.

——아, 그렇죠. 그러고 보면 안느에게는 아직 벨에 대해 알려 주지 않았어요.

미아는 무심코 머리를 부여잡았다.

"어, 으음. 안느. 벨에 대해서는 나중에 설명할 건데, 그, 여차 저차해서 돌아왔답니다."

"도, 돌아왔······? 하, 하지만······."

안느는 순간 고개를 갸웃거렸으나 바로 붕붕 도리질을 했다.

"아뇨, 알겠습니다. 미아 님께서 그렇게 말씀하신다면······. 앗! 하지만 슈트리나 님께는······."

"네. 리나 양에게는 이미 이야기했습니다. 그리고 린샤 씨에게 도 인사하고 왔어요. ······그렇다고 했죠?"

"네. 안느 어머····· 아니지. 안느 씨, 또 잘 부탁드립니다."

꾸벅 머리를 숙이는 벨에게 안느는 부드러운 미소를 지으며 조용히 머리를 숙였다.

"저야말로 잘 부탁드립니다. 벨 님. 또 만나뵙게 되어서 무척 기뻐요."

──후우, 이해해준 것 같아서 다행이에요. 하지만 벨의 그 일을 아는 사람에게는 빨리 알려야겠어요…….

그런 생각을 하며 문득 패트리시아에게 시선을 줬다가,

"어머? 당신, 그건……."

미아는 그것을 발견했다.

패트리시아의 가느다란 목 아래쪽, 반듯하게 불거진 쇄골 아래 부근에 보인 작은 점……. 하얀 피부에 도드라진 그 초승달 무늬의 점은…….

──패트리시아 할머니에게도 같은 위치에 초승달 무늬의 점이 있다고 들었는데…… 이런 부분까지 일치시키다니, 제법 꼼꼼하군요.

미아는 무심코 신음하며 물었다.

"그 반점, 아프지 않나요?"

굳이 점을 만든 걸 보면 무언가 아플 것 같은 일을 당했을 거라며 얼굴을 찌푸린 미아였으나, 패트리시아는 어리둥절한 얼굴로 고개를 갸웃거렸다.

"괜찮아요. 태어났을 때부터 있었으니까."

"흐음……."

미아는 패트리시아를 빤히 바라보았다.

──그렇다는 건 선천적으로 거기에 점이 있는 아이를 찾아냈거나, 아니면 이 아이가 거짓말을 하고 있거나. 아니면…….

"미아 언니?"

문득 시선을 돌리자 옷을 벗고 준비를 완벽하게 마친 벨의 모습이 있었다. 참으로 빠르다.

"아아. 지금 가겠습니다. 그럼 안느, 미안하지만 그 아이를 조금만 더 돌봐줄 수 있을까요?"

"네. 알겠습니다."

안느와 헤어진 미아는 재빨리 옷을 벗고 목욕탕으로 향했다.

샤샥 머리카락을 감고 땀이 난 몸을 씻었다.

바르바라의 습격도 그렇고, 그 뒤에 꾼 꿈도 그렇고 식은땀을 많이 흘렸기 때문인지 뜨거운 물로 쫙 씻어내자 상쾌함이 업. 머릿속이 맑아졌다.

그러고는 욕조에 들어가 '어흐으……' 하고 구수한 소리를 냈다. 미지근한 물도 좋지만 피부가 얼얼해질 정도로 뜨거운 물도 좋다. 향초를 띄운 물도 좋지만 아무것도 넣지 않아 맑은 물도 좋다.

요컨대 어떤 목욕이든 즐기는 법을 찾아내는 미아였다.

──후후후. 하지만 복잡한 이야기는 욕실에서 하고 싶다니. 벨도 피는 못 속이나 보네요.

그런 생각을 하며 벨에게 시선을 보냈다.

조금 늦게 벨도 따라 들어왔다. 욕조에 손을 넣고 '앗뜨!' 하며 귀여운 비명을 질렀다.

구수한 소리를 내기에는 아직 젊음이 방해하는 벨이었다. 미아처럼 되지는 않았다.

벨은 뜨거운 물을 몇 번 몸에 끼얹은 뒤 욕조 가장자리에 앉아 발만 물에 담갔다.

"그래서 벨, 여기서 무엇을⋯⋯?"

"앗, 네. 으음, 욕조 바닥의 돌과 돌의 연결부분에 있는 선이 보이세요?"

"네, 보이는데요⋯⋯."

세인트 노엘 학원의 욕조는 귀한 하얀색 대리석을 사용한 깔아서 만든 호화로운 욕조다. 그 접합부에는 벨의 말대로 반듯한 라인이 보였다.

"저 선 하나를 역사의 흐름이라고 생각해주세요."

"⋯⋯으음? 무슨 뜻인지⋯⋯."

미아의 말을 가로막으며 벨이 일어났다.

"그리고 저를 미아 언니라고 생각해주세요."

말을 마치기도 전에 벨은 물속으로 폴짝 뛰어들었다.

풍덩 물이 솟구치며 생겨난 파문에 욕조 바닥에 보이는 선이 흔들렸다.

'푸하.' 하고 작게 숨을 내쉬며 벨이 물속에서 얼굴을 내밀었다.

"보셨어요? 미아 언니. 즉 이런 거예요."

물 밖으로 고개를 내민 벨을 보며 미아는 무심코 얼굴을 찌푸렸다.

"⋯⋯저는 몰라요, 벨. 그런 철없는 행동으로 라피나 님께 혼나도."

"에헤헤, 괜찮아요. 필요한 일이니까 이 정도는 용서해주실 거예요. 저는 라피나 아주머니와 아주 사이 좋거든요."

"라피나⋯⋯ 아주머니?"

미아는 벨의 천진난만한 미소를 보며 전율했다.

물론 벨이 라피나와 친하게 지낸다는 건 좋은 일이지만…….

"…………저는 몰라요. 벨. 라피나 님께서 성황제가 되어도."

어쩐지 벨이 미래의 위험한 루트를 열어버리지는 않을지 걱정이 된 미아였다. 그런 미아의 속마음도 모른 채 벨은 손가락을 까딱이며 말을 이었다.

"루드비히 선생님이 말씀하셨는데요……."

제14화 재상 루드비히의 시간 흔들림 이론

　재상 루드비히는 오랫동안 미아 황제를 모신 중신 중의 중신이다.

　미아의 오른팔로서 그야말로 만능 수완가처럼 활약한 그였으나, 벨이 태어날 무렵에는 서서히 일을 줄이고 시간적 여유가 생겼다.

　그 정도로 미아 황제를 정점으로 한 집단 개혁은 극적이자 강고했다.

　이미 티어문 제국은 루드비히가 바쁘게 일하지 않아도 문제없이 굴러갈 수 있는 체제가 완성되었다.

　그렇게 다소 한가로워져서 아주 조금 허전해진 루드비히는 어느 날 미아에게 부름을 받았다. 그곳에서 이런 부탁을 받았다.

　"미아벨이 과거에 갔던 원리를 조사해줄 수 없을까요?"

　……제법 무모한 부탁이었다.

　"미아 님께서도 모르시는 일을 제가 알 수 있을 것 같지는 않습니다만……."

　쓴웃음을 짓는 루드비히에게 미아는 어디까지나 진지한 얼굴로 말했다.

　"부탁드려요, 루드비히. 언젠가 과거에 가야만 하는 그 아이에게 조금이라도 필요한 정보를 가르쳐주고 싶습니다."

　그 진지한 부탁에 루드비히는 자세를 바로잡았다.

"알겠습니다. 하지만 미리 말씀드리는데, 어디까지나 가설 미만의 개인적인 추론밖에 드리지 못할 것입니다. 벨 님께 일어난 일은 너무나도 이상한 일. 과거에도 전례를 찾을 수 없을 테고, 아마도 인간의 지혜로 이해할 수 있는 영역이 아닐 테니까요……."

그렇게 양해를 구한 뒤 루드비히는 바로 고찰에 들어갔다.

먼저 과거의 문헌을 뒤지는 것부터 시작했다.

그런 불가사의한 현상이 정말 과거에 일어난 적이 없는가? 유사한 전승은 없는가? 시간과 관련된 연구를 한 문헌은 없는가?

지금은 제국 최고의 연구기관이 된 성 미아 학원을 찾아 조사를 진행했다.

언젠가 벨에게 기억이 돌아온다는 건 알고 있었다.

두 번째로 나타난 벨은 처음 과거에 왔을 때의 기억을 지니고 있었기 때문이다. 그러니 기억이 돌아온 뒤 벨에게 이야기를 듣는 게 원인 규명에는 가장 좋을 것이다.

하지만 그런다고 명확하게 알 수 있으리라는 보장은 없다.

게다가 벨의 기억이 돌아온 뒤에 과거로 넘어갈 때까지 얼마나 시간이 있는지도 알 수 없다. 그렇기에 사전에 할 수 있는 일은 제대로 해놓는다.

그렇게 조사하고, 또 조사하고…… 하지만 성과는 없었다.

"그렇다는 건, 역시 그건 벨 님에게만 일어난 기적이라고 생각해야 하나."

그런 결론을 내렸을 때 벨의 기억이 돌아왔다는 보고가 들어왔다.

바로 벨에게서 사정을 들은 루드비히는 저도 모르게 신음했다.

"제국이 붕괴하는 미래……. 사라진 미래에서……, 그래……. 아마도 거기에 힌트가 있는 거야. 미아벨 황녀 전하는 과거에 두 번 가셨어. 하지만 처음 과거에 왔던 황녀 전하는 지금의 황녀 전하가 아니야. 다른 미래에서 왔고, 버려진 성에서 숨을 거뒀지……. 그리고 그 황녀 전하가 온 다른 미래라는 것도 미아 님께서 선정을 펼친 덕분에 사라졌어."

루드비히는 문득 선을 그었다. 그것은 파멸하는 미래로 이어지는 선과, 지금 현재의 번영한 제국으로 이어지는 선이었다.

그리고 양쪽 선에서 과거로 화살표를 그린 뒤 거기에 엑스자를 쳤다.

"미아벨 황녀 전하가 과거에서 죽었고, 그로 인해 이 파멸하는 선은 완전히 사라진 거겠지만, ……잠깐만."

불현듯 루드비히의 뇌리에 어떤 풍경이 떠올랐다.

그것은 제국의 중앙 광장에 설치된 단두대의 광경.

죄인이 된 미아를 살려달라고 시온 왕자를 찾아갔던…… 그런 기억의 파편.

단순한 꿈이라고 치부했던, 불길한 꿈이라며 잊으려고 했던…… 기억?

"혹시 꿈은…… 사라진 시간선의 기억인 게 아닐까?"

그렇게 깨닫자 보이는 것이 있었다.

"사라진 시간축의 내 기억은 계속 남아서 꿈이라는 형태로 통합된다?"

문득 방에 있는 류트가 시야에 들어왔다. 그것은 기마왕국 수풀 부족의 족장이 선물한 것이다.

지금도 가끔 튕기는 그 현악기를 손에 들었다. 그렇게 현 하나를 손으로 당겨서…… 튕겼다.

현이 위아래로 흔들리며 여러 개의 선이 있는 것 같은 착각을 일으켰다.

"시간의 선이라는 것도…… 이게 아닐까?"

흔들리고 출렁이며 여러 개가 나란히 존재하지만 언젠가는 하나로 수렴한다. 한 방향으로 수렴해간다.

"아니, 하지만…… 그건 그렇다고 해도, 이걸로는 벨 황녀 전하께서 과거에 가는 이유는 되지 않아. 게다가 이 시간선의 흔들림이라는 것도 대체 왜 일어나는 건지, 이걸 알 수 없어."

벨이 과거로 건너간 것, 그로 인해 시간선에 흔들림이 발생했다는 가설도 세우지 못할 건 없지만…….

"그걸로는 제국이 붕괴한 기억을 설명할 수 없어. 이건 벨 님께서 오신 것보다 더 전에 발행한 흔들림일 거야."

꿈의 비밀을 깨달은 뒤로 루드비히는 최대한 꿈을 일기로 남기게 되었다. 매일 쓰는 일기와 함께 꿈도 기록했다. 이로서 만약 '지금 있는 세계'가 흔들림과 수렴 결과 '꿈'으로 바뀌어버려도 괜찮도록 양쪽의 기록을 다 남겨놓았다.

그러는 사이에 그는 자신 안에 강렬하게 각인된 기억이 있다는 걸 떠올렸다.

그것은 한때 황녀였던 미아와 기울어가는 제국을 구하기 위해 동분서주하던 기억. 그 기억 속의 미아는 참으로 어리바리하고 한심한 황녀였지만…….

"기억의 혼탁이라……. 다른 어떤 기억과 섞이고 있는 거겠지. 나도 이미 젊지 않구나. 하하하."

그렇게 쓴웃음을 짓는 루드비히였다.

……그건 그렇다 치고, 그는 이 기억도 단순한 꿈이 아니라 사라진 시간선의 기억일 것이라 추측했다.

"그렇다면…… 흔들림의 발생지점, 시간선의 분기점이 벨 님의 출현과 맞지 않아. 그렇다면 반대로 이 '흔들림'이야말로 벨 님이 과거에 떨어진 원인이 아닐까?"

루드비히는 힌트를 찾아 과거의 상황을 조사하기 시작했다.

스승인 갈브가 남긴 당시 대륙의 정세, 거기에 이르기까지 각국 역사의 흐름. 그러한 것들을 자세하게, 상세하게 조사한 결과…… 루드비히는 어떤 위화감을 느끼게 되었다.

그것은…….

"미아 님처럼 위대하고 뛰어난 인물이 역사의 이 시점에 나타나는 건 이상하지 않나?"

그런 위화감이었다.

동시에 그는 이렇게도 생각했다.

"혹시 미아 님께선 정말로 하늘이 내려주신 구세주인 게 아닐까?"

라고…….

뜨거운 물에 몸을 담그고 벨의 이야기를 느긋하게 듣고 있던 미아는 조금 열이 오르는 바람에 일단 욕조에서 나와 차가운 물을 뒤집어쓴 후…….

"루드비히…… 상당히 말기로군요……."

무심코 중얼거렸다.

"뭔가, 좀…… 지금보다 많이……. 아니면 이게 나이를 먹는다는 건가요?"

그런 쓸쓸함을 느끼기도 하면서…….

이때 미아는 완전히 얕보고 있었다.

제국의 예지의 두뇌, 루드비히 휴이트. 그의 머리가 도출한 망상이라고도 할 수 있는 추론, 그것이 어디에 도달하는지…….

설마 그게 자신의 진실을 스치게 되리라는 건 생각해 보지도 않았다.

이리하여 할머니와 손녀의 대화는 계속 이어졌다.

찬물을 끼얹어 머리를 조금 식힌 미아는 욕조 가장자리에 앉아 물었다.

"그래서, 벨. 당신이 뛰어든 것과 제가 무슨 관계가 있는 건가요?"

"네. 으음, 어디까지 말했더라……."

벨은 살짝 땀이 맺힌 얼굴을 가볍게 세수한 뒤 이야기를 재개했다.

미래에 노년이 된 루드비히가 도달한 시간에 관련된 추론 이야기를.

"미아 님께선 하늘이 내려주신 구세주인 게 아닐까?"

그것은 루드비히가 미아를 만났을 때부터 느꼈던 의혹이었다.

처음에는 단순한 직감에 불과했다. 하지만 그건 지금 루드비히 안에서 합리적인 확신으로 바뀌어갔다. ……바뀌고 말았다!

"역사의 흐름이란 인과의 연속이지."

루드비히는 확인하듯 말했다.

예를 들어 국가는 어느 날 갑자기 멸망하지 않는다. 그렇게 되는 원인이 있고, 결과적으로 멸망하게 된다.

예를 들어 왕은 어느 날 갑자기 타락하지 않는다. 반드시 타락하게 되는 요소가 있고, 결과적으로 타락하여 부패한 정책을 펼치게 된다.

무슨 일이든 원인이 있고 결과가 있다. 그렇게 생성된 '결과'는 다음 결과의 '원인'이 된다. 인과는 연속적으로 이어지며 하나의 흐름을 만들어낸다.

그것이 역사.

그것은 땅이 열매를 맺는 것과 흡사했다. 땅에 뿌린 씨앗이 싹을 틔우고 맺는 열매는 정해져 있으며, 그 열매에서 나오는 씨앗도 정해져 있고…… 도중에 다소 변화는 있지만 큰 흐름은 바뀌지 않는다.

보리를 심으면 보리가 난다. 그리고 그 보리를 땅에 심으면 역시나 보리를 수확하게 된다.

인간의 일생도, 국가의 미래도 전부 인과에 묶여있으며 어느 정도 방향이 정해져 있다.

하지만…….

"미아 님이, 미아 님처럼 생각할 수 있는 사람이…… 이 시기의 제국에 태어날 리 없어."

제국의 예지가 이 시기의 제국에 태어난다는 건 생각하기 어려운 일이었다.

애초에 교육적으로 말이 안 되는 일이다.

그녀는 그 시점에서 몇 살이었지? 자신의 눈앞에 나타났을 때는 11살인가 12살이었다. 그런 어린아이가 제국의 운명을 좌우하는 개혁을 시작한다? 말도 안 된다.

"아니, 설령 미아 님께서 불세출의 천재라고 해도…… 그 후의 행보는 이렇게 되지 않았을 거야."

설령 천재적인 지능을 타고난 황녀가 태어났다고 해도…… 그 황실에서 미아 같은 윤리관이 형성될 수 있을까? 지혜를 지녔다고 해도 그것이 선한 방향으로 활용된다는 보장은 없다. 그건 갈브도 했던 말이다.

지혜는 사악한 일에도 쓰일 수 있다. 그리고 당시 제국의 황녀라면 그 지혜는 당연히 선한 방향으로 향하지 않을 터…….

"하지만 미아 님께서…… 아니었어. 자애로운 마음으로 지혜를 활용하셨지."

빈민가, 신월 지구에서 일어난 일이 눈앞에 선명히 되살아났다.

아무런 주저 없이 꾀죄죄한 어린아이에게 다가간 미아는 아이를 품에 안았다.

그러한 자비심이 티어문의 황실에서 자라날 리 없다. 유감스럽지만 미아의 교육 담당자 중에도 그녀에게 '인간의 도리'를 가르치는 사람은 없었을 터.

세인트 노엘에 간 뒤라면 모를까, 그때 황실에 미아 같은 황녀가 출현한다는 건 역사의 인과로 보아 말이 안 된다.

"미아 님처럼 진정한 예지를 지닌 사람이 제국 역사상 이 위치에 갑자기 나타난다? 이상해. 미아 님께선 역사의 인과에서 벗어나 있어."

그러한 확신에 도달하는 또 하나의 이유가 있었다. 그것은 미아가 가져온 변화다.

당시 각국의 상황과 그 후에 일어날 뻔한 대기근. 한때 예측했었던 환상의 대기근…….

조사할수록 루드비히는 느꼈다.

세상은 이때 확실히 멸망을 향하고 있었다.

"하지만…… 여기서 흐름이 바뀌었어……."

명백히 미아 주변에서 세상의, 역사의 흐름이 전환되었다.

그 영향은 마치 파도처럼 대륙 각국으로 퍼져나갔다.

미아가 역사의 인과에서 동떨어진 흐름을 만들어내고 있다. 루드비히의 눈에는 그렇게 비쳤다.

"과거 혼돈의 뱀의 무녀였던 발렌티나 렘노는 미아 님을 가리켜 일탈한 존재라고 했다는데…… 그래, 절묘한 표현이군."

확실히 미아는 일탈한 존재. 그리고 역사의 인과에서 일탈했기 때문에…….

"시간선을 흔들 정도의 충격을 일으켰어."

인과에서 벗어난 그녀의 행동이 역사에 영향을 미쳐 그 흐름조차 바꿔버렸다.

"미아 님께선…… 하늘이 제국에 내려주신 구세주인 거야."

그 목소리는 확고한 신념에 기반한 것이었다.

"……이렇다고 합니다."

벨은 우쭐한 얼굴로 말했다.

묵묵히 이야기를 듣던 미아는…… 욕조에 몸을 담그고 따끈해져 있던 미아는…… 등을 타고 차가운 것이 살짝 흐르는 것을 느꼈다.

왜냐하면 루드비히의 추론이 미아에게는 너무 생생하게 와닿았기 때문이다.

그가 말한 '인과에서의 일탈', 그건 즉…….

──그건 제가 단두대에서 처형당한 기억이 있기 때문 아닌가요……?

미아의 행동 원인은 사라져버린 단두대의 미래에서 유래한다. 따라서 거기까지 가는 역사의 흐름에서는 확실히 일탈했다고 보일 테지만…….

──루드비히도 그 세계의 기억을 갖고 있다면 들켜버릴 뻔했네요……. 제가 사실은 조금 아쉬운 구석이 있다는 걸…… 들켜버릴 뻔했어요. 위험해요!

우선 자신의 진실이 들키지 않았다는 사실에 안도의 한숨을 내

쉬는 미아였다. 뭐, 실제로 그녀의 어리바리함이 들키지 않았는지는 미묘한 부분이지만…….

"그건 그렇다 치고. 가장 중요한, 당신이 이 세계에 온 이유는 뭐죠?"

"네. 그건 말이죠……."

벨은 기억을 정리하듯 고개를 기울이며 말하기 시작했다.

그것은 벨이 과거로 떨어지기 조금 전의 일이었다.

그날 벨과 루드비히는 백월 궁전의 안뜰에 있는 연못 옆에서 대화하고 있었다.

"루드비히 선생님, 저는 왜 과거 세계에 갔던 걸까요?"

그 질문에 루드비히는 잠시 침묵한 후…….

"음……. 여기서부터는 추측이라고도 할 수 없는 내용입니다만……."

루드비히는 잠깐 침묵한 뒤 연못에 있는 돌을 집어들었다.

"이 돌을 미아 님이라고 합니다."

"그 돌이요……?"

의아한 듯 갸웃거리는 벨에게 루드비히는 고개를 끄덕였다.

"아주 무겁고 커다란 돌이죠. 수면을 향해 던지면, 이렇게 됩니다."

루드비히는 그렇게 말하더니 연못에 돌을 던졌다.

잔잔한 수면에 파문이 퍼져나가며 물이 출렁거렸다.

"저것이 미아 님께서 하신 일입니다. 인과로 인해 정해져 있던 시간선에 흔들림을 줬죠. 그리고 파문을 잘 보세요."

루드비히가 가리키는 곳에선 반대편에 도달한 파문이 돌아오는 게 보였다.

"미아 님께서 일으킨 파문이 시간선 끝까지 갔다가 반사되어 돌아옵니다. 그 파문으로 벨 님께서 과거에 떨어지시게 된 것 같다는 게 제 추측입니다."

거기까지 말한 루드비히는 미간을 찌푸렸다.

"단 이건 어디까지나 제 개인적인 가설입니다. 게다가 스스로도 석연치 않은 부분이 있죠. 그러니 부디 너무 고스란히 받아들이지 마십시오."

"……라고 루드비히 선생님이 말씀하셨어요. 루드비히 선생님치고는 조금 흐지부지한 느낌이었지만요……."

"그렇군요……. 즉 벨이 오게 된 건 저 때문이라는……."

욕조 가장자리에 앉아 첨벙첨벙 물을 흔들며 미아는 신음했다.

시간선에 준 영향, 그것이 파문처럼 미래로 퍼져나가 어딘가에서 반사되어 돌아오고…… 그 파문에 휩쓸리듯 벨이 이쪽 세계로온다……. 확실히 영 엉터리는 아닌 논리였다.

"아뇨, 애초에 이런 이해할 수 없는 상황을 설명하려는 게 무모한 시도죠. 어느 정도 그럴싸한 추론을 도출한 것만으로도 대단한 일이에요."

감탄하면서도 '하지만……' 하며 벨의 얼굴을 보았다.

──현악기가 없으니까 욕조를 쓴다는 건 그렇다 쳐도, 저 거

들먹거리는 설명은 전부 루드비히의 설명을 그대로 가져다 쓴 거 잖아요……. 통째로 베껴놓고 저렇게 부끄러움 하나 없이 잘난 척 할 수 있다니 대단한 배짱이에요.

'응?' 하고 고개를 갸웃거리는 벨을 보고 미아는 무심코 한숨을 쉬었다.

──나 원. 누굴 닮은 걸까요……?

문득 시선을 내리자 물에 미아의 얼굴이 비쳤다.

그게 뭐 어떻다는 건 아니지만…….

"아, 하지만 루드비히 선생님은 자기 가설보다 오히려 라피나 아주머니의 가설이 더 그럴싸하다고……."

"벨…… 잠시만요."

미아는 손을 들어 벨을 제지했다.

"네, 왜요? 미아 할, 언니."

"잘 들으세요, 벨. 저를 미아 할머니라고 실수하는 건 뭐 괜찮 은데요. 게다가 안느나 에리스를 어머니라고 하는 것도, 당사자 들도 기뻐할지도 모르니까 괜찮다고 칩시다. 하지만……."

여기서 미아는 한번 말을 끊었다가 이었다.

"라피나 아주머니…… 이건 안 됩니다. 설령 당신이나 라피나 님이 괜찮아도 제 수명이 줄어들어요."

"그런가요? 하지만……."

"라피나 님……. 명심하세요. 벨, 여기에 있을 때만이 아니라 미래로 돌아가도 제대로 라피나 님이라고 부르세요. 알았죠?"

신신당부하는 미아를 향해 벨은 작게 고개를 끄덕였다.

"알겠습니다. 그래서, 어음, 라피나 님의 가설 말인데요……."

"아, 그랬죠. 뭐라고 말씀하셨나요?"

"네. 라피나…… 님은, 자신만만하게 이렇게 말씀하셨어요."

벨은 가슴을 척 폈다.

"신께서 미아 할머니의 위업을 제게 보여주기 위해 과거로 보낸 것이라고……."

눈동자를 반짝반짝 빛내며 말했다.

"미아 할머니처럼 훌륭한 사람은 세상에 한 명밖에 없다, 말 그대로 선택받은 사람이니까 그 수완을 제가 직접 배우기 위해 과거로 보내준 게 아니냐고, 그렇게 말씀하셨어요. 루드비히 선생님도 그게 맞다는 얼굴이었죠."

"아, 네, 그렇군요……."

미아는 고개를 끄덕였다.

그 가설은 확실히 이해하기 쉬웠다.

의지와 힘을 지닌 존재가 어떠한 목적으로 시간이동을 시켰다.

그것은 **어떻게** 이 현상이 일어났는지에 대한 접근법이 아니다.

왜 그 현상이 일어났는지를 파고드는 방식이다.

"그렇다면 벨이 과거에 온 건 자연현상이 아니라 의미가 있는 일이라는 뜻이로군요. 하지만…… 그럼 그 아이는……."

"그 아이……? 아, 그때 그?"

미아는 고개를 끄덕인 뒤 말을 이었다.

"무언가 뱀이 고식적인 수법으로 나온 거라고 생각했지만, 벨과 마찬가지로 빛 속에서 나타난 게 마음에 걸려요. 그 빛이 시간을 이동할 때 발생하는 것이라면 그 아이도 시간을 건너 어딘가에서 왔다고 생각해야 하지 않을까요? 게다가 꿈을 꾼 타이밍도…….”

뜨거운 목욕물 속이라는 지형보정이 스킬《목욕 애호가》를 보유한 미아의 지혜를 120% 향상시켜 주었다!

목욕 탐정 미아의 추리가 번뜩인다.

“그 꿈이 만약 루드비히가 말한 ‘흔들림'에 의해 만들어진 것이라면, ‘흔들림'은 그 순간에도 일어났다고 생각해야 할까요? 라피나 님께 패트리시아를 맡기려고 해서……?”

패트리시아를 어떻게 대하는 지에 따라 지금이 흔들린다……. 그 사실에 미아는 전율했다. 동시에 자신 안에 있던 위화감이 해소되었다.

뱀이 시간 이동의 비밀을 알아내고 미아의 할머니를 닮은 소녀를 보낸다? 그런 귀찮은 짓을 할 리가 없지 않은가.

──역시 그 아이는 패트리시아 할머니 본인이라고 생각해야 할 것 같아요.

루드비히의 가설로는 과거에서 미래로 오는 건 설명할 수 없었지만, 그렇다고 생각하는 게 좋을 것 같은 느낌이 들었다.

“아, 루드비히 선생님은 이런 말씀도 하셨어요. 어쩌면 흔들림에 의해 생긴 다른 시간선은 지금도 동시에 존재하는 게 아니냐고.”

“무슨 의미죠?”

“저도 잘 모르겠지만, 역사가 어느 방향으로 수렴하는지는 시간선의 농도와 관련이 있을 것 같대요. 시간선마다 농도가 있는데, 언젠가는 진한 쪽으로 수렴해서 역사의 모습이 확정된다고.

그리고 흐릿한 쪽은 꿈으로 바뀌어버리는 게 아니냐고. 그러니까 어떠한 행동으로 꿈 쪽이 더 진해지면……."

"꿈과 현실이 뒤바뀔 가능성도 있다는 건가요?"

"그럴 수도 있고, 아닐 수도 있대요. 설령 그렇게 된다고 해도 저희는 눈치채지 못할 거라고 말씀하셨어요."

그 말을 들은 미아는 저도 모르게 '히이익!' 하고 비명을 질렀다.

제15화 습격!

소녀는 세인트 노엘 학원 여자 기숙사의 복도를 걸었다.

가벼운 발걸음. 잔잔하게 불어오는 바람에 촉촉하게 젖은 머리카락이 살짝 흔들렸다. 목욕하면서 때를 깨끗하게 씻어냈기 때문일까, 매끈한 머리카락은 흔들릴 때마다 은은하게 반짝거렸다.

매끄러운 뺨은 희미하게 붉은색으로 물들어 조금 매혹적이고…… 어딘가 초점이 흐릿한 멍한 눈동자는 소녀에게 꿈결 같은 매력을 더해주는 것 같았다.

작고 사랑스러운 입술을 가늘게 벌리고 '후우……' 하며 애달픈 한숨을 내쉰 소녀, 그녀는──놀랍게도 미아였다!

그렇다. 이건 미아의 묘사였다.

머리에서 모락모락 김을 내며 끙끙 고민하는 미아를 묘사한 장면이었다.

대륙을 대표하는 작가, 에리스 리트슈타인 여사의 미아 여제전 스타일로 과장이라는 조미료를 찹찹 뿌려서 미아를 묘사하면 이렇게 된다.

이것이 후세에 서술 트릭의 기반이 되었다는 것 같기도 아니라는 것 같기도 한 소문이 있지만, 그건 그렇다 치고……. 아무튼, 그렇게 촉촉한 히로인의 가죽을 뒤집어쓴 미아는 현재 생각에 몰두하고 있었다.

"그 아이는 역시 패트리시아 할머니라고 생각해야겠죠."

"하지만…… 루드비히 선생님은 그런 말씀은 한 마디도……. 정말 그런 게 가능한 건가요?"

고개를 갸웃거리는 벨에게 미아는 손가락을 까딱이며 거만하게 말했다.

"명심하세요, 벨. 당신도 황녀라면 잘 기억해두는 게 좋습니다. 패트리시아 할머니라고 생각했는데 실제로는 아니었을 경우와 패트리시아 할머니가 아니라고 생각했는데 실제로는 할머니였을 경우……. 상정과 실제가 다를 때 어느 쪽의 피해가 더 큰지 생각하는 건 아주 중요한 일이에요."

조금 전 패트리시아에게 '미아 선생님'이라고 불렸기 때문일까. 완전히 선생님 모드에 들어간 미아는 담담하게 소심한 사람의 철학을 설파했다.

"최악의 사태를 대비했는데 최악이 오지 않는다. 그렇다면 스스로를 겁쟁이라고 비웃을 수 있겠죠. 하지만 대비하지 않은 채 최악의 사태가 왔을 때는 도저히 웃을 수가 없게 된답니다."

기근을 대비했다가 식량이 남으면 축제를 열어 다 함께 먹자! 라는 것이 미아의 기본 전략이다. 그것을 손녀에게 착실히 주입했다.

"그렇군요……. 최악의 사태를 대비한다……."

"네. 식사를 비축해두면 걱정할 게 없다고도 하니까요……. 물론 넘어진 곳에 버섯이라는 속담도 있으니까 실제로는 임기응변이 필요하지만요……."

그러고는 팔짱을 끼며 말을 이었다.

"하지만 무엇보다 뱀의 교육을 받은 아이와 만났는데 아무것도 하지 않고 다른 사람에게 맡기기만 한다는 것도 꿈자리가 사나워질 것 같네요. 기분 좋게 맛있는 식사를 즐기기 위해서도 제가 선생으로서 제대로 교육해서…….."

의욕적으로 말하는 미아. '미아 선생님'이라고 불린 것이 뜻밖에 기분이 좋았던 미아였다.

"그게 미아 할머니의 방식…….."

벨은 감탄한 듯 중얼거렸다.

"네. 그렇습니다. 중요한 건 제대로 대비하는 것과 물량이에요. 그러니 라피나 님께 설명할 때도 무턱대고 찾아가서 말할 수는 없죠. 뭐라고 설명할지 제대로 '내용'을 생각한 뒤에 가야 해요. 당신 문제도 포함해서, 생각해야 하는 일이 많이 있으니까요…….."

그때 벨이 '네!' 하고 씩씩하게 손을 들었다.

"미아 할머니, 질문이 있어요."

"어머, 뭔가요? 뭐든 물어봐도 괜찮답니다."

흐뭇하게 웃는 미아를 향해 벨은 진지한 얼굴로 말했다.

"준비하기 전에 상대가 습격하면 어떻게 되나요?"

"……네?"

벨이 가리키는 곳, 미아의 방 앞에는 마침 지금 막 도착한 듯한 라피나가 서 있었다. 벨을 보고는 멍하니 입을 벌린 라피나였지만 곧바로 미아에게 시선을 되돌렸다.

——으윽…… 이, 이건 큰일이에요. 어떻게 설명해야 하죠? 벨은 뭐, 최악의 경우 벨이 직접 설명하게 한다고 해도 패트리시아

는 어떻게 설명해야 하나요? 뱀의 교육을 받았다는 것만으로도 자칫 잘못 설명했다간 저에게도 위험이 미칠 것 같은 느낌이 드는데요. 으으윽…….

배스리스트 미아의 머리에서 다시 김이 모락모락 올라오려던 그때…….

"미아 님……. 미안해."

라피나가 깊이 머리를 숙였다.

미아는 우선 라피나의 방으로 이동하기로 했다.

"미아 언니, 저는……."

"아, 그렇죠……."

찰나의 고민.

조금 전 이야기를 듣는 한 벨은 미래 세계에서 루드비히에게 제대로 교육을 받은 것 같았다. 그 의미를 이해하고 있는지는 알 수 없지만, 적어도 제대로 기억할 정도로는 진지하게 이야기를 들었던 모양이다.

따라서 데려가면 나름대로 도움이 될…… 지도 모르지만…….

"아뇨, 벨은 안느와 함께 패트리시아를 돌봐주겠어요?"

미아는 결단했다.

솔직히 벨에게 스스로 설명하라고 하는 게 편하다는 생각도 들기는 하지만…….

──혹은 잘 설명할지도 모르지만…… 이 아이는 무언가 사고를 칠 것 같은 느낌이 들어요. 구체적으로는…… 설명하는 도중

에 '라피나 아주머니'라고 해버린다거나…….

　그보다는 차라리 자신이 정리해서 설명하는 게 확실할 거라고 판단했다.

　다행히 라피나는 왠지 미안해하는 얼굴이었다. 어느 정도라면 막무가내로 밀어붙일 수 있을 거라는 계산도 있었다.

　──해야 할 일을 정리할 필요가 있네요……. 먼저 벨에 대해 설명하고, 한 번 더 학원에 다니게 해달라고 부탁해야죠. 이거보다는 패트리시아를 설명하는 게 더 어렵군요. 제 할머니라고 솔직하게 말해야 할지……. 으으음……. 단것이 필요해요. 달고 맛있는 것이 명백하게 부족해요. 호수 상태가 안정되면 반드시 달달한 것을 먹어야겠어요! 절대로!

　그렇게 의욕에 차오르는 미아가 조금 기쁜 오산과 직면하게 되는 것은 조금 더 나중 일이었다.

제16화 미아와 라피나의 스위트 토크

──앗! 이 냄새는!

라피나의 방에 들어간 순간 미아의 코가 벌름벌름 움직였다.

우수한 미아의 후각이 포착한, 향긋한 홍차의 향기와 그 속에 섞인 은은한 단내…….

──이 냄새는 쿠키 같은…… 구운 과자로군요?!

주위를 두리번거리자 테이블 위에는 이미 차와 과자가 준비되어 있었다.

"잘 오셨습니다, 미아 황녀 전하."

준비해놓은 사람은 라피나의 메이드이자 세인트 노엘에서 일하며 학업에 힘쓰는 린샤였다.

평소에는 조금 무뚝뚝한 표정을 지을 때가 많은 린샤였지만, 오늘은 어쩐지 생글거리고 있었다. ……하지만.

"……어라? 저기, 벨 님은요?"

"아, 벨이라면 제가 없는 방을 지키고 있답니다."

그 말을 듣자마자 어깨를 축 떨궜다.

미아는 테이블 위에 산더미처럼 쌓인 쿠키와 홍차를 따른 찻잔의 수를 보고 눈치챘다.

──아하, 그렇군요. 린샤 씨, 힘을 많이 줬던 거예요.

아무래도 벨이 돌아온 게 기뻐서 그만 의욕이 넘쳐났던 모양이다. 미아는 쓴웃음을 지었다.

"린샤 씨, 미안하지만 제 방에 벨과 안느, 그리고 어린 여자아이가 있으니 이 쿠키를 조금 가져다주시겠어요?"

"네? 하지만⋯⋯."

순간적으로 라피나에게 고개를 돌리는 린샤. 라피나는 그런 린샤에게 따뜻한 눈빛을 보내며 살며시 고개를 끄덕였다.

"상관없어. 나도 미아 님과 둘이서 대화하고 싶던 참이었으니까. 가져다드려."

라피나의 그 반응이 부끄러웠던 건지 린샤는 살짝 뺨을 붉히고는 재빠르게 쿠키를 나눠 담은 뒤 부리나케 방에서 나가버렸다.

──흐음, 그나저나⋯⋯ 린샤 씨가 보육을 맡아준다면 벨도 괜찮을 거라고 생각했는데⋯⋯ 은근히 어리광을 받아주고 있는 건지도 모르겠네요. 저 느낌으로 보아 분명 아주 오냐오냐하면서⋯⋯ 으음!

그런 생각을 하며 눈앞의 쿠키를 입에 넣은 순간⋯⋯ 미아는 무심코 신음했다.

──이 맛⋯⋯. 은은한 단맛 속에 숨어있는 부드럽고 풍부한 맛은⋯⋯.

바삭바삭한 쿠키를 이로 부숴서 혀 위에서 굴린다. 그러자 입 안에 훌륭한 풍미가 퍼졌다. 극상의 우유에서만 만들어지는 그 풍미가 미아를 자극했다.

이것은, 그래⋯⋯ 그 그리운 기마왕국의 초원 풍경. 풀밭 위를 느긋하게 걸어가는, 맛있어 보이는 양과 소!

미아는 눈을 부릅뜨고 라피나를 바라보았다.

"응? 왜 그래? 미아 님……."

시선의 의미를 알 수 없었던 건지 고개를 갸웃거리는 라피나에게 미아는 미소 지었다.

"그렇군요. 라피나 님도 제법……. 방심할 수 없는 상대로군요……."

"바, 방심할 수…… 없다고?"

라피나가 움찔거리는 것을 미아는 놓치지 않았다.

──폭풍의 영향으로 원하는 것을 입수하기 힘든 이 상황에서도 아직 이렇게 맛있는 것을 남겨놓다니, 대단한 비축 정신이에요.

연신 감탄하는 미아였다.

미아는 비축 신봉가이다. 따라서 본인의 방에는 디저트를 제법 비축해놓았다. 폭풍 때문에 조금씩 양이 줄어들고 있지만 그래도 단것이 전혀 없어질 일은 없다.

그런 미아이기 때문에 이 타이밍에 이만한 고급 쿠키를 꺼내온 라피나에게 깊이 공감했다.

──이거, 라피나 님도 굉장히 좋아하시나 보네요……. 단것을.

토실리스트 선배로서 자꾸만 라피나의 위팔을 주물주물하고 싶어지지만…… 아무리 그래도 그건 자중했다.

어쩐지 버섯 목욕 때와는 비교가 되지 않을 만큼 호되게 혼날 것 같으니까…….

"그나저나 참으로 진한 우유맛이로군요. 이건 틀림없어요. 기마왕국의 우유를 사용한 거죠?"

마롱이 극상이라고 말했던 제호양의 젖을 사용한 게 틀림없다.

"후후후, 역시 라피나 님. 손이 빠르시군요."

미아의 몸속에 흐르는 단것 애호가의 피가 라피나를 라이벌로 인정했다.

달콤한 과자의 원료를 만나면 바로 그것을 입수하려는 저 고고한 스위트 정신에는 미아도 감탄을 금할 수 없다.

"무슨……!"

이번에는 어째서인지 입을 뻐끔거리는 라피나. 그런 그녀를 시야 구석에 담으며 미아는 팔짱을 끼고 고개를 주억거렸다.

——기마왕국과 착착 교역을 진행하고 있는 거군요. 그 결과가 이 맛있는 양 우유를 생산하는 양……. 이것도 분명 기마왕국에서 선물한 것일 텐데, 제국도 지고 있을 수는 없죠. 더 적극적으로 기마왕국과 교류해 나가야…….

그 순간 미아는 깨달았다. 어째서일까. 라피나는 얼굴이 새빨개져 있었다. 눈에는 살짝 눈물이 맺혀있다.

"아, 아아, 아니거든? 미아 님, 오해하지 마. 마롱 씨와는 어디까지나 같이 말을 타고 바람을 쐴 것뿐이야. 그, 그것도 따지고 보면 미아 님과 같이 말을 타고 싶어서 연습하기 시작했던 거고……."

"어머? 그랬군요. 마롱 선배에게 승마를 배우고 계신다……. 그래요……."

미아는 마치 변명하듯, 부끄럽다는 듯이 빠르게 쏟아내는 라피나를 향해 미지근한 눈빛을 보냈다.

——단것을 마음껏 먹기 위해 승마로 운동하는 거로군요. 후후

후, 그걸 속이기 위해 변명하다니, 라피나 님도 제법 귀여운 구석이 있으시잖아요?

토실리스트 선배로서 미아는 관록이 넘치는 미소를 지었다.

"마음은 잘 이해합니다. 라피나 님. 저도 마찬가지니까 그렇게 변명하지 않아도 괜찮아요. 승마는 참 좋죠. 아주 멋져요."

"그러니까! 아니라고…… 했는데. 으으……."

스커트 자락을 꽉 움켜쥐고는 원망하는 듯한 눈으로 쳐다보는 친구가 오늘은 왠지 귀엽게 느껴지는 미아였다.

"저기, 참고로…… 미아 님은, 그…… 아벨 왕자님과 말을 타고 갈 때는, 어떤 식으로 해?"

승마 선배로서 미아는 살짝 거만하게 가슴을 폈다.

"흐음, 아벨하고요. 점심 도시락을 가져가는 일이 많네요. 말을 타고 간 곳에서 경치를 즐기며 도시락을 먹으면 무척 기분이 좋거든요. 특히 제가 고안한 말빵을 아벨이 아주 좋아해 주는데……."

그렇게 조금 그런 조언을 해버렸는데…….

……훗날……. 미아의 조언을 진지하게 받아들인 라피나가 말 모양 빵으로 샌드위치를 만들어서 가져간 결과…… 마롱의 심장에 아주아주 깊이 화살을 꽂게 되지만…….

뭐, 그건 여기서는 생략하기로 한다.

제17화 미아 황녀, 연기가 모락모락……
안 남!

잠시 즐거운 대화를 즐긴 뒤, 라피나는 살며시 눈을 감고 마음을 차분히 가라앉히려는 듯 홍차를 한 모금.

그 후 다시 미아를 바라보며……

"미아 님, 바르바라 씨 건에 대해 사과하고 싶어."

깊이 머리를 숙였다.

"그녀의 탈주를 허용한 것만이 아니라 이 세인트 노엘에 침입을 허하다니…… 변명할 말이 없어."

"……흐헙, 어…… 네. 뭐."

갑자기 시작된 진지한 대화에 미아는 순간 대답이 막혔다.

……아니, 목소리를 내는 걸 살짝 실패했다.

왜냐하면 미아는 세 개째 쿠키를 씹지 않고 혀 위에서 진득히 녹이며 맛과 냄새를 즐기고 있었기 때문이다! 폭풍이 오고 며칠 동안 단것에 굶주려있던 미아에게 그 쿠키는 너무 맛있었다.

한창 진지한 대화 도중인데도 무심코 테이스팅을 하고 싶어지는 건 어쩔 수 없는 일이다.

미아는 얼버무리듯이 웃으며 말했다.

"딱히 신경 쓸 필요는 없어요. 라피나 님. 상대는 혼돈의 뱀. 완벽하게 막아내는 건 어려울 테죠. 게다가 바르바라 씨에게는 바르바라 씨의 사정이 있는 모양이었고…… 그 집착으로 보아 이쪽에서 예상도 하지 못하는 무모한 방법도 선택할 테죠."

"……그래. 아벨 왕자님에게 들었어."

그렇게 대답하는 라피나의 얼굴은 여전히 가라앉아 있었다.

"그녀를 뱀으로 만든 건 귀족의 횡포였지. 그리고 그걸 방치한 건 그 나라의 왕족이고, 마찬가지로 나라를 다스리는 우리에게도 책임이 있다고……."

중앙정교회의 가르침.

왕이란 국가를 지배하는 자가 아니다. 그 땅을 다스리며 백성의 평온을 지키는 의무를 신에게서 위임받은 자다.

그렇기에 다른 왕이 폭정을 저질러 백성을 학대할 때는 그를 막는 것 또한 왕의 책무. 그렇다면 바르바라 같은 여성을 방치한 건 자신들의 책임이기도 하다.

아벨의 말은 더없이 중앙정교회의 원리에 따른 사고방식이긴 했으나…….

"그랬군요, 아벨이……."

미아는 문득 조금 전 아벨의 얼굴을 떠올렸다.

바르바라의 이야기를 들은 뒤……. 아벨은 유난히 달콤한 말을 하지 않았던가? 무리하며 밝게 행동하지는 않았던가?

──그건 저를 배려한다는 의도도 있었겠지만, 아벨 안에서도 채 소화하지 못한 감정이 있었기 때문이 아닐까요…….

미아도 아벨 덕분에 살았다는 느낌을 받았다.

그대로 바르바라의 이야기에서 전해지는 어둠에 삼켜졌다면 충격을 받은 패트리시아를 염려할 여유도 없었을 것이다.

──아벨은 섬세한 사람이니 이상하게 의식하지 않으면 좋겠는데요…….

왕의 책무와 너무 진지하게 마주 보는 바람에 지나치게 자책하지 않으면 좋겠다고…… 무심코 걱정하면서 미아는 라피나 쪽으로 시선을 던졌다.

"바르바라 씨는 큰 불행을 겪었죠. 가능하다면 그녀에게 관대한 조치를 내려주셨으면 하는데요……."

"그래. 참고할게. 다만 도망칠 때마다 이런 소동을 일으키거나 요인을 위험에 빠트리는 짓은 막아야만 해."

라피나는 조용히, 하지만 또렷한 어조로 말했다.

그러고는…… 살며시 시선을 돌렸다.

"그래도…… 가능하면 그녀가 마음을 고쳐먹길 바라. 그런 사람을 처형하는 건 뱀에게 패배하는 것이나 마찬가지니까."

"뱀에게 패배……."

미아의 중얼거림에 라피나가 조용히 고개를 끄덕이며 말했다.

"'땅을 기어가는 자의 서'는 상처받고 위로가 필요한 사람을 '처벌받는 사람'으로 바꿔버리는 무시무시한 책이야. 왕은 뱀의 꼬드김에 넘어가 죄를 저지른 자를 처벌해야만 해. 하지만 뱀이 되는 건 약하고 상처받은 사람들. 왕은 죄인을 처벌하지만 동시에 약자를 학대하는 사람이 되지."

"그렇군요. 그건 다음 뱀이 자라는 토양이 된다……. 확실히 아주 성가시네요."

그리고 그 성가신 뱀의 교육을 자신의 할머니가 받았을지도 모른다……

참으로 머리가 아픈 문제였다.

자 그럼…… 뭐라고 설명해야 할까……. 미아의 머리에서 다시 연기가 모락모락…… 나지 않았다. 지금 막 먹은 쿠키가 미아의 뇌에 당분을 공급해서 당분이라는 윤활유를 얻은 미아의 뇌는 슝 슝 돌아가기 시작했다!

그렇게 다소 지능이 올라간 미아는 불현듯 깨달았다.

이 흐름은…… 유리하지 않은가?

──이건…… 패트리시아 이야기를 꺼내려면 지금밖에 없지 않을까요?

흐름을 타는 것이야말로 미아의 진면목. 어느샌가 발생해서 자신의 등을 떠미는 흐름에 미아는 몸을 맡겼다.

"라피나 님, 말씀 하나 드려도 될까요?"

"뭔데?"

고개를 갸웃거리는 라피나에게 미아는 굳게 결의하고 말을 꺼냈다.

"이미 들으셨을지도 모르지만…… 제가 데리고 있던 소녀 말인 데요."

"그래. 들었어. 바르바라 씨는 그 아이를 뱀이라고 했지. 미아 님이 뱀의 아이를 데리고 있다고 떠들어대던 모양이지만……. 안 일한 분열 공작이야. 우리와 미아 님의 관계를 틀어놓으려고 하 는 걸까……?"

"아뇨. 사실은 그렇지 않습니다."

미아는 아주아주 무거운 어조로 말했다.

"사실 그 아이는 정말로 뱀의 교육을 받은 아이예요."

제18화 이리하여 선거 공약 완료!

"뭐……?!"

라피나가 눈을 부릅뜨는 앞에서 미아는 당장 작전을 정했다.

먼저…… 패트리시아가 할머니라는 건 비밀로 한다.

여기서 시간 이동에 대해서도 설명했다간 라피나가 혼란스러워질 뿐이다. 패트리시아가 할머니라고 확정된 것도 아니고……. 그 이상으로 바르바라 건으로 만들어진 흐름이, 그 에너지가 분산될 것 같은 느낌이 들었다.

따라서 문제점을 하나로 좁혀서 그 부분을 전력으로 강조한다.

패트리시아는 뱀의 교육을 받은 불쌍한 아이. 그 노선으로 나간다! 그 부분만을 밀고 나간다!

미아가 좋아하는 물량 공세를 한 포인트에 집중적으로 투입하는 것이다.

뾰족하기가 버섯과도 같이……. 명군사 미아는 마침내 상대의 방어벽이 약한 부분에 전력을 집중시키는 수법을 익혔다.

……뭐 그건 그렇고, 나중에 벨에게도 숨기라고 시켜야겠다고 다짐한 미아였다. 이미 안느에게 나불거렸을지도 모르지만 그건 어쩔 수 없는 일이다.

아무튼 지금은 논점을 하나로 집약한다!

"그 아이는 뱀의 교육을 받았고 장차 뱀의 가르침을 설파하는 자로서, 혹은 공작원으로서 어딘가의 귀족에게 갈…… 그런 상태의 아이입니다."

"그, 그런 아이를 왜 미아 님이……."

라피나의 불안해하는 얼굴을 향해 미아는 부드럽게 미소 지었다.

"그건 당연히…… 제가 가르치고 이끌기 위해서죠."

미아는 일부러 라피나 앞에서 선언했다.

그것은 얼핏 보면 자신을 물러날 수 없는 상황으로 몰아넣는, 소위 배수진처럼 보이기도 하지만…… 그렇지 않다.

솔직히 미아는 귀찮은 것을 그리 좋아하지 않는다.

쉽게 갈 수 있는 상황에서는 쉽게 가고 싶고, 쉽게 갈 수 없을 것 같은 상황에서도 최대한 쉽게 가고 싶다. 농땡이 치고 싶다! 오히려 이번에도 정말 농땡이 치고 싶었다!

그런 사람이기는 하지만…… 그런 미아라고 해도 이번 일은 자신이 관여하지 않을 수 없다는 걸 제대로 자각하고 있었다. 아무리 미아라지만 그 정도는 안다.

그렇다. 만약 패트리시아가 할머니라면 미아는 어떻게든 해야만 하니…… 그것만큼은 귀찮아도 피할 수가 없다.

이미 미아는 처음부터 배수진에 몰려 있는 상태였다.

그렇다면…… 아무것도 하지 않아도 배수진을 쳐야만 한다면, 일부러 스스로 그곳에 뛰어들자……. 그 상황을 최대한으로 살려서 바르바라가 만들어낸 흐름을 최대한으로 이용하려는, 그런 꿍꿍이였다.

그것이야말로 가장 쉽게 가는 길이라고…… 미아의 직감이 외쳤다.

"미아 님……, 당신은……."

라피나는 떨리는 목소리로 말했다.

"당신은 성 미아 학원에서 했던 걸 이곳에서도 하려는 거구나?"

"…………응?"

미아는 이해하지 못하고 고개를 살짝 갸우뚱했다.

다행히 라피나는 그 반응을 보지 못한 건지 딱히 신경 쓰는 기색도 없이 말을 이었다.

"들었어. 미아 님, 성 미아 학원에서는 고아들을 교육하고 있다면서. 그걸 위해 빈민가 교회에 협력을 요청했다고도……."

"아……. 네…… 뭐, 그런 일도 했었죠."

미아는 살짝 먼 산을 보았다.

그 고아를 받아들인다는, 대단히 자비로운 제국의 예지의 프로젝트는 올해로 3년째를 맞았다.

1기생인 세리아는 현자 갈브와 그 제자 밑에서 우수함을 발휘하고 있다고 한다. 그녀의 뒤를 이어 고아원에서는 뛰어난 학생들을 계속해서 학원도시에 보내고 있다.

──신월지구의 신부님이 열심히 하고 있다고 들었지만…… 아아, 그러고 보면 그분은 라피나 님의 열렬한 팬이었죠……. 그렇다면 미아 학원 일도 보고가 들어간 걸까요……?

고개를 갸웃거리는 사이에도 라피나의 말은 계속 이어졌다.

"미아 님은 이 세인트 노엘 학원에서도 같은 일을 하려는 거구나……."

"……흐어?"

멀뚱히 눈을 깜빡이는 미아. 하지만 생각에 잠긴 라피나는 그것을 눈치채지 못했다. 턱에 손을 짚고 마치 명탐정 같은 자세가 되었다.

"아니, 그게 아닌가. 미아 님이 생각하는 건 더 심오한 것……. 뱀의 온상이 되는 건 사회에 버림받고 짓밟힌 약자……. 고아들은 바로 그 조건에 딱 들어맞아. 그중에는 어쩌면 미아 님이 데려온 아이처럼 이미 뱀의 영향을 받은 아이들이 있을지도 모르지……."

라피나는 살며시 찻잔을 잡고 홍차를 비운 뒤…… 다시금 미아에게 시선을 보냈다.

"혹시 미아 님, 그게 다음 학생회장 선거의 공약인 거야……?"

──흐어?

또다시 조금 그런 목소리가 나와버릴 뻔했으나 가까스로 마음속에만 담아두었다. 마음속에서 '흐어?'가 성대히 메아리치는 걸 들으면서도 미아는 표정을 꾸며내고 깊이 고개를 끄덕였다.

"……네, 뭐, 그런 느낌이죠."

이미 흐름에 몸을 던져버린 미아였다. 이제 와서 그 흐름에 거스르는 건 불가능하고, 무엇보다 피곤하다.

그것이 설령 자신의 의도와는 다른 흐름이었다고 해도, 원하지 않는 흐름이었다고 해도 우선은 편승한다. 그러다 중간에 더 편해 보이는 흐름이 나타나면 그쪽으로 갈아탄다.

이것이 해파리 전술의 기본이다.

……뭐, 어지간하면 흐름을 갈아타는 묘기는 부리지 못하고……

그대로 폭풍에 휘말려 침몰하지 않으려고 고생하게 되지만……

아무튼 미아는 한 번 더 말했다.

"이 세인트 노엘에 다음 뱀이 될 법한 아이들을 적극적으로 받아들이고 교육하는 것. 이것이 제가 원하는 바입니다."

"그래……. 이 학원에 다니는 사람들도 언젠가는 자국에 돌아가 나라를 다스리게 되지. 그런 자들에게 고아들과 교류할 기회를 제공해서 뱀을 낳는 토양 자체를 바꿔버리자는 거구나. 훌륭해, 미아 님."

라피나는 감동해서 눈을 반짝반짝 빛내며 미아의 손을 꼬옥 붙잡았다.

"부디 나도 협력하게 해줘."

이리하여 세인트 노엘 학원에 고아들을 받아들이는 특별 초등과가 신설되었다. 그것은 지금까지 교회가 담당하던 역할, 즉 가난한 아이들의 교육이 각국에서 제도화하는 하나의 계기가 되지만……

물론 그런 건 알 리가 없는 미아였다.

제19화 걸즈 토크는 끝나지 않는다

──흠, 잘 정리될 것 같아서 다행이에요.

미아는 기분 좋은 만족감과 함께 접시 위에 남아있던 마지막 쿠키 두 개를 바라보았다.

──대화도 잘 마무리되었고 쿠키도 저게 마지막 두 개. 어느 쪽도 싸우지 않고 끝날 것 같군요.

한 개만 남아있었다면 큰일이었다며…… 입술을 살짝 축인 그때…….

"그러고 보면 미아 님, 나는 완전히 오해하고 있었어."

문득 라피나가 말했다.

"네……? 무슨 말씀이시죠?"

고개를 갸웃거리면서도 미아의 의식은 이미 쿠키가 가져가 버렸다.

아무래도 마지막 하나니까.

앞으로 평생 먹지 못하는 건 아니어도 당분간 이별해야 한다는 건 변함없는 사실.

맛을 혀에 꼼꼼히 각인해두고자 집중하며 쿠키를 오독, 콰득, 깨물어 먹고 있었다.

"오해했어. 벨 양에 대해……. 나는 미아 님을 비롯한 모두의 상태를 보고 영락없이 벨 양이 죽어버린 줄 알았지 뭐야. 다들 아주 어두운 얼굴이었으니까."

"라피나 님……."

미아는 떠올렸다.

그 뱀의 성에서 돌아온 뒤로 라피나는 어딘가 친절했던 것 같다. 린샤의 문제도 적극적으로 생각해주고, 학생회에서도 틈만 나면 도와주었다. 미아의 테스트 점수가 조금 그런 느낌이 되었어도 따뜻하게 지켜봐 주었다.

──배려해주고 있었던 거군요.

새삼 그 사실을 깨닫는 미아였다. 그리고…….

──그렇다면 벨의 문제는 적당히 얼버무리지 말고 제대로 설명해야겠어요. 라피나 님만이 아니라 아벨에게도, 시온이나 다른 사람에게도 제대로 설명해야겠군요.

하지만 개별적으로 설명하는 건 귀찮으니 한꺼번에 설명하고 싶은 미아였다. 효율적으로, 적은 에너지로 살고 싶은 미아였다.

어떤 순서로 가야 할까 생각에 잠긴 사이에도 라피나의 이야기는 계속 이어졌다.

"게다가 발렌티나 양도 그런 말을 했어. 미아 님 곁에 있던 아이를 쏴 죽였다고. 친구의 소중한 사람을 빼앗은 자기를 살려놔도 괜찮은 거냐며 나를 도발했지. 아주 난감했다니까."

뺨을 손으로 감싸며 한숨을 쉬는 라피나. 그 눈이 조금도 웃고 있지 않다는 걸 깨달은 미아는 살짝 부르르 떨었다.

"라피나 님에게마저 그런 말을……. 참 무서우…… 도록 교활하군요. 역시 뱀이에요."

무심코 라피나를 도발하다니 '무서운 줄 모르는 사람이네요!'라는 말을 해버릴 뻔한 미아였으나 다급히 궤도를 틀었다. 그러고는 쿠키를 먹다가 사레들린 척 콜록거렸다.

그 김에 눈앞에 있는 홍차를 호로록. 입 안을 헹궈서 머리를 깨끗하게 정리했다.

중요한 건 위험도를 가늠하는 것이다.

잠시 마음을 진정시키고, 생각해서……

──뭐, 패트리시아 건이 해결되면 벨 문제는 그렇게까지 걱정하지 않아도 되지 않을까요?

그런 결론을 내린 미아였다.

이미 벨은 '미래에서 온 걸 여러 명에게 이야기한' 미래에서 왔다. 요컨대 필요하다면 벨은 자신의 비밀을 말할 수 있다. 애초에 그럴 필요가 있는 사람에게 사실을 밝힌 미래에서 온 것이니까……

──이번에는 제가 무언가를 하지 않으면 라피나 님께서 성황제가 되는 것도 없을 테고요……. 제국도 안녕한 것 같고…….

위험도가 커 보이는 문제를 정리한 덕분에 살짝 힘을 빼는 미아였다.

그건 한마디로 말하자면 방심이었고…….

미아가 방심했을 때는 대체로 무시무시한 일에 휘말리는데……. 무시무시한 것을, 불러버리는데…….

"영락없이 발렌티나 양에게 속을 뻔했어."

쓴웃음을 지은 라피나에게 미아는 조심스럽게 말했다.

"저기, 라피나 님. 사실은 그렇지 않습니다."

"응……? 무슨 뜻이야?"

"그게, 나중에 아벨이나 다른 사람들에게도 설명하려고 생각했지만요……. 벨에게는 조금 사정이 있습니다. 발렌티나 양이 쏜 화살을 목에 맞은 것도, 그때 죽은 것도 사실이에요."

"죽었…… 다고? 설마……. 그럼 미아 님과 같이 있던 것처럼 보였던 벨 양은…… 유령?"

눈을 크게 뜨고 떨리는 목소리로 말하는 라피나에게 미아는 무심코 웃었다.

"호호호, 라피나 님. 그럴 리가 없잖아요. 유령이라니, 그런 게 이 세상에 있을 리가요. 호호호."

재미있다는 듯 웃는 미아, 였으나……. 어째서일까. 라피나는 전혀 웃지 않았다.

"아…… 그래. 미아 님에게는 보이지 않았지……."

"네…………?"

그때 미아는 불쑥 깨달았다. 깨닫고…… 말았다.

라피나의 시선이 어딘가 불분명하다는 것을……. 아니, 불분명하다기보다는 어딘가 먼 곳을 보고 있는 듯한……. 미아보다 조금 뒤쪽…… 아무것도 없는 공간을 보고 있는 듯한…….

그것은, 그…… '고양이가 아무것도 없는 공간을 가만히 응시하는 행동' 같은, 혹은 '개가 아무도 없는 장소에 대고 짖는 행위' 같은……. 인간에게는 보이지 않는 무언가를 애완동물이 봤다고 주인이 확신하게 만드는 듯한, 그런 행동을 닮아서…….

"라, 라라, 라피나 님……? 뭐, 뭔가, 제 뒤에, 있나요?"

"후후후, 미아 님. 이 세상에는 모르는 게 행복한 일도 있어. 후후후……."

살짝 고개를 숙이고 으스스한 미소를 짓는 라피나를 본 미아가 '히이이익' 하며 바들바들 떤 다음 순간!

"농담이야."

라피나가 고개를 들었다. 그 얼굴에는 장난기 어린 미소가 번져 있어서…….

"…………흐어?"

무심코 얼빠진 목소리가 나와버린 미아였다.

"라, 라피나 님, 너무하세요! 그런 식으로, 저, 저를 겁주다니."

"후후후, 아까 놀려댔으니 갚아준 거야. 아주 부끄러웠다고."

쿡쿡 웃는 라피나를 향해 미아는 부루퉁하게 뺨을 부풀렸지만…… 바로 웃음을 터트렸다.

연애, 괴담. 10대 중반의 평범한 영애들이 나누는 떠들썩한 대화 풍경이 그곳에 있었다.

"그래. 사정이 있었구나. 알았어. 아벨 왕자님의 누님과도 관련이 있으니 한 번 학생회실에 모여서 이야기를 듣기로 할게. 그러면 될까?"

라피나의 제안에 작게 고개를 끄덕이는 미아…… 였으나…….

"그나저나 미아 님은 무서운 이야기에 약하구나. 그럼 이런 이야기는 알고 있어?"

"그, 그러니까 라피나 님!"

떠들썩한 걸즈 토크(괴담)은 조금 더 계속될 것 같았다.

제20화 미아 황녀, 근거 없는 중상모략을 받다!

라피나와 상의한 결과 다음 날 학생회 회합을 갖게 되었다.

그때 벨에 대해 설명하고 특별 초등부에 대해 상담하기로 했다.

이것은 단순한 약자 구제가 아니다. '혼돈의 뱀'을 만들어내는 토양을 대상으로 한 움직임이다. 잘 풀린다면 그 파괴자들을 만들어내는 연쇄를 막을 수 있을지도 모른다.

따라서 학생회 관계자에게는 제대로 협력해달라고 할 필요가 있다. 다른 학생들이 찬성하는 분위기를 만들도록 움직여줘야만 하기 때문이다.

도중에 디저트 토크, 호러 토크 등 꺄르륵 꺄아악! 하는 즐거운 잡담을 섞으면서 정해야 할 사항은 제대로 정했다.

완급을 조절하는 대화는 미아가 성장한 증거일까? 아니면 라피나가 미아 색으로 물들고 있다는 증거일까?

"어쨌거나 뱀 대책이라는 점을 전면적으로 밀고 나가면 사정을 아는 분들은 반대하지 않을 테고, 패트리시아를 돌보는 변명도 되겠죠……. 흠, 여러모로 예상치 못한 일도 있었지만 잘 풀린 것 같네요."

고개를 주억거리던 미아는 문득 생각했다.

안이하게 패트리시아를 라피나에게 맡겼다면 왜 현재에 흔들림이 발생한 걸까……?

"지금의 라피나 님이라면 그리 나쁜 결과가 되지는 않았을 텐데요……. 묘하네요. 혹시 제가 해야만 하는 이유라도 있는 걸까요……?"

아직 머리에 당분이 남아있는 덕분인지 미아의 두뇌는 전에 없이 잘 가동하고 있는 모양이었다.

그렇게 미아는 생각에 잠기며 자신의 방으로 돌아왔다.

"앗, 미아 할…… 언니, 다녀오셨어요."

문을 열자 밝게 웃는 벨이 맞아주었다.

"네, 다녀왔습니다…… 음. 조금 좁네요……."

테이블 주변에는 벨, 린샤, 안느, 패트리시아, 여기에 슈트리나의 모습도 있었다.

"리나 양도 불렀군요."

"네. 제가 권유했습니다. 모처럼이니까요……."

린샤는 즐거워하며 말했다.

"후후후. 고마워, 린샤 양. 이런 즐거운 모임에 불러줘서."

평소와 같은 가련한 미소…… 가 아니라 제 나이에 맞는 천진한 미소를 지은 슈트리나. 아무래도 정말로 불러줘서 기쁜 모양이었다.

의외라고 해야 할까, 린샤와 슈트리나는 사이가 나쁘지 않았다.

그건 벨이라는 공통점이 있기 때문에. 혹은…… 벨을 잃은 아픔을 공유한 경험…… 때문일까.

벨이 사라진 뒤 우울해하는 슈트리나를 가장 걱정한 사람은 다름 아닌 린샤였다. 처음 미아는 그런 린샤를 옐로문가의 메이드로 추천하려고 했다.

슈트리나 전속 메이드가 된다면 슈트리나가 마음을 추스르는 데 도와줄지도 모른다고 생각했기 때문이지만…….

린샤는 고개를 저으며 말했다.

"……미아 님, 잊으셨을지도 모르지만 저는 슈트리나 님의 메이드에게 맞아서 머리가 깨졌었답니다. 그것도 슈트리나 님께서 불러내셔서요……. 그런 분을 모실 수 있을 것 같습니까?"

어딘가 황당해하는 얼굴로 어깨를 으쓱하며 린샤가 말을 이었다.

"게다가 그 애…… 벨 님과 관계가 깊었던 인간이 가까이 있으면 시간이 많이 지나도 떠올리게 되겠죠. 그건 괴로운 일입니다."

그건 슈트리나를 배려하는 말이지만 동시에 본인에게도 해당하는 말이었던 건지도 몰랐다.

아무튼 벨 일로 슬퍼하고 진심으로 적적해하던 두 사람이었으니 벨이 돌아왔을 때의 기쁨 또한 공유할 수 있었던 모양이다.

슈트리나가 자리에서 일어나 옆으로 다가오더니…… 미아의 얼굴을 빤히 쳐다보았다.

"……왜, 왜 그러시나요? 리나 양."

"아뇨……. 설마 미아 님께서 친구의 할머니였다니 생각지도 못했던 일이라 그만……."

살짝 목소리를 죽인 건 안느와 패트리시아가 있었기 때문일 것이다. 슈트리나는 아주 진지한 얼굴로 미아를 바라보더니, 아주 진지한 어조로 말했다.

"그…… 몸에 이상은 없으신가요? 미아 님, 튼튼한 후손을 잘

낳으실 수 있도록 자양강장제 같은 것이라도……."

"네…… 리나 양, 마음만 고맙게 받겠어요."

미아는 살짝 경직된 미소를 지으면서도 그 말을 흘려넘긴 뒤 다시금 벨에게 시선을 주었다.

"그런데 벨, 라피나 님과 상담하고 왔는데요. 학생회에서 벨의 귀환 파티를 열기로 했습니다. 그때 당신의 사정을 이야기해달라고 할 생각인데, 괜찮을까요?"

괜찮냐는 말에 담긴 의미를 음미하듯 벨은 한 번 소리 없이 그 말을 따라 하고는…….

"네. 알겠습니다. 괜찮아요, 예정대로일 거예요."

예정대로, 즉 벨의 비밀은 학생회 내에서 공유되었다는 뜻……. 회합 도중에 밝혀진다는 뜻이다.

확인하지 않고 정했기 때문에 다소 걱정하던 미아였기에 벨의 대답에 안도의 한숨을 쉬었다.

"그래요, 다행이군요. 아, 그리고 패트리시아 말인데……. 자세한 건 생략하지만 패트리시아, 당신은 이 세인트 노엘의 특별 초등부에 다니게 되었습니다."

그 말에 반응한 건 패트리시아 본인이 아니라 벨이었다.

"……특별 초등부…… 라고요?"

벨은 어딘가 혼란스러운 모습으로 고개를 갸웃거렸다.

"……이상하네요. 세인트 노엘에 그런 게 있다는 이야기는 들은 적이 없는데요……."

끄으응 미간을 찌푸리며 벨은 두꺼운 수첩 같은 것을 꺼냈다.

"어머……? 그건?"

"네. 루드비히 선생님의 일기장입니다."

"세상에, 루드비히라고요……?"

그 말을 듣자마자 흥미진진해진 미아였다. 대체 그 망할 안경이 무슨 일기를 썼는지 너무 궁금했다. 하지만…… 벨의 입에서 나온 건 단순한 호기심을 초월하는 경악스러운 사실이었다.

"그것도 흔들림에 의한 꿈과 현실이 뒤바뀌었을 때를 위해서라며 꿈의 기억도 현재의 기억도 전부 적어놓았다고……."

"오오! ……그렇다는 건?"

"이전 황녀전 때도 서술이 바뀌었지만, 이번에는 꿈과 현실 모두 기록해놨으니까 더 정확하게 역사의 움직임을 관측할 수 있을지도 모른다고 루드비히 선생님이 그러셨어요."

어째서인지 우쭐거리며 가슴을 펴는 벨. 반면 미아는 무심코 감탄사를 뱉었다.

"세상에! 그런 편리한 것이 있다면 저도 꼭 읽어…… 어머?"

눈을 반짝반짝 빛내는 미아를 보고 벨은…… 어째서인지 일기장을 가슴에 품고 한 걸음 뒤로 물러났다.

"왜 그런가요? 벨. 자, 저에게도 어서……."

"그게, 이런 걸 보여드리면 어쩌면 미아 언니가 방심해버릴지도 모른다고 그랬거든요……."

"아니! 누가 그런 말을 했죠? 용서할 수 없어요. 그런 중상모독을 어디의 누가……."

"네, 그…… 미래의 미아 할머니가요……."

"어머……!"

미아가 미래의 자신을 믿지 않는 것처럼 미래의 미아 또한 과거의 자신을 믿지 않았다.

변함없는 자신의 태도에 미아는 무심코 감명을 받았다.

──그래요. 인간이란 슬플 정도로 바뀌지 않는 생물인 거군요…….

그렇게 마음속으로 중얼거리는 동안에도 벨은 수첩을 샤샥 확인했다.

"……역시 안 적혀 있어요. 으음……."

"뭐, 패트리시아가 나타나지 않았다면 일어나지 않았을 일이니까 이상하지는 않다고 보는데요……."

문득 시선을 던지자 패트리시아는 말없이 미아와 벨의 대화를 보고 있었다.

궁금하기는 할 테지만 그 입에서는 아무런 말도 나오지 않았다.

순간 그 사실에 위화감을 느끼는 미아였으나…… 그 답을 바로 찾아냈다.

패트리시아의 오밀조밀한 입술에 묻어있는 쿠키 가루를!

──그렇군요. 맛있는 쿠키였어요. 테이스팅에 집중하게 되는 마음은 잘 이해한답니다. 입 안에 있는 쿠키의 풍미를 놓치지 않기 위해 최대한 입을 열고 싶지 않은 그 마음, 아주 잘 알죠.

어쩐지 만족스러운 듯한 얼굴로 쿠키를 음미하는 패트리시아를 보며 미아는 생생한 혈연을 느낄 수밖에 없었다.

제21화 달라진 미아 황녀

"……어디 보자."

즐거운 다과회는 저녁 식사를 앞두고 끝났다.

그 후에 저녁을 먹고 각종 취침 준비를 마치고 나니 패트리시아는 이미 꾸벅꾸벅 졸고 있었다. 침대에 들어가라고 권하자 바로 도로롱도로롱 귀여운 숨소리가 들렸다.

익숙하지 않은 장소에 갑자기 끌려온 셈이니 피곤했을 것이다.

조용히 눈을 감고 잠든 모습은 그 나이대의 어린아이처럼 보였다.

──일어났을 때는 인형 같다고 느꼈지만…… 그건 어쩌면 이 아이 나름의 가면일지도요?

표정을 읽지 못하도록 의식적으로 무표정을 만든다. 뱀이 가르칠 법한 일이었다.

미아는 옆에 놓인 침대에 시선을 주었다. 그곳에는 벨이 새근새근 잠들어 있었다. 아무래도 벨도 슈트리나와 린샤를 상대하면서 지쳤던 모양이다.

그런 두 사람을 보고 미아도 전염된 듯 흐아암 하품을 했다. 하지만 아직 잘 수는 없다. 왜냐하면…….

"안느에게는 벨에 대해 제대로 이야기해야죠……."

안느와 에리스, 그리고 루드비히.

적어도 이 세 사람은 미아의 입으로 벨에 대해 이야기하고 싶었다. 그래야만 한다고 생각한다.

──손녀가 신세 진 셈이고요……. 제 입으로 고맙다고 인사하는 게 도리죠. 그리고 루드비히에게는 지혜를 빌려야만 하고요…….

'시간선 흔들림 이론'이라는 가설을 만들어낸 루드비히다. 할머니인 패트리시아 일도 합쳐서 설명하면 더 정확한 이론을 들려줄지도 모른다.

──아마 벨이 있던 역사에서는 그걸 부탁하는 게 더 나중 일이었겠지만요…….

이미 벨이 아는 역사에서도 사정이 살짝 바뀌어버렸다. 패트리시아가 출현하여 흐름이 변화한 건 명확했다. 그러니 쓸 수 있는 사람은 뭐든 써서 더 정확한 정보를 파악해놓아야 할 것이다.

무엇보다 더 똑똑한 사람에게 전모를 파악해달라고 해서 위기를 회피할 필요가 있는 게 아니냐고 결론을 내린 미아였다.

뭐, 그건 그렇다 치고…….

"안느, 잠시 여기에 앉아줄래요?"

그렇게 말하며 미아는 침대를 팡팡 두드렸다.

"네……. 무슨 일이신가요?"

의아한 듯 고개를 갸웃거리는 안느에게 미아는 지극히 진지한 얼굴로 말했다.

"벨에 대해 말해야만 해요."

그러고는 침대에서 잠든 벨을 힐긋 보았다. 평온한…… 아니, 조금 맹한 얼굴로 잠든 손녀딸. 황녀로서 저런 빈틈투성이인 얼굴을 보여주면 안 된다고 중얼거리면서도 미아는 안느에게 시선을 돌렸다.

"안느, 믿어줄지는 모르지만…… 벨은 제 손녀예요."

미아는 안느의 눈을 똑바로 바라보며 말했다.

"…………네?"

어리둥절해서 눈을 깜빡인 뒤 안느는 당황한 듯 물었다.

"어, 저기…… 그건, 무슨 뜻이죠?"

"말 그대로예요. 저 아이는 제 손녀. 어떻게 과거에 왔는지는 저도 설명하기 조금 어렵지만, 그래도 틀림없이 제 소중한 손녀랍니다."

그렇게 운을 뗀 미아는 설명하기 시작했다. 벨의 비밀과 안느가 베푼 은혜를…….

"저 아이는 전에 왔을 때는 아주 무서운 세계에서 왔습니다. 제국이 멸망한다는 무서운 미래죠. 저도 벨의 어머니도 죽어서 아군은 아무도 없는, 그런 상황에서 당신과 당신의 동생 에리스가 충성을 다하여 저 아이의 어머니 노릇을 해주었어요."

미아는 새삼스럽게 감회에 젖었다.

할머니도 손녀도 안느에게 차마 다 갚을 수 없을 만큼 큰 빚을 졌다.

지하 감옥에서 보여준 충성과 벨에게 베풀어준 애정……. 안느에게는 정말 아무리 은혜를 갚아도 부족할 정도다.

그런 마음으로 미아는 조용히 머리를 숙였다.

"안느, 다시금 말할게요……. 벨이 신세 졌습니다. 저 아이는 당신과 에리스에게 차마 다 갚을 수 없는 은혜를 받았어요. 물론 그건 저 자신도 마찬가지지만……. 정말로, 진심으로 감사합니다."

미아의 이야기를 묵묵히 듣던 안느는 작게 숨을 내쉬었다.

"그럼, 그, 지금의 벨 님께선……."

"네. 그때 화살을 맞은 벨은 그걸 계기로 미래로 돌아갔어요. 그곳은 저희가 바꾼 다른 미래. 그러니 괜찮습니다. 저 아이는 아주 건강한걸요."

미래가 어떻게 되었는지 자세한 이야기는 듣지 못했다. 게다가 어쩌면 벨은 가르쳐주지 않을지도 모른다.

하지만 벨의 얼굴을 보면 안다. 벨이 이쪽 세계에 있을 때와 비슷할 정도로는 행복하다는 것을.

"알겠습니다. 미아 님. 아, 어, 물론 이해하지 못한 부분도 있지만, 그래도 중요한 건 전해졌으니까요."

안느는 가슴에 손을 올리고는,

"저와 에리스가 미아 님께…… 벨 님께 도움이 되었다면 다행입니다."

평소와 다름 없는, 온화하고 다정한 미소를 지었다.

"그럼 미아 님, 저는 바닥에서 잘 수 있도록 준비를……."

이야기가 일단락되자 안느가 일어나려고 했다. 그런 안느의 손을 잡은 미아는 조용히 고개를 저었다.

"아아, 안느. 오늘은 제 침대에서 자세요."

"네……? 아니, 미아 님……."

당황하는 안느를 향해 미아는 장난기 어린 미소를 지었다.

"가끔은 괜찮지 않나요? 당신은 제 심복이기도 하고, 절대 바닥에서 재울 수 없죠."

"하지만……."

"괜찮으니까요. 자자, 누우세요."

"꺅, 잠깐만요, 미아 님!"

안느의 손을 확 잡아당겨 침대로 끌고 들어간 미아였다.

그랬다. 고등부로 올라간 미아는 전과는 달라졌다.

대은인인 안느를 바닥에서 재웠다가 감기라도 걸렸다간 큰일이다. 신분 차이는 상관없다. 안느는 반드시 침대 위에서 자야 한다고 사명감에 불타는 미아였다.

오늘 밤은 무슨 일이 있어도 같이 잔다고…… 절박함이 등을 떠미는 미아였다.

참고로…… 말할 필요도 없겠지만, 미아는 딱히 라피나와 대화할 때 조금 무서운 이야기를 듣는 바람에 안느를 침대로 데려온건 아니다. 결코 그렇지 않다는 것만은 미아의 명예를 위해 명기해둔다.

딱히 밤에 혼자 자는 게 무섭다거나 그런 이유는 정말로 아니다. 결단코 아니다!

고등부에 올라간 미아는 전과는 달라진 것이다!

제22화 하이 파워 아이 프린세스, 재래

밤이 지나고 다음 날.

미아는 평소처럼 수업을 받으러 갔다.

패트리시아는 안느와 벨, 그리고 슈트리나에게 맡겼다.

참고로 벨은 세인트 노엘 편입 절차가 끝나지 않았으니 아직 수업을 받을 수 없다. 그건 어쩔 수 없는 일이지만…… 슈트리나는 오늘 아침 몸이 안 좋으니까 수업을 쉬겠다고 해놓고 미아의 방으로 놀러 왔다. ……놀러 오고 말았다!

웃는 얼굴로 양심의 가책도 없이 그런 말을 하는 슈트리나를 보며 미아는 쓴웃음을 지으면서도,

"뭐, 어제 막 재회했으니까요. 벨과 같이 있고 싶은 마음은 이해가 가요."

라면서 참으로 관대한 태도를 보였다.

여태까지 슈트리나가 우울해하던 모습을 생각하면 하루 이틀 정도는 꾀병을 부려서 쉬는 것쯤이야.

손녀와 그 친구를 바라보는 할머니의 눈빛은 아주 자상했다.

그런 이유로 아주 성실하게 수업을 받으러 간 미아…… 였으나, 오늘은 아침부터 눈이 몽롱하게 풀려있었다.

"흐아아암……."

하품을 삼키며 눈꼬리에는 눈물을 매달고 수마와 사투를 벌이고 있었다.

——으음…… 유독 졸리네요. 어젯밤엔 푹 자지 못했기 때문일까요?

안느에게 벨 이야기를 하느라 평소보다 30분이나 늦게 잠든 미아였다. 수면 시간이 대폭 줄어들었다.

——하지만 잘 수는 없죠. 저는 '미아 선생님'. 그 이름에 부끄럽지 않도록 공부에 힘써야만 해요.

졸음에 지지 않도록 시합을 넣으며 눈을 부릅뜨는 '하이 파워 아이 프린세스' 미아였다. 수업 내용은 한쪽 귀로 들어와 반대쪽 귀로 나가버렸지만 그런 건 신경 쓰지 않는다.

아무튼 눈을 뜨고 있는 것이 핵심! 모든 정신력을 눈에 담아 핏발까지 선 미아였다.

그렇게 그날 수업이 전부 끝나고 미아가 몸을 쭈우우욱 늘리며 기지개를 켠 그때.

"미아. 오늘은 학생회 회합이 있다고 들었는데……."

아벨이 말을 걸었다.

"준비가 다 되어있다면 같이 학생회실까지 어때? 오늘 아침부터 안느 양도 없는 것 같으니 에스코트할까 하는데."

"어머나. 후후후. 그랬군요. 그럼 부탁할까요."

미아는 웃으면서 아벨이 내민 손을 잡고…… 힐끗 그의 얼굴을 보았다.

최근 미아는 아벨의 얼굴을 자주 관찰하게 되었다. 살짝 핏발이 선 눈으로 아벨을 물끄러미 관찰하는 '하이 파워 아이 프린세스' 미아였다.

그건 소년에서 청년으로 바뀌어 가는 미소년의 모습을 그 눈에 똑똑히 새기기 위해…… 가 아니다. 당연히 아니다……!

확실히 미아 안에 그런 흑심이 아예 없지는 않지만, 어디까지나 그건 아주 조금. 기껏해야 3할을 살짝 넘는 정도다.

그리고 다른 이유는 물론 아벨이 걱정되기 때문이었다.

요즘 아벨은 무리하고 있는 게 아닐까? 미아의 뇌리에 그런 걱정이 있었다.

그 뱀의 성에서 일어난 일. 그는 친누나인 발렌티나가 뱀이라는 사실을 알았다. 그것도 무녀라는, 뱀을 총괄하는 지위였다.

그 사실이 아벨에게 얼마나 큰 상처를 주었는지 미아는 잘 알고 있었다.

──아벨은 저와 마찬가지로 섬세하고…… 아주 다정한 사람인걸요. 그 일로 아무것도 못 느꼈을 리가 없죠.

더불어 발렌티나는 벨의 목숨을 빼앗았다.

미아가 동생이라고 공언한 벨을 발렌티나가 살해……. 그것을 아벨이 신경 쓰지 않을 리가 없다.

그리고 그건 미아의 걱정은 정확했다.

그날 누나가 저지른 죄를 갚기라도 하듯 아벨은 무리하게 되었다.

주변을 배려하며 한층 더 검술 단련에 힘쓰고 훌륭한 왕족으로서 행동하고자 필요 이상으로 노력했다.

스스로를 연마하는 것 자체는 훌륭한 일인지도 모르지만, 도가 지나친 태도가 미아에게는 조금 걱정이었고…… 그렇기에 미아는 아벨을 전보다 더 자세히 보게 되었다.

——아벨, 웃고는 있지만 조금 지친 얼굴인 것처럼 보여요. 어쩐지 눈 밑도 거뭇하고……. 으으, 걱정되네요. 다시 기운을 되찾고 그 미소를 보여주게 된다면 좋겠는데요…….

그러기 위해서도 오늘의 벨 귀환 보고회는 중요하다.

——벨이 살아있다는 걸 알면 조금은 마음이 가벼워질 거예요.

"그런데 오늘은 무슨 모임인 거야? 시기상으로 보아 학생회 선거와 관련이 있는 건가?"

"아아. 네, 그것도 있어요. 여러분에게 조금 부탁하고 싶은 게 있어서……."

"부탁하고 싶은 것……? 그건 어제 사건과 관련이 있는 거야?"

"으음. 뭐, 상관이 없다고는 하기 어렵지만…… 그런데 아벨, 그 후에 어떤가요? 발렌티나 형님은……."

"아…… 응."

그 질문에 아벨의 얼굴이 약간 어두워졌다.

아벨은 시간을 내서 발렌티나가 유폐된 곳을 찾아가고 있었다.

그곳은 세인트 노엘과 가까운 장소. 베이르가 공국 안에 있는 어떤 탑이었다.

대외적으로는 수도원으로 알려진 그 건물은 뱀의 무녀를 유폐해두기 위한 특별한 건물이었다. 그곳에 사는 수녀들은 다들 뱀 대처법을 배운 사람들이다.

본래 그곳에 갇힌 사람과 만나는 건 허락해주지 않지만……. 발렌티나는 타국의 왕족인 데다 라피나의 도움으로 아벨을 비롯한 일부 사람에겐 특별히 면회가 허락되어 있다.

따라서 아벨은 시간을 내서 만나러 가는 걸 반복하고 있었으나…….

"여전해. 형님도 때때로 다니고 있는 것 같지만……."

"어머……. 게인 아주버님께서도요?"

그건 조금 의외였으나…….

"형님도 이래저래 속이 복잡한 것 같긴 한데……."

"그렇…… 군요. 흠…… 어쩌면 오늘 할 회합이 발렌티나 형님께 도움이 될지도 모르겠네요."

그런 이야기를 하며 두 사람은 학생회실에 왔다.

제23화 제국의 예지가 구상한 최강의 학생회!

"잘 지내셨나요, 여러분."

학생회실에 들어오자 이미 다들 모여있었다.

"아, 왔구나. 미아."

자리에서 일어나 미아를 맞은 사람은 부회장 시온이었다. 고등부에 올라간 그는 키가 훌쩍 자라 미아를 내려다볼 정도가 되었다.

그 상큼하고 날렵한 얼굴은 변함없이 여학생들에게 인기를 끌고 있는 모양이었으나……. 아직도 그의 마음을 사로잡은 사람은 없었다.

"어제는 큰일이 있었다던데. 다치지 않아서 다행이야."

"네. 아벨이 와 주었거든요."

미아의 말을 듣고 아벨은 진지한 얼굴로 고개를 끄덕였다.

"너와 함께한 훈련 덕분에 무사히 구할 수 있었어."

"다행이야. 하지만 우리 둘 다 검술 단련을 소홀히 할 수 없겠군. 소중한 사람을 지키기 위해."

그런 대화를 하며 악수하는 두 명의 왕자. 남자들의 뜨거운 우정을 구경하면서도 미아는 다른 학생회 임원으로 시선을 옮겼다.

테이블에 앉은 네 명의 소녀들이 담소하고 있었다.

부회장 라피나, 그 옆에는 회계 클로에와 서기 티오나가 나란히 앉았다.

거기까지는 이전과 같은 얼굴이었지만 나머지 한 명은…….

"수고하셨습니다. 미아 님."

"아아, 라냐 양. 안녕하세요. 흠…… 오늘 다과는 페르쟝의 과자인가요?"

"네. 오늘은 카티라를 가져왔습니다."

쾌활하게 웃는 그녀는 라냐 타하리프 페르쟝. 농업국의 제3왕녀다.

졸업한 사피아스 대신 서기 보좌로서 미아가 라냐를 지명했다.

그 인선은 일부 사람들에게 '미아 황녀의 친목 학생회'라는 야유를 받았으며……, 그것을 이유로 미아를 비난하려는 자가 세인트 노엘에도 제국 내부에도 있다고 하지만…… 미아는 일고도 하지 않았다.

자신이 있었다. 이것이야말로 미아가 꾸민 최강의 학생회라고. 미아의 머릿속에서 이보다 더 좋은 포진은 구성할 수 없었다.

그 이유는 아주 단순하다. ……대기근이 왔으니까.

아니, 더 정확하게 말하자면 대기근으로 이어질 법한 시기가 왔다고 해야 할까. 작년 수확은 전년에 비교해 무시무시할 정도로 줄어들었다. 애초에 그전부터 서서히 수확량이 줄어들고 있으니 상황은 지극히 심각하다.

섣부른 수를 썼다간 아사자가 속출하여 한꺼번에 대기근의 비극을 불러올 수 있는 이 상황. 몇 년에 걸친 흉작 시기에 농업국의 왕녀인 라냐의 의견을 참고하지 않는다는 건 말도 안 된다.

주변을 전문가로 채워놓아야 자신은 예스맨으로 머무를 수 있다. 그 신념하에 미아는 이번 학생회 임원을 꾸렸다.

농작물 사정을 잘 아는 라냐와 제국 귀족 중에서도 커다란 농업지대를 보유한 루돌폰 변경백 영애 티오나가 있다. 더불어 유통에 해박한 상인의 딸 클로에도 있다. 이 세 사람은 다가오는 정세 속에서 가장 중요한 임원이라고 할 수 있다.

그리고 같은 이유로 미아도 회장 지위에서 내려오지 못했다.

지금이야말로 빵·케이크 선언의 진가가 드러날 때.

그러한 상황에서 미아가 학생회장을 두고 물러날 수는 없었다.

따라서 라피나는 학생회장 선거 출마를 고사하고 미아를 추천한다고 표명했다. 학생회장 선거에 입후보하는 건 누구든 가능하지만, 분위기를 무시하고 미아에게 맞서려는 사람은 한 명도 없었다.

그럼 미아는 공약을 제출할 필요가 없는 걸까?

대항 후보가 없으니 경쟁도 없이 쉽게 학생회장이 되어도 괜찮은 걸까?

답은 아니오.

선거를 치르지 않기 때문에 더욱 미아는 증명해야만 한다.

자신이 학생회장에 걸맞다는 것을. 선거를 거칠 필요도 없이 적합한 인재라는 것을…… 증명해야만 한다.

──어쩐지 선거할 때보다 더 조건이 까다로운 듯한 느낌이 들지만요…….

그런 생각이 드는 미아였지만, 아무튼 최근 미아는 선거 공약 작성에 힘을 쏟고 있었다. 그건 이 자리에 모인 사람은 다들 아는 사실이다. 따라서,

"미아, 오늘의 목적은 뭐지? 이번 학생회장 선거에 대한 건가?"

시온은 그렇게 고개를 갸웃거린 후,

"아니면 뱀……?"

살짝 눈썹을 찡그렸다.

시온은 그 무녀와의 최종 결전 자리에 없었다. 그렇기에 어딘가 후련해지지 못한 갑갑함을 느끼는 모양이었다. 그건 그의 종자 키스우드도, 티오나와 리오라도 마찬가지였다.

한편으로 뱀이라는 단어를 들은 순간 라냐도 얼굴을 찌푸렸다.

라냐에게는 이미 뱀에 대해 알려주었다. 제국의 반농사상에 뱀이 관여했음을 알고 라냐는 몹시 분개했었다.

——농업국의 왕녀로서 비옥한 현월지대를 더럽히는 사상은 이해할 수 없을 테죠.

그런 라냐를 바라보며 미아는 작게 한숨을 쉬었다.

참고로 라냐의 분노가 초대 황제가 아니라 혼돈의 뱀으로 향한 건 미아의 교묘한 유도 덕분이었다. 우선 위험해 보이는 건 뱀에게 책임을 떠넘기는 방침인 미아였다.

실제로 상관이 없는 건 아니니까 그건 괜찮다고 치고…….

"음. 우선 둘 다라고도 할 수 있지만…… 그 전에 여러분께 인사시키고 싶은 사람이 있는데요……."

그때 타이밍 좋게 문을 노크하는 소리가 들렸다.

"아아. 왔군요. 안으로 들어오세요."

그 목소리에 대답하듯 문이 열리고, 그리고.

"실례합니다."

이어진 목소리에 가장 크게 놀란 반응을 보인 사람은 말할 것도 없이 아벨이었다.

제24화 미아 의장, 우물우물 회의를 이끌다

학생회실에 들어온 벨은 사람들의 얼굴을 보고 깊이 머리를 숙였다.

"벨 님, 오랜만이에요!"

웃으면서 벨에게 다가간 사람은 티오나와 리오라였다. 선크랜드 여행 때 완전히 친해진 두 사람에게 벨은 반짝거리는 미소를 지었다.

"오랜만이에요. 티오나 아주…… 티오나 님. 리오라 양."

"오랜만입니다. 벨 님."

라냐도 이어서 말을 걸었다. 그녀와는 함께 댄스 레슨도 한 사이다. 벨은 친근한 미소를 지으며 라냐의 손을 잡았다.

"오랜만이에요. 라냐 님. 춤 연습하셨어요?"

"어, 그게, 가끔……?"

"후후후, 저도요. 깜빡 빼먹어서."

그렇게 두 사람은 장난친 게 들킨 어린아이처럼 배시시 웃었다.

벨을 중심으로 만들어진 따뜻한 공간에 미아는 무심코 훈훈한 기분을 느꼈다.

그 광경이 미래에서 벨이 어떤 대우를 받고 있는지 드러내는 것처럼 보였기 때문이다.

──그렇군요. 이 뒤로 이어지는 게 벨이 살아갈 미래인 거예요…….

그렇게 작은 만족감에 잠겨있던 미아는 불현듯 깨달았다.

아벨이 여전히 할 말을 잃고 멈춰있다는 것을.

——아아, 그랬죠. 아벨은 아주 혼란스러운 거예요. 빨리 설명하라고 해야…….

벨을 보고 말을 걸려고 한 그때.

"너는…… 누구지?"

날카로운 목소리가 따사로운 분위기를 가로질렀다.

시온이었다. 평소에는 시원스러운 빛을 머금는 눈동자에는 의혹이 번져 있었다.

"아벨에게서 들었다. 너는 뱀에게 죽었을 텐데……."

그 말에 주변 사람들은 일제히 놀란 표정을 지었다. 대조적으로 시온은 경악이 아니라 현실적인 경계의 기색을 띠고 있었다.

그도 어쩔 수 없는 건지도 모른다. 죽었다는 사람이 눈앞에 나타났으니까. 수상하지 않을 리가 없다.

그리고 그런 좋지 않은 음모를 즐기는 자들을 그들은 잘 알고 있다.

"만약 네가 가짜 벨 양이고, 악랄한 뱀의 책략이라면…… 내 친구, 아벨과 미아를 우롱하는 그 행위는 도저히 용서할 수가 없다만……."

조용한 분노를 드러내는 시온을 제지한 건 아무 말 없이 벨을 응시하던 아벨이었다.

"……시온. 틀림없어. 그녀는 벨 양이 맞아."

"아벨……?"

의아한 듯 눈썹을 찡그리는 시온의 반응에 아벨의 입가에 지친 미소가 번졌다.

"아니, 괜찮아. 나는 제정신이야……. 아니, 단언은 하지 못하지만, 적어도 내 이성을 의심할 수 있을 정도로는 아직 냉정해."

한숨을 쉰 아벨은 다시 벨을 향해 시선을 던졌다.

"순간 누님의 죄를 가볍게 만들고자 그녀가 살아있다고 믿으려고 하는 건 줄 알았어. 그 감정이 너무 강렬해서 내 눈을 흐리게 만드는 게 아닌지 의심했지. 하지만……."

아벨은 조용히 벨을 향해 걸어갔다.

"나는 알 수 있어. 그녀는 우리가 아는 벨 양이야."

확인이 담긴 아벨의 말에 벨은 기뻐하며 고개를 끄덕였다.

"역시 아벨 할아버지. 알아봐 주셔서 기뻐요."

방긋방긋 웃는 벨을 보며 아벨은 살짝 갸웃거렸다.

"어, 할아버지……? 그건 대체 무슨 의미야?"

벨은 미아 쪽으로 시선을 주었다. 미아는 고개를 크게 끄덕였다.

"우선 여러분, 일단 테이블에 앉아주세요. 차를 마시면서 마저 이야기하죠. 조금 복잡한 이야기니까요."

그러면서 미아는 테이블 위, 접시에 담긴 황금색 과자로 살며시 시선을 보냈다.

──어려운 이야기를 할 때는 맛있는 디저트가 필요하죠.

꿀꺽 침을 삼키며 테이블로 다가가 작게 헛기침.

"자, 벨. 정식으로 이름을 대세요. 그것이 황녀의 예법이랍니다."

벨은 그 말을 음미하듯 살짝 눈을 감고 입을 열었다.

"저는 벨…… 아니, 미아벨. 미아벨 루나 티어문. 영광스러운 제국의 예지, 미아 할머니의 손녀입니다."

당당한 자기소개. 황실의 황녀에 걸맞은 당당하며 기품이 넘치는 태도로 조용히 눈을 떴다. 긴 속눈썹 너머 지적인 빛을 머금은 눈동자가 그 자리에 모여있는 자들을 바라보았다.

그녀에게서 흐르는 것은 틀림없는 기품. 황녀의 분위기.

그것이── 다음 순간…… 허망하게 날아갔다!

'어떠냐!' 하고 외치기라도 하듯 자만하는 미소를 지으며 가슴을 힘껏 편 순간에!

혼신의 자뻑 포즈를 보여준 벨은 반응이 없자 바로 불안해하는 표정을 지었다.

"어…… 어라?"

주위를 두리번두리번 둘러보더니…….

"어, 그게, 그러니까요……. 저는 미래에서 온 거예요."

이번에는 조금 난감해하는 얼굴로 말했다.

──흐음, 자기소개 때는 품격이 있었는데 영 오래 가지 않는단 말이죠. 벨도…….

그런 생각을 하며 미아는 카티라를 우물우물 맛보았다. 달달한 설탕 맛과 표면에 단단히 굳어진 설탕의 식감이 참으로 맛있어서……. 미각에 퍼지는 감미로운 자극이 미아의 뇌를 각성으로 이끌어갔다.

"미래에서……? 미아의 손녀, 라고……?"

가장 먼저 침착함을 되찾은 사람은 아벨이었다.

"듣고 보면 확실히 미아의 느낌이 있는 것 같기도 하지만…….
그렇구나. 그렇게 생각하면 미아의 반응도……."

벨의 얼굴을 바라본 채 감개무량한 듯 중얼거리는 아벨이었으나.

"그렇군. 너는 미아와 아벨의 손녀라는 거구나. 혹시 그 이름은
미아와 아벨을 합친 건가?"

시온의 말에 '응?' 하고 고개를 들었다.

"무슨 소리야?"

"아니, 그녀의 이름 말이야. 미아벨이라는 이름은 미아와 아벨
을 합친 이름이 아닌가 하는 생각이 들어서."

쓴웃음을 짓는 시온. 그 순간 퍼뜩 깨달은 건지 아벨은 고개를
크게 끄덕였다.

"그래……, 듣고 보니……."

그들의 시선을 받은 미아는 살짝 당황했다.

자신의 조금 그런 작명 센스가 사람들 앞에서 들통날 것 같았
기 때문이었다. 하지만…….

"후후후, 네 부모님은 미아와 아벨을 무척 존경했나 보군."

그렇게 말하며 웃는 시온에게 벨은 방긋 웃었다.

"네. 제 어머니는 미아 할머니와 아벨 할아버지를 아주 좋아하
셨어요."

"아, 아무튼. 이 아이는 제 손녀입니다. 미래에서 온 손녀딸이
에요."

미아는 다급히 끼어들었다. 이 이상 괜한 말을 하지 않도록 막
기 위해서였다.

──하지만 이거, 잘 생각해 보니까 믿어주지 않으면 설명할 수 없는 상황이네요…….

그런 생각을 한 미아였지만 다들 딱히 의심하는 기색을 보이지 않았다.

"그랬군요. 저는 전혀 몰랐어요. 확실히 듣고 보니 미아 님을 닮으셨네요."

오히려 클로에는 눈치채지 못한 걸 부끄러워했고.

"페르쟝에서 황실과 연이 있는 분이라고는 들었지만…… 그런 것이었다니. 눈치채지 못했어요."

라냐는 어딘가 분해 보였다. 다른 사람들도 대충 같은 반응을 보였다.

"그럼 그때 화살을 맞은 너는……?"

"어어, 자세한 설명은 어려우니까 생략하지만, 전에 온 저는 제가 있는 미래와는 다른 미래에서 온 저고, 뱀의 성에서 진짜로 죽었어요. 하지만 그때 제 영혼은 미아 언니가 앞으로 만들 예정인 미래로 날아가서 거기서 지금의 저와 통합된 느낌…… 이라고 할까요."

일기의 문장은 바뀐다. 생명이 없는 물질도 역사의 인과에서 벗어나지 못하고, 그렇기에 그것이 존재했던 미래가 사라진 시점에서 사라진다.

그래서 벨도 사망했을 때 그 몸은 물질이 되어 그녀가 있던 미래의 소실에 맞춰서 사라지고 말았다.

다만 유일하게 사라지지 않는 것이 영혼. 혹은 그에 각인된 기억이었다.

흔들림에 의해 여러 개로 갈라진 영혼은 언젠가 가장 진한 시간선의 영혼으로 흡수된다. 그리고 그때 이뤄지는 기억의 계승이 바로 꿈······.

그렇게 설명하려던 벨을 미아는 다급히 막았다.

시간선의 '흔들림' 같은 이야기가 나온 시점에서 따라가지 못하고 헷갈려하는 사람들이 많았기 때문에 그들을 배려해서······ 는 아니다.

당황한 사람들이 미아에게 질문하는 걸 피하기 위해서다.

아무래도 학생회 일부 사람들은 아무튼 미아에게 물어보면 뭐든 가르쳐준다고 생각하는 경향이 있는 것 같지만······ 미아도 벨이 무슨 말을 하는 건지 완전히 이해하지는 못했다.

어쩌면 지금 이야기를 듣는 사람들보다 더 이해하지 못했을지도 모른다.

그런고로······.

"복잡한 이야기는 됐습니다. 아무튼 벨은 제 손녀고, 여기서 생활한 기억을 전부 지니고 있죠. 그때의 벨과 거의 같은 사람. 그런 걸로 넘어가기로 할까요?"

물어봐도 대답할 수 있는 사실만 강조했다.

그 이상은 크게 상관없는 일이라며, 물어봐도 소용없는 일이라며 질문의 범위를 제한한 것이다!

학생회장 미아의 의장 능력이 힘을 발휘했다!

······잘 보면 미아 앞에 놓인 접시에는 이미 카티라가 존재하지

않았다.

　영양 만점, 당분을 보급한 미아의 의장 능력이 힘을 발휘했다!

제25화 풍선 벨

"그래. 확실히 이 이상 세계의 구조를 알아봤자 그리 의미 있는 일은 아닐지도 모르겠어."

묵묵히 듣고 있던 라피나가 그제야 입을 열었다.

"무슨 뜻인가요? 라피나 님."

의아한 듯 고개를 갸웃거리는 클로에에게 라피나는 부드러운 미소를 지었다.

"간단해. 숨겨진 것에는 숨겨져 있을 만한 의미가 있지. 신비(神祕)라는 말이 있지만, 나는 그걸 해명하는 건 그리 좋은 일이라고 생각하지 않아. 왜냐하면, 그건 신께서 숨겨놓은 거잖아? 인간에게는 모르는 게 나은 일도 있어."

홍차가 찰랑거리는 찻잔을 한 손에 들고 한 모금. 그 후 라피나는 말을 이었다.

"우리의 신께선 인간이 평온하게 살아가기에 필요한 지식을 내려주셨지. 이 땅을 다스릴 도덕, 윤리의 모든 것은 신성전에 적혀 있어. 왜 사람을 죽이면 안 되는가. 그것은 신께서 금지했으니까. 왜 다른 사람의 것을 훔치면 안 되는가. 그것은 그렇게 신성전에 적혀 있으니까."

모든 사람이 공유하는 확고부동한 규칙이 있다. 그것과 대조하기에 귀족도 백성도 수긍하는 것이다.

"신께서 내려주신 신성전 덕분에 우리는 그러한 가르침을 펼칠 수 있고, 그 질서를 근거로 악행을 규탄하며 단죄할 수 있지. 신성전이라는, 다들 인정하는 권위에 내용이 명문화되어있다는 의미는 그런 거야. 그리고 그건 인간이 평화롭게 살기 위해 필요한 지혜이기에 인간들에게 밝혀져 있지.”

라피나의 표정이 조금 딱딱해졌다.

“바꿔 말하자면…… 인간의 영역을 넘어선 지식, 인간을 왜곡하고 악으로 내모는 지식이라는 것도 존재하지 않을까? 예를 들어 타인을 속이는 방법, 나라를 무너트리는 방법. 그 대표적인 것이 아마도 ‘땅을 기어가는 자의 서’일 테지.”

어떻게 나라를 무너트리는지 모른다면 평범하게 살 수 있을 테지만…… 그 방법을 알게 되는 바람에 국가전복을 꾀하는 자가 있다.

구원받아야 하는 약자를 악으로 바꿔버리는 지식. 그것이 바로 땅을 기어가는 자의 서의 유혹. 확실히 알아서는 안 되는 지식이라고 할 수 있을 것이다.

“그러니 분수를 넘은 이야기는 하지 않는 게 나아. 미아 님의 말은 그런 뜻이 아닐까?”

라피나의 청량한 눈동자가 미아를 보았다.

물어보면 난감하니까 물어봐도 난감하지 않도록 범위를 축소한다…… 는 조금 그런 꿍꿍이에 지극히 멋진 해설이 붙어버리자 미아는 아주 잔잔한 얼굴로 고개를 끄덕이고는.

“……네, 뭐 그런 느낌입니다.”

뻔뻔하게 대답했다!

"그래. 확실히 그 말씀대로일지도 모르겠어요. 미래에 대해 알게 된다면 저 같은 사람은 게으름을 피울지도 모르고요."

살짝 농담을 섞으며 웃은 사람은 어지간한 일로는 게으름을 피우지 않을 법한 티오나였다. 그런 주인의 발언에 고개를 힘차게 끄덕이는 리오라.

"저도, 그렇게, 생각해요. 어디에 사냥감이 있는지 알면, 찾는 거, 안 귀찮아서 좋아요."

천진한 그녀의 발언에 그 자리에 있던 모두가 밝은 미소를 지었다.

떠들썩한 분위기에 라피나는 흐뭇해하는 표정을 지으며 말했다.

"그래. 신비나 미래 지식 같은 걸 알게 되었을 때 그럼에도 겸손하게, 유익하게 사용할 수 있는 사람은…… 그야말로 미아 님 정도가 아닐까?"

그건…… 성녀 라피나의 판단력을 미아 황제의 판단력이 앞서간 결정적인 순간이었다.

제국의 예지, 미아 황제는 자신의 나태함을 속속들이 파악하고 있었다!

"음? 잠깐. 그렇다면 혹시, 미아가 대기근이 일어난다면서 식량을 비축했던 건 그 미래 지식 덕분인 건가……?"

고개를 작게 기울이는 시온이었으나 클로에가 곧바로 반론했다.

"아뇨. 미아 님께서 비축을 시작하신 건 벨 님이 나타나기 전인 것 같은데요……."

"네, 물론이죠. 제가 오기 전에 이미 미아 할머니는 비축해두기 시작하셨어요.”

벨이 엄숙한 어조로 말했다.

“오히려 미래에 대해 많이 가르쳐주는 건 옳지 않은 행동이라고 당부하셨어요. 과거의 미아 할머니 본인에게도 최대한 숨기라고 하셨죠. 그런 분이니까 미아 할머니는 제국의 예지라고 불리는 사람이라고 느꼈어요.”

부풀린다. 부풀리고 또 부풀린다. 풍선 벨이다.

“그래. 역시 미아 님도 그렇게 생각하는구나. 자기 자신도 엄하게 조이다니, 역시 대단해…….”

라피나는 감탄한 듯 중얼거렸다.

“그렇다는 건 벨 양에게 앞으로 일어날 일을 알려달라고 하지 않는 게 낫다는 건가. 하지만 괜찮은 거야? 아벨과 미아의 관계는…….”

“앗, 네. 괜찮습니다. 그건 알려줘도 괜찮은 정보거든요.”

동경의 대상 시온의 말에 기쁘다는 듯 고개를 끄덕인 뒤 벨은 설명을 덧붙였다.

영락없이 미래에서 이미 밝혀진 정보 어쩌고 하는 이야기를 할 줄 알았는데…….

“제 어머니가 태어나지 않게 되면 곤란하니까요…… 제가.”

참으로 영악한 이유다!

하지만 그 사실에 태클을 거는 사람은 없었고……. 다들 상냥하게 이해해주는 표정을 짓고 있었다. 원래의 성격에 더해 미아의 손녀라는 지위를 얻은 벨은 명실공히 모두에게 사랑받고 예쁨

받는 포지션을 획득했다.

참으로 영악했다!

벨이 지닌 태평한 분위기로 순식간에 분위기가 말랑말랑하게 바뀌었다.

이로써 아벨이 조금이라도 기운을 냈으면 좋겠다고…… 미아가 시선을 굴리자……, 아벨은 변함없이 딱딱한 표정이었다.

"그래……. 그럼 역시, 누님이 죽인 건 달라지지 않는 거구나."

"아벨……?"

걱정이 되어 말을 거는 미아였으나 아벨은 안심시키듯 고개를 끄덕였다.

"벨 양, 잠시 괜찮을까?"

그러고는 뜻밖에 진지한 얼굴로 벨에게 말을 걸었다.

"우후후, 아벨 할아버지. 민망해요. 편하게 불러주세요."

반면 벨은 천진난만한 미소를 지었다. 그 태도에 한풀 꺾인 건지 아벨은 허를 찔린 듯한 얼굴이 되었다.

"아, 그렇지……. 응, 알았어. 그렇다면 벨, 부탁이 하나 있는데 나중에 잠시 시간을 내어줄 수 있을까?"

"네? 부탁이요?"

어리둥절해서 고개를 갸웃거리는 벨에게 아벨은 말했다.

"그래. 내 누님…… 발렌티나에 관한 거야."

"어머…… 형님이요?"

흘려들을 수 없다며 미아가 나대려고 했지만…….

"그래, 딱히 거창한 건 아니야. 다만 나도 미아를 본받으려고."

"으음? 저를……?"

"전에 네가 시온에게 했던 거. 고집불통인 누님에게 한 방 먹이려고 하는데, 내가 하는 건 조금 아닌 것 같으니까 손녀에게 대신 해달라고 하려고."

그러더니 아벨은 장난기 어린 미소를 지었다.

그 얼굴을 보고 미아는 문득 마음이 가벼워진 것을 느꼈다.

참으로 몇 달 만에 보는, 소년다운 앳된 미소였기 때문이다.

제26화 유탄을 맞는…… 키스우드

"아벨, 대체 무슨……?"

"아니, 그건 나중에 하자. 지금은 먼저 미아의 이야기를 들어야지. 벨의 정체나 귀환 보고가 오늘 회의의 핵심은 아니잖아?"

그렇게 말하지 거듭 물어볼 수도 없었다. 궁금하긴 하지만 미아는 본론으로 넘어가기로 했다.

"아벨의 말대로 벨에 대한 건 오늘의 본론이 아닙니다. 사실 라피나 님께 먼저 상담했는데, 세인트 노엘에 특별 초등부를 만들려고 해요."

"특별 초등부……? 그건 대체……?"

낯선 단어에 고개를 갸웃거리는 시온. 미아가 이걸 어떻게 설명해야 할지 고민하며 라피나 쪽을 보자…… 라피나는 조금 기뻐하며 고개를 끄덕였다. 아무래도 대신 설명해달라고 부탁했다고 착각한 모양이다.

미아에게 부탁받는 게 조금 기뻤던 듯한 라피나였다.

"그럼 내가 설명할게. 중앙 정교회가 각국에 세운 고아원에서 가난한 아이들을 교육하고 있다는 건 다들 알고 있어?"

그 질문에 학생회 임원들은 다들 고개를 끄덕였다.

중앙 정교회는 구원에 관련된 지식의 독점을 금지한다.

부유한 자든 가난한 자든 평등하게 신의 구원을 받을 수 있도록. 그런 바람 하에 신부들은 글을 가르친다.

요컨대 모든 사람이 신성전을 자력으로 읽을 수 있게 되는 걸 목적으로 교육을 베푸는 것인데…….

"그건 확실히 필요한 일이고 가치 있는 일이지. 그건 결코 달라지지 않아. 하지만……."

라피나는 거기서 말을 끊고 조용히 고개를 저었다.

"우리는 그걸로 충분하다고 착각하고 말았어. 충분할 리가 없는데. 만약 충분하다고 만족해버리면 그건 가난하다는 이유로, 부모가 없다는 이유로 배움을 포기하게 만드는 셈이야. 그것만으로 만족하라고 짓밟았던 거지."

그 말에 아벨도 시온도 쓰린 표정을 지었다.

"그런 약자들에게 뱀이 접근해서 동료를 늘리고……. 그렇게 악행을 저지른 자들을 우리는 처벌해야만 해. 그건 다음 뱀을 만들어내는 요소가 되지. 무한히 이어지는 그 연쇄를 끊을 방법을 미아 님이 나에게 가르쳐주었어……. 그렇지?"

미아를 바라보며 라피나는 말을 이었다.

"들었어, 미아 님. 고아원에서 열심히 공부하던 세리아 양이라는 여자아이를 자기 학원에 초대했다면서."

짧은 침묵 후…… 미아는 차분한 얼굴로 고개를 끄덕였다.

"……네. 그런 적이 있었죠. 음."

자기만 고생하는 건 싫어서 끌어들였을 뿐이라는 부적절한 진실은 기억 저편으로 집어던지는 미아였다.

"그 이야기를 들었을 때 깨달았어. 그래, 그런 방법이 있었구나."

"그렇구나. 뱀을 만드는 온상을 없앤다. 그 온상마저 아군으로 만들고 장래에 화근이 되는 싹을 뽑아버리자는 건가……. 확실히 효율적인 방법인지도 모르겠군."

날카로운 표정으로 동의하는 시온과 고개를 크게 끄덕이는 라피나. 다들 이해했다는 표정으로 변하는 와중에 미아는 생각했다.

──음. 보아하니 학생회를 설득하는 건 그리 어렵지 않을 것 같지만, 문제는 역시 여기에 없는 사람들이네요. 어떻게 설득해야 할지…….

그런 생각을 하며 미아는 포크를 움직이려다가…… 경악했다!

조금 전까지 눈앞에 있던 카티라. 그게…… 완전히 사라졌다!

──서, 설마……!

당황하며 배를 문지른 미아는 무심코 머리를 부여잡았다.

──아아, 실수했어요. 또다시……. 단것을 너무 많이 먹으면 안 된다고, 어제도 안느가 당부했었는데……. 타티아나 양에게도 혼나겠네요.

무의식중에 먹어버린다니 무시무시한 현상이라는 생각을 한 그때, 불현듯…… 미아의 뇌리가 번뜩였다!

──아아…… 그렇군요. 그런…… 거였어요.

귓가에 되살아나는 낮고 온화한 목소리. 주방장의 목소리였다.

"식사를 하지 않고 과자만 드시면 안 됩니다."

자신을 타이르는 목소리. 그 말의 의미를 드디어 알았다.

왜 과자를 너무 많이 먹지 말라는 게 아니라 식사를 한 뒤에 먹으라는 것인지…….

그건…….

"과자를 너무 많이 먹는 걸 방지하기 위해서는 과자를 먹지 못하게 하는 걸로는 부족해요……. 배가 고프다면 설령 금지되었어도 과자로 손이 가는 법이니까요."

그래서 주방장은 식사하지 않고 과자를 먹으면 안 된다고 말한 것이다.

"과자 과식을 막기 위해서는 몸에 좋은 식사를 먹여서 배부르게 만들면 되는 거예요. 그러면 과자를 그리 많이 먹을 수 없으니까요."

머리 구석구석으로 침투하는 후련함에 만족하며 고개를 든 미아는……

"……흐어?"

무심코 눈을 깜빡였다.

왜냐하면 다들 눈을 동그랗게 뜨고 미아를 쳐다보고 있었기 때문이다.

"미아 님……."

한발 먼저 정신을 차린 라피나는…… 직후, 무정한 자신을 부끄러워했다.

──역시 나는 안 돼…….

라피나의 눈에 비친 건 어디까지나 뱀을 상대하는 효과적인 수단이다.

뱀의 교육을 받은 사람을 재교육하여 뱀에게서 떼어놓고 나쁜 사람이 되지 않도록, 악에서 단절한다. 그러기 위한 효과적이고 효율적이고 합리적인 수단이라고 생각했었다.

하지만…… 아아, 하지만.

그것은 결코 미아가 원하는 바가 아니다.

미아에게는 뱀 대책보다 더 중시해야 하는 것이 따로 있었다.

나라를 짊어질 인재 육성? 미래를 짊어질 아이들에게 충성심 양성?

아니, 그렇지 않다. 미아는 말했다. 그건 단순한 결과에 불과하다고…….

그녀는 말했다.

좋은 음식으로 아이들의 배를 불리라고.

그것이야말로 중요하다고.

미아의 눈이 보는 건 어디까지나 아이들이었다.

아이들을 어떻게 대할지, 그것뿐이었다.

그것은 자애로 가득한 시점. 라피나는 그 시점이 자신에게 빠져있었다는 걸 자각했다. 동시에 무심코 기쁨도 치밀었다.

미아와 친구가 된 것이 지금은 무척이나 기쁘다.

그녀가 지닌 다정함을 배우고, 자신도 다정한 사람이 되고 싶었다.

"아이들이 악에 물들지 않게 하려면 악으로부터 떼어놓는 게 아니라 좋은 것으로 채워라……, 그런 거구나……. 미아 님."

희미하게 떨리는 목소리로 중얼거린 라피나에게 미아는…….

"네헤……."

어쩐지 어벙한 대답을 돌려줄 뿐이었다.

이때 미아가 한 발언은 나중에 격언을 하나 만들게 되었다.

"아이의 접시에서 나쁜 음식을 치워라. 하지만 그 아이를 굶주리게 해서는 안 된다. 따라서 접시를 좋은 음식으로 가득 채워 아이를 배부르게 해라."

이것은 법질서의 중요함을 가르친 '소년·소녀여, 법을 품어라!'와 버금가는 교육자 미아의 유명한 격언으로 퍼졌다.

(참고로 그 격언은 아이들과 함께 버섯을 채집하러 갔을 때 한 발언으로 알려져 있다)

아무튼 학생회 임원의 동의를 얻어낸 미아는 무사히 특별 초등부 설립에 한 발을 내딛게 되었다…….

──여전하구나, 미아 황녀 전하는…….

한편 일련의 흐름을 지켜본 키스우드는 미아의 말에 만족감을 느꼈다.

──국가에 상관없이 그 인간이 지닌 재능을 개화하지 못하고 말라버리는…… 그런 걸 용납하지 못하는 거야.

그녀가 말한 방침, 그것은 검술대회 때 키스우드가 발견한 미아의 본질을 따라가는 것이었다.

──생각해 보면 미아 황녀 전하만큼 아이 교육에 적합한 사람도 없을지도 모르겠네.

그렇게 미아에게 감명받은 키스우드였으나…….

"아, 그래. 그런데 키스우드 씨."

라피나의 밝은 목소리가 불쑥 귀로 날아왔다.

"네. 말씀하십시오."

주인인 시온이 아니라 자신에게 말을 걸었다는 사실에 그는 위기감을 느껴야 했다.

하지만 서글프게도 이때의 키스우드는 미아의 발언에 감동해서 주의력이 살짝 산만해져 있었다.

그런 그의 방심, 그것은 마치 견고한 갑옷에 생긴 빈틈…… 그곳에 라피나의 칼날이 가차 없이 쑤셔박힌다!

"말 모양 샌드위치라는 걸 미아 님에게 추천받았는데……."

"……………허어?"

반사적으로 입에서 괴성이 나와버린 키스우드. 그런 그에게 라피나의 추가 공격이 쇄도한다!

"들었어. 키스우드 씨가 도와줬다면서. 요리를 아주 잘한다고 미아 님이 무척 칭찬하더라."

무심코 미아에게 사아알짝 살기가 담긴 시선을 보내버렸다. 그러자 미아는…… '잘 평가해드렸어요!'라며 힘차게 고개를 끄덕였다!

──뭐 그렇긴 한데요? 보통은 열심히 일한 걸 평가해주시면 기쁠 테지만요?! 빌어먹을!

갈등하며 크으윽 신음하는 키스우드에게 라피나는 성녀의 미소를 지으며 말했다.

"다음에 만드는 법을 전수해줘. 가능하면 도움도 받고 싶고……. 부탁할 수 있을까?"

성녀의 미소가…… 어딘가 사악한 미소로 보이는 키스우드였
다. 게다가.

"네, 상관없습니다. 잘 부탁한다, 키스우드."

시온도 흔쾌히 승낙하고 말았다. 그 상큼한 미소에 저도 모르
게 살의를 닮은 무언가를 느낄 뻔한 키스우드였다.

──크윽. 어, 어쩔 수 없다고는 해도…… 이건…….

한때 혼자서 두 마리의 늑대를 상대하던 때와 맞먹는 사
지……. 압도적인 압박감에 무심코 배를 문지르며 키스우드는 으
그극 앓는 소리를 냈다.

──아아…… 젠장! 사피아스 님…… 부러워 죽겠다!

지금은 여기에 없는 친구를 떠올리는 키스우드였다.

제27화 못된 손녀딸, 할머니에게 연애 테크닉을 설파하다

　세인트 노엘 학원, 특별 초등부 계획—— 학생회장 미아가 주선한 그 정책은 그리 호의적으로 받아들여지지 않았다.

　라피나나 학생회 임원들과 일부 학생을 제외한 많은 사람이 보인 것은 당혹. 그리고 그것을 크게 상회하는 반감이었다.

　"뭐, 그렇겠죠……. 역시……."

　세인트 노엘에 다니는 건 각국의 차세대를 짊어진 '고귀한 신분'들이다.

　그러니 갑자기 같은 배움터에 고아를 받아들인다고 하면 선뜻 수긍하지 못할 것이다.

　그럼에도 미아는 학생회장 재선에 성공했다.

　물론 라피나가 출마를 고사한 것이 큰 원인이긴 했으나, 동시에 미아의 공약에 대놓고 반대하는 사람이 나타나지 않았다는 것도 관련이 있었다.

　그랬다. 특별 초등부 계획에 반대를 외치는 사람은 단 한 명도 없었다. 미아의 공약은 조용한 반감과 함께 받아들여졌다.

　——아무도 반대하지 않은 게 오히려 무시무시하단 말이죠. 분명 마음속으로 반대하는 사람도 있을 테고, 백지로 돌려버리고 싶은 사람도 많이 있을 텐데…….

　그런 그들이 침묵하는 건 먼저 미아가 지닌 절대적인 권력이 두려우니까.

그리고 또 하나는 특별 초등부 계획이 도의적으로 '올바른' 일이기 때문이다.

각국의 고아들에게 더 좋은 교육을 베푼다. 그것은 틀림없는 자비이자 도덕적으로 올바른 일. 따라서 누구의 반감도 허락하지 않는 일종의 정론…… 이긴 하지만.

──대개 그런 것일수록 반대하는 사람은 싫어하는 법. 분명 사소한 일로도 발목을 잡으려는 자가 있을 거예요.

절대적인 힘으로 억누른 의견은 그 파워 밸런스가 무너졌을 때 쉽게 분출된다.

그리고 정론으로 억누른 의견은 그 '올바름'이 흔들렸을 때 멈출 수 없이 솟구친다.

솔직히 미아에게 지금 상태는 절대 바람직하지 않지만…….

──이렇게 되어버린 이상 어쩔 수 없죠. 불평 한마디 할 수 없도록 완벽하게 진행할 수밖에 없어요. 오늘은 오후부터 특별 초등부 강사와 회의가 있는데, 그것부터 제대로 해야겠군요. 으음, 하지만…… 머리를 많이 썼더니 배, 배가……. 으으…….

너무도 큰 압박감에 배가 조여들면서 통증이…… 통증이…… 통증?

"헛…… 이 냄새는!"

문득 미아의 코에 맛있는 냄새가 풍겼다. 그것은 치즈의 노릇하고 고소한 냄새. 그렇다. 미아는 지금 식당에 있었다!

배에 통증이 느껴진 줄 알았지만 착각이었다! 그냥 배고픔과 혼동했을 뿐이었다!

참고로 미아 옆에는 패트리시아가 얌전히 앉아 있었다.

이쪽은 미아처럼 칠칠치 못한 얼굴이 아니었다. 그 얼굴은 그저 하염없이, 인형처럼 무기질적인 표정을 짓고 있다. 물론 그 손은 미아와 마찬가지로 배를 문지르고 있지만…… 그건 그렇다 치고.

"다섯 종류의 버섯 그라탕입니다."

배고파서 배를 문지르고 있던 미아의 눈앞에 모락모락 김이 오르는 그라탕 그릇이 놓였다.

"오오, 기다렸어요!"

짝, 손바닥을 모은 미아는 그릇에서 풍기는 냄새에 마음을 맡겼다.

맛있는 치즈 냄새에 미아의 배가 씩씩하게 꼬르륵 울었다.

"오늘은 아침부터 이걸 먹고 싶어서 공부에 집중하지 못했답니다."

그렇게 장난기 어린 미소를 짓자 식당 직원은 허리를 푹 숙였다.

"감사합니다. 최고의 찬사로 받아들이고 셰프에게 전달하겠습니다."

그렇게 식당 직원이 돌아가는 걸 기다린 뒤 미아는 안느에게 말했다.

"아, 안느. 미안하지만 패티를 살펴봐 주세요. 그릇이 아주 뜨거우니까 화상을 입지 않도록."

"알겠습니다. 미아 님."

그 자리에 대기하고 있던 안느는 '흡' 하고 기합을 넣으며 두 손으로 숟가락을 들었다. 그러고는 패티, 즉 패트리시아의 그라탕 그릇에서 더 작은 접시로 그라탕을 덜었다.

쭈우욱 늘어난 치즈를 보자 미아의 배가 다시 꼬르륵 울었다.

──저 잘 녹은 치즈를 버섯에 묻혀서 먹으면 참을 수 없이 맛있단 말이죠.

미아는 자신의 그라탕을 해치우기 시작했다.

포크로 찌른 큼직한 버섯. 납작하게 자른 그 버섯에 치즈와 크림 소스를 듬뿍 묻혔다. 후후 불어서 식히긴 했지만 참지 못하고 냉큼 한 입.

"하으으……."

뜨겁다. 입 안에 퍼지는 열. 혀에 달라붙는 치즈에 눈물이 맺히면서도 후하후하 숨을 쉬었다. 그 순간 치즈의 부드러운 풍미가 코를 찔렀다.

꼬드득……. 이로 깨물 때마다 기분 좋은 소리를 내는 버섯. 크림 소스로 물들인 연한 맛에 혀를 내두르며 다음 버섯으로.

──식감이 다른 다섯 종류의 버섯……. 어떤 버섯을 고를지가 이 요리의 진수로군요. 심지어 각 버섯의 특성에 맞춰서 다르게 잘라냤어요……. 이 셰프, 제법 솜씨가 좋은데요!

서로 다른 버섯이 연주하는 감미로운 오중주에 몸을 맡기기를 잠시……. 접시 속 그라탕은 순식간에 줄어 들어갔다.

"훌륭합니다. 역시 대륙 최고봉인 세인트 노엘 학원. 감탄했어요."

……딱히 요리가 대륙 최고봉인 건 아니지만, 그런 사소한 부

분을 일일이 따지는 사람은 여기엔 없었다.

그렇게 열심히 그라탕을 먹고 휴식.

입 안에 남은 진한 맛의 여운에 잠겨있던 그때…… 미아는 퍼뜩 깨달았다.

패트리시아가…… 그라탕을 남겼다!

"어머, 패티. 배가 부른 건가요?"

몸이 작으니 어쩔 수 없었던 건지도 모른다고 생각한 미아였으나……. 패트리시아는 고개를 작게 젓고 대답했다.

"아뇨, 미아 언니. 아직 먹을 수 있습니다. 디저트로 케이크를 먹고 싶어요."

"흠. 케이크는 동의하지만, 그렇다면 제대로 식사를 다 먹어야죠. 남기지 말고 끝까지 먹어야……."

그러자 패트리시아는 의아하다는 듯 고개를 갸웃거렸다.

"어째서죠? 미아 언니. 고귀한 핏줄은 끝까지 먹지 않고 반드시 남겨서 맛있는 부분만 먹으라고 배웠는데요."

그 대답을 들은 미아는 무심코 아찔해졌다.

──아아…… 이거 참, 아주 제국 귀족답네요.

클라우지우스 후작가에서 자랐다는 패트리시아다. 그 감각이 귀족적인 건 어쩔 수 없긴 하지만…….

──아아, 그 사고방식이 제국을 멸망시키게 된단 말이죠……음?

미아는 그 순간 깨달았다.

──그래요. 이 아이는 뱀의 가르침을 받은 아이. 제국을 멸망

시키고 혼돈에 빠트리는 것이야말로 뱀의 목적일 테죠. 그렇다면 이 전형적인 제국 귀족의 사상을 고쳐줘야 하는 것 아닐까요?

"미아 언니?"

고개를 갸웃거리는 패트리시아를 앞에 두고 팔짱을 끼고선 생각에 잠기기를 잠시⋯⋯. 이윽고 미아는 대답에 도달했다! 그것은⋯⋯.

"그래요. 그건⋯⋯ 고귀한 여성의 가치관으로서는 올바르죠. 하지만⋯⋯ 황제의 마음을 사로잡기에는 부족하다고 봅니다."

"⋯⋯무슨 의미죠?"

"당신은 황제에게 접근해서 아내가 되어 그를 타락시켜야 해요. 그렇죠?"

진지한 얼굴로 바라보는 미아를 향해 패트리시아는 작게 고개를 끄덕였다.

"그럼 다른 영애와 차별점이 없어 보이는 평범한 행동을 해서는 안 됩니다. 오히려 깨끗하게, 집요하게 싹싹 비워 먹는 거예요. 그러면 황제에게 깊은 인상을 남길 게 틀림없어요!"

연애 군사 미아는 빠바바밤! 하는 효과음을 등 뒤에 띄우며 말했다.

"⋯⋯⋯⋯⋯!"

짧은 침묵 후. 패트리시아는 몹시, 아주! 이해했다는 표정이 되고는,

"그렇군요⋯⋯. 크게 배웠습니다!"

존경하는 눈빛을 보냈다.

――아아, 정말 쉬운 여자네요. 할머니…….

그걸 보고 미아는 승리자의 표정을 지었다.

할머니에게 사기를 치는 못된 손녀 미아였다.

제28화 미아가 그렇게 말한다면……

미아가 식당에서 식사를 즐기고 있을 때, 학생회실에서는 시온과 티오나가 오후 회합을 준비하고 있었다.

세인트 노엘 학원은 본래 중등부 이상의 교육을 실시하기 위한 기관이다.

그보다 더 쉬운 초등교육을 시행하려면 새로 강사를 부를 필요가 있기 때문에 오늘은 그 강사 후보자와 만나볼 예정이었다.

성 베이르가 공국에서 온 교사 정보를 다 읽어본 시온은 작게 중얼거렸다.

"특별 초등부 계획이라……."

"시온 왕자님은 어떻게 생각하시나요?"

옆에서 서류를 정리하고 있던 티오나가 고개를 들고 말했다.

"대단하지. 미아의 정책은 적확한데다 중층적이야."

"중층적이라고요?"

의아한 얼굴인 티오나. 대조적으로 키스우드는 이해했다는 듯 고개를 끄덕였다.

"중층적……. 그렇군요. 절묘한 표현이네요."

그는 기본적으로 시온의 종자로서 왕족이나 귀족 간의 대화에는 끼어들지 않는다. 하지만 이곳 학생회에서는 달랐다.

학생회장 미아는 주변에 화살을 던지는 걸 좋아하는 사람이기 때문이다. 다양한 사람에게서 의견을 듣는 걸 중요시하는 좋은 통치자의 지질이다.

따라서 키스우드는 미아를 아주 높이 평가하고 있다.

말 모양 샌드위치라는, 조금, 아니, 많이 귀찮은 일을 떠넘겼다고 해도…… 그걸 하필이면 대륙이 자랑하는 성녀 라피나에게 전수해야만 한다고 해도 그 평가는 변하지 않는다. 원한 같은 건 전혀 없다. ……정말이다!

아무튼.

"어어, 그건 무슨 의미죠……?"

고개를 갸웃거리는 티오나에게 시온이 자신의 생각을 정리한 뒤 말했다.

"그 노림수라고 해야 하나, 효과라고 해야 하나……. 장점이 여러 개 존재한다는 거야."

"확실히, 그 말 맞아요. 미아 님, 룰루 족 마을을 구할 때, 황녀 마을을 세웠어요. 그게 학원도시가 됐고, 밀을 개발하게 됐어요. 전부, 이어져요."

티오나의 종자, 리오라 룰루의 동의를 들으며 시온은 눈앞에 있는 서류의 여백에 펜을 놀렸다.

"특별 초등부를 만드는 가장 큰 이유는 다음 뱀이 태어나는 걸 예방하는 거지. 하지만 지금 이 타이밍에 특별 초등부를 만드는 이유는 하나 더 있어. 대기근 대비다."

"대기근……?"

"특별 초등부 입학 대상인 아이들……. 고아나 빈민가의 아이들은 기근이 닥쳤을 때 가장 버려지기 쉬운 자들이야. 미아는 식량부족의 우려가 커지는 이 시기에 일부러 그 아이들을 의식하는 자세를 보여주려는 거지. 그건 각국의 왕족, 귀족들에게 강한 메시지가 돼."

적어도 선크랜드의 귀족들에게는 상당히 강한 영향을 미칠 것이라고 시온은 판단했다.

미아의 조언을 받아들여 식량을 비축한 선크랜드는 제국만큼 풍족하지는 않아도 상당한 양의 식량을 확보할 수 있었다.

그런데도 불안해하는 귀족들은 일정 수 존재한다.

정의와 공정함을 내세우는 선크랜드라고 해도 고아들을 외면한다는 판단을 내리는 자가 나타날지도 모른다.

평상시였다면 인격자로서 행동할 수 있는 사람이라고 해도 유사시에는 냉혹한 본성을 드러내고 만다. 그것이 인간의 나약함이라고, 시온은 생각했지만…….

"미아는 그걸 단속하려고 한 거겠지. 그녀는 항상 대륙에 대기근이 닥치는 걸 걱정했으니까."

"국내 귀족 중에는 대기근 같은 건 호들갑이다, 그런 게 일어날 리가 없다고 주장하는 자도 많은 모양이지만요."

어깨를 으쓱하는 키스우드의 말에 시온은 심각한 얼굴로 동의했다.

"네 생각대로야. 키스우드. 그건 참으로 무지몽매한 시각이지."

불안에 사로잡혀 식량을 지나치게 아끼는 것도 문제지만, 그런 일은 일어나지 않는다고 낙관하며 비축을 게을리하는 것도 문제다.

눈앞의 상황을 이해하려 하지 않고 대단한 위기가 아니라며 호언한다. 그 또한 어리석은 행위다.

"애초에 이 대기근의 핵심은 그 존재를 백성들에게 알리지 않는 것인데……."

그렇게 말하면서도 시온은 생각했다.

어쩌면 자신은 지금 처음으로 미아와 같은 위치에 서 있는 것이 아닌가.

"백성에게 알리지 않는 것……. 그건 무슨 의미인가요?"

또다시 날아온 티오나의 의문. 어떻게 대답할지 생각을 정리하며 시온은 잠시 망설였다.

그녀에게 설명하면서 머릿속이 정리되는 걸 실감했기 때문이다. 그리고 거기서 조금 즐거움을 느끼는 자신을 발견했기에.

"그, 게……. 이 대규모 흉작의 문제점은 두 가지야. 하나는 말할 것도 없이 식량부족. 또 하나는 그로 인해 발생하는 백성의 혼란. 식량부족만이라면 어떻게든 버틸 수 있을지도 모르지. 그야말로 백성들이 병사처럼 규칙에 따라 질서정연하게 행동해준다면 이 사태는 극복할 수 있을 거다. 하지만 만약 불안과 공포에 사로잡혀 폭동이 일어나면 수습할 수 없게 돼."

유통망은 망가지고 그 결과 식량이 더욱 부족해진다. 가격이 폭등하여 가난한 사람은 굶어 죽고, 체력을 잃은 사람은 병에 걸린다. 이렇게 생성된 마이너스의 연쇄를 막는 건 쉬운 일이 아니다.

"그렇게 되지 않도록 중요한 건 식량이 부족하지 않도록 비축해두는 것. 식량을 입수하는 루트를 확보해두는 것. 그리고 백성을 불안하게 만들지 않는 것."

"아하……. 백성이 불안해지지 않도록 식량이 부족하다는 걸 알려선 안 된다. 그런 거군요?"

시온은 긍정하며 말을 이었다.

"동시에 중요한 건 설령 식량이 부족해도 왕이 반드시 구해줄 것이라고 백성에게 신뢰받는 것인데, 그나저나 대단하네……. 미아는……."

거기까지 말한 시온은 무의식인 듯 중얼거렸다.

"미아 님께선 그 모든 것을 제대로 갖춰놓았군요."

티오나는 밝은 목소리로 시온에게 동의했다.

백성의 신뢰를 얻기 위해 자신의 탄신제를 활용했다.

식량이 부족하지 않도록, 백성들이 식량부족을 느끼지 못하도록 첫째 신하인 루드비히에게 준비시켰다.

비축에 힘을 쏟아 먼 외국에서 밀을 수입하는 루트도 갖추었다.

"심지어 국가 간의 긴장 상태가 고조되지 않도록 빵·케이크 선언을 하고, 더불어 페르쟝에서 포크로드와 콘로그라는 양대 상회를 화합시킨 건가……. 정말로 이 대기근을 대비해 행동했던 것 같은데……."

그 말을 들은 키스우드가 문득 고개를 갸웃거렸다.

"그나저나 실제로는 어떤 걸까요?"

"무슨 소리지?"

"벨 님이 미아 황녀 전하의 손녀라는 이야기 말입니다."

그 질문에 시온은 팔짱을 꼈다.

"글쎄. 쉽게 믿긴 어렵지만…… 딱히 의심할 필요도 없다고 본다."

"⅂ 말씀은?"

"즉 미아가 그런 걸로 해달라고 한다면…… 그렇게 둬도 문제없을 거라는 뜻이야. 미아는 악행을 위해 거짓을 말하지 않는 사람이라고 보니까. 음, 바로 떠오르는 예시라면 주변이 자신에게 너무 의지하지 않도록 하기 위해서 같은 이유가 아닐까? 미래의 지식이 있었으니 올바른 판단을 할 수 있었다는 것과 아무런 정보가 없는데 미래를 정확하게 예측할 수 있었던 것은 차이가 나잖아?"

"확실히 그렇죠. 미아 님을 만능이라고 여겼다간 너무 의지하게 될지도 모릅니다. 미아 님은 항상 혼자서 하는 게 아니라 다른 사람에게 일을 배분하는 걸 소중히 여기셨으니까요."

티오나가 이해했다며 고개를 끄덕였다. 그런 그녀에게 시온은 진지한 얼굴로 말을 이었다.

"그러니까 뭐, 미아가 거짓말을 한다면 그걸 믿어도 문제없어. 게다가…… 어쩌면 사실일지도 모르지. 그건 우리를 속이려고 하기에는 너무도 황당무계한 거짓말이니까."

"거짓말을 한다면 더 그럴싸한 거짓말을 하라는 겁니까?"

키스우드의 질문에 시온은 어깨를 으쓱했다.

"표현은 듣기 안 좋지만, 뭐 그런 셈이지. 예전엔 벨 양을 동생 같은 존재라고 했었는데, 이번에도 그렇게 설명하는 게 훨씬 받아들이기 쉽잖아?"

"그렇군요. 화살을 맞았지만 기적적으로 살아있었다고 하는 게 더 무난하죠. 아벨 왕자님이 목격했다는 것도, 벨 님이 빛 속으로 사라졌다는 것뿐이었고……."

미아와 벨은 늑대술사에게 공격당했을 때도 빛이 났다. 그때와 같은 원리라고 말한다면 그게 더 쉽게 받아들여졌을 테고, 그 생각을 못 했을 미아도 아닐 것이다.

"그런데도 더 말도 안 되는 설명을 한다는 건 무언가 의도가 있거나, 아니면 정말로 진실을 말했거나…… 라는 겁니까."

키스우드의 중얼거림에 시온은 쓴웃음을 지으며 고개를 저었다.

"이론적으로는 그렇지. 다만 나는 다르게 판단하고 싶다."

"다른 판단이요?"

"친구를 믿는 것. 그뿐이야. 나는 아벨의 직감을 믿는다. 더불어 미아도. 의심하지 않는 이유는 그걸로 충분하지 않을까?"

그는 티오나 쪽을 바라보며 말했다.

"티오나도 그렇게 생각하지?"

"네. 저도 믿고 싶습니다. 미아 님께서 그렇게 말씀하셨으니까요……."

그때 타이밍 좋게 화제의 중심인물인 미아가 들어왔다.

"어머, 여러분. 무슨 이야기를 하고 계셨나요?"

어리둥절해서 고개를 갸웃거리는 미아를 향해 그들은 부드러운 미소를 지었다.

제29화 권위주의자 미아!

"기다리게 해서 죄송합니다."

학생회실에 들어가자 사람들의 시선이 미아…… 의 옆에 선 소녀를 향했다.

"그 아이가 그……?"

모두의 마음을 대표하듯 입을 연 사람은 시온이었다. 미아는 조용히 고개를 끄덕였다.

"네, 그렇습니다. 패티, 인사하세요. 이분은 시온 왕자님입니다."

"시온, 왕자님……?"

의아한 듯 고개를 갸웃거리는 패티를 향해 시온이 부드럽게 미소 지었다.

"만나서 반가워. 아가씨. 나는 시온 솔 선크랜드. 선크랜드 왕국의 제1왕자다."

"선크랜드……? 하지만 선크랜드 왕자의 이름은…….."

"패티. 그런 거라고 생각해두세요."

그렇게 말하며 미아는 가볍게 윙크했다.

"그렇군요. 네, 알겠습니다."

표정은 일절 바뀌지 않았지만 잘 알겠다며 힘차게 고개를 끄덕인 패트리시아는 시온을 향해 머리를 숙였다.

"패트리시아 클라우지우스입니다. 앞으로 잘 부탁드립니다."

그녀의 당당한 자기소개를 바라보며 미아는 문득 생각했다.

──그런데 이 아이, 시온을 보고도 전혀 태도가 달라지지 않는군요.

나이가 많든 적든 온갖 세대의 여성을 매료하는 게 시온 솔 선크랜드다. 한때는 미아조차 그 청량한 미소에 시선을 빼앗겼었다.

──그런데 넋을 잃고 쳐다보지도, 긴장하지도 않는다니……. 역시 할머니라고 해야 하는 건가요? 아니면 뱀의 교육이 너무 깊이 침투했다고 한탄해야 하는 걸까요? 혹은 연애에 한눈을 팔 여유가 없는 사정이 있다거나……?

그렇게 고찰하는 사이에 라냐, 클로에 순으로 왔다.

마지막으로 들어온 사람은 라피나와 또 한 명.

"여러분, 다들 모여있어?"

상큼한 미소를 짓는 라피나. 그 옆에 선 남자에게 시선을 주며 미아는 기합을 넣었다.

──지금은 아벨이 없으니까 제가 열심히 노력해야만 해요.

그렇다. 아벨은 지금 세인트 노엘 섬에 없었다. 벨을 데리고 누나를 만나러 갔기 때문이다.

항상 옆에서 버팀목이 되어주는 그의 부재에 불안해하면서도 그걸 날려버리려는 듯 미아는 심호흡한 뒤 입을 열었다.

"라피나 님, 그분은?"

시선을 향한 곳에 서 있는 사람은 호리호리하고 부드러운 인상의 장신 남성이었다.

나이는 20대 후반, 혹은 30살 정도일까?

단정한 얼굴에는 지적인 안경을 썼고, 렌즈 너머에 보이는 눈동자엔 온화한 미소를 머금고 있따.

시온이나 아벨보다는 못하지만 퍽 잘생긴 남자였다. 미남 밝힘증 에메랄다라도 있었다간 자기 집 집사로 스카우트했을지도 모르지만…… . 미아는 외모 같은 건 전혀 개의치 않았다.

오히려 미아가 주목한 것은 다른 부분이었다. 그건…… .

"처음 뵙습니다. 유리우스라고 합니다."

유리우스는 발을 한 걸음 뒤로 빼고 가슴에 손을 올리며 머리를 숙였다.

그것은 제국 귀족의 전통적인 예법이었다.

"어머, 정중한 인사 감사합니다. 학생회장인 미아 루나 티어문이에요."

미아는 스커트 자락을 살짝 들어 올리며 인사를 돌려주었다. 그러고는 다른 사람이 각자 인사를 마치길 기다린 뒤 질문했다.

"그나저나 놀랐습니다. 당신은 제국 출신이시군요? 어느 가문 사람이죠?"

유리우스는 부끄러운 듯 머리를 긁적였다.

"죄송합니다. 사실 몰락 귀족 출신이라 지금은 가문명을 사용하지 않고 있습니다. 오베라트 자작가라는 이름을 들어본 적이 있으십니까?"

"오베라트 자작가…… . 네…… 음…… , 어디선가 들어본 적이 있는 것 같군요. 자세한 것은 모르지만…… ."

그렇게 말하며 대외용 미소를 짓는 미아. 사실 전혀 들어본 적이 없었지만 뭐, 그건 그렇다 치고…… .

"어쨌거나 든든하신 분인 것 같아서 안심했습니다."

미아의 한마디에 유리우스의 눈이 살짝 커졌다.

"든든…… 하다고요?"

유리우스는 의아한 얼굴로 고개를 작게 기울였다.

"영광스러운 자작위를 하사받고 선대 폐하께 금전적 원조를 받았음에도 그것을 모두 날린 데다 작위마저 잃은 무능한 집안입니다만……."

"후후, 무슨 말씀을 하시나 했더니……. 작위를 잃었다고 하셨는데, 당신이 가문을 이어받았을 때는 어떻게 해볼 수 없는 상황이었을 수도 있지 않나요?"

미아는 회상했다.

파멸을 회피하기 위해 충신 루드비히와 동분서주했던 나날을.

다양한 장소에 가서 온갖 수를 썼음에도 이미 그 시점에서는 너무 늦어버렸다…….

──선조님이 남긴 나쁜 유산으로 인해 불행이 닥치는 건 종종 있는 일이니까요. 게다가…….

미아는 유리우스의 얼굴을 바라보았다. 중요한 건 그것이 아니라는 양……. 미아는 오직 한 곳을 가만히 응시했다.

"애초에 작위는 세습되는 것. 신뢰의 근거는 되지 않습니다. 만약 당신이 본인의 재능으로 작위를 얻었다면 그것을 근거로 신뢰한다고 해도 합리적이었을지도 모르지만요……."

명문 귀족가의 이름으로 접근한 끝에 무능함이 폭로되는 어리석은 자를 미아는 많이 알고 있었다. 당시 제국에서 작위에 걸맞은 능력을 보인 사람은 아무도 없었으니까.

애초에 필두 격인 사대 공작가조차 당시에는 전혀 믿을 수 없었다. 평민인 루드비히가 훨씬 도움이 되었으니 작위 같은 건 아무런 판단기준이 되지 않는다.

"오히려 가문이 몰락하고 아무런 배경도 없는 외국까지 와서 학문을 익히고 명성을 획득한 그 실적이야말로 신뢰할 수 있습니다. 그렇지 않나요?"

유리우스의 실적을 고평가하는 미아였다. 그리고 그 이상으로 믿을 수 있는 건⋯⋯.

"그렇군요⋯⋯. 그것이 제국의 예지의 생각인 겁니까⋯⋯."

감명받은 듯한 유리우스를 보며 라피나가 기쁘다는 듯 미소 지었다.

"후후후, 놀랐지? 미아 님은 작위나 기존의 권위를 그리 중시하지 않는 유연한 사람이야."

그 목소리를 들으며 미아는 유리우스의 얼굴을 지긋이 관찰했다. 그 단정한 얼굴⋯⋯ 에 쓴⋯⋯ 안경을!

──흠, 저 안경 왠지 루드비히 느낌이 나요. 그렇다면 이분은 분명 유능한 분인 게 틀림없어요. 확실해요!

작위라는 권위는 중시하지 않지만, 안경이라는 권위는 단단히 신뢰하는 권위주의자 미아였다.

제30화 복수자들 집결

　세인트 노엘 학원을 빙 둘러싼 노엘리쥬 호수.

　얼마 전까지 몹시 거칠어져 있던 호수는 현재 잔잔한 물소리를
내고 있었다.

　그 호수를 왼쪽으로 한 대의 마차가 달린다.

　그것은 '뱀의 무녀 발렌티나 렘노에게 복수하는 부대', 통칭 복
수자들이 탄 마차였다.

　멤버는 자신의 손녀가 살해당한 렘노 왕국의 왕자 아벨과 살해
당한 장본인인 손녀 미아벨. 여기에 직접적인 원인은 아니지만
머리가 깨졌던 린샤…… 그리고 유괴당해서 집요한 괴롭힘을 당
한 슈트리나였다. ……슈트리나였다!!

　마차 안에 예의 바르게 앉아 있는 슈트리나. 그 얼굴에는 평소
와 다름없는 가련한 미소가 번져 있었다.

　벨이 발렌티나에게 인사하러 간다고 들은 슈트리나는 자기도
꼭 동행하고 싶다고 강하게 주장했다. 몹시 근사한 미소를 지으
며 주장했다!

　처음에는 오랜만에 슈트리나와 여행하는 게 기뻤던 벨이었지
만, 너무 근사한 미소였기에 조금 걱정이 되었다.

　그런 고로 마차 안에서 일단 확인해놓기로 했다.

　"리나, 일단 물어보는 건데요. 리나도 복수할 생각인 건가요?"

　그 질문에 슈트리나는 미소를 유지한 채로 대답했다.

"물론이지. 리나는 이래저래 안 좋은 일도 당했고 하고 싶은 말도 많이 있으니까."

"리나……. 미리 확인해두는 건데, 말만 할 건가요?"

"물론이지. 거친 짓은 안 해……."

"정말로 진짜요……?"

벨은 슈트리나의 눈을 빤히 쳐다봤다. 빠아안히……. 그러자 슈트리나가 스슥 눈을 돌리는 걸 보고 벨은 작게 한숨을 쉬었다.

"리나, 하고 싶은 말이 있어요."

그러고는 아주 엄숙한 얼굴이 되어 말했다.

"제가 아는 미래 세계의 리나는 아주 상냥한…… 상냥?"

거기서 벨은 고개를 갸웃거렸다.

"아니지, 의외로 공부를 빼먹거나 하면 무서울 때도 있는 것 같은데……. 춤출 때도……. 아, 아니, 하지만, 아무튼 리나는 대체로 상냥한 사람이에요."

미묘하게 횡설수설하며 벨은 슈트리나의 손을 꼭 붙잡았다.

"그리고 리나가 그랬어요. 자기가 이런 식으로 웃을 수 있는 건 암살이나 그런 일에 관여하지 않았기 때문이라고. 미아 할머니가 그런 세계를 만들어 주었기 때문이라고……. 저는 그런 리나를 정말 좋아하고……. 리나와 같이 있는 시간이 정말 좋아요. 그러니까 절대로 성급하게 행동하지 마세요."

"벨……."

평소와 달리 진지한 목소리로 말하는 벨. 그런 벨을 보며 슈트리나는 고개를 크게 끄덕였다.

"물론이야⋯⋯. 리나는 벨이 슬퍼하는 건 안 해. 응, 그런 건 생각도 안 했어."

"정말이에요⋯⋯?"

"정말로. 그런 생각은 안 했어⋯⋯, 조금만⋯⋯."

또다시 눈을 슬쩍 방황하며 슈트리나가 말했다. 그⋯⋯ 약간 떨떠름한 듯이.

그런 그녀를 놓치지 않도록 벨은 한 걸음 다가섰다. 그 기합이 담긴 한 걸음은 마치 그녀의 할아버지 아벨처럼!

"만약 리나가 저를 위해 복수하려고 생각한다면, 그런 짓을 할 필요는 없어요. 그리고 만약 리나가 자기 마음이 개운해지려고 복수하는 거라면, 제가 부탁할게요. 하지 마세요."

슈트리나가 복수할 이유를 강제로 빼앗은 뒤 벨은 포근하게 웃었다.

"모처럼 미아 할머니가 옐로문 가문이 암살하지 않아도 괜찮도록 해주셨으니까, 그걸 소중히 여겨주세요. 리나는 이제 아무도 다치게 하지 않아도 되니까요."

"벨⋯⋯."

슈트리나는 감동한 듯 눈을 깜빡였다.

"아, 하지만 그럼, 살짝 배탈이 나서 열흘 정도 식사가 목을 넘어가지 않게 되는 정도는⋯⋯."

"⋯⋯안 돼요."

"그럼 사흘 정도. 사흘 정도 배탈이 나는 약이라면⋯⋯."

"뭐, 그 정도라면⋯⋯."

"아니, 그것도 참아줘."

이야기를 듣고 있던 아벨이 무의식중에 나온 듯 끼어들었다.

"슈트리나 양, 이렇게 차분히 대화할 기회가 없어서 늦어졌지만 사과할게."

그러고는 아주 진지한 얼굴로 머리를 숙였다.

"내 누나, 발렌티나가 폐를 끼쳤어. 내가 갚을 수 있는 일이 있다면 뭐든 말해줬으면 하는데……."

"앗, 아뇨……."

슈트리나는 조금 당황한 얼굴이 되었다. 하지만 바로 평소와 같은 가련한 미소…… 아니, 굳이 따지라면 장난을 떠올린 어린아이 같은, 조금 영악한 미소를 지었다.

"……으음. 그런 거라면 아벨 왕자님, 하나 약속해주세요."

"뭔데?"

"미아 님과 꼭 오붓하게 지내주세요. 따뜻하고 행복한 가정을 꾸려주세요."

"…………응?"

대체 무슨 소리인지 고개를 갸웃거리는 아벨에게 슈트리나는 말을 이었다.

"소중한 친구의 가정 문제니까 조금 신경 쓰여서요. 실수로라도 다른 여성과 바람을 피우진 말아 주세요."

놀릴 마음으로 가득한 미소를 짓는 슈트리나. 하지만 그녀에게 대답한 사람은 아벨이 아니라 손녀 쪽이었다.

"괜찮아요, 리나. 아벨 할아버지하면 미아 할머니에게 열렬하기로 유명하거든요. 바람 같은 건 상상도 할 수 없어요. 보고 있는 제가 부끄러워질 정도예요."

"뭐?!"

아벨은 말문이 막혔다.

그랬다……. 지금까지는 누나를 어떻게든 하는 것에만 정신이 팔려서 제대로 생각하지 않았지만…… 잘 생각해 보면 눈앞의 소녀 벨은 자신과 미아가 맺어진 증거 같은 존재인 셈이니…….

벨은 슈트리나를 향해 천진난만한 미소를 짓고는,

"리나네에게 지지 않을 만큼 아주 러브러브해요."

악의라고는 전혀 없이 방긋방긋 웃으며 말했다.

"이쪽도 보는 제가 부끄러워질 정도라……."

"뭐?! 베, 벨?!"

직후에 날아온 유탄에 맞은 슈트리나가 성대히 사레들렸다.

벨이 무차별로 쏴댄 화살은 아벨과 슈트리나를 정확하게 꿰뚫었다.

그 화살은 사랑의 천사가 쏘는 화살처럼 두 사람에게 어떠한 감정을 심었다. 그것은 풋풋한 사랑…… 같은 게 아니라, 같은 피해자라는 단단한 공감이었다!

그것은 사피아스와 키스우드 사이에서 싹튼 것과 비슷한 감정이기도 했다. 미아의 핏줄이 맺어준 인연이라고도 할 수 있을까.

참고로 또 다른 동승자 린샤는 자기에게 화살이 날아오지 않도록 최대한 존재감을 지우고 있었다.

이렇게 떠들썩한 복수자들은 발렌티나가 유폐된 탑으로 향했다.

제31화 미아 황녀, 밀고당하다!

천뢰탑(天牢塔)──그것은 베이르가 공국 남쪽에 호젓이 세워진 하얀 탑이다.

매끄러운 감촉이 특징인 백류화석(白流花石)을 쌓아서 만든 그 탑은 지극히 아름답고 장엄한 감옥이었다.

"와아……."

거대한 탑을 올려다 보며 벨은 떡하니 입을 벌렸다.

"대단해라……. 미아 할머니 조각상과 비교하면 어느 게 더 클까……?"

참으로…… 참으로! 불길한 소릴 중얼거렸지만 아쉽게도 미아가 그 말을 듣지는 못했다. 이렇게 미아의 마음의 평화는 지켜졌다.

……그럴까?

"흐음. 여기서 탈출하는 건 어렵겠구나."

한편 냉정하게 탑을 관찰하는 사람은 슈트리나였다. 탑 표면을 가느다란 손가락으로 쓰다듬고는…… 다시금 정상을 올려다 보았다.

"아주 높고 잡을 요철도 없어. 늑대술사라고 해도 밖에서 타고 올라가진 못할 테고……. 여기를 올라갈 수 있는 건 디온 알라이아 정도일까…… 앗……."

그렇게 중얼거린 슈트리나는 직후 퍼뜩 놀란 표정을 지었다. 무의식중에 나와버린 이름……. 그걸 들은 건 아닌지 조심조심

벨을 쳐다보았다. 그러자 히죽히죽 웃는 벨이 있었다!

"우후후, 역시 리나는……."

"무슨, 아니, 너무해! 벨!"

푸다닥 손을 내저으며 항의하는 슈트리나를 웃는 얼굴로 쏴버리는 벨.

꺄르륵거리는 영애들.

그런 두 사람을 뒤로 린샤는 흥 하고 코웃음을 쳤다.

"반대로 목숨을 끊기에는 쉬워 보이는데요."

"그래. 나도 처음에는 걱정했었는데……. 뛰어내릴 수 있을 만한 창문이 애초에 거의 없는 데다 창문에도 창살이 달려있어."

린샤의 우려에 대답하듯 아벨이 손가락질했다. 그 끝에는 확실히 철창살이 빽빽하게 박힌 창문이 있었다.

"어라, 그렇군요. 영락없이 수감된 인간이 뛰어내리는 걸 기다리는 시설인 줄 알았는데."

그렇게 말하며 빈정거리는 미소를 짓는 린샤였다. 몰락한 귀족 영애이자 혁명에 투신한 오빠를 지닌 린샤다. 그 시선은 지극히 드라이했다.

"그래. 사형할 수 없는 골치 아픈 죄수가 스스로 목숨을 끊길 기다리기 위한 장소라. 그건 그리 좋은 장소라고는 할 수 없겠네."

쓴웃음을 지으며 아벨은 어깨를 으쓱했다.

"뭐, 실제로 발렌티나 누님은 라피나 님도 감당하기 어려운 존재겠지만."

그런 이야기를 하며 일행은 탑의 입구로.

그곳에서 기다리던 사람은.

"오랜만입니다. 아벨 님."

"안녕, 모니카. 잘 지냈어?"

"네. 조금 바빠서 학원에는 돌아가지 못하고 있습니다만……."

전직 바람까마귀이자 라피나의 메이드인 여성, 모니카.

그녀는 무녀 발렌티나의 구속 이후 각종 뒤처리와 조율을 위해 국내를 동분서주하고 있다고 한다. 오늘은 아벨 일행을 보조하기 위해 이 탑에서 대기했다.

"상대는 뱀의 무녀. 만에 하나의 사태가 일어나서는 안 된다며 라피나 님께서 동행을 명령하셨습니다."

모니카는 조용히 머리를 숙인 후 네 사람을 탑 안으로 안내했다.

튼튼한 문으로 들어와 감시병 사이를 지나간 곳에 끝없이 이어지는 계단이 보였다.

"이…… 이걸 올라가라고?"

질린 표정인 린샤를 향해 벨이 웃었다.

"린샤…… 씨, 지금 미리 운동해놓지 않으면 허리나 무릎이 아파질 거예요. 요즘 몸 여기저기가 쑤신다고 자주 한탄하셨거든요."

"무, 무시무시한 말씀은 하지 마세요. 벨 님."

천진난만한 벨의 공격에 가슴을 누르며 으윽 신음하는 린샤였지만 곧바로 기합을 넣고는 계단을 올라가기 시작했다.

긴 계단을 올라갔다. 한 칸, 한 칸, 무녀가 가까워질수록…… 슈트리나는 긴장으로 얼굴이 딱딱해졌다.

그 뱀의 성에서 일어난 일을 떠올렸다.

소중한 존재…… 소중한 친구를 빼앗긴…… 그때의 공포가 되살아나서 무심코 손에 힘이 들어간…… 그때였다.

"리나……."

문득 옆을 보자 벨이 진지한 얼굴로 바라보고 있었다.

"……왜? 벨."

벨은 아주아주…… 진지한 말투로 말했다.

"발렌티나, 씨를, 저는 뭐라고 불러야 할까요?"

"…………응? 어……."

"대고모? 인가요……. 발렌티나 대고모님? 아니, 아니면……."

그 평소와 똑같은 태평한 모습에 슈트리나는 무심코 웃음을 터트리고 말았다. 동시에 어깨에 힘이 너무 들어갔음을 자각했다.

그래. 그때 빼앗긴 줄 알았던 것은 바로 옆에 있다. 자기 옆에서 웃어준다. 그러니 아무것도 두려운 건 없다.

"응, 고마워. 벨……."

"? 딱히 인사를 들을 만한 건 아무것도……."

고개를 갸웃거리는 벨. 그 손을 슥 붙잡은 슈트리나가 웃었다.

"같이 무녀를 걷어차 주자."

"후후후, 그래요. 미아 할머니께 전수 받은 킥을 날려버리겠어요."

벨은 쾌활한 얼굴로 말했다.

"아, 맞다. 리나, 그거 알아요? 못된 남자는 이렇게, 다리와 다리 사이를 걷어차면 좋대요."

붕붕 다리를 휘두르며 웃는 벨. 한편 갑자기 망측한 소릴 한 벨을 보며 슈트리나는 꽝꽝 얼어버렸다.

"저기……. 벨, 그건 누구에게 들은 거야?"

"네? 당연히 미아 할머니인데요……."

"……그렇구나. 응, 알았어. 미아 님께 단단히 말씀드려야겠네……. 그렇지? 린샤 양."

"네…… 그러게요. 아마 렘노 왕국에서 겪은 경험담일 테지만…… 이상한 걸 가르치지 말라고 확실하게 말씀드리는 게…… 좋겠습니다."

아주아주 진지한 얼굴로 고개를 끄덕이는 린샤였다.

이렇게 린샤와 슈트리나가 미아 할머니에게 교육적 지도를 하기로 결정되었다.

그런 떠들썩한 대화를 나누며 계단을 올라가기를 잠시. 일행의 눈앞에 묵직한 나무 문이 나타났다.

"준비됐어?"

뒤를 돌아본 아벨이 물었다. 린샤가, 벨이 고개를 끄덕이고 마지막으로 슈트리나가 끄덕였다. 한 호흡 후 아벨은 문을 열었다.

"실례합니다. 발렌티나 누님."

"어머…… 아벨. 또 왔구나."

안에서 들린 발렌티나의 목소리는 미미한 질림이 섞여 있었다.

"후후후, 사흘 전까진 게인이 왔었단다. 너희들도 참, 슬슬 누나에게서 졸업해야지……. 게인은 어차피 인기가 없으니 괜찮다고 쳐도 너는 잘 지내던 여자아이도 도망가겠다?"

이렇게 일행은 다시 무녀와 대치하게 되었다.

그 복수의 귀결이 어디에 도달하는지, 지금 시점에서 아는 사람은 한 명도 없었다.

제32화 벨 논파

발렌티나 렘노가 갇혀있는 건 소박한 방이었다.

가구라고는 침대와 작은 책상뿐. 그리고 책상 위에는 신성전이 대충 놓여 있었다.

"정말 악취미란 말이지. 뱀의 무녀에게 신성전 한 권만 주고 가 둬놓다니."

발렌티나는 즐겁다는 듯이 웃고는 신성전을 들었다.

"지루하면 읽으라는 걸까? 후후후, 성녀 라피나와 '땅을 기어가 는 자의 서'로 같은 짓을 하면 어떻게 될지 실험해보고 싶어."

신성전을 휙 내던진 발렌티나는 침대에 앉았다.

"하다못해 종이와 펜이 있다면 '땅을 기어가는 자의 서'를 열심 히 복제할 텐데……. 그런 이유로 시간이 남아돌던 참이니 환영 할게. 아벨. 오늘은 뭘 하러 왔니?"

아벨은 방에 들어와 문 주변에 서서 그런 발렌티나를 바라보 았다.

"건강하신 것 같아 다행입니다. 누님. 오늘은 만나주시길 바라 는 사람이 있어서 데려왔습니다."

그렇게 아벨이 한 걸음 방 안으로 들어왔다. 그 뒤에서 나타난 사람은…….

"어머, 기뻐라. 리나 양. 당신이 제 발로 만나러 와 주다니 생각 지도 못했는데."

발렌티나는 경쾌한 웃음소리를 냈다.

"당신과는 한 번 더 만나서 대화하고 싶었거든. 본래대로라면 차를 내어주며 환영하고 싶지만, 지금은 수감된 몸이라. 아무것도 대접해주지 못하는 걸 용서해줘."

반면 슈트리나는 화사한 미소를 지으며 고개를 저었다.

"평안하셨나요, 발렌티나 무녀님. 모처럼 말씀해주셨지만, 대접은 됐습니다. 뭐가 들어있을지 알 수 없으니까요."

"어머…… 아주 멋진 얼굴로 웃는구나? 리나 양."

발렌티나는 의아한 듯 눈썹을 찡그리며 말했다.

"나는 당신의 소중한 것을 빼앗았는데…… 오해였나? 영락없이 그 아이는 당신의 유일무이한 친구인 줄……. 아, 혹시 별로 소중하지 않았던 거야?"

도발하듯, 후벼 파듯 슈트리나의 마음을 공격하는 발렌티나의 말. 하지만 슈트리나는 눈썹 하나 까딱하지 않았다.

"아, 아니면 죽어버린 그 아이…… 어디, 벨이었던가?"

그 이름이 발렌티나의 입에서 나온 그 순간에만 슈트리나의 어깨가 움찔 떨렸다. 그걸 보고 발렌티나는 만족스러운 듯 웃었다. 상대의 감정을 휘저어 놓도록 철저히 계산된 조소를 지으며…….

"그 벨이, 천국에 간 벨이 복수를 원하지 않는다고. 리나의 손을 더럽히지 않고 행복해지길 바란다고…… 그런 생각에 복수를 그만둔 거야? 우후후, 훌륭해. 아름다운 우정이야."

그런 식으로 웃던 얼굴이…… 다음 순간 딱 굳어버렸다.

왜냐하면…….

"와, 대단해라. 역시 무녀님. 다 맞았어요. 잘 아셨네요!"

"……뭐?"

슈트리나 뒤에서 나타난 소녀를 보고…… 그녀의 입이 멍하니 벌어졌다.

그…… 자신이 죽였던 소녀, 벨의 모습을 앞에 두고…….

그렇게 발렌티나가 동요하거나 말거나, 벨은 대책 없이 낙천적이라는 말이 나올 만큼 자연스러운 태도로 스커트를 살짝 들어 올리고는.

"안녕하세요. 발렌티나 대고모님. 미아벨입니다. 잘 부탁드려요."

당당하게 인사했다.

"…………어떻게 된 거지? 당신은 그때 분명……."

여유 없는 목소리로 묻는 발렌티나를 향해 벨은 생긋 미소 지었다.

"아. 그거 엄청 깜짝 놀랐어요."

목을 찰싹찰싹 쓰다듬으며 벨이 말했다. 그런 벨의 손을 잡고 슈트리나가 말했다.

"벨은 살아있어. 그러니까 당신에게 복수할 필요도 없지. 그뿐이야……. 리나는 당신의 부추김에 넘어가서 독을 타거나 하지 않아."

단호한 얼굴로 가슴을 펴는 슈트리나 옆에서 벨이 '어라?!' 하고 무언가 할 말이 있다는 듯한 표정이 되었지만…… 바로 정신을 차린 듯 고개를 젓고 입을 열었다.

"네. 맞아요. 리나는 착하니까? 누군가에게 독을 먹이거나 하지 않아요. 아마도……!"

자신만만하게 단언한 벨은 발렌티나에게 척 손가락질했다.

"아쉽지만 당신의 계획대로 흘러가진 않아요."

앞으로 올 역사를 속속들이 아는 현자처럼 그 말에는 강한 힘이 담겨있었다.

반면 발렌티나는 작게 어깨를 으쓱하며 말귀를 못 알아듣는 어린아이를 대하듯 쓴웃음을 지었다.

"아…… 그래. 뭐, 그래도 마찬가지야. 당신이 살아있어도, 리나 양이 뱀이 되지 않아도. 뱀은 죽지 않으니까. 인간이 인간인 한, 인간이 강자와 약자를 만들어내는 한 혼돈의 뱀은 몇 번이든 되살아나거든."

"으음, 뭐…… 확실히 안 죽을지도 모르지만요……."

벨은 고개를 갸우뚱 기울인 뒤,

"계속 재우면 그만이죠."

생긋 웃었다.

"일어나면 뒤에서 머리를 쾅 때려줘도 되고. 남자라면 이렇게 다리 사이에 킥을……."

"벨……."

"벨 님……."

뒤에서 제지하는 슈트리나와 린샤. 벨은 입을 꾸욱 다물었다가 다시 열었다.

"으으, 아무튼. 뱀이 죽지 않는다면 뱀이 일어나지 않는 상황을 만들면 그만이에요. 이 세상을 망가트리면 아깝다고 느낄 법한, 그런 세상으로 만들면 되죠. 그뿐이에요."

"아하하, 어리구나. 그런 꿈 같은 세상이 실현된다고 믿는 거니? 그런 건 지금까지 한 번도 실현된 적이 없는데."

"믿어요. 왜냐하면, 저는 행복한 꿈에서 이어지는 세상을 만들어 준 사람을 알거든요. 저희는 그걸 지켜나가면 되거든요."

벨의 말은 흔들리지 않았다.

발렌티나의 말은 뱀의 말. 상대방 마음의 빈틈을 찌르고 흔들어서 불안을 만들어내고 자신감을 빼앗는 계산적인 말.

하지만 벨은 조금도 동요하지 않았다.

왜냐하면, 그녀는 꿈 같은 세상에서 왔으니까.

미아가 구축한 세상이 정말로 뱀의 출현을 억눌러준다는 걸 아니까.

"저는 당신이 '땅을 기어가는 서'에서 어떤 것을 읽었는지 몰라요. 하지만 그건 세상이 시작되었을 때부터 영원히 변하지 않는 불변의 규칙도 아니고, 누구나 따라야만 하는 절대적인 지배도 아니죠."

벨은 딱히 긴장하는 것도 없이 잔잔한 어조로 말을 이어갔다.

"미아 할머니가 그러셨어요. 통치자가 방심하면 백성이 불만을 품는 건 당연하다고. 그걸 방치하면 파멸이 찾아오는 게 당연하고, 그건 절대적인 법칙이라고. 그러니까 통치자는 항상 백성을, 짓밟히는 약자를 살펴봐야만 한댔어요."

"그래. 확실히 뛰어난 지도자가 한 명 있다면 그 인물이 살아있는 동안은 평화가 올지도 모르지. 하지만 그것도 일시적일 뿐이야.
아무리 고생해서 만들었다고 해도 그건 영원히 계속되지 않아."

"맞아요. 하지만 그건 결국 그 시대를 사는 사람들이 제대로 책
임을 지고 노력할 수밖에 없는 거 아닐까요? 이전 세대에서 물려
받은 소중한 것이 망가지지 않도록 방심하지 말고, 자식 세대, 손
주 세대가, 다음 세대로 이어가는 거죠. 그것 말고는 방법이 없지
않아요?"

벨은 그렇게 말한 뒤 생긋 웃었다. 그 반짝이는, 눈부신 미소를
보고 발렌티나는 작게 중얼거렸다.

"……당신은, 뭐지?"

그것은 벨에게 한 말이라기보다는 스스로를 향하는 질문 같
았다.

"당신도 미아 루나 티어문도 뭐야? 당신들은 이상해. 이 세상
에서 일탈되어있어."

"아닌데요? 그렇게 느꼈다면 당신이 세상을 잘못 이해한 것뿐
이죠. 이 세상에는 나쁜 일도 많이 있지만 그래도 망가트리기에
는 아까울 만큼 다정하고 따뜻하고 소중한 것도 있어요."

벨은 당차게 가슴을 펴고 선언했다. 발렌티나를 걷어차는 발언
을…….

그 당당한 태도를 앞에 두고 발렌티나는…… 그저 침묵을 지킬
뿐이었다.

제33화 미아식 교육론 '다섯 버섯 그라탕의 가르침'

"그런데 라피나 님, 특별 초등부 교사는 유리우스 씨뿐인가요?"

"유리우스 씨가 총괄을 맡고, 학원의 다른 강사진으로 대응할 예정이야. 다만 처음에는 그리 많은 인원을 할애하지 못하겠지."

미아는 '흐음……' 하고 신음했다.

──뭐…… 솔직히 패티만 잘 교육하면 그만이니까요……. 그렇게까지 큰 규모는 필요 없겠죠?

미아는 패트리시아 쪽을 보고 한 번 더 '흐음' 하고 신음했다.

"아아, 그 아이는 혹시 특별 초등부 학생 후보입니까?"

"응? 아, 네. 패티, 유리우스 선생님에게 인사하세요."

미아의 말을 따라 살포시 일어난 패티가 인사했다.

"네. 앞으로 잘 부탁드립니다."

유리우스는 정중하게 인사한 뒤 친절해 보이는 미소를 지었다.

"제대로 교육받은 아이로군요. 세인트 노엘에 다니게 될 아이라면 그것도 당연하겠죠."

그러더니 유리우스는 문득 깨달았다는 듯이 라피나에게 시선을 던졌다.

"고아원에서 보내는 아이들도 역시 적절한 예법을 익혔고 능력이 뛰어난 아이들이라고 이해해도 되겠습니까?"

그 질문에 라피나는 작게 고개를 기울였다가…… 미아 쪽으로 시선을 보냈다!

학생회장에게 보이는 라피나의 배려, 그 신호를 받은 미아는 의미심장하게 고개를 크게 *끄덕이고*…… 시온을 향해 *샤샥* 시선을 옮겼다!

그대로 흘려보내는 게 아니라 한 번 받아서 생각한 척한 뒤에 이어지는 절묘한 패스. 학생회장 3년 차쯤 되면 누적된 경험치가 다르다!

그렇게 소리 없는 패스를 받은 시온이 대답했다.

"그래. 이런 건 전례를 본받는 게 무난하겠지. 미아 학원에서는 똑같은 제도가 있다고 들었으니, 기본적으로는 그걸 따라가면 되지 않을까?"

"고아원 쪽에서 선발해서 뛰어난 아이들을 보내는 것 말이지……."

그렇게 중얼거린 라피나는 조금 생각에 잠긴 얼굴이었다.

──무언가 마음에 들지 않는 게 있는 걸까요……?

그렇게 걱정하며 미아도 생각해 보기로 했다.

아무튼 이 자리에서 미아만은 고려해야 하는 게 다르다. 미아가 고려해야 하는 건 어떻게 해야 패트리시아의 교육에 더 좋은지다.

힐끗 시선을 보낸 곳에 예의 바르게 앉아 있는 패트리시아의 모습이 있었다. 예법은 갖추고 있다. 하지만……. 한가지 걱정거리가 있었다.

──패티의 두뇌 회전이 어느 정도인지가 문제예요…….

자신의 할머니, 패트리시아가 공부를 잘하는 사람이었다……
같은 이야기는 들은 적이 없다.

그렇다면 아마도 그녀의 학력은 평균, 혹은 그보다 아래일 것
이다.

──만약 그렇다면 할머니에게 강한 열등감을 심어주게 될 것
같군요.

미아가 상상하는 우수한 평민은 바로 루드비히다.

그럼 예를 들어, 주변이 루드비히로 가득한 교실에서 공부하고
싶을까? 답은 아니오다. 너무나도 아니오다.

──주변에 망할 안경투성이고, 심지어 매일 덜떨어지는 사람
을 보는 듯한 시선을 받기라도 했다간 도저히 마음이 버티지 못
할 거예요!

지금 루드비히라면 모를까, 과거의 잔소리쟁이 루드비히가 주
변에 가득하다면……. 상상만으로도 등을 타고 식은땀이 흐르는
미아였다.

패트리시아도 표정 변화가 적긴 하지만, 그러한 감수성은 아마
도 평범할 것이다. 그렇다면 자칫 성격이 비뚤어져서 뱀이 파고
들 틈을 만들게 될지도 모른다.

그건 피하고 싶다.

따라서……. 미아는 조용히 입을 열었다. 마치 이 세상의 진리
를 깨달은 현자와도 같은 어조로 말하기 시작했다.

"특별 초등부에 입학시키는 건…… 평범한 아이들이 좋지 않을
까요? 성적으로 차별당하는 것도 아주 괴로운 일이죠. 물론 공부

를 원하지 않는 아이를 억지로 데려올 필요는 없지만, 처음부터 공부를 잘하는 뛰어난 아이로 한정할 필요는 없을 것 같네요."

그렇게 말하면서도 미아는 약간 불안해졌다.

여기에 있는 사람은 다들 공부를 잘하기 때문이다. 그런 그들이 이런 마음을 이해해줄 수 있을지, 없을지…….

──뭐, 저 자신은 공부를 제법 할 줄 아는 편이니까 어디까지나 벨이나 뭐 그런 아이들을 보면서 상상하는 것뿐이지만요…….

그렇게 뻔뻔한 생각을 하고 있었더니 찬성을 던지는 사람이 나왔다.

다름 아닌 교사 후보 유리우스였다.

"그렇군요……. 맞는 말씀입니다. 어느 저명한 교육자의 말 중에 이런 것이 있죠. 아이는 보리와 같다. 키워보지 않으면 어떤 보리인지 알 수 없다. 수확기가 오면 그제야 비로소 좋은 보리인지 독보리인지 알 수 있다. 어린아이의 가능성을 이야기하는 격언입니다."

어릴 때의 능력은 판단기준이 되지 않는다. 교육을 해보고 결과를 보지 않는 한 얼마나 뛰어난 인재가 될지 판단할 수 없다.

그것이 교육의 자세……. 유리우스가 한 말은 그런 뜻이었다.

"네. 맞는 말씀이에요. 하지만……."

미아는 그 말을 듣고 조금 수긍하면서도 동시에 작은 위기감을 느끼고 덧붙였다.

"저는 이렇게 덧붙이고 싶군요. 사람은 보리가 아니다. 따라서 날 때부터 독보리는 없다고."

단단히 강조했다!

미아는 패트리시아를 교육해야만 하는 입장이다. 그럼 만약 지금 저 말을 뱀이 이용한다면 어떻게 될까? 키워보지 않으면 뱀이 될지 아닐지 모르니까 키워보자, 가 된다.

오히려 위험한 싹은 일찌감치 제거해야 한다는 결론에 도달할 것 같다!

"아이가 어떠한 열매를 맺을지는 저희의 교육에 달렸지 않을까요?"

아니, 그렇지 않으면 곤란하니까 그런 걸로 해두자는 뜻을 담아 눈에 힘을 줘서 쳐다보는 하이 파워 아이 프린세스 미아였다.

그 후 다시 주변을 확인하자……?! 다들 깊이 수긍한 얼굴이었다!

"그래. 미아의 말은 일리가 있어."

"맞아요. 지금 시점의 학력은 그리 고려하지 않는 게 좋을 것 같습니다."

고개를 끄덕이는 시온과 생각에 잠긴 듯 중얼거리는 티오나. 다른 사람들도 어쩐지 미아에게 존경 어린 시선을 보내는 것 같았다…….

──이, 이건…… 혹시 명언을 해버린 거 아닐까요?

완전히 자만에 빠져버리는 미아였다.

──우후후, 역시 점심이 맛있으면 제 머리는 빛을 발한다니까요. 그 다섯 종류의 버섯 그라탕은 아주 맛있었죠. 그 식감과 치즈의 녹은 정도, 참으로 훌륭한 맛이었어요……. 아아, 떠올리기

만 해도 입 안에 행복이 퍼져나가네요.

그렇게…… 자꾸만 쓸데없는 생각을 하는 사이에도 대화는 멈추지 않았고…….

"미아 님……, 미아 님, 왜 그래?"

"허……?"

문득 정신을 차리자…… 라피나가 의아한 얼굴을 하고 있었다.

──앗, 큰일이에요…….

허를 찔린 미아는 살짝 당황했다. 차마 음식 생각을 하며 멍하니 있었다고 솔직하게 대답할 수는 없으니…….

뭐라고 얼버무려야 할지 잠시 생각에 잠긴 미아……. 그 후, 우선 칭찬하기로 했다. 세인트 노엘의 학식을 칭찬하면 라피나도 불쾌해하지는 않을 것이라며…….

"라피나 님, 점심은 이미 드셨나요?"

"아니, 아직인데……."

"그렇다면 다섯 종류의 버섯을 넣은 버섯 그라탕을 추천합니다."

"아아. 후후후, 그거 말이구나. 그건 미아 님을 위해 부탁해서 만들어달라고 한 거야. 버섯은 몸에도 좋다고 하니까."

"어머나, 그러셨어요? 감사합니다. 무척 잘 먹었어요."

그렇게 말한 뒤 미아는 황홀한 표정으로 말을 이었다.

"그 식감이 다른 다섯 종류의 버섯을 사용한 것은 참으로 훌륭했죠. 탄력에 맞춰서 저마다 두께를 강조하며 가장 맛있는 형태를 모색하는 것도 근사했어요."

그러고는 문득 생각나서 말했다.

"그래요. 그 버섯이 아이들이고 요리하는 게 저희들……. 교육이란 그런 느낌이 아닐까요?"

"버섯을…… 요리?"

덜컹…… 소리와 함께 키스우드가 일어났지만…… 이유는 알 수 없었기에 무시하고. 미아는 말을 이었다.

"아이들은 저마다 차이가 있죠. 타고난 재능도 다르고. 그러니 성장한 모습도 당연히 다릅니다. 하지만 먹을 수 있는 버섯인 건 똑같아요. 그걸 적절한 형태로 다듬어서 맛있게 먹을 수 있도록 만들어주는 것이야말로 중요하지 않을까요?"

그렇게 말한 뒤 미아는 내심 뿌듯한 미소를 지었다.

──이거 잘 수습했네요! 회의 도중에 음식 생각을 했던 것도 잘 얼버무렸고. 더불어 학력이 미지수인 패트리시아를 포기하지 않을 변명도 돼요. 이것이 바로 토끼를 잡으려다 버섯도 잡는다는 게 아닐까요?

……참고로 한 가지 행동으로 두 개의 이득을 얻는다는 미아 격언 중 하나다.

제34화 공감과 한탄과 희망적 예측

　──아…… 철렁했네……. 미아 님의 예시였나…….

　미아가 아주 만족스러운 듯 웃는 걸 곁눈질하며 키스우드는 아무렇지도 않은 듯 가장하면서 의자에 앉아…… 후우우 깊은 한숨을 쉬었다.

　──아무리 그래도 버섯 요리를 만들고 싶다고 하셨다간 감당이 안 되니까.

　그렇지 않아도 라피나라는 강력한 적을 상대해야만 한다. 거기에 버섯 요리를 만들어 보고 싶다는 미아가 출현했다간…… 항복할 수밖에 없다.

　늑대 두 마리를 상대로 싸우라고 해놓고 추가로 디온 알라이아가 적으로 출현한 듯한…… 그런 절망감이 순간적으로 밀려들었던 키스우드였다.

　──그나저나…… 잘 생각해 보면 그리 나쁜 일만 일어날 리는 없지. 그래, 라피나 님에게 가르치는 것도 실제로는 그리 절망적인 상황이 아닐지도 몰라. 나도 참, 다소 냉정함을 잃고 지나치게 비관하는 것뿐인 게 아닐까? 라피나 님이 미아 님 때보다 요리를 잘한다는 희망도 있고…….

　샌드위치를 가르쳐달라는 부탁을 받은 뒤. 라피나에게 직접 부름을 받았던 키스우드는 그때 이런 말을 들었다.

　"빵을 말 모양으로 만든 샌드위치면 속을 끼우는 게 어렵겠어."

라고…….

그 한마디에 키스우드는 희망을 봤다. 라피나는 샌드위치를 만들어 본 적이 있는 게 틀림없다.

만든 적이 없다면 끼우는 게 어렵단 생각을 할 리가 없으니까. 그러니 그녀는 경험자다. 그런 게 틀림없다……. 그랬으면 좋겠다! 하며…… 연약한 희망을 품고 말았다.

──그러니까 막상 해 보면 미아 님을 상대할 때보다 훨씬 쉬울 수도 있어. 응, 가능해!

……기본적으로 키스우드는 현실주의자다.

전투에 익숙한 늑대를 상대할 때도 절대 이길 수 있다고 낙관하지 않았다. 오히려 자신이 할 수 있는 아슬아슬한 선을 간파하고 최선을 다해 대처했다. 그런 남자다.

희망적 관측에 몸을 맡기는 게 얼마나 어리석은지 익히 알고 있다. 그럼에도…… 이 문제에서는 희망적 관측에 매달리는 키스우드였다.

이번에는 그렇게 하는 게 마음의 평화를 유지할 수 있다고 그의 본능이 외쳤기 때문이다.

──하지만 뭐, 그런 것보다. 미아 황녀 전하는 여전하구나.

현실을 잊어버리려는 듯 중얼거리며 그는 미아에게 시선을 돌렸다.

미아의 발언, 특별 초등부의 학생 선발 기준에 대해.

──국적을 따지지 않고…… 재능 여부를 따지지 않고…… 그 재능을 살릴 수 없는 걸 용납하지 않는 태도. 이건 그 검술대회

때 아벨 왕자를 대했던 것과 같아…….

차별 없이, 구별 없이 상대를 한 명의 인간으로 본다. 그 사람의 가능성을 본다. 그것이 개화하지 않는 건 용서하지 않는다는 자세.

그건 성 미아 학원에서도 볼 수 있었지만, 이곳 세인트 노엘에서 한층 더 연마된 것처럼 보이기도 했다.

──재능을 평가해서 아끼는 왕은 성군이지. 그 왕의 관심을 받으려고 자신을 단련하는 삶, 노력에 보답해주는 왕 밑에서 사는 건 어느 의미 행복한 삶이라고 할 수 있어. 아무리 노력해도 평가해주지 않는 것보다는 훨씬 행복하지……. 하지만 동시에 그건 재능을 잃었을 때 총애를 잃는 게 아니냐는 불안에 시달리는 삶이기도 해.

어린 시절 에이브람 왕에게 거둬져 시온과 형제처럼 자란 키스우드는 그 기분을 잘 이해할 수 있었다.

왕이나 왕비의 인품은 잘 알고 있다. 존경하고, 경애하고, 신뢰한다.

하지만 만약 무능한 모습을 보이면 버려지는 게 아니냐는 불안은 본능 수준에서 그의 마음에 각인되어 있었다.

그렇기에 제 검술 재능을 성실하게 단련하여 성장시켰다.

──덕분에 게으름을 피우지 않을 수 있었다고 볼 수도 있지만…… 미아 황녀 전하는 다른 거겠지…….

그게 지금 말한 다섯 버섯 그라탕 예시일 것이다.

미아는 딱히 천재를 원하는 게 아니다. 재능의 크기는 문제가 아니다.

적당한 재능이라고 해도 그 재능을 살릴 수 있는 길을 찾아주는 것……. 그것이야말로 위에 선 자의 의무라고 말했으니까.

백성을 버섯이라고 친다면, 그 맛을 간파하고 요리하는 게 통치자인 자신의 의무라고…….

장점과 단점을 이해하고 그저 그 사람에게 가장 좋은 삶을 모색하여 마련해주는 것. 그것이 미아가 내놓은 답.

──버려질지도 모른다는 위기감에 재능을 더 발휘하는 사람은 있지. 하지만 미아 황녀 전하는 반대야. 은혜를 베풀고, 그 은혜에 보답하라고 응원하는 거다. 그 사람이 살아갈 장소를 마련해주고 그곳에서 최대한으로 힘을 발휘하라는 거지.

먼저 큰 은혜를 베푼 뒤 네가 할 수 있는 최선의 충성으로 갚으라는…… 그 자세에 키스우드는 무심코 감탄의 한숨을 흘렸다.

──그래, 이 사람은 성군의 그릇을 지녔어. 아니, 일반적인 성군이 아니야…….

그 너무나도 넓은 그릇에 키스우드는 진심으로 감탄했고…… 동시에 이런 생각도 들었다.

──그 재능의 일부라도 요리에 나눠주셨다면……. 아니, 뭐, 완벽한 인간이 없는 이상 어쩔 수 없는 일이라는 건 아는데, 아아, 하지만…….

라피나와 함께할 요리 교실을 상상하고는 무심코 하늘을 우러러보는 키스우드였다.

……키스우드는 몰랐다.

미아처럼 주변을 보면…… 의외로 도와주는 사람은 있기 마련…….

라피나의 메이드 모니카가…… 그럭저럭 요리를 할 줄 안다는 사실을 키스우드가 알게 되는 건 조금 더 시간이 지난 뒤였다.

제35화 잠 못 이루는 미아(미아치고는)의 고민

그 후에도 몇 가지 의제를 처리한 뒤 그날의 회의는 끝났다.

기분 좋은 피로감을 목욕물로 씻어낸 다음 맛있는 저녁과 디저트로 혀와 배를 만족시켜준 미아는 침대로 쓰러졌다.

"하아암……. 제법 유익한 회의였어요. 유리우스 씨도 든든해 보이는 분이라 다행이에요."

부드러운…… '안경을 쓴' 얼굴을 떠올렸다.

──그 안경, 참으로 안심감이 느껴진다니까요. 그렇다면 패티를 맡겨도…….

그렇게 안도하며 살며시 눈을 감고…….

──정말로 그럴까요……?

문득 불길한 예감이 들어 미아는 눈을 떴다.

──확실히 의지할 수 있어 보이는 분이기는 했지만, 그분은 뱀을 모르죠. 그리고 애초에 제가 해야 할 일은 패티에게 더 좋은 교육을 해주는 게 아니에요. 패티를 뱀의 가르침에서 구해내는 거죠……. 그렇다면 전부 맡길 수는 없고…….

미아는 흐으음 신음을 흘렸다.

──게다가 잘 생각해 보면 그분은 원래 '제국 귀족'이었잖아요.

안 좋은 기억까지 떠올리고 말았다.

제국 귀족……. 그것은 미아에겐 불신의 증표다.

이전 시간축에서 미아는 신뢰할 수 있는 제국 귀족을 거의 만나지 못했다.

제국 귀족이라는 단어에선 안경의 권위마저 뿌리칠 수 있는 불신을 느끼는 미아였다.

──몰락 귀족이라고는 했지만 방심은 금물. 일단 조사해둬서 나쁠 건 없겠어요…… 아. 그래요.

그때 미아는 좋은 생각이 났다. 그렇게 옆 침대에서 잠든 패트리시아에게 말을 걸었다.

"패티, 아직 일어나 있나요?"

"……네? 무슨 일이세요? 미아 언니."

눈을 비비며 패트리시아가 상반신을 일으켰다.

"조금 물어보고 싶은 게 있는데요……."

참고로 현재 안느는 취침 준비 중이다. 심야에 미아가 눈을 떴을 때 혹시라도 목이 말라 식당에 가는 일이 없도록(딱히 어둠 속에서 식당에 가는 것 정도는 아무렇지도 않지만…… 전혀 무섭지 않지만…….) 물을 떠 놓거나 식당 직원에게 인사하러 가는 등 전속 메이드는 자기 전까지 바쁘다.

아무튼, 그런 이유로 지금 방에는 미아와 패트리시아밖에 없다. 다소 아슬아슬한 이야기를 해도 괜찮을 테지만…….

"흠, 혹시 모르니까요. 패티, 제 침대에 오세요. 잠시 대화 좀 하죠."

"……네, 알겠습니다."

짧게 침묵한 뒤 패트리시아가 미아의 침대로 이동했다.

"무슨 대화를 하실 건데요?"

은은한 달빛을 받은 그 얼굴에는 다소 곤혹스러워하는 기색이 보였다.

"네. 오늘 오후 회의 일로 조금 말해두려는 게 있어서요. 당신, 혹시 오베라트 자작이라는 이름을 들어본 적은 없나요?"

지금은 몰락했다고 하지만 패트리시아의 시대에는 그렇지 않았을 것이다. 그렇다면 소문 정도는 들어본 적이 있을 것이라는 예상은 훌륭하게 적중했다.

"네. 들어본 적 있어요."

고개를 끄덕인 패트리시아를 보며 미아는 저도 모르게 속으로 씩 웃었다.

"오호라. 이거 잘 됐군요. 어떤 가문인지 알아놔야겠어요."

그렇게 히죽거리고 있었더니…….

"그건 테스트인가요?"

"네? 테스트……?"

어리둥절해서 고개를 갸웃거리는 미아에게 패트리시아는 억양 없는 목소리로 말했다.

"오베라트 자작은 호색가. 아름다운 여자가 약점, 유혹해서 조종하기 쉬움. 검은 머리카락을 특히 좋아하는 모양으로 신분이 낮은 여자를 임신시킨 적도 여러 번 있으며 후계자에 문제가…….."

"자자잠깐, 패티! 거, 거기까지 하세요."

어린아이의 입에서 임신시킨다는 말이 튀어나오는 바람에 약간 당황하는 미아였다.

"그, 그런 이야기를 누구에게 들었죠?"

"? 선생님이요."

"서, 선생님……? 아아, 클라우지우스가의 교육 담당 말이로군요."

그렇게 중얼거리며…… 미아는 다시금 뱀의 무시무시함을 느꼈다.

──마음을 조종하는 건 뱀의 특기……. 그렇게 듣기는 했지만, 제국 귀족의 성격을 자세히 조사해놨군요. 이거 제법 골치 아픈데요…….

제국을 뜻대로 조종하기 위해, 인간을 뜻대로 조종하기 위해. 뱀의 주도면밀함에 항상 놀라게 되는 미아였다.

──하지만…… 옐로문가는 뱀 그 자체라기보다는 초대 황제의 원한에 묶인 사람들이었는데, 클라우지우스가는 뱀의 영향을 더 강하게 받은 가문이었던 걸까요……. 뭐, 기본적으로 뱀은 통일된 조직이 아니니까 그렇다고 해도 이상하지는 않지만요…….

"정답입니까? 미아 선생님."

문득 시선을 주자 패티가 빤히 바라보고 있었다.

살짝 위로 치뜨며 바라보는 눈동자. 그곳에서 바닥이 보이지 않는 어둠을 본 미아의 등이 희미하게 떨렸다.

"네, 음. 좋아요. 맞습니다. 잘했어요, 패티."

"그래요……. 다행이에요."

패티는 조용히 한숨을 쉬었다. 그 순간 살짝 무너진 표정. 그곳에 비친 감정은 안도였다. 패트리시아는 다시 미아를 바라보며 물었다.

"하실 말씀은 이걸로 끝인가요? 이제 돌아가도 되나요?"

"네. 괜찮습니다. 좋은 꿈 꾸세요."

그렇게 말하자 패트리시아는 웃음기 없는 얼굴로 머리를 숙였다.

"좋은 꿈 꾸세요. 미아 언니."

그러고는 자리에서 일어나 예의 바르게 잠옷 자락을 살짝 들어 올린 뒤 자신의 침대로 돌아갔다.

그 뒷모습을 바라보며 미아는 무심코 생각했다.

──흐음, 앞으로 패티를 어떻게 대해야 할지……. 게다가 오베라트 자작가의 유리우스 씨……. 역시 그에게 전부 맡길 수는 없겠어요. 으으으, 또다시 고민거리가 늘어났잖아요!

그렇게 오늘도 잠 못 이루는 밤을 맞이한 미아였다.

참고로 잠시 후 방에 돌아온 안느가 발견한 건 쿨쿨 의식을 잃고 침대에서 반쯤 흘러내린 미아의 모습이었다!

번외편 미아 황녀, 불똥이 튀다

"다들 미아 루나 티어문처럼 행동할 수 있는 게 아니야."

"불행하게도 우리 영주님은 미아 황녀 전하가 아니야."

그것은 자국 귀족의 부족함을 한탄하며 체념하는 뜻으로 뱉는 단골 멘트로 알려진 말이었다.

가장 먼저 그 말을 한 사람은 중앙정교회의 성인 '비아냥꾼 요르고스'였다고 역사서는 말한다. 하지만 그가 그 발언을 하기에 이른 계기가 되는 사건이 입방아에 오르는 일은 적다.

이것은 역사의 뒤에 숨겨진, 어떤 남매와 신부의 이야기다.

가누도스 항만국의 좁은 골목을 두 명의 아이가 달리고 있다.

음식물 쓰레기가 썩은 듯한 꿉꿉한 악취. 피부에 달라붙는 악의 어린 공기를 뿌리치듯이 필사적으로 다리를 움직이며 앞서 달리는 누나가 소리쳤다.

"서둘러, 키릴! 서두르지 않으면 붙잡힌다!"

너덜너덜한 옷을 입은 어린 소녀였다. 부스스하게 기른 앞머리 사이로 어린아이에겐 어울리지 않는 날카로운 눈이 보였다.

"기, 기다려, 야나 누나."

그 뒤를 쫓아 달리는 건 아주 어린 남자아이였다. 소녀와 마찬가지로 너덜너덜한 옷을 입고 있었다.

누나는 10살이 될까 말까, 동생은 그보다 더 어리다. 아직 부모의 보호를 받아야만 하는 나이의 남매였다.

그런 어린 남매를 거구의 남자가 쫓아왔다.

"거기서, 꼬맹이들!"

분노를 품은 낮은 목소리, 뻣뻣한 수염을 기른 얼굴은 참으로 악당 같은 얼굴이었고…… 이런 남자가 버럭 소리치기라도 하면 많은 아이에게 트라우마가 될 것 같았다.

……참고로 한눈에 봐도 살벌한 분위기인 이 남자는…… 사실 어부다. 이쪽 업계에서 20년을 살아온 베테랑으로, 아주 실력이 뛰어난 장인이다.

그런 어부와 남매가 펼치는 도주극의 끝은 허무하게 찾아왔다.

"흐악!"

동생 키릴이 길에 발이 걸려서 넘어졌기 때문이다.

"키릴! 젠장…… 꺄악!"

당황해서 돌아온 누나…… 야나는 그 직후 팔에서 느낀 통증에 비명을 질렀다.

"잡았다, 꼬맹이."

비틀려서 구속된 가느다란 팔. 그 어린 손이 잡고 있던 생선이 바닥으로 떨어졌다.

"잘도 우리가 잡은 생선을……."

"야나 누나 놔 줘!"

어부의 굵은 허리에 키릴이 태클을 날렸다. 하지만…… 아쉽게도 바다에서 단련된 남자에게 어린 소년의 공격이 타격을 줄 리 없었다.

어부는 분노하며 키릴을 걷어찼다.

"아, 안 돼! 키릴을 때리지 마!"

버둥거리는 야나의 저항에 어부가 코웃음 쳤다.

"흥! 도둑놈 주제에 건방진 소리 하지 마!"

직후 어부가 팔을 들어 올렸다. 커다란 주먹을 보고 야나는 반사적으로 눈을 질끈 감았다.

하지만…… 생각지도 못한 방향에서 도움이 나타났다.

"우리의 신은 아이를 사랑하고 아끼는 신. 그 신의 집 앞에서 아이를 때린다니, 하늘 무서운 줄 모르는 행위가 아닐까?"

갑자기 들린 조용한 목소리. 쭈뼛쭈뼛 눈을 뜬 야나는 아주 언짢은 표정의 남자가 서 있는 것을 보았다. 키가 훌쩍 크고 호리호리한 몸에는 검은 신부복을 입고 있었다.

신부는 그대로 쓰레기통으로 가더니 키릴을 부축한 후 다시 어부에게 고개를 돌렸다.

"이거 실례했습니다, 신부님. 설마 이런 쓰레기장 같은 뒷골목에 교회가 있을 줄은 몰라서……."

아첨하듯이 헤헤헤 웃는 어부를 보며 신부는 한숨을 쉬고 어깨를 으쓱했다.

"나처럼 성격이 꼬인 인간은 귀족이 좋게 보질 않거든. 게다가 도덕심이 필요한 건 굳이 따지라면 쓰레기장 쪽이지……. 뭐, 그 점에선 고귀하신 분 중에 마음이 쓰레기장인 사람도 많은 모양이지만……."

아무렇지도 않게 폭언을 뱉은 뒤 두 손을 뒤로 모은 신부가 야나를 보았다.

"그래서, 이 아이들은 무슨 짓을 했지?"

"이 녀석의 얼굴을 보고도 모르는 거야? 신부님. 이 녀석은 도둑의 자식이라고."

그러더니 어부는 야나의 앞머리를 우악스럽게 잡고 들어 올렸다. 머리카락을 잡아당기는 통증에 야나는 이를 악물었다. 그렇게 드러난 이마……. 거기에 있는 것이 무엇인지 야나는 잘 알고 있었다.

동생과 자신에게 새겨진 지울 수 없는 증표, 자신의 뿌리를 보여주는 그것은 '눈' 모양의 문신.

그것을 본 신부는 못마땅하다는 듯 눈썹을 찡그렸다.

"세 번째 눈 문신. 그래, 해적의 아이라는 건가……."

과거 항만국 인근에 사는 바다 민족이 있었다. 토벌당해 뿔뿔이 흩어진 그들은 지금은 단순한 해적 취급을 받긴 하지만 원래는 하나의 민족이었다.

그런 그들이 자란 독자적인 문화에는 같은 민족이라는 증표로 이마에 눈 문신을 넣는 게 있었다. 그것은 부모가 자식에게 새겨주는 유대의 증표. 하지만 일족이 흩어진 지금에 와선 해적의 아이라는 멸시의 증표에 불과했다.

"하지만 그건 아이의 죄가 아니지."

그 지적에 어부는 기가 막힌다는 듯 고개를 저었다.

"도둑놈의 자식은 도둑놈이야. 우리가 잡아 온 생선을 훔쳤다고."

그 말에 신부의 눈이 야나의 발치를 힐끗 쳐다봤다. 그곳에는 말린 생선 두 마리가 널부러져 있었다.

"그렇군. 그 생선은 얼마지?"

"에이, 관두쇼 신부님. 도둑을 도와줘봤자 또 똑같은 짓을 할 뿐이야."

"그렇게 생각한다면 다음부터 내 눈이 닿지 않는 곳에서 혼내시던가. 아이가 폭력을 당하려는 걸 봐 놓고 신부가 되어서 못 본 척할 수 있을 리가 없잖아?"

참으로 귀찮다는 듯 한숨을 쉰 신부가 어부에게 동전을 건넸다.

"골치 아프구먼. 신을 모시는 것도."

"뭐 대단한 건 아니야. 나는 생선을 좋아하거든."

신부는 생선을 주운 뒤 어부를 날카롭게 노려보았다.

"이제 그 아이들을 놔 줄 거지?"

어부의 손에서 벗어나자 야나는 바로 키릴에게 달려갔다. 어리둥절한 얼굴로 자신을 올려다 보는 동생을 보고 야나는 우선 안도의 한숨을 쉬었다.

"다행이다. 다치진 않았구나……."

"거기, 꼬맹이들."

문득 고개를 돌리자 신부가 노려보고 있었다.

무심코 발끈한 야나가 반박했다.

"쓸데없는 짓을……. 게다가 누구더러 꼬맹이라는 거야."

그렇게 주장하자 신부는 변함없이 언짢아하는 어조로 말했다.

"숙녀로 대접받고 싶다면 그 거친 말투를 어떻게든 하든가. 그보다……."

그는 한층 더 언짢아하는 얼굴로 자신이 산 생선을 보고는…….

"이 생선은 내가 샀는데…… 어떻게 책임질 거지?"

"무슨 뜻인데?"

고개를 갸웃거리는 야나를 보며 신부는 눈썹을 찡그렸다.

"나는 생선을 싫어해. 이런 비린내 나는 건 도저히 먹을 수 없어. 그렇다고 신을 모시는 몸으로서 음식을 함부로 버릴 수도 없지. 너희들이 책임지고 먹어야 하니까 도망치지 마라."

그 말을 끝으로 신부는 낡은 교회 안에 쏙 들어가 버렸다.

신부의 뒤를 따라 마지못해 교회로 들어간 야나는 그날 하루를 교회에서 보냈다.

생선구이를 먹고, 물로 몸을 씻고, 옷을 갈아입은 뒤 조악하나마 침대에서 자게 되었다.

"이게 고아원인 건가……."

교회에는 자기들 말고도 보호자가 없는 아이들이 있었다.

자기 자식도 아닌데 이렇게 옷과 음식을 주고 부양해준다. 아무런 이득도 되지 않는 자선사업……. 야나는 그런 걸 믿지 않았다.

어른은 믿을 수 없다. 같은 아이들도 믿을 수 없다……. 그렇게 생각했었고, 그래서…….

다음 날 퉁명스러운 얼굴의 신부가 나가라고 했을 때도 딱히 상처받진 않았다.

늘 있는 일이다. 낙심하지 않는다. 낙심하지 않지만⋯⋯ 비아냥 정도는 던지고 싶었다.

"영락없이 여기에 가둬놓을 줄 알았어. 여긴 고아원이란 곳이잖아?"

부루퉁하게 말하는 야나를 보고 신부는 코웃음 쳤다.

"여기에 머무르게 해줄 줄 알았나? 아쉽지만 여기서는 무리야."

"⋯⋯우리가 삼목인(三目人)이라서?"

"그래. 정확한 인식이야."

가차 없는 말이 돌아와도 야나는 실망하지 않았다.

교회에 오면 도와준다. 고아원에서 음식을 먹고 안심하며 잘 수 있다⋯⋯. 그런 달콤한 이야기가 실재할 리 없다.

오히려 인신매매로 팔리지 않아 다행이라고 안도해야 한다.

나쁜 짓을 당하지도 않고, 맞지도 않고⋯⋯. 식사를 주고 재워준 것만으로도 행운이었다.

──역시 어른은 믿을 수 없어⋯⋯. 괜찮아, 믿지 않았으니까 배신당하지도 않았어.

신부는 한 장의 양피지를 야나에게 내밀었다.

"너희는 베이르가 공국으로 가라."

"베이르가 공국?"

고개를 갸웃거리는 야사에게 신부는 진심으로 귀찮다는 듯 고개를 저었다.

"그래. 거기에 있는 학교에 들어가기 위한 아이를 보내라는 연락이 왔거든. 하지만 우리 고아원에는 이곳에 뿌리가 있는 녀석들이 많아. 고아원에서 나온 뒤에도 이 근방에서 사는 게 여러모로 좋겠지."

"그때 마침 우리가 왔다?"

"맞아. 너희는 오히려 이곳에선 살기 힘들 테니까."

"우리가 어째서 당신이 시키는 대로 할 거라고 생각하는 건데?"

그렇게 말하며 노려보았다. 그러자 신부는 고개를 갸우뚱 기울였다.

"뭐, 마음대로 해. 단 다음에 어부에게 잡혔을 때는 타이밍 좋게 도와주는 사람이 나타날 거라고 생각하지 말고."

밀어내는 듯한 차가운 말⋯⋯. 야나는 분해서 그저 입술을 깨물었다.

그래도 신부의 말을 따른 건 그의 말이 옳다고 느꼈기 때문이다.

확실히 이 나라에서 동생과 같이 살기는 힘들다. 그러니 만약 신부가 외국으로 나가는 걸 도와준다면, 아예 이용해버리자고⋯⋯. 그렇게 생각했기 때문이었다.

"알았어⋯⋯. 당신이 시키는 대로 할게."

고개를 끄덕이는 야나에게 신부는 딱 한 마디.

"그러냐⋯⋯."

그렇게 대답할 뿐이었다.

혼자서 동생을 지켜야만 하는 상황.

만약 경계심을 풀고 배신당하기라도 했다간 자신만이 아니라 동생도 끝장나는 처지였기 때문에⋯⋯. 마음을 굳게 닫은 야나는 눈치채지 못했다.

　이 신부는 말재간이 심하게 없으며, 어린아이를 상대하는 게 처절하게 서툴다는 것을.

　그런 그가 최대한의 배려를 자신들에게 보여주었다는 것도…….

　야나가 그 사실을 깨달은 건 세인트 노엘에서 보내는 생활이 시작되고 잠시 지난 뒤였다.

　훗날 신부는 세인트 노엘에서 온 편지를 한 통 받았다.

　언짢아 보이는 인상의 신부, 요르고스에게 보내는 편지…….
거기에 무엇이 적혀 있었는지는 확실하지 않다.

　하지만 그 편지를 읽었을 때 그의 얼굴에는 항상 보이는 냉소와는 다른, 온화한 미소가 번졌다고 한다.

제36화 미아의 위화감과 머나먼 조언자

제국의 예지, 미아 루나 티어문은 아침잠이 많지 않다.

일찍 자고 일찍 일어나 매일 규칙적으로 생활한다. 그것은 미아의 나태함을 용서하지 않는 충성스러운 메이드, 안느의 노력 덕분이라고 할 수 있다.

그런 고로 성대한 하품과 함께 눈을 뜬 미아는 침대 위에서 쭈우욱 기지개를 켰다.

그리고 여기에서 최초의 선택지가 나타났다.

이대로 옷을 갈아입을지, 아니면 우아하게 아침 목욕을 즐길 것인지.

"흐음…… 어디 보자."

옷을 더듬더듬 만진 뒤 배를 문질러서 공복 정도를 확인! 참을 수 없을 정도로 배고프진 않다. 서둘러 옷을 갈아입고 식당에 갈 필요 없음! 그렇다면…….

"자는 동안 땀을 많이 흘린 건 아니지만……. 오늘은 특별한 날이니까요."

그렇게 중얼거리고 있었더니 안느가 방으로 돌아왔다.

"앗, 미아 님. 안녕히 주무셨어요."

"잘 잤나요? 안느. 좋은 아침이에요."

흡족하게 웃은 후 미아는 말했다.

"지금부터 목욕하러 갈 겁니다. 준비를 부탁해도 될까요?"

그 질문에 안느는 당당히 고개를 끄덕이고는,

"네. 이미 해 두었습니다."

미아의 목욕 세트를 척 들었다. 포근한 수건과 갈아입을 옷, 미아가 즐겨 쓰는 샴푸, 몸을 씻기 위한 비누. 더불어 피부에 바르는 향유도 넣은 가방이다.

"어머, 준비성이 좋군요."

"오늘은 특별한 날이니까 몸을 깨끗하게 씻고 맞이하시지 않을까 예상했습니다."

이심전심. 자신의 마음을 완벽하게 이해해주는 충신을 보며 만족스럽게 고개를 끄덕이는 미아. 그러고는 아직 침대에서 자는 패트리시아를 보고……

"그럼 잠시 후 패티를 깨우고 아침 목욕을 즐기도록 하죠."

그렇다. 오늘은 특별한 날.

오늘은 세인트 노엘이 특별 초등부 학생들을 맞이하는 중요한 날이다.

학생회 회의로부터 벌써 15일.

성녀 라피나의 발표는 파발과 함께 대륙 각국으로 퍼졌다.

하지만 내용이 내용인 만큼 반응은 애매했다.

가난한 평민의 자식이나 고아들에게 고도의 교육을 시켜준다는 사상에는 찬성할 수 있어도, 장소가 세인트 노엘 학원이라고 하니 아무래도 주눅이 들었다.

결과적으로 특별 초등부의 첫 학생은 여섯 명이 되었다.

"패티를 포함해 일곱 명이라면 딱 괜찮은 건지도 모르겠네요……."

"좋은 아침입니다, 미아 언니."

그때 미아와 안느의 대화가 들린 건지 패트리시아가 일어났다. 졸린 눈을 비비면서 흐아암 하품을 흘렸다.

"좋은 아침, 패티. 밤새 흘린 땀을 씻으러 갈 겁니다. 준비하세요."

"네. 알겠습니다."

순순히 고개를 끄덕인 패트리시아가 야무지게 자신이 갈아입을 옷을 준비하기 시작했다. 그것을 보고 미아는 '흐음' 하고 신음했다.

──어쩐지 이 아이에게선 위화감이 느껴져요…….

고개를 갸웃거리면서도 미아는 패트리시아를 데리고 대욕탕으로 향했다.

패트리시아에 관해 느낀 의문점은 여럿 있었다. 예를 들어 목욕이 그랬다.

패트리시아는 혼자서 옷을 벗고 스스로 몸을 씻을 수 있다.

처음에는 안느의 도움을 받았지만, 지금은 혼자서 할 수 있게 되었다. 유일하게 못 하는 건 머리 감기다.

안느가 슬쩍 나서려는 걸 미아는 오른손을 들어 제지했다.

"괜찮습니다, 안느. 여기선 제가……."

그렇게 말한 뒤 미아는 즐겁게 샴푸를 손바닥에 짰다. 즐겨 사용하는 말 그림 샴푸를!

샤샥 거품을 낸 뒤 패트리시아의 머리카락에 묻히기 시작했다.

눈을 꼭 감고 몸을 뻣뻣하게 굳힌 패트리시아. 움직임이 없으니까 감기기도 참 편했다.

"우후후, 어쩐지 말을 목욕시켜주는 감각이에요."

그것은 승마부에서 경험해보았기 때문이라고도 할 수 있지만…… 미아가 말 샴푸의 비밀에 가까워지고 있는 건지도 모른다!

아무튼, 패트리시아의 머리카락을 감기며 미아는 생각했다.

──으음, 역시 무언가 이상한 느낌이에요.

패트리시아에게서 느껴지는 위화감. 그것은 일종의 '익숙함'이라고도 할 수 있었다.

옷을 벗고 몸을 씻는 것. 대귀족가의 영애라면 혼자서 하는 일이 드물다. 보통은 메이드가 도와주기 때문이다.

과거 경험상 미아는 스스로 할 줄 아는 게 낫다고 생각하니까 어지간한 건 혼자서 하려고 하지만, 보통은 이렇지 않다.

그런데도 패트리시아는 아주 태연하게 한다. 빈민가에서 자란 벨처럼 아주 간단히 하면서 당황하는 기색도 없다.

……다만 처음에는,

"귀족 영애가 이런 걸 하는 건 이상하지 않나요?"

라며 의아한 표정이었지만.

그 반응 또한 생각해 보면 이상했다. 날 때부터 귀족 영애는 무엇이 '귀족다운지' 생각하지 않는다. 자연스럽게 그런 행동거지가 몸에 배는 법이다.

──그렇다면 패티는 처음부터 귀족 영애였던 게 아닌 걸까요?

잘 생각해 보면 미아는 할머니에 대해 잘 모른다. 만난 적도 없고, 본가인 클라우지우스 가와도 일절 교류가 없었다.

따라서 패트리시아의 출신이나 가정환경을 거의 파악하지 못했다.

──아바마마께도 들은 적이 없고 말이죠. 이거 루드비히에게 조사해달라고 하는 게 나으려나요?

"그런데 미아 언니. 오늘 아침 목욕은 특별 초등부의 다른 학생을 맞이하는 준비인가요?"

목욕물에 몸을 담그고 '흐어어' 하고 숨을 내쉬자 옆에서 패트리시아가 물었다.

"네, 맞습니다. 몸을 깨끗하게 씻고 맞이하는 게 예의니까요."

"하지만 초등부 학생은 평민이잖아요. 귀족 영애인 제가 그런 식으로 맞이하는 건 이상하지 않나요? 애초에 평민과 함께 공부할 필요가 있나요?"

살짝 고개를 갸웃거리는 패트리시아를 향해 미아는 웃으며 대답했다.

"물론 있죠. 상대가 누구든 신분에 걸맞은 모습으로 맞이하는 것이 고귀한 자의 방식. 그리고 백성을 아는 것은 황제의 아내가 되려면 필요한 지식입니다."

"하지만 저에게는 필요하지 않은 것 같은데요……."

미심쩍은 얼굴인 패트리시아를 보며 미아는 다정하게 웃었다.

"패티, 이것도 뱀이 되기 위해서입니다. 민초의 마음을 아는 것은 아주 중요한 일이니까요……. 네? 뱀으로서.”

그 말을 듣자 패트리시아는 순순히 고개를 끄덕였다.

“알겠습니다.”

──흐음, 이 아이는 여전히 뱀을 이유로 들면 말을 잘 듣는단 말이죠. 편리한 느낌도 들지만 이대로 두는 건 영 좋지 않겠어요.

그것도 미아의 고민거리였다.

언제 ‘자신이 뱀이 아니라는 것’을 패트리시아에게 털어놓을지…….

──뱀의 교육을 받는다고 착각하고 몰래 제대로 된 교육을 해주는 작전은 지금은 잘 되고 있지만…….

이대로 계속 속일 수도 없다. 타이밍을 봐서 진실을 말해줄 필요가 있지만…….

──뱀이 되기 위해서라고 하면 비교적 뭐든 수긍한다는 점이 걱정이란 말이죠…….

어쩐지 잘 알 수 없었지만 패트리시아는 열렬하게 뱀이 되고 싶은 모양이었다. 그 이유를 제대로 파악해놓지 않으면 발목을 잡힐 듯한 느낌이 든다……. 미아의 직감이 경고하고 있었다.

──그 후로 이상한 꿈은 꾸지 않지만 방심은 금물이죠. 아무튼 신중하게, 해야만 하는 일을 하고…….

하아…… 하며 고뇌에 찬 한숨을 쉬는 미아. 직후 문득 떠올렸다.

──아아, 그나저나 아벨. 아직 안 돌아온 건가요……. 요즘은 바람 쐬러 가지도 못해서 마음이 우울해져요…….

참고로 이때 미아에게 가장 적절한 조언을 할 수 있을 사람은 슈트리나였다.

만약 그녀에게 패트리시아의 상태를 물어보았다면 이렇게 가르쳐주었을 것이다.

패트리시아는 뱀에게 협박당해서 시키는 대로 해야만 하는 상황인 게 아니냐고…….

발렌티나를 찾아간 슈트리나 에트와 옐로문이 다시 세인트 노엘에 돌아올 때까지는 조금 더 시간이 필요했다.

제37화 당근이 되고 싶은 미아 황녀

안느가 고생해준 덕분에 훌륭한 학생회장으로 변신한 미아와 깔끔해진 패트리시아는 아침 식사를 마친 뒤 학생회실로 향했다.

그곳에서 아이들을 만나기로 되어있다.

다른 학생회 임원과 합류하고 기다리기를 잠시. 이윽고 노령의 수녀가 여섯 명의 아이들을 인솔해왔다.

뻣뻣하게 굳어서 긴장한 얼굴로 주변을 둘러보는 아이들. 그런 아이들을 보며 미아는 사전에 받았던 자료를 머릿속으로 반추했다.

──흐음, 사전에 받은 자료에선 패티와 마찬가지로 10살인 남자아이가 두 명, 여자아이가 한 명. 그 여자아이의 동생이 7살. 8살인 여자아이가 두 명…… 이었죠?

가장 연장자인 10살이 패티를 합쳐서 네 명, 그보다 동생이 세명. 더불어 이름도 잘 외워놨다.

'당신은 누구죠?'라는 말을 해버렸을 때 상대방의 기분이 얼마나 상하는지 뼈저리게 배웠던 미아였다.

아무튼, 얼굴까지는 모르므로 누가 누구일지 생각하며 전원의 얼굴을 살펴본 뒤,

"만나서 반갑습니다. 여러분. 저는 미아 루나 티어문. 이 학원의 학생회장을 맡고 있는 티어문 제국의 황녀예요."

당당하게 가슴을 펴고……,

"아무쪼록 잘 부탁드려요."

완벽한 황녀 스마일을 지었다. 퍼펙트! 퍼펙트하다!

남자아이들은 얼굴이 발그레해졌고 여자아이들도 '와아' 하며 멍하니 쳐다보았다.

겉모습은 아주 괜찮은 미아였다.

아무튼 미소와 말은 무료다. 무료로 상대방의 호감을 살 수 있다면 하지 않는 게 아깝지 않은가.

물론 미아도 통치자의 소양을 모르는 건 아니다.

『백성에게 멸시당하는 건 백성에게 미움받는 것보다 더 나쁜 일이다.』

백성들이 사랑하고 따르는 것보다는 두려워하는 게 낫다. 그것은 오래 전부터 제국에 전해 내려오는 통치론이다.

하지만…… 동시에 미아는 알고 있다. 그 끝에 무엇이 있는지…….

그 가르침을 준수한 자신들이 어떤 일을 겪는지…….

──두려움은 자신에게 힘이 있을 때는 효과적이어도 힘이 약해졌을 때 치명적인 상황을 불러들이는 양날의 검이에요.

언제 어떤 때에도 자신의 권세를 유지할 수 있다고 생각하지 않는 미아다. 몰락을 아는 미아는 항상 대비를 게을리하지 않는다.

──요컨대 균형이 중요하죠. 달콤한 것만 먹었다간 몸에 안 좋지만, 입에 쓴 약만 먹다 보면 인생에 빛이 사라져버리니까요. 균형 있게, 뭐든 잘 먹는 게 중요해요.

눈앞에 놓인 접시를 보름달처럼 원을 그리며 빙그르르, 균형

있게 잘 먹는다. 이것이야말로 미아가 발견한 균형 잡힌 식사법이다!

속칭 《만월 식사》는 제국의 예지 미아가 만들어냈다는 일화는 아주 유명한 이야기이다.

뭐, 그건 그렇고.

눈앞에 있는 이 아이들은 뱀 예비군. 즉 귀족이나 왕족에게 불신, 불만, 체념을 느낀 가난한 아이들이다. 소위 '두려움'이 지나치게 공급된 아이들인 셈이다.

그렇다면…… 균형을 잡고 호의적인 태도를 보인다!

──저는 힘을 과시해서 두려움을 받는 것보다는 힘을 잃었을 때 도움을 받을 수 있는 친근함을 추구하고 싶어요!

두려움은 주변 귀족들에게 맡긴다. 그들을 거느리면 자연스럽게 두려움 부분을 채울 수 있다! 대신 미아 개인은 사랑받는 것이야말로 이상적!

이것이 미아식 통치론이다.

참고로 귀족들을 거느리기 위해서는 루드비히 같은 여제파 인재들의 활약이 필수 불가결하기도 하지만…….

아무튼, 미아는 친근함을 한껏 발휘한 인사를 건넨 뒤 아이들의 얼굴을 바라보았다.

"그럼 우선 서로 자기소개를 할까요……."

그 순간 미아는 알아차렸다.

앞에 있는 두 아이는 얼굴이 보이지 않을 만큼 앞머리가 길다는 사실을.

"흐음. 그나저나 당신들은 앞머리가 조금 길군요. 앞이 잘 보이지 않으면 수업에 지장이 있을 테니 자르는 게⋯⋯."

그렇게 말하며 가까이 있는 소녀에게 손을 뻗었다.

"어! 소, 손대지 마!"

다음 순간 소녀가 미아의 손을 짝 뿌리쳤다.

"앗⋯⋯."

반사적으로 손을 거두는 미아.

"세상에! 무슨 짓을!"

안색이 바뀐 수녀가 당황하며 소녀에게 다가가 팔을 붙잡았다.

"아아, 아뇨. 딱히 이 정도는 아무렇지도 않습니다. 너무 거칠게 대하진⋯⋯."

"아뇨, 황녀님께 이런 무례를 저지르다니 용서받을 수 없습니다!"

아무래도 이 수녀는 세인트 노엘에 익숙하지 않은 모양이었다. 얼굴이 공포와 긴장으로 굳어있었다.

"잘못을 저지른 자에게는 벌이 필요합니다."

"그렇게까지는⋯⋯."

"아뇨. 나쁜 짓을 한 아이에게 벌을 주고 가르치는 건 이 아이를 위해서이기도 합니다. 부디 벌을 내려주십시오!"

진지한 얼굴로 말하는 수녀의 요청에 미아는 신음했다.

"벌⋯⋯ 으음⋯⋯."

그 후 미아는 소녀를 보았다. 분한 듯 입술을 깨문 소녀와 누나가 걱정되는 듯 바라보는 동생.

──이건⋯⋯ 엄한 벌을 줬다간 확실하게 뱀으로 빠지는 패턴

이군요. 엉덩이 걷어차기 같은 엄한 벌은 주면 안 될 테고……

아, 그래요.

미아는 퍼뜩 떠올렸다.

"흠, 그럼 이렇게 하죠. 제 손을 뿌리친 벌로 당신은 이 특별 초등부의 반장을 맡아주세요."

학교에 학생회장이 있는 것처럼, 기숙사에 기숙사장이 있는 것처럼 특별 초등부에도 아이들을 통솔할 사람이 필요하다.

그리고 이 나이대의 아이들의 리더는 연장자를 시키는 게 합리적이다. 7살, 8살 아이에게 리더를 맡기는 건 무리다.

──그 경우 남자아이가 뽑힐 가능성도 없지는 않을 테지만…….

패티를 제 관계자라고 생각하고 지목할 가능성도 클 거예요…….

뱀 예비군을 없애기 위해 교육하려는 상황에서 뱀의 교육을 받은 패트리시아를 대표로 선출한다? 그런 건 말이 안 된다!

그런 고로…… 선수를 쳐서 행동하는 미아였으나…….

"뭐……? 제정신인가……?"

미아의 말에 소녀는 입꼬리를 끌어올려 어린아이답지 않은 미소를 지었다. 마치 미아를 조롱하는 듯한…… 비뚤어진 어른 같은 미소였다.

"당신에겐 이게 안 보여?"

그러더니 소녀는 앞머리를 들어 올렸다. 그러자 사람들 앞에 이마가 드러났다.

소녀의 앳된 이마에는 검은색으로 눈동자 문신이 그려져 있었다.

"어머? 그렇게 생겼군요. 하지만…… 그게 뭐 어떻다는 거죠?"

특이한 문신에 고개를 갸웃거리는 미아였으나…….

"가누도스 항만국에서는 모르는 녀석이 없어. 이건 바이더리언…… 아니, 해적의 증표야."

"해적……?"

"그래. 나와 동생은 해적의 핏줄이다. 당신은 해적의 핏줄인 나에게 이 특별반의 반장을 시키겠다고?"

그렇게 자조적인 미소를 짓는 소녀를 보며 미아는 작게 고개를 저었다.

"……저는 그런 사고방식을 좋아하지 않아요. 부모의 죄가 자식에게 전파되고, 선조의 죄가 자손에게 씌워지는 건…….'"

그건 미아가 몇 번이나 거부해온 사고방식이다.

그 사고방식은…… 파고들다 보면 초대 황제의 죄를 미아가 갚아야만 한다는 소리니까……. 그건 어떻게든 피하고 싶은 미아였다.

따라서 미아는 소녀의 눈을 똑바로 바라보며 말했다.

"부모가 누구든 상관없습니다. 당신은 당신이에요. 그렇죠?"

그렇게 말하며 깨달았다.

이것은 미아의 자기변호만이 아니라 패트리시아에게 주는 메시지가 될지도 모른다.

패트리시아는 부모가 뱀이니까 뱀이 되고 싶어 하는 건지도 모른다. 부모가 뱀이니까 너도 뱀이 되어야 한다는 교육을 받은 건지도 모르지 않나.

그것이 패트리시아가 완강하게 뱀이 되고 싶어 하는 원인이라면 지금 여기서 확실하게 부정해놓아야 하며…… 그런고로!

"당신 자신이 해적이 되어 악행을 저지르고 싶은 거라면 그걸 타이르고 개심시킬 필요는 있다고 보지만요……. 당신의 핏줄이 무엇인지는 제게 아무런 의미도 없답니다."

그 후 미아는 한 걸음 뒤로 물러났다.

"한 번 더 말하죠. 당신이 특별 초등부의 반장을 맡으세요. 그게 제게 저지른 무례의 벌입니다."

미아의 말을 소녀는…… 벙찐 얼굴로 듣고 있었다.

제38화 제국의 예지, 강력한 권위를 돈으로 사려고 하다!

유리우스와 수녀에게 학원 안내를 맡기고 미아 일행은 회의에 들어갔다.

"흐음, 그 인원이라면 유리우스 씨 혼자여도 강사는 충분할 것 같군요."

학업에 관련된 부분은 유리우스에게 맡겨도 괜찮을 것이다.

그는 정말 수재였던 건지 문학도 산수도 문제없이 가르칠 수 있다고 한다. 그 나이대의 아이들에게 기본적인 교양을 가르치는 건 유리우스 혼자여도 충분할 것이다.

따라서 문제는 윤리·도덕적인 부분. 뱀에 물들지 않도록 하기 위한 교육이었다.

"흠. 그 부분은 라피나 님, 부탁드려도 될까요?"

그건 질문의 형태를 하고 있었지만 실제로는 '그쪽은 전부 맡기겠습니다!'라는 미아의 강력한 메시지가 담긴 말이었다.

……그리고 미아는 당연히 그 요구를 받아들여질 줄 알았다.

상대는 성녀 라피나니까. 상대방을 가르치고 이끌어가는 것쯤은 식은 죽 먹기일 터. 따라서 그건 어디까지나 확인을 위한 절차…….

그런 미아의 말에 라피나는 당연하다는 듯 고개를 끄덕…… 이지…… 않았다?!

"……어? 내가?"

오히려 당황한 듯한 반응이었다.

──어, 어라? 이상하네요. 이 반응은 예상하지 못했어요…….

고개를 갸웃거리는 미아에게 라피나는 조금 난처한 얼굴로 말했다.

"미아 님의 부탁은 최대한 이뤄주고 싶지만……. 지난번 미아 님의 교육론을 들은 뒤엔 조금 짐이 무거운걸. 영락없이 미아 님이 직접 교편을 잡을 줄로만 알았거든……."

"……네? 어, 그, 지난번이라면……."

"그 왜. 다섯 종류의 버섯을 넣은 그라탕으로 예시를 들으면서 가르쳐줬잖아. 아이들을 어떻게 대하는 게 정답인지……. 나는 그 말에 무척 감격해서……."

그 말에 간신히 떠올렸다.

──아아, 그러고 보면 그때 제가 보기에도 좀 그럴싸한 말을 했다고 뿌듯해했었죠…….

미아는 허겁지겁 다른 사람들의 얼굴을 보았다. ……그러자!

──히, 히이익! 어쩐지 다들 제가 하는 게 당연하다는 얼굴이에요!

정의와 공정의 화신인 시온이 나설 줄 알았는데, 어째서인지 전혀 그런 기색이 없다!

"어, 그, 아니, 하지만, 여기선 라피나 님이나 시온이 적절하지 않을까요? 시온, 당신이라면 선크랜드의 정의와 공정을 아이들에게 잘 가르쳐줄 수 있을 텐데……."

따라서 어쩔 수 없이 먼저 화살을 돌려보자 시온은…….

"동생 한 명도 제대로 가르치지 못한 내가 아이들을 교육하라고? 그런 너무 주제넘은 짓이지."

전에 없이 무력한 느낌으로 말했다!

──으, 으으응. 이 자식, 아직 에샤르 왕자님 일을 신경 쓰고 있었군요. 확실히 그건 시온에게도 상당히 책임이 있긴 하지만…….

학생회의 양대 브레인, 라피나와 시온이 거절하자 필연적으로 다른 사람에게도 부탁할 수 없게 된다. 명백하게 거절당하는 미래만 보인다.

그런고로…….

"그, 그럼…… 부족하지만 제가 아이들에게 윤리를 교육하겠습니다."

눈물을 삼키고 골칫거리를 받아들인 미아였다.

"아아……. 이거 큰일이에요……."

방으로 돌아온 미아는 침대에 누워 몸부림쳤다.

한바탕 버둥거린 후 미아는 마음을 다잡았다.

──뭐……. 하지만 자아알 생각해 보면 이건 오히려 잘 됐다고 봐야 할지도요…….

애초에 특별 초등부의 가장 큰 목적은 패트리시아를 교육하는 것이다. 그리고 그걸 아는 사람은 미아뿐. 그렇다면 다른 사람에게 맡길 수는 없다.

더 확실하게 가자면 미아가 교사가 되는 게 가장 좋다.

──게다가 이건 좋은 예행연습이 될지도 모르죠…….

미아는 훗날 자신이 낳을 아이를 상상했다.

아무래도 앞으로 8명을 낳아야만 한다는 것 같은데, 그 8명을 낳기만 하고 방치할 수는 없다. 제대로 교육해야만 한다. 하지만…….

──교육 담당들이 잘해줄지 아주 불안하단 말이죠.

안느는 아마도 문제없을 것이다. 미아와 마찬가지로 때로는 자상하게, 때로는 엄하게 제대로 가르쳐줄 게 틀림없다. 벨을 봐도 확신할 수 있다.

하지만…… 다른 사람은?

미아의 자식 교육을 맡아줄 사람들의 대표일 루드비히는…… 벨이 해주는 이야기로 보면 다소 물렀다.

과거의 망할 안경을 알고 실컷 울상이 되었던 미아로서는 도저히 이해할 수 없는 수준이긴 했지만…….

──벨 앞에서는 완전히 사람 좋은 할아버지가 되어버린 루드비히가 제 자식들에게 무르게 굴지 않으리라는 믿음이 안 가요. 같은 맥락에서 린샤 씨도 좀 의심스럽고요.

벨의 반응을 보면 린샤도 교육 담당으로서는 조금 무른 구석이 있는 모양이다. 그녀에게는 엄하게 채찍질해주는 역할을 기대했던 만큼 미아로서는 뜻밖의 일면이었다.

──게다가 리나 양……. 그분은 벨의 부모와 친해지기 위해 오히려 적극적으로 과보호할 것 같은 분위기마저 느껴져요.

애초에 슈트리나에겐 부탁할 예정도 없었지만……. 설령 부탁한다고 해도 잘 소화할 수 있을 것 같지 않다……. 이렇게 생각해 보면 적절한 교육 담당을 찾을 수 있을 것 같지가 않다. 그렇다면 때때로 자신이 직접 아이들을 보고 중요한 것을 잘 가르쳐줄 필요가 있으니…….

——못된 남자아이를 얌전하게 만드는 방법, 알아두면 편리한 것 등을 제대로 계승시켜주고 싶어요. 어디를 어떻게 차야 한다든가……, 렘노 왕국에서 겪은 일을 살려서…… 이렇게.

뭐, 그건 그렇다 치고……. 그런 밝은 미래를 위해서도 이번 일은 도움이 될지도 모른다. 그렇다면…….

"이렇게 된 이상 적극적으로 활용해야겠어요. 흠……."

미아는 안느에게 시선을 주고 적절한 준비에 착수했다.

그 첫걸음은…….

"안느, 미안하지만 지금부터 말하는 걸 마을에서 사 와 주겠어요?"

"네. 알겠습니다. 무엇을 사 오면 될까요?"

고개를 갸웃거리는 안느에게 미아는 가슴을 펴고 당당하게 선언했다.

"도수 없는 안경이요!"

미아가 원하는 것……. 그것은 권위와 지혜의 상징인 안경이었다!

그 말을 듣고 안느는 순간 의아한 표정을 지었으나,

"알겠습니다. 찾아오겠습니다."

바로 고개를 끄덕인 뒤 방에서 나갔다.

제39화 낮은 곳으로 흘러가고, 빵을 먹고……

자…… 대체 어떻게 해야 할까…….

어떤 것을 패티에게 가르쳐야 할까…….

안경을 쓰고 완전히 의욕이 솟아난 미아는 어젯밤 푹 자면서 생각한 뒤 아침 일찍 일어나 욕탕으로. 그곳에서 눈을 꾹 감고 생각에 잠기며 이따금 풍덩! 하고 목욕물 속으로 잠수하면서 생각하고, 또 생각한 끝에…….

"저, 전혀 떠오르지 않아요!"

오후 수업이 끝나고 점심을 먹기 전, 미아는 머리를 부여잡았다.

참고로 미아가 아이들을 가르치는 건 오후부터다. 오전에는 유리우스가 기초적인 학문을 가르치고, 오후에 미아가 도덕·윤리적인 내용을 가르치기로 되어있었으나…….

애초에 딱히 도덕적으로 결백하지도 않으며 윤리적으로 올바른 마음가짐을 지니지도 않았고, 어떠한 철학에 정통한 것도 아닌 미아다.

날조된 지혜를 아무리 쥐어짜봤자 좋은 생각이 떠오를 리가 없다!

"아, 아이들에게 무엇을 가르쳐야 할지……. 이거 혹시, 지금까지 중 가장 큰 위기인 건가요……?"

그렇다고 한심한 모습을 보여줄 수도 없다. 패트리시아에게 뱀의 교육 담당이라고 위장해놓았기 때문이다.

"미아 선생님의 수업, 기대할게요."

웃음기 하나 없이…… 그런 말을 하던 패트리시아의 얼굴을 떠올렸다.

그 기대를 저버리면 안 된다. 앞으로 발언권이 위태로워진다.

"으, 으으윽. 제, 제가 가르쳐줄 수 있을 법한 건 문장학과 댄스, 그리고 승마……."

어떻게든 아이들에게 가르쳐줄 수 있을 법한 것을 꼽아보다가…….

"큭, 보유한 카드가 너무 적어요."

애초에 그걸 가르치는 의미가 있냐는 생각마저 들었다. 미아의 목적은 그들을 뱀으로 만들지 않는 것. 단순한 교육이 아닌 만큼 뭐라 말할 수 없는 어려움이 있었다.

이렇게 고민하는 사이에도 특별 초등부의 수업 시간이 다가왔다.

"뭐, 뭔가, 클로에에게 책을 마련해달라고 해서 그걸 읽고 가르친다거나……?"

하지만 그건…… 너무 귀찮다. 어려운 책은 읽고 싶지 않고…… 애초에 시간이 없다!

그렇게 오랜만에 머리에서 열을 내며 고민하고, 고민하고, 또 고민한 끝에…… 미아는!

"그래요! 저는 아이들을 데리고 놀러 가도록 하죠!"

쉬운 길을 선택했다!

그렇다……. 설령 파도가 없어도 물은 흐름을 만드는 법이다. 높은 곳에서 낮은 곳으로.

그렇게 미아는 흘러간다. 낮은 곳으로, 낮은 곳으로.

"아아…… 그래요. 애초에 어려운 공부는 유리우스 씨가 해주잖아요. 그렇다면 저는 그것과는 다른 걸 가르쳐줘야죠."

무슨 일이든 균형이 중요하다.

입에 쓴 약만 먹었다간 인생은 잿빛이 된다. 유리우스가 약을 담당한다면 미아의 역할은…… 입에 단 과자.

불현듯 미아는 시야가 트인 듯한 느낌이 들었다.

"아아…… 그래요. 그랬어요……. 저는 무슨 착각을 하고 있었던 걸까요. 저는 당근이 되겠다고 어제 막 결심해놓고."

엄한 역할은 자신이 아니다. 자신은 포상 쪽을 담당한다.

그것이야말로 미아식 통치법…… 시립 젤리피쉬 교육법이다.

"그래요. 요컨대 뱀이 되지 않도록 하려면 이 세상을 부수기 싫어질 만큼 좋은 곳이라고 생각하게 해주면 되죠. 그렇다면 제 담당 시간은 아이들에게 실컷 즐거운 경험을 하게 해주는 게 좋겠어요! 우선 말에 태워서…… 아니, 오히려 버섯……."

그렇게 미아는 개운한 기분으로 식당에 가서── 목격했다.

특별 초등부 아이들이 식당 구석에 뭉쳐서 딱딱한 표정으로 앉아 있었다. 그리고 그 아이들을 내려다보듯 세 명의 남학생이 떡하니 서 있었다.

"뭐야, 왜 우리보다 너희에게 먼저 식사가 가는 건데? 고아 주제에 건방지게……."

──오, 학생회의 결정에 대놓고 불평할 정도로 기개가 있는 아이가 있다니 의외네요. 이 아이들은 라피나 님께 반기를 들었다는 걸 이해하고 있는 걸까요?

이전 시간축의 미아조차 생각지도 못했던 폭거. 이 세인트 노엘에서 그러한 짓을 했다간 어떤 꼴을 당할지…… 저 학생들은 상상하지 못하는 모양이다.

하지만 그것도 어쩔 수 없는 건지도 모른다. 보아하니 그들은 신입생. 올해 봄에 세인트 노엘에 온 어린아이들이었다.

혈기 왕성하게 백성을 깔아본다. 참으로 귀족다운 언동에는 웃음이 나올 정도…….

"저희가 먼저 주문했기 때문이 아닐까요?"

딱히 위축된 기색도 없이 패트리시아가 말했다. 남학생들을 힐끗 올려다보고는 여느 때처럼, 아무런 표정도 없는 얼굴로…….

그런 패트리시아의 반응에 남학생들은 한층 분개했다.

"뭐라고? 너 우리에게 말대꾸하는 거야?! 제국 귀족인 우리에게."

그 말에…… 미아의 등에 쫘아악 소름이 돋았다.

──제, 제, 제국 귀족?! 큰일이에요.

어디 적당한 나라의 귀족이라면 모를까, 제국 귀족이라면 그들을 책임지는 건 최종적으로 미아가 된다. 미아는 제국의 황녀. 제국의 리더이기 때문이다.

──큭, 사피아스 공자나 에메랄다 양, 루비 공녀가 없어진 뒤로 제어력이 약해진 걸까요……. 예상하지 못했어요.

미아의 뜻을 존중하며 뒤에서 제국 귀족을 단속해주던 세 사람. 그런 그들이 졸업한 영향이었다. 남은 사대 공작가의 자제는 슈트리나 뿐.

슈트리나의 능력은 별개로 쳐도, 최약체인 옐로문가의 이름은 다른 사대 공작가보다 영향력이 작으니······.

──앞날이 보이는군요······.

그런 생각을 하며 살짝 서둘러 걸어가려고 한 그때······.

"그, 그만 하세요. 저희는 그냥 식사를 하려는 것뿐이니까······."

한 명의 소녀가 일어났다. 긴 앞머리가 얼굴을 가리는 그녀의 이름은······.

──어머? 저 아이······. 야나 씨였죠. 본래대로라면 가장 먼저 덤벼들 법한데, 리더를 맡았다고 중재하는 쪽에 섰네요.

조금 의외라고 생각하면서 미아는 빠르게 걸어갔다. 그리고······.

"평안하셨나요, 여러분. 이건 무슨 소동이죠?"

우아하게 웃으며 말했다.

'이 자식, 쓸데없는 짓을 하다니······' 같은, 조금 그런 본심은 마음속에 잘 넣어두며 생글생글 웃었다.

"앗, 미아 언니."

미아를 보고 패트리시아가 반응했다. 그에 따라 고개를 숙이고 가만히 굳어있던 아이들이 시선을 들었다.

"다, 당신은, 미아 황녀 전하······."

특별 초등부 아이들을 노려보던 소녀들도 깜짝 놀란 듯 튀어 올랐다. 당연하다. 그들의 신분은 미아는커녕 사대 공작가에도 미치지 못하니까.

미아에게 대들 수 있을 리가 없었다.

미아는 거만하게 코웃음을 치며 팔짱을 끼고 소녀들을 바라보았다.

그런 미아에게 리더 격인 소년이 말했다.

"마침 잘 됐습니다. 여쭤보고 싶었거든요. 왜 황녀 전하께선 이런 쓸데없는 짓을 하시는 거죠? 돈이 많은 상인의 아이라면 평민이라고 해도 다니게 할 의미는 있을 겁니다. 돈은 힘, 재능을 지닌 자의 증거니까요. 저희에게 도움이 되는 자도 있습니다. 하지만……."

소년은 확 표정을 일그러뜨리며 아이들을 보았다.

"이 녀석들은 입에 풀칠하기도 바쁜 가난한 아이, 혹은 죄인의 아이까지 섞여 있다고 하던데요."

무시하듯, 얕잡아보듯 야나를 바라보며 소년은 말을 이었다.

"왜 이러한 자들을요? 다들 식사 매너조차 모르는 녀석들 아닙니까. 왜 이런 더러운 녀석들을 저희와 같은 배움터에 들이신 거죠?"

그 발언을 들으며 미아는 내심 식은땀을 흘렸다.

──아아, 그렇게 큰 소리로 라피나 님께서 싫어하실 법한 말을…….

이 식당에서 큰 소리로 그런 말을 했다간 반드시 라피나의 귀에 들어갈 것이다. 그럼 라피나의 심기를 건드릴 게 틀림없다. 시온이어도 들으면 분명 눈썹을 찡그릴 것이다. 이건 좋지 않다.

참으로 제국 귀족다운 소년의 주장에 미아는 두통을 느꼈다.

"어째서냐고요……."

미아는 뭐라고 대답해야 할지 고민했다.

그들을 이해시키는 건 제법 어려울 것 같았다. 잘못을 인정하고 아이들에게 사과하게 해서 라피나의 노기를 달래는 건 아무래도 기대하기 힘들 듯했다.

그렇다고 해서 묘하게 성이 난 듯한 그들을 권력으로 찍어누르는 건 훗날의 화근이 될 법했다. 애초에 특별 초등부 계획 자체가 정론과 권력을 이용해 억지로 밀어붙였기 때문이다.

여기서 한층 더 힘으로 억누르는 건 조금 위험하다고…… 미아의 직감이 경고했다.

──애초에 조금 진정시키지 않으면 제대로 대화할 수 있을 것 같지 않네요……. 어떻게 할까요…….

생각에 잠기는 미아는…… 낮은 곳으로 흘러갔다.

낮은 곳, 즉…… 더 원시적인 욕구, 바로…… 식욕으로.

미아의 후각이 포착한 것. 그것은 갓 구워낸 빵에서 나는 맛있는 냄새였다. 저기에 꿀을 듬뿍 발라서 먹는다면 대단히 맛있을 게 틀림없다.

──이렇게 맛있어 보이는 걸 눈앞에 두고 말다툼이라니, 참으로 무익한……. 아니, 그렇지 않죠.

그때였다. 미아의 머리가 번뜩였다!

애초에 그들은 왜 이렇게 화가 난 것일까? 예민해진 걸까?

이유는 아주 간단하다. 힌트는 이미 있었다.

그들이 제 입으로 말하지 않았는가.

왜 이 녀석들이 먼저 먹는 거냐고.

──아항, 그렇군요. 이 아이들, 배가 고파서 예민해졌던 거예요. 그렇다면 그걸 먼저 해결해야…….

배가 고프면 짜증이 치밀기 마련. 그렇다면 먼저 배부르게 만들어서 기분이 좋아졌을 때 적당한 말로 구워삶는 게 좋다고 미아는 판단했다.

"그래요. 잘 알겠습니다. 그럼 당신들, 여기에 같이 앉으세요."

"……네?"

어리둥절한 귀족 자제들을 향해 미아는 생긋 웃었다.

"당신들은 특별 초등부의 아이들이 자기들보다 먼저 먹어서 화가 났다고 했죠. 그럼 먼저 먹지 말고 같이 먹으면 아무런 문제도 없잖아요? 아, 그리고 식사 매너도 신경 쓰인다고 했었죠? 그건 여러분이 가르치면 아무 문제 없겠네요."

그렇게 미아는 야나와 패트리시아 사이에 자리를 만들게 했다.

"물론 저도 같이 먹겠습니다. 괜찮죠?"

얌전히 남의 식사를 구경할 수 있을 만큼 미아는 어른스럽지 못하다. 오전에 내내 고민했던 미아의 뇌가 먹을 것을 갈구하고 있었다.

지금 테이블 위에 놓여 있는 빵을 모조리 먹어치울 수 있을 것 같은 기분이었다.

제국의 최고위 신분인 미아가 같이 먹자고 했다. 제국 귀족에 속한 자는 그 말을 무시할 수 없다.

소년들은 당황하면서도 각자 특별 초등부 아이들 사이에 자리를 만들어 앉았다.

"자, 우선 식사부터 해요. 배를 채우고 난 뒤에 이야기하도록 하죠. 이 아이들을 이 학원에 입학시킨 의미를."

그렇게 말하면서도 미아는 속으로 다른 생각을 했다.

──아마 소란을 들은 라피나 님께서 오실 거예요. 그때 제국 귀족 자제와 특별 초등부 아이들이 사이좋게 식사하는 모습을 보여드려서 문제를 청산하는 거죠. 그 후에 특별 초등부의 의의를 '혼돈의 뱀'과 관련된 부분만 잘 숨기고 말하면 그만이에요. 후후후, 저도 참 완벽하다니까요.

내심 히죽 웃으면서 미아는 눈앞에 잇는 부드러운 빵으로 손을 뻗었다.

제40화 적의에는 적의를, 신뢰에는……

푹신한 침대에서 잠자는 동생, 키릴. 완전히 안심한 그 얼굴을 보며 야나는 무심코 쓴웃음을 지었다.

"너무 쉽게 방심한다, 키릴."

부드러운 머리카락을 쓰다듬으며 중얼거렸다. 방금 전에 감은 머리카락은 찰랑찰랑해서 감촉이 아주 좋았다.

가누도스에 있던 시절에는 목욕을 해본 적이 없었다. 물로 몸을 씻기야 했지만, 이런 식으로 고급 샴푸를 쓴 적도 없었고…….

야나는 자신의 머리카락을 가볍게 만져보고…… 거기서 풍기는 좋은 냄새에 희미한 미소를 짓고 말았다가……. 얼버무리듯이 중얼거렸다.

"뭐, 방심하는 건 안 좋지만 지쳤을 때는 어쩔 수 없지. 오늘 오후 수업도 이상했고……."

그 이상한 점심 식사…… 자신들에게 시비를 건 귀족들과 함께 식사한다는, 영문을 알 수 없는 점심시간 후에 이어진 오후 수업은 한층 더 이상했다.

"건전한 정신은 자연 속에서 키워지는 법. 건전한 마음은 버섯에 깃들어 있다고 합니다. 마침 이 세인트 노엘 섬에는 좋은 버섯 분포지가 있으니, 오후에는 다 함께 버섯을 캐러 가기로 해요."

미아 황녀의 지휘하에 아이들은 세인트 노엘 섬에 있는 숲에 가게 되었다. 정말로 무슨 의미인지 모르겠다.

오전 수업은 이해하기 쉬웠다.

강사인 유리우스 선생님은 말했다. 글을 배우면 신성전을 읽을 수 있다. 그러면 어떻게 살아야 하는지 배울 수 있다.

무엇이 인간의 도리이고, 어떻게 하면 인간의 도리에서 벗어나는지…… 올바름이란 무엇인지. 악이란, 죄란 무엇인지.

그것을 이해하게 되면 범죄를 저지르지 않게 된다. 그건 통치자에게는 지배하기 쉬운 우량 백성이다.

그런 논리는 금방 이해했다.

누군가에게 공부를 배운 적이 없었던 야나라고 해도 그건 아주 이해하기 쉬웠고…….

그렇기에 오후 수업이 한층 이상해 보였다.

여럿이서 우르르 몰려가 버섯을 채집하는 건 무슨 의미인지 전혀 이해할 수 없었다.

"자기가 먹을 건 직접 조달하라는 건가? 하지만……."

그건 노동이 아니었다. 굳이 따지라면 놀이다.

키릴이나 또래 여자아이 두 명은 아주 신나게 여기저기를 달렸다.

살기 위해 필사적으로 먹을 것을 얻으려고 했던 그 시절과는 천지 차이였다. 야나는 키릴이 그렇게 즐거워하는 건 처음 본 건지도 모른다.

"그 사람, 대체 뭐지……."

자연스럽게 입을 타고 그런 의문이 나왔다.

그건 어제부터 야나의 가슴 속에 있는 의문이기도 했다.

제국의 황녀, 미아 루나 티어문. 제국의 예지로 유명한 황녀 전하.

야나는 그녀를 이해할 수 없었다.

점심을 먹을 때를 떠올렸다.

그 귀족 소년의 말에는 화가 났지만, 동시에 야나는 그 말이 합리적이라고 느꼈다. 자신들은 아무런 도움도 되지 않는다. 오히려 치안을 악화시키는 해악에 불과하다. 아마 그 어부도 그렇게 생각했을 것이고, 가누도스 항만국의 귀족들도 같은 생각일 게 틀림없다…….

하물며 야나는 해적의 아이다. 계속 멸시당하고 천대받아왔다.

차라리 죽어버리면 귀찮지 않을 거라며 험담을 듣고, 스스로도 그런 것 같다는 생각이 어렴풋이 들기도 했지만……. 자신에게 악의를 보이는 인간의 뜻대로 해주려니 배알이 꼴려서 악착같이 살아왔다. 야나가 사는 이유는 그것뿐이었다.

──그런데…… 미아 황녀 전하는 나를 특별 초등부의 반장으로 삼았어. 나를 믿어줬어…….

야나는 당황했다.

어째서 그렇게 쉽게 믿을 수 있는 걸까.

자신에 대해선 아무것도 모를 텐데.

야나는 유일한 가족인 키릴 말고는 아무도 믿은 적이 없었다. 믿어서 배신당하면 자신도 동생도 끝장이기 때문에 당연했다.

그렇기에 무조건으로 믿어준 미아를 전혀 이해할 수 없어서…….

그때였다. 똑똑 노크 소리가 들렸다.

"누구지……?"

짧은 경계……. 하지만 바로 쓴웃음을 지었다.

이곳은 세인트 노엘 학원. 특별 초등부 학생은 미아 황녀의 관계자라는 패트리시아를 제외한 모두가 학원 성당 옆에 있는 건물에 살게 되었다. 학원 부지 안에서 사는 것이다.

그곳은 세상에서 가장 안전한 장소. 경계할 필요는 전혀 없다.

한숨을 쉬며 문을 열자, 그곳에 서 있는 사람은 특별 초등부의 남학생. 이름은, 분명…….

"어, 그, 카론이었던가?"

베이르가 공국의 고아원에서 왔다는, 야나와 동갑인 소년이었다.

부스스한 머리카락과 조금 날카로운 눈매가 특징. 한눈에 봐도 장난꾸러기 같은 인상을 주는 소년이었다.

"무슨 일이야?"

키릴이 깨지 않도록 복도로 나왔다. 그러자 카론은 주변을 두리번두리번 둘러본 뒤에 말했다.

"너 잠깐 나올 수 있어?"

"나가려고? 어디에?"

야나가 의아해하자 카론은 뚱한 표정을 지었다.

"어디냐니, 뻔하잖아? 뭔가 돈이 될 만한 게 없는지 찾으러 갈 거야."

"돈이 될 만한 거?"

"뭐야, 해적의 아이입네 하길래 더 약삭빠른 녀석인 줄 알았는데. 이미 여기저기 봐둔 곳이 있는 거 아니었어?"

"무슨 뜻이야, 그 말……."

무심코 야나의 목소리가 낮아졌다.

"귀족은 변덕스럽잖아. 이런 식으로 친절하게 대해 놓고 내일이 되면 바로 내버릴 거야. 고양이랑 똑같지. 그러니까 언제 버려져도 괜찮도록 돈이 될만한 걸 훔쳐놓으려고……. 알잖아?"

씩 웃는 카론을 보고 야나는…….

"하지 마……."

저도 모르게 그렇게 말했다.

"어……?"

그 말에 눈이 휘둥그레진 카론. 한편 야나도 자기가 한 말에 놀랐다.

──나는 무슨 소릴 하는 거지……? 이 녀석의 말은 아주 타당한 소리인데…….

냉정한 부분이 그렇게 말했지만, 그래도…… 입이 멋대로 움직였다.

"여기는…… 아니야……. 너나 우리가 지금까지 있던 곳과는 달라. 적어도 그 미아 황녀 전하라는 사람은…… 믿어도 괜찮지 않을까."

"뭐야. 혹시 반장으로 뽑아준 게 그렇게 좋았어? 겨우 그걸로 믿어도 괜찮은 사람이라니, 얼마나 만만한 거냐? 그런 식으로 용케 지금까지 살아남았다?"

카론의 말은 신기하게도 야나의 마음을 울리지 못했다.

그건 여태까지 야나가 가져왔던 가치관과 일치하는 말인데도……. 지금은 왠지 아주 화가 치밀어서…….

"딱히, 뭐 어때. 아무튼 멋대로 구는 건 내가 용서 못 해."

강하게 말하자 카론의 눈빛이 날카로워졌다.

"야, 무슨 생각이든 상관없는데. 리더인 척 굴지 마."

어깨를 쿵 밀치는 카론.

확실히 카론은 고아원에서 나름대로 고생을 겪은 모양이다. 폭력과 위압으로 그 자리를 제압하는 방법을 알고 있었다.

……하지만 고아원에조차 의탁하지 않고 동생과 단둘이 살아온 야나가…… 거친 어부의 눈을 속이며 뒷골목에서 살아남은 야나가…… 수라장을 훨씬 많이 겪어보았다.

그녀는 반대로 카론의 멱살을 잡았다.

"윽……."

"몇 번이든 말하지. 괜한 짓 하지 마. 만약 멋대로 굴었다간 절대로 용서 못 해."

"젠장, 놔."

숨이 막히는 듯 말하는 카론이었지만 야나는 손을 놓지 않았다.

"안 돼. 약속해. 절대 그런 짓은 안 한다고……."

……그때였다.

"무슨 일 있나요?"

불현듯 조용한 목소리가 들렸다.

"앗, 유리우스 선생님……."

시선을 돌리자 잔잔한 미소를 지은 유리우스가 그곳에 서 있었다.

급히 카론을 놓는 야나를 향해 유리우스는 살짝 엄한 표정을 지었다.

"야나 양, 어떤 이유가 있든 폭력은 안 돼. 폭력에 의지했을 때 너는 정당함을 잃어버리거든."

그건 이 세상의 진리를 설명하듯 흔들림 없는 목소리. 엄숙한 어조. 하지만 곧바로 푸스스 무너졌다.

"……그렇게 말하고 싶지만…… 그건 합리적이지 않지. 이 세상엔 이따금 폭력이 필요할 때도 있어. 카론 군이 무언가 나쁜 짓을 해서 혼내야만 했던 건지도 모르지."

그렇게 중얼거리더니 이번에는 카론에게 시선을 주었다.

"대체 무슨 일이 있었는지 가르쳐줄래? 고해를 듣는 신부만큼은 아니지만, 입은 무거운 편인데."

그 목소리에는 어딘가 사람을 안심시켜주는 온기가 있었지만…… 차마 솔직하게 말할 수는 없었다.

서로를 쳐다보며 입을 꾹 다문 야나와 카론을 보고 유리우스는 작게 한숨을 쉬었다.

"뭐, 좋아. 사정은 있겠지만 친하게 지내렴. 모처럼 세인트 노엘에서 공부하게 된, 같은 배움의 공간을 공유하는 사이이니까. 싸우는 건 재미없잖아?"

유리우스는 온화한 목소리로 그렇게 말한 뒤 떠나갔다.

제41화 뜨거워지는 보이즈 토크!

아벨 일행이 세인트 노엘에 돌아온 건 초등부 학생이 들어오고 일주일이 지났을 때였다.

본래대로라면 조금 더 일찍 돌아올 예정이었으나⋯⋯.

"우후후, 즐거웠지. 벨."

"네. 아주요. 우후후, 또 마을을 돌아다니고 싶어요."

베이르가 공국 명물인 순례용 밀짚모자를 쓴 두 명의 영애가 생글생글 웃고 있다. 더불어 그 뒤에 담백한 얼굴로 서 있는 린샤도⋯⋯ 똑같은 모자를 쓰고 있었다!

그렇게 즐거워 보이는 소녀들을 보고 아벨은 무심코 쓴웃음을 흘렸다.

좋은 여행이었다.

누나, 발렌티나의 반응은 예상하지 못했다.

여태까지 몇 번을 만나러 가도 냉소적인 표정만 지을 뿐, 한 번도 자신의 말이 그녀에게 가 닿았다고 느끼지 못했는데⋯⋯. 벨을 봤을 때의 그 어안이 벙벙한 얼굴, 그때 분명히 누나는 허를 찔렸다.

그렇게 만들어진 틈새로 파고든 벨의 말은 누나의 마음에 닿았다.

──이 일로 누님이 어떻게 변할지는 모르지만⋯⋯. 그래도 괜찮아. 아무것도 변하지 않는 것보다는 변하는 게 더⋯⋯.

물론 바로 어떻게 되리라고 생각하진 않는다. 시간이 필요하리라는 건 알고 있었다. 그래서 아벨은 길게 보기로 했다.

　──혹은 더 나쁜 방향으로 변할지도 모르지만…….

　누나가 스스로 목숨을 끊는…… 그런 위험이 없는 건 아니었다. 하지만 그건 그거대로 어쩔 수 없는 건지도 모른다.

　──발렌티나 누님은 용서받을 수 없는 짓을 저질렀어. 미아는 아니지만, 자신이 뿌린 씨는 자신이 거두어야 하지. 그게 좋은 것이든, 나쁜 것이든…….

　그러니…… 아벨은 그저 기도할 뿐이다.

　누나가 성급한 짓을 저지르지 않기를. 그리고 벨과 재회한 것이 좋은 변화를 주기를.

　그 후 세인트 노엘 학원을 향해 새삼 시선을 던지고…….

　"미아는 잘 지낼까……."

　아벨은 작게 중얼거렸다.

　한동안 만나지 못했기 때문일까. 지금 당장에라도 그녀의 얼굴을 보고 싶었다.

　그런 소원을 들어준 건지, 그는 학원에 들어가자마자 바로 애틋한 사람의 모습을 발견했다.

　무심코 기뻐져서 말을 걸려고 했는데…….

　"미아……."

　이름을 부르는 목소리는 힘없이 사라졌다.

　왜냐하면 미아가 달리는 중이었으니까. 아주 진지한 얼굴로……. 그리고 그녀가 향하는 곳에 서 있는 사람은 온화한 미소를 짓는 안경 쓴 남자…….

무심코 숨을 삼켰다.

낯선 남자는 미아를 향해 친근하게 머리를 숙였고, 두 사람은 발걸음도 가볍게 가 버렸다. 아벨은 그 모습을 지켜볼 수밖에 없었다.

"아니…… 나는 무슨 생각을 하는 거야……."

그 순간 정신을 차렸다.

불안해서 발을 멈추고 입을 다물어버리는 건 과거의 자신과 전혀 다를 게 없다.

체념에 몸을 맡기는 건 이제 그만두었다. 이럴 때 앞으로 가지 않으면 언제 간단 말인가.

아벨은 고개를 들고 걸었다. 그리고 곧장 미아의 뒤를 쫓아…… 쫓아가…… 지 않았다!

아벨이 향한 곳은 시온의 방이었다.

직접 미아에게 갈 용기는…… 아직 없었다!

"아, 아벨. 돌아왔어?"

남자 기숙사에 있던 시온은 상큼한 미소를 지으며 친구의 귀환을 환영했다. 하지만 바로 고개를 갸웃거렸다.

"왜 그래? 안색이 안 좋아 보이는데……. 혹시 누님께 무슨 일이라도?"

"아니, 누님은 건강하셨어. 뭐, 건강하다고 말하는 것도 조금 묘한 소리지만…… 아무튼 여전하셨어."

아벨은 한숨을 쉬며 말했다.

"하지만 벨을 보고 조금 생각하는 바가 있었던 것 같았지. 그녀를 데려가길 잘했어."

"그렇군. 뭐, 그런 거라면 다행인데……. 그런 것치고는 얼굴이 어두워. 무슨 일 있었어?"

걱정하며 눈썹을 찡그리는 시온을 향해 아벨은 작게 고개를 저었다.

"그런 건 아니야. 다만, 그…… 돌아오자마자 바로 미아를 봤거든."

그렇게 조금 전에 목격한 광경을 이야기해보았다. 그러자 시온은…… 무심결에 웃음을 터트렸다.

"하하하. 그런 거라면 걱정하지 않아도 돼. 그 안경 남성은 특별 초등부의 유리우스 님이다."

"특별 초등부?"

"그래. 실은 특별 초등부 쪽에서 문제가 일어나는 바람에 우리 학생회에서 수습하고 다녔어. 최근 며칠 동안 제법 바빴지."

"아…… 그랬구나. 그런 거였어……."

안도하며 한숨을 쉬는 아벨이었지만…….

"그런데 아벨. 미아를 너무 내버려 두는 것도 안 좋아."

시온은 정색하며 진지한 얼굴로 지적했다.

"아니, 그렇지는……."

아벨은 고개를 저으려고 했지만 시온이 그의 검술처럼 날카롭게 추궁했다.

"애초에 그런 식으로 불안해지는 건 네 안에 그런 감정이 있기 때문 아닌가?"

"윽……."

아벨은 무심코 말을 삼켰다. 그게…… 정곡이었기 때문이다.

누나 일로 바빴던 것도 있어서 전보다 미아 곁에 있는 시간이 줄어들었다. 게다가 얼마 전까지 미아는 벨을 잃어서 기운이 없는 상태였다. 그러니 곁에서 버팀목이 되어야 한다고 강하게 다짐했었으나…….

벨이 돌아오자 그 마음이 조금 약해진 것도 사실이기에…….

"미아를 외롭게 만든다, 소홀히 한다는 생각이 네 안에 있기 때문 아니야?"

그런 말을 듣고…… 반박할 수 없는 아벨이었다.

"확실히 그럴지도 몰라……."

역시 시온은 변함없이 예리하구나…… 같은 생각을 하는 아벨이었으나……. 말할 필요도 없지만, 시온에게는 지금까지 연인이 있었던 적은…… 없다!

하지만 그는 그런 기색은 일절 보이지 않고 당당한 어조로 조언했다.

"미아도 최근에는 바빴으니까. 데이트라도 신청하는 게 좋지 않겠어?"

"데이트라……. 듣고 보니, 확실히 최근 같이 바람을 쐬러 가지도 않았으니 물어볼까……."

팔짱을 끼며 생각에 잠기는 아벨을 향해 시온은 묵직하게 고개를 끄떡이고는…….

"그게 좋겠어. 그때 미아의 매력 10개를 랭킹을 만들어서 말해주도록 해."

　……이상한 말을 하기 시작했다?!

　"랭킹?"

　낯선 단어에 아벨이 고개를 갸웃거렸다. 그러자 시온은 살짝 자신만만한 얼굴로 대꾸했다.

　"사실 얼마 전에 연애소설이라는 것을 읽었다. 그런 건 처음 읽어봤는데, 제법 흥미롭더군. 그리고 거기에 나오는 방법이……."

　어쩐지 뿌듯해하는 듯한 얼굴로 말하는 시온. 참고로 그 인생 첫 연애소설은…… 미아에게서 티오나에게, 티오나에게서 시온에게 넘어간, 미아 전속 작가가 쓴 소설이었다…….

　전속 작가가 상상력과 망상력을 풀가동해서 쓴, 설탕을 10배는 더 집어넣은 달달한 스토리였다!

　"여성과 연애할 때는 연출이 중요하다고, 전에 키스우드에게 들은 적이 있었는데. 이런 거였구나 하고 무릎을 쳤어. 그렇지? 키스우드."

　"네? 아, 네. 그렇네요."

　어딘가 마음이 콩밭에 가 있는 키스우드가 고개를 끄덕였다.

　사실 그가 가르쳐준 건 서프라이즈로 선물을 주는 정도의 연출이었지, 상대방의 어디를 좋아하는지 랭킹 형식으로 발표하라는 황당한 수준은 아니었으나……. 지금 키스우드에겐 그 착각을 정정할 여유가 없었다.

　왜냐하면 그는 그대로 큰일이었기 때문이다. 성녀 라피나에게 말 모양 샌드위치 레시피를 알려준다는 막중한 임무를 수행하는

날이 코앞으로 닥쳤다. 따라서.

"연출은 중요합니다. 아벨 왕자님. 여성은 그런 것을 아주 좋아하니까요."

이런 적당한 소릴 해버려도 어쩔 수가 없었다!

"그래……. 그렇군. 참고할게. 고마워, 시온."

고지식한 얼굴로 고개를 끄덕이는 아벨. 이전 시간축이라면 모를까, 검술과 사랑에 우직하게 매진하는 그는 절친한 친구의 조언을 감사히 가슴에 새기고 말았다…….

"하하하. 천만에. 너와 미아의 관계가 어그러지면 나도 곤란하니까."

상큼한 미소를 짓는 두 명의 왕자.

……터무니없는 일이 일어나려 하고 있었다!

한편 미아는…….

제42화 낮은 곳으로 흘러가자……

미아는 전에 없이 컨디션이 좋았다.

자신의 등을 밀어주는 흐름에 몸을 맡기고 둥실둥실, 동동, 기분 좋게 떠 있었다. 흡족해하면서 콧노래도 흥얼거릴 만큼 만족스러웠다.

평소처럼 자신을 밀어주는 파도가 없다는 걸 깨닫자마자 낮은 곳으로 흘러감으로써 흐름을 탄다는 기상천외한 기술을 보여준 미아였다.

더불어 그 흐름은 점점 빠르고 강해지는 느낌이었다.

그 징조는 첫날 버섯 채집을 마쳤을 때 나타났다.

오후 시간을 모조리 사용해서 버섯 채집을 만끽한 미아. 룰루랄라 버섯을 식당으로 가져가며,

"흐음, 제법 괜찮게 모았는데요? 우후후, 저도 실컷 즐기고 말았어요…… 어머? 이거…… 혹시 라피나 님께 혼나는 건 아닐까요?"

그렇게 약간 불안해졌지만…… 마침 그때.

"미아 님……."

"힉……!"

타이밍 좋게 라피나가 등장했다!

명랑한 미소를 지으며 성큼성큼 걸어오는 라피나를 보며 미아는 살짝 겁먹었다. 하지만…… 라피나는 그대로 미아의 손을 덥썩 잡았다.

"앗, 라, 라피나 님, 저는 아직 손을 씻지 않아서, 더러운데요."

그런 말도 흘려넘기며 라피나는 미아의 눈을 지긋이 바라보고 는……

"들었어, 미아 님. 점심때 있었던 일……"

감동해서 촉촉해진 눈으로 말했다.

"……흐어?"

"귀족 자제와 고아들을 같은 테이블에 앉히고 함께 점심을 먹게 한 것도, 귀족 자제들이 테이블 매너를 가르치게 한 것도…… 소문이 퍼졌어."

라피나는 생글생글 웃었다. 거짓 없는, 그 나이에 맞는 평범한 소녀 같은 미소였다.

"역시 미아 님이야. 훌륭해. 세인트 노엘에 다니는 학생들은 특별 초등부의 아이들을 어떻게 대해야 할지 망설였지. 잘 알지도 못하면서 멸시하고 멀리하려고 했어. 그것을 해소하기 위해서는 서로를 아는 게 필요해. 같이 식사하는 건 이상적인 방법이야. 꼭 계속해줬으면 좋겠어."

그 말을 듣고 미아는 깨달았다.

──흠, 아무래도 버섯 채집에 너무 열중했던 건 혼나지 않고 넘어갈 것 같네요. 게다가 제국 귀족 자제들에게도 처벌 없음. 후후후, 계획대로…….

마음속으로 히죽히죽 승리의 미소를 지은 미아는 그 순간 계시를 받았다.

"아, 그래요. 기왕이면 그 점심 식사를 라피나 님의 이름으로 상시화하는 건 어떨까요?"

"? 무슨 뜻이야?"

어리둥절해서 고개를 갸웃거리는 라피나에게 미아는 씨이익 쾌활한 얼굴로 말을 이었다.

"학원의 학생들과 특별 초등부 아이들이 함께하는 점심 식사를 고정 행사로 만들어버리는 건 어떠냐는 뜻이에요. 특별 초등부 아이들끼리 뭉쳐 앉아 있으면 아무리 시간이 지나도 이질적인 존재가 되어버릴 테니까, 조금 억지로라도 라피나 님의 이름을 써서 같이 점심을 먹게 하는 거죠. 맞아요, 학생회 임원도 끌어들여서 학생회와 특별 초등부의 식사에 다른 학생도 초대하는 형태로 만드는 건 어떠신가요?"

학생회, 특히 라피나나 시온의 유명세를 미끼 삼아 다른 학생들을 낚는 작전이었다. 더불어 학생회의 다른 임원인 티오나나 라냐는 자국의 농민들과 깊은 관계를 지녔다. 특별 초등부 학생들에게도 별다른 거부감은 없을 터.

게다가 클로에는 화제가 없을 때는 풍부한 책 지식을 활용해서 화제를 던져달라고 하면 좋을 것이다.

"이름하여 성녀의 오찬회인 거죠."

"그건…… 아주 좋은 생각이라고 보지만……. 한가지 마음에 걸리는 게 있어. 미아 님의 공적을 내가 빼앗아버리는 건 조금……. 게다가 학생회를 동원한다면 학생회장인 미아 님의 이름으로 하는 게 적절하지 않을까?"

라피나는 난처한 얼굴로 그렇게 말했다. 하지만 미아는 조용히 고개를 저었다.

미아에게 그건 당연한 판단이었다. 미아의 사고방식은 기본적으로 영광을 독점하는 게 아니다. 위험을 분산하는 것이다.

귀족 자제와 고아들의 식사가 아무리 훌륭한 시간이었다고 해도 일정 수준의 위험 부담은 존재한다. 그리고 무언가 문제가 생겼을 때 그 책임을 지게 되는 건 발안자인 미아다.

그렇다면 미아는 오히려 책임을 누군가에게 떠넘기…… 는 게 아니고, 나누고 싶었다.

따라서 이건 라피나의 이름으로 이뤄져야 한다. 책임의 일부를 라피나도 같이 짊어지게 해야 한다. 어떻게든!

"……이 일은 꼭 라피나 님의 이름으로 해주세요."

그런 미아의 말에 라피나는 순순한 얼굴로 고개를 끄덕이고는,

"그래……. 즉 미아 님은 이걸 대륙 전역에 퍼트리고 싶은 거구나. 세인트 노엘 학원 학생회장도, 티어문 제국의 황녀도 아닌…… 베이르가 성녀의 의향으로서…… 이번 식사 교류회 같은 행사를 권장한다고……. 그렇게 표명해야 한다는 거지?"

확인하듯이 말했다.

──응……?

순간 라피나가 무슨 말을 하는 건지 이해하지 못했던 미아였지만, 아무튼 라피나가 해준다면 문제는 없다며 동의했다.

학생회장으로서 주최하면 학교 내부에서 끝난다. 제국의 황녀로서 주최하면 제국 내 귀족에서 끝난다.

하지만…… 성녀 라피나의 이름으로 주최하면 어떻게 될까…….

그 영향력까지 생각이 미치지 못한 미아였지만……

라피나는 작게 한숨을 쉬고는 감명을 받은 듯 중얼거렸다.

"역시 미아 님이야……. 나는 아직 멀었구나……. 이래 놓고 성녀라니…… 과분해."

"어머? 그렇지 않아요. 라피나 님께선 열심히 하고 계시잖아요. 저는 잘 알고 있답니다."

이때의 미아는…… 감각이 날카롭게 벼려져 있었다. 미아를 밀어주는 흐름은 강했고, 따라서 해파리 미아는 힘차게 쭉쭉 흘러갔다.

순간 가라앉은 표정을 지은 친구를 제대로 알아차린 미아는 즉각 격려하는 말을 건넸으나…… 이때의 어휘 선택이 절묘했다.

라피나를 '좋은 사람'이라고 단언하는 건 곤란하다. 사실이 아니었을 경우 그건 너무나도 뻔한 아첨이 되고, 사실이라고 해도 지금 라피나의 심리 상태에 따라서는 받아들이기 힘든 말이 될 수도 있다.

"미아 님이 좋은 사람이라고 했어. 더 좋은 사람이 되어야 해!"

그렇게 자신을 몰아세우게 된다면 최악의 결과다.

따라서 미아는 '열심히 한다'고 말했다.

이거라면 괜찮다. 아무튼 라피나가 열심히 하는 건 사실이고, 자기가 열심히 하지 않는다고 말하는 사람은 별로 없다.

아마 벨에게 말한다고 해도 부정하지 않을 것이다. 그 벨조차 자기는 열심히 한다고 생각할 테니 라피나도 아마 부정하지 않을 것이다.

라피나가 가라앉은 모습을 보이는 건 열심히 해도 결과가 나오지 않았기 때문이다. 그런 상대에게 우선 노력을 인정하는 말을 건네고, 더불어…….

"저는 잘 알고 있답니다."

만에 하나를 대비해 보험도 잊지 않는다.

어쩌면 사실은 열심히 안 하는 건지도 모르지만 내 눈에는 열심히 하는 것처럼 보인다고, 나만은 알고 있다고…… 그런 뜻이었다.

그렇게 그 평가를 '개인의 감상'으로 범위를 한정한다. 이렇게 하면 거짓말이나 빈말이라고 받아들일 가능성이 사라진다. 그건 개인의 감상이니까……. 미아의 눈에는 그렇게 보였다는 걸 부정하는 건 미아 본인밖에 할 수 없다.

그렇게 철저히 계산된 말에 라피나는 순간 말문을 잃고는 작게 중얼거렸다.

"고마워……."

그러고는 휙 뒤를 돌고는,

"바로 미아 님의 아이디어를 실행할게. 성녀의 오찬회, 특별 초등부 아이들과 함께 식사하는 걸 전교생에게 권장하겠어."

그렇게 말하더니 그대로 걸어갔다.

그렇게 특별 초등부는 참으로 훌륭하게 출발했다.

처음에는 초등부 아이들을 멸시하던 귀족 자제들이었지만, 지금은 그 태도가 아주 조금 누그러졌다.

라피나가 주최하는 점심 식사를 희망하는 학생이 수없이 많았고, 경쟁하듯이 특별 초등부 아이들과 같이 식사하게 되었다.

눈을 반짝반짝 빛내며 라피나를 바라보는 제국 귀족 자제들을 보고 미아는 살짝 석연치 않은 기분을 느꼈으나…….

──왠지 저와는 태도가 아주 다른 것 같은데요……. 흐음…… 뭐, 착각이겠죠!

깊이 생각하지 않으려고 했고…….

"역시 미아 언니세요."

"응? 으음, 무슨 말인가요? 패티."

"이 오찬회요. 귀족과 평민은 함께 식탁에 앉지 않는 법. 하물며 고아라니……. 미아 언니는 그 질서를 파괴해서 혼돈을 만들어내는 거군요."

패티와도 변함없이 뒤숭숭한 대화가 이어졌지만……. 뭐, 그것도 우선은 제쳐놓기로 했다.

아무튼 미아는 순조로웠다.

수업도 순탄했다. 유리우스의 수업은 적절하게 진행되었고, 일부 아이들과 견학하러 온 미아가 졸려 하는 것 말고는 착실하게 가르쳐나갔다.

아이들에게 아주 좋은 배움의 장소가 되었다.

……그렇다. 순조로웠다. 미아는 흐름을, 격류를 타고 있었다. 틀림없이…….

다만…… 안타깝게도 미아는 깨닫지 못했다.

그건 즐거운 파도풀이 아니라 워터 슬라이드였다는 사실을.

격류를 타고 가다 보면 대체로 커다란 폭포가 기다리는 법…….

"미아 님, 잠시 괜찮을까?"

그날 복도를 걷던 미아를 라피나가 불러 세웠다.

즐거운 기분으로 고개를 돌린 미아는 귓속말을 들은 순간……
무심코 입을 떡하니 벌렸다.

"……흐어? 으, 은 제구가 도난당했다고요?!"

이리하여 미아의 눈앞에 거대한 폭포가 모습을 드러냈다!

제43화 세 번째 눈의 의미

서둘러 학생회실에 온 미아. 방 안에는 라피나와 유리우스가 있었다.

"아아, 유리우스 씨도 계셨군요."

"네. 저는 특별 초등부의 강사니까요."

유리우스는 가볍게 안경을 밀어 올리고 말했다. 반짝 빛나는 렌즈에서 살짝 든든함을 느끼며 미아는 라피나에게 시선을 주었다.

"하지만 대체 어떻게 된 일이죠?"

"조금 전에 말한 대로야. 창고에 넣어두었던 은 제구를 누군가가 훔쳐 간 걸 알았어."

그 말에 유리우스는 눈썹을 찌푸렸다.

"음? 그렇다면 아이들이 범인이라고 판명된 건 아닌 겁니까? 저를 부르신 걸 보고 영락없이 초등부 아이들이 범인인 줄 알았는데요……."

난처해하는 얼굴로 묻는 유리우스였지만, 라피나의 표정은 어두웠다.

"맞아. 초등부 아이들이라고 판명된 건 아니지. 하지만……."

그녀가 무슨 말을 하고 싶은 건지 미아는 알아차렸다.

미아는 근거 없는 헛소문을 익히 들어봤던 '누명의 제1인자'이다. ……사실 미아는 근거가 있을 때도 있고 없을 때도 있었지만.

아무튼, 이런 문제는 실제로 저질렀는지 아닌지는 문제가 아니다. 지금까지는 일어나지 않았던 사건이 특별 초등부가 시작되자마자 일어났다. 그 사실을 이용해 공격하는 것도 충분히 가능하다.

"특별 초등부의 아이들을 못마땅하게 생각하는 자들에게는 딱 좋은 스캔들감이네요……."

그러고는 불현듯 떠올린 미아가 입을 열었다.

"저기, 도둑맞은 은 제구라는 건……."

라피나는 뺨을 손으로 감싸며 웃었다.

"안심해. 딱히 유일무이한 건 아니야. 평범한 도구지. 물론, 그렇기 때문에 의심받을지도 몰라. 제구가 유일무이한 가치를 지닌 것이라면 그것을 탐내는 귀족 자제가 있어도 자연스럽지만…… 어디에나 있는 흔한 물건이라면 가지고 싶어 할 이유는 없으니까."

──아하. 코앞의 돈에 혹해서 도둑질할 법한 사람이 범인……. 초등부 아이들이 크게 의심받을 법한 상황이에요!

미아는 귀찮을 일이 일어났다며 무심코 한숨을 쉬었다.

"설마요……. 그 아이들이 범인일 리 없습니다. 다들 착한 아이들이에요."

유리우스는 분개한 듯 목소리가 거칠어졌다.

"그 외에 그런 짓을 할 법한 사람은 없는 겁니까? 은제 식기를 노리는 자는 딱히 금전이 목적인 사람만 있는 건 아니잖아요?"

"금전이 아닌 다른 목적……."

"예를 들어 특별 초등부가 마음에 들지 않는 사람이 그 아이들에게 죄를 뒤집어씌우려고 한다거나, 혹은…… 그래요. 의식 자체를 공격하는 게 목적일지도 모르죠."

——아, 그래요. 그 가능성이 있었어요……. 의식을 방해하려는 뱀이 관여했다……. 잠깐! 만약 이 일에 패티가 엮여있다면 더욱 골치 아파요!

미아는 눈앞이 아찔해졌다. 그렇게 되면 라피나의 의식을 방해하기 위해 훔쳤다는 소리가 되고, 그건 라피나를 명확하게 적대하는 행위다.

그리고 그런 패티를 데려온 사람은 다름 아닌 미아다……. 미아인 것이다!

——이, 이거, 아주 위험한 거 아닌가요……?

삐질삐질 등에 식은땀이 흐르는 걸 느끼면서도 미아는 경직된 미소를 지었다.

"의식 자체를 방해하려는 사람이라."

한편으로 라피나는 무언가 생각에 잠기듯 고개를 숙였다가 입을 열었다.

"아무튼 최대한 소란이 커지지 않도록 대책을 짤 필요가 있겠어. 시온 왕자님에게도 협력해달라고 하고……. 유리우스 씨, 미안하지만 아이들을 잘 부탁할게."

"네."

깊이 머리를 숙였다가 들어 올린 유리우스는 살짝 미소 지었다.

"실례지만…… 안심했습니다. 특별 초등부를 폐쇄하겠다고 말씀하실 줄 알았거든요. 그렇게 되면 아이들이 불쌍하니까요."

"그 아이들이 했다고 드러난 것도 아니잖아. 폐쇄라니 말도 안 돼. 안심해."

부드럽게 미소 짓는 라피나를 향해 한 번 더 머리를 숙인 뒤 유리우스는 학생회실을 뒤로했다.

"의식을 방해하고 싶은 사람……."

고뇌하듯 한 번 더 중얼거린 후 라피나는 미아에게 시선을 주었다.

"미아 님에게는 말해놓았어야 했는데."

그 강한 시선에 미아의 심장이 철렁했다.

"흡, 네……? 무, 무슨 말씀이시죠?"

패티를 의심하는 거면 어떡하나…… 싫다…… 듣고 싶지 않다…… 같은 생각을 하고 있던 미아였으나, 라피나의 입에서 나온 건 뜻밖의 말이었다.

"바르바라 씨 일이야……. 그녀는 아직 이 섬에 있어."

"……흐어?"

순간 무슨 소리인지 고개를 갸웃거리는 미아였지만, 그러고 보면 탈옥한 바르바라가 이 섬에 와서 자길 습격했었다는 걸 떠올렸다.

"어머, 원래 있던 시설에 돌려보낸 줄 알았는데요……."

"사실은 아직 정해지지 않았어. 그녀는 확실히 뱀이고 그 사상에 깊이 물들었지만, 과거에 동정의 여지가 없는 건 아니니까. 그래서 너무 가혹한 곳에 가둬둘 수도 없고……."

"그렇, 군요……? 음? 그럼 혹시 라피나 님께서는 바르바라 씨가 이번 도난 사건의 범인이라고 의심하시는 건가요?"

바르바라는 확실히 의식을 방해하고 싶어할 법한 인간이긴 하지만…….

"조사한 느낌으로는 아니라고 봐. 하지만 한편으로는, 혼란을 일으킨 타이밍이 너무 적확해서 뱀의 관여를 의심하고 싶어지는 상황이지."

특별 초등부는 뱀의 온상을 대처하기 위한 한 수. 그것을 정확하게 노린 괴롭힘은 확실히 뱀의 소행으로 볼 수도 있었다.

"뱀……. 정말 골치 아픈 녀석들이네요."

저도 모르게 한숨을 쉬는 미아의 말에 라피나는 살짝 목소리를 낮췄다.

"그런데 미아 님. 세 번째 눈의 의미를 알고 있어?"

갑작스러운 질문이었다.

"세 번째 눈……? 그건 야나 양 남매의 문신 말씀인가요? 그 아이들의 부족에서 유래한 것이라고 들은 게 전부인데요……."

어리둥절해서 고개를 갸웃거린 미아는 뒤에 이어진 라피나의 말에 무심코 눈썹을 찌푸렸다.

"그건 '진실을 내다보는 눈'이라는 의미야. 오래된 사교에 공통적인 개념이지."

그렇게 말하며 라피나는 이마를 손가락으로 가리켰다.

"신께서 만드시고 흡족하다고 평가하신 '인간'에게 부족함이 있다. 따라서 신의 부족함을 보완하기 위해, 진실을 보기 위해 인간에겐 세 번째 눈이 필요하다. 그건 일종의, 신을 모독하는 행위지."

"그 아이들, 야나와 키릴의 문신에도 그런 의미가 있는 건가요?"

"글쎄. 아직 그 의미를 지니고 잇는지는 모르지만…… 적어도 과거에는 그런 의미가 있었어. 그리고 그 아이들은 가누도스 항만국에서 왔지."

라피나는 양피지 다발을 책상 위에 내려놓았다.

"그건……?"

"중간 보고서야. 미아 님이 발견한, 지하 신전 조사."

"지하 신전……? 아, 그…….."

여름방학에 에메랄다와 여행하던 도중에 발견한 문제의 신전. 초대 황제의 악행과 혼돈의 뱀의 관계를 알려주는 비문……. 완전히 잊고 있던 그 광경을 떠올린 미아는 저도 모르게 얼굴을 구겼다.

그 지하 신전이 세워진 무인도가 어디에 있었는지……. 그리고 초대 황제가 만났다는 혼돈의 뱀은 누구였는지.

"……설마."

라피나는 조용히 고개를 끄덕였다.

"보고서에 해양 소수 민족, 바이더리언에 대해 적혀 있었어. 혼돈의 뱀의 뿌리 후보 중 하나로서."

"그렇다면 설마, 라피나 님께서는 그 아이들의 선조가 혼돈의 뱀과 관련이 있을지도 모른다는 이유로 그 아이들을 죄인으로 보시려는 건…….."

미아는…… 살짝 부들거렸다.

미아는 초대 황제의 자손…… 만이 아니다. 그것만이 아니다!

아주 최근의 선조, 즉 할머니 패트리시아가 혼돈의 뱀의 교육을 받았다는 게 얼마 전에 판명되고 말았다.

만약 먼 선조가 혼돈의 뱀의 원류일지도 모른다는 이유로 그 남매는 죄인! 이라는 게 되어버린다면 자신 또한 처벌을 면할 수가 없다……

그런 미아를 보며 라피나는 놀란 표정을 지었다.

"설마, 아니야. 미아 님. 내가 하고 싶은 말은 그게 아니고."

절레절레 고개를 저은 뒤 라피나는 말을 이었다.

"그냥, 생각했어. 그 아이들도 혼돈의 뱀의 피해자일지도 모른다고……. 그렇다면…… 지켜야만 해. 어떻게든……."

진지한 얼굴로 아이들을 지키겠다는 결의를 다지는 라피나를 보며 안도의 숨을 내쉬는 미아였다.

제44화 패티의 친구, 패티의 과거

"흐음, 뿌리……. 으으음……."

라피나에게서 들은 이야기는 한동안 미아의 머리에서 떨어지지 않았다.

팔짱을 끼고 생각에 잠기는 미아의 발은 자연스럽게 어떠한 장소를 향해 걸어갔다.

어떠한 장소…… 즉…… 식당이다!

어려운 이야기를 듣고 배가 고파진 미아였다. 역시 저녁을 먹기 전에 어려운 이야기를 듣는 게 아니라면 성큼성큼 식당으로 향하자…….

"어머? 패티……? 그리고 야나와 키릴까지……."

마침 식당 입구까지 온 타이밍에 아는 얼굴을 발견했다.

"앗…… 미아 언니."

미아를 알아차린 패티가 말을 걸었다. 덩달아 남매도 미아를 보았다.

특이한 조합이라고 생각하면서도 미아는 세 사람에게 다가갔다.

자연스럽게 미아의 시선은 야나와 키릴을 향했다. 미아에게서 지적받았기 때문인지는 알 수 없으나, 두 사람은 앞머리를 조금 잘랐다. 덕분에 얼굴이 잘 보였다.

누나인 야나는 기가 세 보이는 날카로운 눈과 반듯한 콧날이 특징적인 소녀였다. 장래에는 분명 이목구비가 뚜렷한 아름다운 여성이 될 게 틀림없다. 한편 키릴은 조금 기가 약해 보이는 얼굴이었다. 미아를 향하는 동그란 눈은 어딘가 안절부절못하는 느낌이었다.

그리고 남매의 이마에는 둘 다 '눈' 모양의 문신이 있다.

──혼돈의 뱀의 뿌리⋯⋯. 바이더리언 족⋯⋯.

"저기⋯⋯?"

물끄러미 쳐다봤기 때문일까. 의아한 표정이 된 야나를 향해 미아는 다정하게 웃었다.

"지금부터 셋이서 식사하실 건가요?"

"네. 오늘 저녁에 같이 먹기로 약속했었습니다."

고개를 끄덕이는 패티에 이어 키릴도 기쁘다는 듯 끄덕였다.

"패티 누나가 문 빈즈 먹어준대."

방긋방긋 웃는 키릴의 머리를⋯⋯ 놀랍게도 패티가 쓰다듬었다! 그 익숙한 동작에 미아는 '오?' 하고 신기함을 느꼈다.

"편식은 사치라고 했는데⋯⋯ 패티가 오냐오냐 받아주니까⋯⋯."

난처한 얼굴로 중얼거리는 야나의 말을 듣고 미아는 한층 고개를 갸웃거렸다.

"어머⋯⋯, 패티?"

"앗, 아니, 그게 아니고. 패트리시아 님? 이요."

"후후후, 그냥 패티라고만 불러도 상관없어요. 그렇죠? 패티."

미아의 질문에 말없이 고개를 끄덕이는 패티. 그러고는 야나의 얼굴을 쳐다보고 말했다.

"응, 괜찮아. 지금까지처럼 불러⋯⋯. 너희는 친구, 니까."

작은 목소리로, 하지만 확실하게 단언하는 패티를 보며 미아는 무심코 미소 지었다.

──흠, 친구가 생겼군요. 좋은 경향이에요.

뱀에 얽매여있던 가문, 옐로문가의 슈트리나를 구원한 건 친구인 벨이었다. 마찬가지로 패티도 친구와의 유대가 커다란 도움이 될 것 같았다.

저녁을 맛있게 잘 먹은 뒤 두 사람과 헤어져서 방으로 돌아온 미아는 패티를 향해 웃었다.

"그나저나 잘됐네요. 좋은 친구를 사귀어서."

그러자 패티는 고개를 끄덕였다.

"네…… . 아, 아뇨…… . 친구가 아닙니다."

패티의 이상한 반응에 미아는 고개를 갸웃거렸다.

"뱀에게 친구는 필요 없다, 방해될 뿐이다. 그러니까 친구가 아닙니다."

"그래요……?"

미아는 무심코 신음했다.

──역시 뭔가 위화감이 있단 말이죠. 이 아이…… . 정말로 뱀이 되고 싶은 걸까요?

지금 미아의 머리는 비교적 잘 돌아가고 있었다. 왜냐하면 저녁 식사 후에 먹은 디저트가 맛있었기 때문이다. 아주 맛있는 디저트였다. 특히 크림 위에 올린 문 체리가 최고…… 뭐, 그건 됐고.

"패티, 당신은…… ."

"저기, 그보다 미아 언니⋯⋯. 중요한 보물을 도둑맞았다고 들었어요."

"아아. 당신도 들었군요."

"네. 커다란 은접시가 사라졌다고⋯⋯."

"그런 모양이더라고요. 으음⋯⋯."

미아의 얼굴이 진지해졌다. 그것을 보고 패티는 살짝 불안해하는 얼굴로 입을 뗐다.

"설마 특별 초등부가 해체⋯⋯ 되는 건가요?"

"그렇게 두진 않습니다. 괜찮아요⋯⋯. 하지만⋯⋯ 우후후."

미아는 다시 미소 지었다.

"그나저나 패티는 친구들이 어지간히 소중한 모양인가 보군요⋯⋯."

미아의 말에 패티는 움찔 몸을 떨고는⋯⋯.

"그렇지 않⋯⋯ 아요."

당황한 듯 고개를 저은 뒤 마치 변명하듯 말했다.

"특별 초등부는⋯⋯ 혼돈의 뱀에 도움이 됩니다. 질서를 파괴하고 혼돈을 만들어내기 좋아요."

"네⋯⋯ 그렇죠. 확실히 그럴지도 몰라요."

필사적으로 특별 초등부의 존속을 주장하는 패티를 향해 미아는 살며시 고개를 끄덕였다.

"그렇다면 앞으로도 계속 이어지도록 열심히 해야겠네요."

그러고는 조용히 중얼거렸다.

그날 밤이었다.

미아는 으스스한 소리를 듣고 눈을 떴다.

'으으, 으으으……' 하며 괴로워하는 목소리……. 아주 괴롭고, 슬프고…… 무서운…… 마치 유령 같은 목소리!

미아는………… 못 들은 척했다.

이런 종류에는 반응하면 안 된다. 안 들린다. 무서운 목소리 같은 건 하나도 안 들린다! 안 들린다!

스스로를 타일렀지만…….

"미아 님……, 미아 님."

몸을 흔들어대는 손길에 미아는 어쩔 수 없이 일어났다. 그러자 걱정하는 얼굴인 안느가 보였다.

"안느…… 왜 그러나요?"

"그게, 패티 님께서……."

"패티가?"

미아는 몸을 일으켜 패티의 침대로 갔다.

"……악몽을 꾸는 모양이군요."

작게 중얼거리며 패티의 얼굴을 살피자…….

"응……, 으…… 한네스……."

눈썹을 찌푸리며 이불을 꽉 끌어안는 패티. 그 입에서 나온 이름에 미아는 작게 고개를 갸웃거렸다.

"……? 한네스? 으음?"

낯선 이름이었다.

적어도 특별 초등부에 있는 아이의 이름은 아니다.

"어떻게 된 걸까요……?"

이만한 나이의 아이가 꿈속에서 보는 사람은 부모님이 가장 많을 것이다. 하지만 보통은 부모를 이름으로 부르지 않는다. 혹은 친구의 이름, 사용인의 이름이라는 가능성도 있지만…….

──그리고 보면 조금 전 키릴을 대하는 태도……. 어쩌면 패티에게는 남동생이 있었던 게 아닐까요……?

패티가 야나, 키릴과 친해진 것도 그 추측을 보강했다.

──야나와 패티는 성격이 전혀 달라 보였지만, 남동생이 있는 누나라는 공통점이 두 사람을 이어준 건지도 모르겠어요.

미아의 두뇌 회전은 여전히 나쁘지 않았다. 자기 전에 몰래 먹은 쿠키가 맛있었기 때문이다. 참고로 그 후에 제대로 양치도 했다. 중요한 건 아니지만…….

──하지만 할머니의 동생이라면 제 친척. 어쩌면 할머니의 본가 당주셨을지도 몰라요. 아무리 그래도 제가 모를 리가 없는데……. 이상하네요.

무섭다는 이유로 저주받은 클라우지우스가의 정보를 완전히 차단했었다는 걸 전혀 기억하지 못하는 미아였다.

다음 날부터 명탐정 미아는 조수 안느와 함께 바로 움직임을 개시했다.

어젯밤 야나 남매와 패티의 관계가 판명되었기 때문이다. 만약 이런 상황에서 그 남매가 죄인으로 처벌당하기라도 하면 패티가 뱀이 되는 게 확정될 것 같았다.

따라오는 안느도 의욕이 넘쳐났다.

아이들을 동정하는 마음은 물론이고, 미아가 시작한 특별 초등부 계획에 닥친 위기다. 여기서 힘을 내지 않는다면 메이드 실격이라는 양 기합이 가득한 얼굴로 미아를 따라왔다.

"미아 님, 어디로 가실 건가요?"

"글쎄요……. 으음, 어떻게 할까요…….."

미아는 팔짱을 끼고 신음했다.

──어떻게든 얼버무리고 싶지만, 세인트 노엘에서 일어난 사건을 적당히 덮어버리는 건 위험해요……. 으으으윽, 어떻게든 해야 하는데…….

"미아 황녀 전하!"

그때 목소리가 들렸다.

그쪽을 돌아보자 거기에는 전에 시비를 걸었던 제국 귀족 자제들…… 의 리더격인 소년이 서 있었다.

"어머? 당신은…… 체스쿠티 자작의 아드님인 클레멘스 씨였죠?"

미아는 생긋 미소 지었다.

나중에 귀찮은 일을 저지를 법한 학생에게는 '네 이름 똑똑히 기억하고 있거든!' 하고 위협하는 스타일인 미아…… 였으나…….

"미아 황녀 전하께서…… 내 이름을……."

어째서인지 클레멘스 소년은 감동한 듯 눈시울이 촉촉해졌다. 그러나 바로 퍼뜩 정신을 차리고는 고개를 젓고 물었다.

"그런 것보다 황녀 전하, 그…… 소문을 들었습니다. 그 녀석들이 소중한 제구를 훔쳤다고……."

——어머, 제법 귀가 밝군요…….

미아는 내심 혀를 찼다. 일부에게만 알려졌다면 그리 큰 소동은 일어나지 않았을 텐데 대체 누가 나불나불 떠벌리고 다니는 건지…….

——아니면 특별 초등부와 관련 있는 나쁜 소문은 퍼지기 쉬운 걸까요……?

두통을 참으며 미아는 클레멘스 소년에게 시선을 돌렸다. 그도 영락없이 항의하려고 온 줄 알았는데…….

"저기, 정말로…… 그 녀석들이 한 걸까요?"

그는 어딘가 분한 얼굴로 말했다.

"뭐라고 말씀드릴 순 없네요. 의심스러워하는 건 어쩔 수 없을지도 모르지만, 설령 훔쳤다고 해도 어디에 숨겨둘지. 게다가 이 세인트 노엘 섬에서 팔릴 것 같지도 않고요. 은 제구라니, 베이르가 내에서도 안 팔리지 않겠어요?"

설령 돈을 위해 훔쳤다고 해도 제구라는 건 그리 쉽게 팔리는 물건도 아니다. 그렇다면 무턱대고 그 아이들이 수상하다고 할 수도 없는 셈…….

그런 미아의 의견을 듣고 소년은 순간 안도한 표정을 지었다가 바로 고개를 저었다.

"……뭐, 뭐어, 천한 백성들의 행동은 믿을 수 없지만요……."

뭐라 말할 수 없는 말투에 미아는 무심코 웃어버렸다.

클레멘스는 민망한 듯한 얼굴로 꾸벅 인사한 뒤 그 자리를 떠났다.

"……하지만 직접적으로 그 아이들과 교류해본 학생들은 몰라도 단순히 '빈민의 아이'라는 딱지를 붙여놓고 생각하는 학생들은 문제겠군요. 어떻게든 해야겠어요."

미아의 그런 불안은 불행하게도 적중했다.

다음 날부터 학생회로 끊임없이 항의가 쏟아져서 시온을 비롯한 임원들은 그 대응에 쫓기게 되었다.

한편으로 미아는 타개책을 찾으려고 했다.

힌트가 될 법한 인물을 발견한 미아는 그 뒤를 쫓아갔다. 그건…….

"유리우스 씨, 잠시 괜찮을까요?"

"아, 미아 황녀 전하……. 무슨 일이십니까?"

의아한 듯 고개를 갸웃거리는 유리우스에게 미아는 진지한 얼굴로 말했다.

"잠시 드릴 말씀이 있습니다. 괜찮을까요?"

"네. 그럼…… 제 방에서 대화하실까요?"

유리우스는 미아의 뒤로 힐끗 시선을 주었다. 아마 미아와 방에서 둘만 있게 되는 상황을 피하고 싶은 모양이었다. 참으로 센스가 좋은 남자다.

그렇게 미아와 안느는 유리우스를 따라 그의 방을 찾아갔다.

특별 초등부 교사용으로 마련한 방으로, 커다란 책상 위에 두꺼운 책이 잡다하게 놓여 있었다.

"어머, 이건 수업에 쓰는 책인가요? 상당히 열심히 준비하고 계시군요."

"네. 교육은 철저히 해야하니까요. 게다가 다들 착한 아이들이고요."

유리우스가 권하는 대로 의자에 앉자 그가 말을 시작했다.

"그런데 하실 말씀이라면, 그 도난 사건 말씀입니까?"

"네. 맞아요. 아이들의 상태는 어떤가요?"

그 질문에 유리우스는 걱정된다는 얼굴로 고개를 끄덕였다.

"다들 혼란스러워하는 모양입니다. 걱정하지 않아도 된다고는 했지만……. 솔직히 미아 님께서는 어떻게 생각하십니까? 저는 그 아이들이 저지른 게 아니라고 보는데요……."

"네, 물론 저도 믿습니다. 하지만 다들 그렇지는 않죠. 따라서 사람들을 설득해야 합니다. 그러기 위해 당신의 의견을 듣고 싶어서 왔는데요……."

그 말에 유리우스는 난처한 듯 눈을 깜빡였다.

"미아 황녀 전하는…… 역시 소문대로 특이한 분이시군요."

"소문이요……? 그건 대체 어떤……?"

"앗, 아뇨. 죄송합니다. 결코 나쁜 의미는 아니고……. 다만, 고귀하신 분들은 대체로 백성을 천시한다고 생각했습니다. 분명 그 아이들을 범인으로 대할 거라고……."

"백성을 천시……. 아아, 그렇게 무시하는 건 아주 어리석은 짓이죠."

그건 단두대로 가는 길이다. 백성은 결코 천하지도 않으며 약하지도 않다. 영원히 짓밟혀있지는 않는다. 미아는 그 사실을 처절하게 알고 있었다. 구체적으로는 그, 목 부근에 처절하게 각인되어 있다.

"그런 미아 황녀 전하시라면 이해해주실 테지만…… 그 아이들은 절대로 도둑질을 하지 않습니다. 그렇다면 달리 누군가 더 의심스러운 자가 있지는 않습니까? 라피나 님의 반응을 보고 그런 식으로 느꼈는데요……."

"의심스러운 인물……. 네, 그렇네요."

확실히…… 의심스러운 인물 필두인 바르바라는 지금 이 섬에 있다. 그녀가 섬에 있는 타이밍에 이런 사건이 일어났다. 그게 과연 우연일까?

"요컨대 범인을 알면 됩니다. 그 아이들 말고 다른 범인이 있으면 되죠. 그러니…… 경우에 따라서는 죄를 뒤집어씌울 필요가 있을지도 모릅니다."

안경이 반짝 빛난 유리우스를 보며 미아는 침을 꿀꺽 삼켰다.

"그건…… 즉, 희생양을 바친다는 거군요."

유리우스는 고개를 크게 끄덕였다.

"라피나 님의 반응을 보았을 때, 지금 생각하신 인물은 원래 의심받을 만한 죄를 저질렀던 것 같았습니다. 그렇다면…… 이번 절도죄를 추가한다고 해도 크게 달라질 건 없지 않을까요?"

확실히…… 뱀에게 죄를 뒤집어씌운다는 생각은 미아도 해보지 않은 건 아니다. 그렇지만…….

"그 아이들을 지키는 게 중요합니다. 그러기 위한 수단 중 하나로 검토해보시는 것도 괜찮지 않을까 하는데요…….”

아이들을 위해……. 그런 말을 들으면 미아도 반대하기 어려웠다. 그것 말고 방법이 없다면 어쩔 수 없을지도 모르지만……. 바르바라의 처지를 안 미아는 너무 심한 짓은 하고 싶지 않았다.

라피나도 마찬가지일 것이다.

“그 ‘짐작 가는 인물’이 어디에 갇혀있는지, 정말로 훔칠 수 없는 건지 조사해보시는 건 어떻습니까? 장소만 알려주신다면 제가…….”

“아아, 아뇨. 그건 괜찮습니다. 라피나 님께 맡기죠.”

아무리 그래도 바르바라를 다른 사람과 만나게 할 수는 없다. 하지만…….

──수단을 가릴 상황이 아니라는 거겠지만요…….

미아의 고민은 깊어졌다.

유리우스의 방을 뒤로한 미아는 생각에 잠기며 성당으로 향했다.

“범인이 툭 튀어나와 준다면 좋을 텐데 말이죠…….”

참으로 의미 없는 망상을 하면서 성당 안으로 들어갔다.

세인트 노엘 학원의 성당은 평소에도 학생들에게 개방된 장소다.

장엄한 성당에서 때로는 기도하고, 때로는 마음을 달래며 제 행동을 돌아보는 건 중앙 정교회가 권장하는 일이었다.

하지만 이날 그곳에는 평범한 학생은 한 명도 없었다. 대신…….

"아, 미아 님."

순백의 성의를 입은 라피나와 그 종자들의 모습이었다. 아무래도 무언가 의식을 진행하고 있었던 모양이다.

"어머, 라피나 님. 이건 대체……?"

"도둑맞은 성구(聖具) 교환 작업을 하고 있었어."

그렇게 말하며 라피나는 나무 상자 안에서 무언가를 꺼냈다.

그것은 희게 빛나는 커다란 은제 접시였다.

"아아, 그게 그 제구였군요. 빵을 올려놓는 용도인가요?"

"맞아. 그 외에도 다양한 용도가 있지만, 사실 성찬(聖餐)에 쓰이는 것 말고는 평범한 은제 접시야. 성구라고 해도."

라피나가 작게 어깨를 으쓱했다.

"이렇게 교체할 수 있으니까 소란을 피울 일이 아니라고 하고 싶지만……."

난처해하는 얼굴로 한숨을 쉬는 라피나. 미아는 미소를 돌려주며 말했다.

"그렇죠……. 하지만 이건 정말로 큰 접시네요……. 아주 커요……, 응?"

문득 미아는 위화감을 느꼈다. 분명…… 라피나는 처음에 은제구가 도난당했다고 하지 않았던가……?

하지만 미아는 실물을 보고 아, 정말 '제구'구나 하는 생각은 들지 않았다. 정말 '큰 접시'구나라고 생각했다.

그건 어째서일까……? 얼마 전에 커다란 은접시라는 말을 들었기 때문이다.

"그래요, 정말로 이건 커다란 접시예요……. 하지만 저는 그렇게 말한 적이 없고, 라피나 님께서도 아마 말씀하지 않으셨을 텐데……. 그럼 왜…… 패티는 커다란 은접시라고 말했던 거죠……?"

도둑맞은 게 커다란 접시라는 걸 왜 알고 있는가. 그것은, 즉…….

미아의 얼굴이 사아악 파랗게 질렸다.

──서, 설마…… 패티가 훔쳐서…… 인 건가요? 아니, 하지만…….

그때였다. 성당에 들어오는 사람이 있었다. 그건…….

"실례합니다. 아아, 미아. 여기 있었구나."

"어머, 아벨. 돌아오셨군요!"

미아는 활짝 밝게 웃었다.

제45화 미아 황녀, 출격! 승마 데이트로……

아벨에게 달려간 미아…… 였으나, 바로 불안해졌다.

오랜만에 만난 아벨이…… 어째서인지 무서울 정도로 진지한 얼굴이었기 때문이다.

"왜, 왜 그러시나요? 아벨, 어쩐지 얼굴이 조금 무서운데요……?"

"어? 아아, 아니, 이건……. 별로 대단한 건 아닌데……."

아벨은 얼굴을 두 손으로 짝짝 두드린 후 미소 지었다.

"실은 네게 승마 데이트를 신청하고 싶어서."

"…………허어?"

갑작스러운 사태에 미아는 멍하니 고개를 갸웃거렸다.

"물론 시간이 된다면 말이지만……."

"어으, 아, 물론, 이죠. 네, 아니, 만들게요. 시간 정도는."

미아는 힐끗 라피나 쪽을 보았다. 라피나는 쓴웃음을 지으면서도 배 앞에서 두 손을 꼭 모아 쥐고는 '힘내!'라며 입을 벙긋거렸다.

미아는 고개를 끄덕 움직인 뒤…….

"그럼 준비도 필요하니까요, 으음. 30분…… 아니, 1시간 뒤에 마구간에서 만나는 건 어떠신가요?"

"알았어. 기대하고 있을게."

그렇게 아벨과 헤어진 미아는 복도를 총총 걸어가고…….

타다닷 빨라지면서…….

전력 질주가 되었다!

달리면서 드레스에 코를 가져가 킁킁…….

──땀 냄새는 안 나지만…… 만약을 위해서예요!

미아는 늠름한 얼굴로 전속 메이드에게 지시를 날렸다.

"안느, 서둘러 목욕하겠습니다! 그리고 승마용 옷을 준비해주세요!"

그 모습은 마치 전장에 나가는 대장군과도 같았다.

"알겠습니다!"

우렁찬 목소리로 대답한 사람은 장군이 가장 신뢰하는 군사, 안느였다.

그리고 그녀는 그 신뢰에 완벽한 형태로 보답했다.

미아를 뜨거운 물에 담가서 북북 때를 벗겨낸 뒤 승마복을 입히는 그 솜씨는 마치 백전노장…….

신속하면서도 꼼꼼하고 섬세한 그 수완에 미아는 눈을 부릅떴다.

──아아, 한때 케이크를 하늘로 던져버렸던 안느는 이제 없는 거군요…….

그런 감회에 젖어있던 그때 안느가 말했다.

"준비 끝났습니다, 미아 님."

"고마워요, 안느. 덕분에 살았어요."

살랑! 샴푸와 드라이를 막 마쳐서 찰랑거리는 머리카락을 바람에 나부끼며 미아는 당당하게 걸어나갔다.

"그럼 갑니다. 마구간으로!"

이렇게 미아의 결전(決戰)은 조용히 막을 올렸다.

──흐음, 생각해 보면 이렇게 마구간에 오는 건 오랜만인 것 같군요.

최근에는 바빠서 말을 탈 여유도 없었고…… 말들과도 오랜만에 보는 미아였다.

──화풀이로 재채기를 날리지 않으면 좋겠는데요…….

그렇게 경계하며 마구간에 도착한 미아는 고개를 갸웃거렸다.

"어머? 황람이 없어요……. 대체 누가……?"

마롱이 졸업한 뒤로 난이도가 높은 황람을 타고 싶어 하는 사람은 확 줄어버렸다. 기분파인 황람인 만큼 제대로 다루는 건 대륙에서도 손꼽히는 기수라고 자부하는(자부하는!) 미아라고 해도 쉬운 일이 아니다.

제어만으로도 고생이라 즐거운 승마는 도저히 바랄 수 없는 말이다.

따라서…… 황람은 영락없이 쓸쓸해 하고 있을 줄 알았던 미아였으나…….

"음? 미아 황녀. 지금부터 말을 탈 건가?"

불현듯 들린 목소리. 그쪽을 돌아보자 황람을 끌고 걸어오는 소녀의 모습이 있었다…….

"어머? 후이마 양. 세인트 노엘에 와 계셨군요. 승마하고 오신 건가요?"

기마왕국에 복귀한 불꽃 일족, 그 족장의 동생인 휘 후이마였다.

그녀는 황람의 목을 쓰다듬으며 말했다.

"모처럼 왔으니 성녀 라피나에게 부탁해서 타고 왔다. 제법 좋은 말이더군. 다리가 탄탄하고 근육이 아주 잘 붙었어. 역시 미아 황녀의 애마야. 나의 애마, 형뢰에게도 지지 않는 훌륭한 말이다. 후후후, 탈 때 꽤 고생하긴 했지만 잘 즐겼다."

칭찬하는 말에 황람은 자랑스럽다는 듯 히히힝 울었다.

움찔거리는 코를 보고 본능적으로 긴장한 미아였지만…… 황람은 '뭐 하나?' 하는 의아한 얼굴로 쳐다볼 뿐이었다.

"음? 왜 그러지?"

의문스러운 얼굴인 후이마를 향해 '뭐 하는 거래?'라며 고개를 갸웃거리는 황람. 참으로 똘똘해보이는 얼굴이었다!

──큭! 아무래도 저를 대할 때와는 태도가 다른 것 같아요!

묘하게 석연치 않은 기분이 드는 미아였지만…… 마음을 다잡기 위해 푸후 한숨. 그 후 다시 후이마를 쳐다보았다.

"그런데 오늘은 무슨 일이신가요?"

"아아, 사실 얼마 전 오라버니에게서 연락이 왔다. 그걸 보고하는 김에 수풀 부족의 마롱이 성녀 라피나에게 보내는 편지를 받았지."

"어머, 마롱 선배가 라피나 님께요? 뭘까요……?"

"잘은 모르겠지만 그리 긴급한 편지는 아닌 것 같더군. 신경 쓰지 않아도 괜찮지 않겠어……?"

그렇게 중얼거렸다가 문득 무언가를 떠올린 양 주변을 두리번거리기 시작하는 후이마.

"……그런데, 그 남자는 없는 거지?"

"그 남자……? 아, 디온 씨 말이죠? 네, 그는 제국에서 일하고 있습니다."

"그런가……. 아니, 하지만…… 그 남자는 늑대보다 더 신출귀
몰하니 방심은 금물이지."

순간 안도의 숨을 내쉰 후이마였으나 바로 고개를 젓고는…….

"무시무시한 것이 오기 전에 가겠다. 성녀 라피나가 기다리고
있을 테고……. 미아 황녀도 승마를 즐기도록 해."

그렇게 말한 뒤 서둘러 떠나갔다.

"흐음, 아직도 디온 씨를 무서워하는군요. 뭐, 마음은 이해가
가지만요……, 익숙해지면 그렇게까진…… 아니, 역시 무서운 건
무서워요……."

"미안해. 기다렸어?"

그때 마침 타이밍 좋게 아벨이 도착했다. 그쪽으로 시선을 돌
린 미아는 생긋 웃었다.

"아뇨, 저도 방금 막 왔답니다."

"그런 거라면 다행이지만……. 아, 그건 그렇고……."

큼, 크흠, 헛기침을 한 아벨이 말했다.

"그 옷 아주 잘 어울려. 승마복을 새로 조달했구나."

"우후후, 감사합니다. 기뻐요."

몸이 조금 커진(옆으로 커진 게 아니다. 위로 커졌다. 키다. 성
장이다. 결코, 살이 아니다!) 미아는 얼마 전 승마복을 새롭게 마
련했다. 참고로…….

『흐음, 모처럼 새로 마련하는 것이니까 조금 화려한 것을…….』

그런 불길한 소릴 하는 미아를 안느가 온 힘을 다해 제지한 결

과 정해진 디자인이었다.

미아의 승마 기술이 몹시 뛰어나다는 걸 의심하지 않는 안느이긴 했으나…… 동시에 미아가 말에서 자주 떨어진다는 것도 알고 있다.

따라서 기마왕국에서 미아가 입었던 것과 비슷한 옷을 입는 게 이상적이라고 할 수 있다. 그래서 최대한 기능성이 뛰어나고 낙마했을 때 대미지가 적을 것 같은 옷을 골랐으며…….

"미아 님, 저는 때와 장소에 따라 적절한 복장이 있다고 생각합니다. 아무리 아름다운 수영복이라고 해도 승마할 때 입으면 우스갯거리가 되겠죠. 아무리 좋은 승마복이라고 해도 무도회에 입고 가면 수군거림을 듣습니다. 그리고 아무리 아름다운 옷이라고 해도 승마에 방해가 되는 장식이 달린 건……."

머릿속에 루드비히를 떠올리며 설득하는 안느. 그 말을 듣고 안느의 얼굴에서 안경의 환상을 본 미아는,

"그렇군요……. 확실히 맞는 말이에요. 이 옷은 여차할 때 말을 타고 도망칠 때도 입을 옷. 그렇다면 더 기능에 충실한 것을……"

환상 속 권위에 홀랑 패배해서 안느의 충언을 받아들였다.

──아벨도 마음에 든 모양이군요. 우후후, 역시 연애 군사 안느예요.

마음속으로 충성스러운 메이드에게 칭찬을 보내며 미아는 아벨을 보았다.

"그래서, 오늘은 어디에 가실 건가요? 역시 노엘리쥬 호수가

좋으려나요?"

"음……. 아니, 오늘은 숲으로 가 보는 건 어때?"

아벨의 말에 미아는 후후후 웃었다.

"좋은 생각이에요. 녹음이 가득해서 무척 기분 좋을 것 같네요."

흡족하게, 노래하는 듯한 어조로 대답하는 미아였다.

제46화 미아 황녀, 너무 고통스러워서……
히죽거리며 견디다!

"우후후, 참으로 상쾌하군요. 바람이 참 기분 좋아요."

미아는 하늘을 올려다보며 온화한 미소를 지었다. 맑고 푸른 하늘, 하얀 구름은 햇빛을 받아 은은하게 빛났고 따뜻한 햇살이 지상으로 쏟아진다.

초여름의 더위에 이따금 부는 산들바람이 아주 기분 좋았다.

따그닥, 따그닥, 평화로운 발소리를 내는 두 마리의 말. 아벨이 탄 건 화양이었고, 미아는…… 황람의 새끼, 은월을 타고 있었다. 저도 모르게 '하이 호!'라고 외치고 싶어진 미아였다.[*]

……참고로 황람은 미아의 얼굴을 보고 아주아주 의욕이 없어 보이는 한숨을 쉬었다.

"어머, 후이마 양을 태우고 많이 달리는 바람에 피곤한 모양이네요."

그런 말을 하는 미아였지만 최근 자신이 조금 과식하고 있다는 건 반성하지 않았다. 괜찮은 걸까……? 여름은 점점 다가오고 있는데…….

하여간, 은월을 처음 타 본 미아는 그 걸음걸이에 무심코 웃음이 나왔다.

──어머, 이 아이도 제법 말괄량이로군요. 후후후, 황람의 피를 이어받은 아이다워요.

---

[*] 미국의 라디오 드라마 『론 레인저』를 원작으로 한 각종 파생 작품의 주인공이 애마 실버를 타고 '하이 호, 실버!'라고 외치면서 달리는 것에서 유래한 유행어.

우아한 화양과는 다르게 굳세고 넘쳐흐르는 파워가 등을 타고 전해졌다.

──제법 좋은 말이네요. 우후후, 가지고 돌아가고 싶을 정도예요.

흡족하게 웃으면서 미아는 살짝 앞서 가는 아벨을 쫓아갔다.

이윽고 숲이 보였다. 가을에는 노란색으로 물드는 숲이지만 지금은 생명력이 넘치는 녹음으로 가득 차 있었다.

잎사귀 사이로 내리쬐는 햇빛을 따라 나 있는 길을 걸어가자 자연스럽게 두 사람 사이에는 평화로운 분위기가 흘렀다.

"날씨가 좋아서 다행이에요. 얼마 전까지 하늘이 엉망이었던 게 꿈만 같네요."

웃으며 말을 건네는 미아.

"응? 어, 응. 그렇, 네⋯⋯."

반면 아벨은 어딘가 영혼이 없는 대답이었다. 아무래도 무언가 생각에 잠겨있는 듯한 모습이지만⋯⋯ 미아는 조금 불안해졌다.

아벨은 솔직한 사람이니까.

지금까지 데이트할 때는 항상 미아를 염려해주었고, 이런 식으로 멍하니 있었던 적이 없었는데⋯⋯.

──아벨, 무슨 일이죠⋯⋯?

생각해 보면 조금 전부터 아벨의 상태가 이상한 느낌이다. 왠지 묘하게 표정이 딱딱하다고 해야 할지⋯⋯ 긴장했다고 해야 할지⋯⋯.

──발렌티나 형님 일로 무슨 일이 있었나 했는데⋯⋯ 그런 느

낌도 아니고요……. 대체 뭐죠……?

미아는 아벨을 물끄러미 바라보고…… 바라보다가…… 발견했다!

사아알짝 붉게 물든 뺨. 앞을 똑바로 주시하는 것 같으면서도 이따금 힐끔, 힐끔 이쪽을 살피는 눈동자의 움직임!

하이 파워 아이 프린세스 미아는 간파했다!

──어라? 아벨, 혹시 데이트가 쑥스러운 건가요? 아니, 하지만 그것도 이상하네요. 데이트라면 지금까지 여러 번 했는데……. 그렇다면…….

그렇게 미아의 연애 회로가 팽팽 돌아갔다! 슝슝 돌다가……!

──말을 탄 왕자님과 단둘이 승마 데이트……. 인기척이 없는 숲속에서…… 왕자님은 긴장한 분위기…… 흐음. 이 시추에이션…… 어딘가에서……, ……혁?!

이윽고 미아는 진상에 도달했다!

──이, 이건, 에리스의 연애소설에서 본 시추에이션과 똑같아요! 그렇다면 서, 설마, 이다음에…….

미아가 한층 더 이끌어 낸 진상은…….

──결혼을 신청하는 건가요?!

……조금 비약이 심했다!

게다가! 비약된 생각은 하늘을 날아 달에 도착하려는 양 쭉쭉 올라갔다!

──그, 그래서 그렇게 긴장하는 거군요……. 아니, 하지만, 이렇게 갑자기……. 나, 난감해요. 저는, 갑자기 그런…….

그렇게 몸을 꿈틀꿈틀 꼬고 있던 미아는…….

"미아, 네게 하고 싶은 말이 있어⋯⋯."

아벨이 말의 걸음을 멈추고 이쪽을 돌아보자 무심코 폴짝 뛰어올랐다.

그 움직임에 뭐하냐는 듯 은월이 돌아봤지만⋯⋯ 그런 걸 신경 쓸 여유는 없었다.

──아, 아아, 아벨, 설마⋯⋯ 여, 여기서?

긴장해서 딱딱하게 굳어버린 미아. 그런 미아를 향해 아벨은⋯⋯ 아벨은⋯⋯.

"미아의 매력 10개를 랭킹 형식으로 발표해보려고 해."

무언가 이상한 소릴 했다!

"⋯⋯⋯⋯흐어?"

다른 의미로 딱딱하게 굳어버린 미아를 보며 아벨은 부드러운 미소를 지었다.

"사실 미아가 요즘 고생했다고 들었거든. 기운도 없는 것 같아서 시온에게 조금 상담했어. 그래서 조언을 듣고⋯⋯."

"오⋯⋯ 시온이 조언을⋯⋯."

미아의 뇌리에 상큼한 미소를 지은 시온의 얼굴이 떠올랐다.

──그러고 보면 티오나 양에게서 에리스의 원고를 받아 읽었다고 했던가요⋯⋯. 그리고 그런 내용도 확실히 있었죠. 연인의 장점을 발표하는 장면⋯⋯. 그렇군요, 그래요⋯⋯.

흐물흐물 단숨에 힘이 빠져버리는 미아. 그 모습은 마치 해변으로 밀려난 해파리처럼, 참으로 훌륭하게 흐물거렸다.

그건 은월이 '오? 달리기 편해졌네.'라며 발걸음이 가벼워질 정도로 이상적인 '해파리 탑승' 자세였다.

하지만…… 다음 순간, 미아는 깨닫게 된다.

'아, 이거…… 위험해요' 하고.

그렇다. 미아는 방심했었다.

설마 마음이 있는 남자에게 구구절절 칭찬을 듣는 것이 이렇게나 부끄러운 일이었다니!

"그럼…… 발표할게. 미아의 매력 제10위. 먹는 모습이 아름답다."

"어머……. 아벨, 의외로 마니악하네요……."

먹는 모습이라니……, 그런 걸 칭찬하는 말을 들어도…… 라며 쓴웃음을 짓는 미아. 반면 아벨은 진지한 얼굴로 말했다.

"아니, 나는 대귀족이 요리의 맛있는 부분만 먹고 대부분은 버리는 걸 본 적이 있어. 그건 아주 추했지. 요리사에게도 농민에게도 경의가 부족한 모습이었어. 하지만 미아는 남김없이 깔끔하게 먹고 요리를 진심으로 즐기잖아. 그 모습이 무척 아름다워보였어."

대단히 착실한 대답이 돌아오는 바람에 미아의 몸이 뻣뻣해졌다.

그런 부분까지 보고 있었냐는 민망함. 동시에…… 당당하게 아름답다고 칭찬해주자…….

──허어?

당황스럽고, 얼굴이 서서히 뜨거워졌다.

하지만 그런 미아의 반응은 눈치채지 못한 채 아벨은 말을 이었다.

"미아의 매력 9위, 아주 노력가이고 근성이 있다."

'크헉……' 하고 영애답지 않은 신음을 흘리는 미아. 뭐, 미아가 내는 소리는 대체로 영애답지 않았으니 평소와 같다고 한다면 같지만…… 그건 그렇고.

"공부도, 승마도, 수영도. 전부 열심히 노력해서 잘하게 되지. 그 모습은 존경스럽고, 나도 본받고 싶어."

그렇게 똑바로 바라보는 바람에 미아는 콜록거렸다. 아벨의 맑은 눈동자, 늠름한 얼굴을 직시하지 못하고 계속해서 콜록콜록 기침을 했다.

──이, 이거…… 위험해요. 위험하다고요…….

상당한 파괴력이었다.

그리고 더욱 가혹한 건 아벨의 말이 완전히 틀린 것도 아니라는 점이다.

이게 예를 들어 춤을 출 때면 하늘을 난다거나, 페가수스를 타고 달리는 모습이 아름답다거나, 그런 오해에 기반한 평가였다면…… 그나마 버틸만했다.

하지만 노력가라는 칭찬이 주는 파괴력은 굉장했다.

『이 사람은 진짜 나를 보고 있어. 내가 노력하는 걸 봐주고 있어!』

그런 생각이 드는 바람에 뺨이 한층 더 뜨거워졌다.

그리고…… 랭킹은 아직 9위다! 앞으로 8개나 견뎌야만 한다.

'이, 이건 고문이에요! 고통스러워요!'라며 뺨을 누르면서도 입꼬리가 히죽거리는 미아였다.

……그것도 어쩔 수 없었다. 이렇게까지 똑바로, 그리고 진지한 태도로 칭찬받은 적은 한 번도 없었기 때문이다. 단 한 번도

없었기 때문이다!

머리가 멍하게 달아오르는 가운데 아벨의 목소리는 계속 이어졌다.

"제8위, 맞서야 하는 상황, 물러날 수 없는 상황에서 용감한 점. 하지만 이 부분은 조금 걱정도 돼. 가능하다면 너무 위험한 일은 하지 않았으면 좋겠지만…… 그럴 수 없다면, 하다못해 나를 같이 데려가 줘. 반드시 널 지킬 테니까."

"아벨……."

그렇게 이어지는 아벨의 말. 그의 눈으로 본 자신의 모습…….

아벨이 진짜 자신을 적잖이 보고 있었던 것……. 그것을 깨달았을 때…… 문득, 미아는 생각했다.

──어라? 이거…… 이번 문제에도 적용할 수 있지 않을까요? 본질을 보는……. 본질을…… 소중히…….

눈앞에 희미하게 보인 등불. 그것을 놓치지 않도록 미아는 열심히 머리를 굴렸다.

이미 연애 회로가 슝슝 돌아가고 있었기 때문에 회전수를 올리는 건 쉬운 일이었다.

미아의 상태를 알아차린 건지 아벨은 조금 쓴웃음을 지으면서 말을 멈췄다.

그렇게 미아가 생각의 바다에서 돌아오기까지 그저 가만히 지켜보았다.

제47화 패트리시아는 고찰한다

장소는 바뀌어 특별 초등부의 교실.

"그래서 지금은 라피나 님과 미아 황녀 전하가 대응책을 짜고 계십니다. 그러니 안심하고, 침착하게 행동해주세요."

교단에서 내려와 교실에 모인 학생들 한 명 한 명의 얼굴을 바라보며…… 유리우스는 말했다.

"성급하게 행동하면 안 됩니다. 그건 너희를 도와주는 사람들의 입장을 위태롭게 만들어. 너희가 해야 할 일은 계속해서 공부하는 거야. 아무 일도 없었다는 듯이, 조용히. 그렇게 배운 건 쟁레에 반드시 도움이 될 거야."

부드럽게 배려하는 듯한 말…….

패트리시아──패티는 묵묵히 그의 이야기를 들었다. 들으면서 가만히 관찰했다.

──유리우스 선생님은 왜 우리에게 훔쳤는지 아닌지 안 물어보는 거지……?

그 점이 의문이었다.

사건이 일어난 뒤로 그는 한 번도 그런 질문을 하지 않았다.

──보통은 범인에게 자수하라고 할 텐데……. 그런데 이 사람은 그런 말은 한 번도 안 했어.

안경 너머로 보이는 자상한 눈……. 거기에서 때때로 슬픔을 머금은 빛이 나타나는 걸 패티는 눈치채고 있었다.

──우리를 믿으니까? 아니며 동정……? 그렇다면 아주…… 경솔하네.

배려, 다정함, 동정……. 그런 감정은 파고들기 좋은 빈틈에 불과하다.

그건 뱀의 시각. 상대의 약한 부분을 발견해서 그곳을 찔러 조종하려는 관점.

패티는 뱀의 눈으로 사람을 보고 있었다.

배운 대로…….

이윽고 이야기를 마친 유리우스가 교실에서 나갔다. 그걸 기다렸다는 듯이…….

"야, 카론……."

조용히 억누른 목소리가 들렸다.

"정말로 네가 한 거 아니지?"

야나의 날카로운 시선이 소년에게 박혔다.

"아니라고 했잖아."

부루퉁한 얼굴로 말하는 소년. 그 광경을 보며 패티는 생각했다.

──아마 거짓말은 아니야. 저 남자아이는 믿는 게 무서웠던 것뿐…….

야나에게 같이 도둑질하자고 제안했었다는 소년의 심리를 패티는 그렇게 분석했다.

갑자기 나타난 행운. 그것을 믿었다가 배신당하는 게 무서웠다. 그래서 배신당해도 괜찮도록 준비하려고 했고, 자신과 같은 처지인 야나도 사실은 불신한다고 믿고 싶었다.

그게 더 안심되니까. 자신이 아는 가치관과 부합되니까.

──그러니까 사실은 안 훔쳤어. 훔쳤다고 해도 더 들키지 않을 법한 걸 훔칠 테고.

고아로서 빈민가에서 산 적이 있는 인간이라면 안다. 커다란 은접시 같은 걸 훔쳐봤자 돈으로 바꾸는 건 아주 힘들다. 하물며 귀족이 사용할 법한 접시를 훔치다니 바보 같은 짓이다.

그런 걸 꾀죄죄한 어린애가 가지고 있다면 무조건 도둑질했다고 의심받고선 어른들에게 빼앗긴다.

──그걸 모르는 건 빈민가에서 산 적이 없는 사람뿐이야. 귀족이나⋯⋯. 아니면 처음부터 파는 게 목적이 아니거나⋯⋯.

어쨌거나 패티가 보기에 아마도 카론은 범인이 아니다.

"젠장, 모처럼⋯⋯ 먹을 걸 걱정하지 않을 수 있게 되었다고 생각했는데⋯⋯."

분한 듯 이를 까드득 가는 야나. 하지만 그 표정이 불쑥 풀어졌다. 동생 키릴이 그녀의 손을 조심스럽게 붙잡았기 때문이다.

그러더니 야나는 교실에 있는 학생들에게 시선을 주었다.

불안해하는 어린 소녀들. 그리고 야나와 동갑내기인 아이들 또한 울상이었다.

"거, 걱정하지 않아도 돼. 미아 황녀 전하는 아주 착한 분이야. 유리우스 선생님 말대로 믿고 기다리면⋯⋯."

그 말은 점점 흐지부지해지면서 사라졌다. 믿는 것과는 가장 거리가 먼 아이들에게 그 말을 받아들이게 하는 게 얼마나 어려운지⋯⋯ 야나는 잘 알기 때문일 것이다.

패티는 그 광경을 말없이 바라보았다.

동생을 지키기 위해 필사적인 야나. 아무래도 리더 체질인 건지 다른 아이들까지 신경 쓰며 사서 고생하는 친구를 보며 패티는 조용히 한숨을 쉬었다.

──저런 식으로 많은 걸 짊어졌다간 머지않아 전부 포기해야만 할 텐데. 나는…… 안 그럴 거야.

살며시 눈을 감으면 떠오르는 얼굴이 있다.

생기가 느껴지지 않는, 홀쭉한 얼굴……. 동생…… 한네스의 얼굴.

──그 아이를 구하기 위해서는 뱀의 지식이 필요해. 그래서…… 나는 뱀이 되어야만 해.

그것이야말로 패티의 행동 원리. 유일한 가족을 구하기 위해 그녀는 뱀의 지식에 매달리는 걸 선택했다.

……솔직히 패티는 뱀을 좋아하지 않는다.

뱀의 이상을 위해서는 눈앞에 있는 이 남매 같은 사람들이 많이 희생된다.

게다가 분명 이 아이들과 친구가 되었다고 했다간 이 아이들을 인질로 잡고 하고 싶지도 않은 일을 시킬 게 뻔하다.

아니면 눈앞에서 죽여서 절망을 새기려고 할까?

어쨌거나 그런 걸 좋아할 수 있을 리가 없다.

──뱀은 약자의 절망에 뿌리를 내려. 그 독에서 도망칠 수 없어…….

교사였던 여자의 목소리가 머릿속에서 울렸다. 귀를 틀어막아도 결코 사라지지 않는, 끈적한 목소리. 패티의 마음을 옭아매는 목소리.

지금까지 패티가 가르침을 받은 뱀의 교사는 세 명. 다들 음습하고 끈적하게 달라붙는 듯한 목소리였다.

하지만…… 이번 교사는 조금 특이했다.

──미아 선생님……. 그 사람은 뭐지?

제국의 황녀로 위장하고 연기하는 그 사람이 패티는 별로 싫지 않았다.

──여기에 온 뒤로 모르는 일투성이야. 아니면 나를 시험하는 건가?

어쨌든 패티가 할 일은 정해져 있다.

뱀의 가르침에 순종하고, 절대로 거역하지 않고…….

──한네스를 구하기 위해서니까.

유일한 가족인 동생을 병에서 구하기 위해…….

제48화 아직 불티일 때……

아벨과 데이트해서 마음의 양분을 두둑하게 보충한 미아는 학원으로 돌아왔다.

소중하게 염려해주는 아벨의 말은 마치 다디단 설탕처럼 미아의 마음속에서 사르르 녹아 몸을 따뜻하게 데워주었다.

"우후후……. 오랜만에 한 데이트, 최고였어요. 게다가 힌트도 받다니. 역시 아벨이예요."

그렇게 흐뭇해하던 미아였으나…… 복도에서 마주친 광경에 무심코 눈을 의심했다.

그때 그 클레멘스 소년과 친구들, 그리고 야나, 키릴, 패티가 모여서 대화하고 있었기 때문이다.

심지어 그냥 대화만 하는 게 아니었다. 클레멘스와 그 졸개로 추정되는 두 남자아이 앞에 끌려 나오듯 야나와 아이들이 서 있었다. 아니, 맨 앞에 있는 야나는 머리를 숙이고 있다!

——저 녀석, 또 괴롭히는 거예요?!

분노의 콧김을 뿜으며 걸어간 미아였으나…… 대화 내용이 들리게 되자 무심코 발을 멈추고…… 급히 가까이 있는 빈 교실에 들어갔다.

그렇게 귀를 기울이자…….

"그…… 감사합니다. 도와줘서……."

야나의 당혹스러워하는 목소리. 반면 클레멘스의 목소리도 살짝 어색했다.

"아니, 나는, 그냥⋯⋯."

야나 쪽을 힐끔 보고는⋯⋯ 그 앞머리 아래로 보이는 얼굴을 보고 묘하게 민망한 듯 시선을 돌렸다.

아이들을 슬쩍 훔쳐보던 미아는 고개를 갸웃거렸다.

──이건 대체⋯⋯?

"아니⋯⋯ 애초에. 너희가 제대로 하지 않으면 미아 황녀 전하께 폐가 되잖아. 더 당당하게 굴어. 너희가 받는 비난은 미아 황녀 전하가 듣는 비난이야. 그러니까 부당한 평가를 받았을 때는 제대로 항의해. 그래도 뭐라고 하는 녀석이 있으면 그건 우리 제국 귀족에게 선전포고하는 거니까. 우리도 가만히 있지 않을 거야."

──어머⋯⋯. 혹시 클레멘스 군은 아이들을 도와준 건가요?

대화를 들어보니 아무래도 그런 듯했다.

요컨대 은 제구를 훔쳤다면서 아이들을 괴롭힌 학생에게서 클레멘스와 친구들이 지켜준 모양이었다.

──게다가 지금 한 말은 제대로 항의하고, 그래도 안 될 것 같으면 자기들이 도와주겠다는 걸 지극히 완곡하게 표현한 것 같은데요⋯⋯?

머릿속으로 클레멘스어(語)를 해독한 미아는 피식 미소 지은 뒤 샤샤 그 자리를 뒤로했다.

──흐음, 약한 백성을 감싸려고 하는 저 자세, 저건⋯⋯ 라피나 님께 좋은 점수를 딸 수 있겠어요.

좋은 일이라며 고개를 주억거린 후 미아는 문득 얼굴을 찌푸렸다.

——하지만…… 반대로 위험하기도 해요.

미아가 봤을 때 패티가 범인일 가능성이 농후한 상황이다. 만약 이러다 패티가 정말 범인으로 판명되면 특별 초등부를 감싼 사람들은 처지가 곤란해진다.

체면을 구기게 만들었다면서 그 분노가 불타오를 것이다.

——게다가 라피나 님이나 학생회도 비난받게 되겠죠. 자칫 저에게 분노가 향할지도 몰라요…….

지금은 상당히 누그러든 라피나이지만, 만약 그녀가 분노했다간 역시 무서울 것이다.

사자는 얼핏 귀여워 보이는 법. 하지만 그 입에는 날카로운 이빨이 달렸다.

——이건…… 역시 이른 단계에 손을 쓸 필요가 있겠어요.

조기 대처가 얼마나 중요한지 미아는 뼈저리게 체험했다.

혁명이 일어나지 않도록 하려면 그 불꽃이 불티 수준일 때 진압해야 한다. 불이 붙기 전에 물을 뿌려서 주변을 눅눅하게 만드는 게 중요하다.

해파리의 화신 미아는 습기와 친구다.

——힌트는 있었어요. 괜찮아요, 괜찮아요.

스스로를 타이르듯 미아는 요점을 정리했다.

——먼저 패티가 실제로 저질렀다는 전제로 생각하면, 바르바라 씨나 뱀에게 책임을 떠넘기는 건 좋은 방법이 아니에요.

미아가 데려온 소녀가 범인이니, 아무리 특별 초등부를 지키기 위해서라고 하나 라피나는 분명 눈살을 찌푸릴 것이다. 시온은 더 혹독한 시선을 보낼 것이다.

　──애초에 패티 본인이 뱀의 교육을 받은 아이니까, 그 죄를 다른 뱀에게 뒤집어씌우는 건 논리적으로 안 맞아요. 어쨌거나 죄가 없는 사람에게 죄를 떠넘기는 건 뱀이 파고들 딱 좋은 빈틈이 될 것 같고요.

　귀족, 왕족의 오만함은 뱀에게 보여줘선 안 되는 약점이다. 따라서 유리우스의 아이디어는 쓸 수 없다.

　그렇다고 진범을 밝혀서 특별 초등부의 의혹을 풀어주는 것도 불가능하다.

　그럼 어떻게 할까…….

　──진범은 밝히지 않고, 특별 초등부를 향하는 공격을 다른 곳으로 돌리기. 더불어 만약 패티가 저질렀다는 게 판명되어도 문제없는 상태를 만들기. 이게 중요해요.

　특별 초등부 아이들은 범인이 아니라고 단언하는 건 위험하다. 그랬다가 진범이 패티라는 게 들켰다간 미아는 자기가 데려온 아이가 범인이라는 걸 숨기기 위해 특별 초등부가 무죄라고 주장했다는 비난을 피할 수 없다.

　그건 꼭 피하고 싶다. 그럼…….

　"역시…… 전교생 집회에서 설명할 필요가 있겠네요!"

　각오를 굳힌 미아는 서둘러 라피나를 찾아갔다.

제49화 나, 이번 일이 무사히 끝나면……
누군가의 뭐시기 플래그가 선 순간

그날 밤이었다.

갑자기 찾아온 미아를 방에 들인 라피나는 예상치 못한 상담을 듣고 생각에 잠겼다.

"전교생 집회에서 미아 님의 생각을 발표……. 진범을 찾으면 모든 의혹은 해결될 텐데…… 미아 님은 그걸로는 의미가 없다는 거지?"

확인하듯 묻자 미아는 오묘한 얼굴로 고개를 크게 끄덕였다.

"네……. 뭐 그렇죠……. 가능하다면 이번은…… 그 아이들 안에 범인이 있다고……, 그런 전제로 학생들에게 이야기해서 받아들이게 하고 싶습니다."

홍차를 입에 가져가려던 라피나는 순간 움직임을 멈췄다.

그러고는 눈을 위로 굴려 미아를 바라보았다. 미아는 당황한 듯 손을 허우적거리면서……

"앗, 아뇨. 물론 저는 아이들을 믿어요. 하지만……."

"그래. 괜찮아, 미아 님. 당신이 무슨 말을 하려는 건지는 잘 알고 있으니까."

라피나는 다시 홍차를 마신 후 작게 한숨을 내뱉었다.

미아 루나 티어문, 제국의 예지라 불리는 친구가 무슨 말을 하려는 건지 라피나는 정확하게 이해하고 있었다. (……고 본인은 믿고 있다.)

특별 초등부 계획은 뱀 대비책 중 하나다. 고아나 빈민가의 아이들은 뱀의 온상이 되기 쉬운 약자들이다. 기근이나 국가적 위기가 왔을 때 가장 먼저 버려질 가능성이 큰 존재.

미아는 그런 아이들을 공부시켜서 그런 처지에서 빠져나올 방법을 주려고 한다.

혼돈의 뱀에 감염되는 사상이 '아무도 돌아보지 않고 희망을 잃어버린 약자'에게 작용한다면, 그 약자에게 희망을 줘서 뱀의 독을 무효화한다.

곤경에 처한 사람들에게 질서를 파괴하는 뱀의 독을 대신하는, 희망이라는 이름의 약을 주려는 것이다.

그리고 그건 당연히 세인트 노엘에서만 한다고 되는 게 아니다.

대륙 전체에서 학대당하는 아이들에게 손을 내밀지 않으면 의미가 없다…….

"미아 님의 생각을 실현하기 위해서는 청렴결백한 아이들만 모은다는 건 불가능하지……. 아니, 지금 있는 아이들도 과거에 한 번도 범죄에 손을 대지 않았다고는 하기 어려울 거야."

빈민가에서 자란 아이들의 생활에는 범죄가 밀착해 있다. 먹을 것이 없으면 훔칠 수밖에 없다. 그렇지 않으면 죽는다는 가혹한 상황.

살아남기 위해서 어쩔 수 없이 악행에 가담한 사람은 당연히 있을 것이다.

설령 이번 도난에 관여하지 않았어도 아이들에게 그런 과거가 있다면 역시나 특별 초등부를 공격할 빌미가 된다.

미아 일행의 생각에 반대하는 인간은 어떤 것이든 이용할 게 틀림없다.

──분명 미아 님은 그걸 어떻게든 하고 싶은 거야. 지금 있는 아이들만이 아니야. 장래에 받아들이게 될 아이들까지 생각해서…….

라피나는 조용히 고개를 끄덕였다.

"그러기 위해 전교생 집회에서 이야기하고 싶다고…… 그런 거구나."

"네. 학생들 앞에서 꼭 하고 싶은 말이 있습니다."

세인트 노엘은 대륙의 차세대를 짊어지는 왕후·귀족의 자제가 모이는 장소. 그런 장소를 어떻게 사용해야 하는지 미아는 잘 알고 있다. 여기서 배운 것은 분명 학생들 한 명 한 명의 마음에 뿌리내리고, 그렇게 돌아간 졸업생들이 나라를 바꿔 세상을 더 좋게 만들어 간다.

미아(……라피나 안의 미아)는 그렇게 되리라고 믿는다.

그 사실이 든든하고, 또한 지금까지는 그 힘을 거의 사용하지 않았던 자신이 한심하기도 했다.

"세인트 노엘 학원의 혼란을 뱀이 순순히 넘길 리 없지. 지금 뱀에 힘이 얼마나 남아있는지는 모르지만, 손을 쓸 수 있다면 일찌감치 해두고 싶어."

그후 라피나는 미아를 향해 웃었다.

"미아 님이 필요하다면 나는 협력을 아끼지 않을 거야. 하지만…… 대체 어떻게 할 거야?"

그 질문에 미아는 의미심장하게 웃고는,

"괜찮습니다. 라피나 님. 제가 반드시……."

자신만만하게 고개를 끄덕였다.

미아가 나간 뒤 라피나는 섬의 경비 책임자인 산테리를 불렀다.

"무슨 일이십니까? 라피나 님."

"전에 부탁한 그 일 말인데, 너무 서두르지 않아도 괜찮을 것 같아."

"그렇다면……."

"그래. 사람들 앞에서 범인을 공개적으로 지목하지는 않아도 되겠어."

"그렇습니까. 다행입니다."

머리를 숙이며 떠나려는 산테리를 향해 라피나가 말했다.

"아, 물론 범인 수색 자체는 계속해서 부탁해. 그리 서두르지 않아도 괜찮지만……."

유리우스의 부드러운 미소를 떠올리며 라피나는 중얼거렸다.

"미아 님 덕분에 그리 뒷맛 나쁜 사태로 번지진 않을 것 같지만…… 난감하네. 어떻게 처리해야 할까……."

고뇌하며 한숨. 그때 그 눈이 책상 위에 놓인 한 통의 편지에 머물렀다.

조금 전 후이마가 전달해준 편지, 거기에 적힌 건…… 마롱의 승마 데이트 신청이었다!

"이번 일이 무사히 끝나면, 또 말을 타고 놀러 가고 싶어. 음,

미아 님을 불러서 같이 갈까? 아, 그래……. 그 말 모양 샌드위치를 만들어 볼까. 미아 님이나 다른 사람들도 불러서. 아이들도 불러도 괜찮을지도 몰라…….”

아득한 눈빛으로 중얼거렸다.

“이번 일이 무사히 끝나면…… 그래, 무사히 끝나면…….”

다소 불길한 소리를.

라피나가 조금 불길한 멘트로 누군가의 뭐시기 플래그를 세워 버린 듯한…… 그런 느낌이 안 드는 것도 아니었지만…….

누구의 무슨 플래그인지는 신만이 알고 있었다.

제50화 흔들림 없는 권위를 그 몸에 두르고 ~나는 망할 안경이다!~

라피나와 회담한 다음다음 날. 성당에서 전교생을 모은 집회가 열리게 되었다.

학생들 앞에 나선 사람은 미아와 라피나. 더불어 앞쪽에 특별 초등부 아이들 자리를 만들어서 중등부 이상인 학생들과 마주 보는 형태로 앉아 있었다.

모여있는 학생들에게 시선을 던지면 시온과 아벨을 비롯한 학생회 임원들의 모습이 보였다. 그들은 학생들 사이에 섞여 앉아 달라고 했다.

과거 미아의 선거를 지지한 학생들, 시온이 장악한 선크랜드 귀족들 등에게도 협력을 부탁해서 회장의 분위기를 미아에게 유리하게 만드는 것이다.

──예측하지 못한 사태에 대처해달라고 했으니까…… 이제 문제는 없어요.

살짝 문제가 있다면, 벨이 늦잠 자서 지각이라는 것과 슈트리나가 벨과 함께 있느라 여기에 없다는 건 문제일지도 모르지만…….

──음, 사소한 문제죠. 리나 양의 약이 필요해질 법한 일도 없을 테니까 괜찮아요.

그렇게 고개를 주억거리는 사이에 라피나의 목소리가 들렸다.

"그럼 전교생 집회를 시작합니다. 오늘은 은 제구가 도난당한 건에 대하여 여러분에게 하고 싶은 말이 있어 이 집회를 열었습니다. 그 일로 학생회장, 미아 루나 티어문 황녀 전하의 말씀이 있겠습니다. 여러분, 부디 집중해서 들어주세요."

생긋. 라피나가 청량하게 웃었다. 그 미소에…… 어째서일까? 미아는 살짝 압박 같은 것을 느꼈지만…….

라피나는 미아 옆으로 오더니 가볍게 윙크했다.

──아아, 네, 그래요. 라피나 님께서 제가 발언하기 쉽도록 분위기를 조성해주셨으니……. 여기서부터는 제 차례예요.

미아는 살며시 일어나 스스슥 교복의 주름을 정돈했다.

그러고는 척 꺼내 든 것……. 그것은………… 바로! 권위의 상징, 즉 패션 안경이었다!

미아는 살며시 안경을 들여다보고는 주문을 외우듯이…….

"……나는 망할 안경……, 나는 망할 안경……, 나는…… 망할 안경?"

작은 목소리로 세 번 중얼거리고는…… 다음 순간, 눈을 부릅떴다.

"그래요! 제가 바로 망할 안경이에요!"

자신이 망할 안경 루드비히가 된 것 같은…… 그런 기분이 든 순간……, 그 이미지를 고정하듯 샤샥 안경을 썼다.

그렇게 미아는 제국의 꾀주머니의 정신을 그 몸에 이식했다.

──오오, 왠지 루드비히의 지혜를 얻은 것 같은 느낌이 들어요. 흠, 시험 삼아 산수 문제를…….

어쩐지 머리가 똑똑해진 느낌이 들어서 오전 수업 때 고전했던 산수 문제를 머릿속으로 풀어보려고……, 풀어보려고…… 했다가.

──아뇨, 지금은 그런 걸 하고 있을 때가 아니에요.

퍼뜩 중요한 사실을 깨달았다.

그렇다. 지금 해야 하는 건 산수가 아니다. 더 중요한 볼일이 있다.

결코 역시 어려운 건 어려웠다는 사실을 깨달았거나, 역시 별로 똑똑해지지 않은 것 같다는 느낌을 받았기 때문이 아니다.

막상 문제를 풀어봤더니 예상했던 것보다 더 어려웠다거나, 어렵다고 해도 아까 배웠던 부분을 풀지 못한다니 어떻게 된 거냐는 의문이 들거나 한 것은 절대로 아니다! 아무튼 아니다!

제국의 예지는 일의 경중을 실수하지 않는다. ……단지 그뿐이다.

그 후 새삼 '흡!' 하고 기합을 넣은 뒤 미아는 단상에 올라갔다.

"평안하셨습니까, 여러분. 오늘은 모여주셔서 감사합니다."

차분히 학생들의 얼굴을 둘러보았다.

그 자리에 모인 학생들의 얼굴에 적의는 보이지 않는다. 불신도 지금은 없다.

──이쪽에서 무슨 말을 할지 지켜보거나, 혹은 당황해하는 걸까요……?

학생들의 분위기를 본 미아는 막연하게나마 깨달았다.

그들은 아마 진심으로 특별 초등부를 없애버리겠다는 생각은 없다.

그 주장을 밀어붙이기 위해 무언가 노력하거나, 구체적인 행동을 하려는 사람은 거의 없을 것이다.

물론 미아 일행의 행동에 반발은 있다. 불만, 거부감도 있을 테지만…….

──다만 그건 기껏해야 말로 불평하는 정도예요. 친구끼리 수군거리는 정도…… 인 거군요.

그것은 작은 악의다. 자신의 마음에 부담이 가지 않을 정도의 악의, 혹은 소소한 짜증을 해소하려는 가벼운 기분.

하지만…… 그런 분위기도 누적되면 아이들에게 공격을 유발한다. 저 녀석들은 나쁜 녀석들이니까 때려도 된다는 분위기를 조성할지도 모른다.

가볍게 불평하는 정도의 감각으로 폭력을 휘두르게 될지도 모른다.

──그리고 공격을 받은 아이들이 반격하기라도 했다간 손쓸 수 없는 사태가 되겠죠. 그걸 피하기 위해서도…… 더불어 패티가 범인이라는 게 들켰을 때를 위해서도 힘내야 해요!

이상한 정의감을 발휘하지 않도록 사전에 못을 단단히 박아둔다. 그러기 위한 이유를 지금 학생들에게 제시하고 밀어붙인다!

깊이 숨을 들이마셨다가, 내쉬고……. 미아는 특별 초등부 아이들 쪽으로 시선을 던지며…….

"저는 이 아이들을 믿습니다. 이 아이들의 순수함을, 다정함을, 선량함을 믿어요."

당당한 선언과 함께…… 미아의 연설이 시작되었다.

미아의 말이 울린 순간 회장은 고요해졌다.

모여있는 학생들의 얼굴에는 숨길 수 없는 감동──같은 건 당연히 없고, 당황과 반감. 혹은 조소가 퍼져 있었다.

하지만 그건 당연했다. 미아가 한 말은 희망 사항. 혹은 미아 본인의 마음가짐이다.

아이들이 하지 않았다는 증거가 있는 것도 아니고, 아이들을 믿을만한 근거가 있는 것도 아니다.

어디까지나 그건 '미아가 믿는다'는 뜻을 표명했을 뿐…… 따라서.

"그런 말을 해봤자 못 믿겠는데."

"천한 평민의 자식이 훔쳤다고 생각하는 게 당연하잖아."

어딘가에서 수군거리는 목소리가 들렸다.

……제국 귀족 관계자가 아니면 좋겠다고 생각하며 미아는 조용히, 예지(叡智)의 상징인 안경을 슥 밀어 올렸다.

당황할 필요 없다. 왜냐하면 그런 반응은 이미 예상했기 때문이다.

미아는 다시금 입을 열었다.

"저는 이 아이들의 선량한 본질을 믿습니다. 그들이나 모든 아이가 지닌 선량함을 믿어요. 그러니 분명 이 아이들 사이에 도난 범인은 없다고 봅니다."

자신의 확고한 신뢰를 표명한다. 그 말에 야나와 키릴을 비롯한 몇몇이 거북해하는 표정을 지었지만, 미아는 일부러 보지 못한 척하며 말을 이었다.

"저는 이 아이들의 선량한 본질을 믿습니다. 이 아이들과 함께 식사하고 직접 대화한 분들은 알고 계실 거예요. 이 아이들은 아주 착한 아이들이죠."

아이들에게 매너를 가르친 학생들……. 그걸 성녀 라피나가 칭찬해줘서 아주 좋은 추억을 만든 학생들이 고개를 끄덕였다. 그들에게 특별 초등부 아이들은 시키는 대로 순순히 잘 배우는 착한 아이들로 인식되어 있었다!

"따라서 저는 이 아이들의 선량한 본질을 믿습니다. 하지만……."

거듭 반복한 뒤 여기서부터가 승부라며 미아는 한 번 말을 끊고 학생들의 얼굴을 둘러보았다.

"하지만…… 선량한 자가 죄를 저지르는 일이 때로 일어나는 것 또한 사실……. 그래서 저는 이렇게 생각합니다. 만약 '선량한 아이들'이 나쁜 짓을 저질렀다면…… 그 죄의 책임을 누구에게 물어야 하는가……."

말하면서 미아는 패티의 얼굴을 바라보았다.

──패티의 지난번 반응을 보면, 야나와 키릴 남매에게 위해가 갈 법한 나쁜 짓을 저지를 것 같진 않아요.

잠시 고민한 결과 미아가 내린 결론이 그것이었다.

확실히 패티는 '커다란 은 접시'라고 말했고, 그 발언은 수상했지만…… 하지만!

──우연히 은 제구의 이미지가 큰 접시였을 가능성이 없지는 않죠. 머릿속에 떠오른 걸 깊은 생각 없이 그대로 말해버리기도 할 거예요.

생각하던 것과 다른 말이 입에서 툭 튀어나오거나, 눈앞의 광경에 말이 영향을 받는 일이 없지는 않다.

패티 안에서 은 제구의 이미지가 커다란 접시라서 그만 그렇게 말해버렸다……. 그게 우연히 현실과 일치했을 가능성도 제로는 아니다.

──그런 얄팍한 근거로 의심의 시선을 보냈다간…… 신뢰 관계를 수복하기 어려워지죠. 패티를 뱀의 마수에서 건지는 게 불가능해져요.

반대로 정말 패티가 범인이었을 경우, 그건 그거대로 상관없다. 진심으로 믿는다고 표명하는 미아에게 패티는 죄책감을 느낄 것이다. 그리고 그 죄책감은 미아가 '용서할게요.'라고 말하기만 해도 호감으로 전환된다. 편하게 패티의 호감도와 신뢰를 얻어낼 수 있다. 참으로 매력적이다.

──그러니 제 스탠스는 어디까지나 아이들을 믿는 것. 그러기 위해 '믿었다가 배신당했을 때의 타격을 줄이는 것'이 중요해요.

목표를 명확하게 잡은 미아는 그곳을 향해 논리를 날카롭게 벼른다. 그 모습은 마치 창과도 같이, 혹은 뾰족한 버섯과도 같이.

"물론 죄를 저지른 당사자도 책임을 져야죠. 하지만…… 저희들, 세인트 노엘에 다니는 사람은 거기서 끝이라고 생각하면 안 됩니다. 선량한 사람들이 죄를 저지를 수밖에 없게 된, 그런 상황을 방치한 통치자에게도 그 책임을 물어야 하지 않을까요?"

미아는 그렇게 특별 초등부 아이들의 얼굴을 한 명 한 명 바라보았다. 그러고는 아이들에게 걸어가 앞쪽에 있던 야나의 머리에 조용히 손을 올렸다.

"예를 들어…… 여기 있는 야나가 동생의 주린 배를 달래기 위해 음식을 훔쳤다면……. 저는 이 아이들에게 그런 죄를 저지르게 만든 부모를 비난하겠어요. 그리고 그 부모를 곤경으로 몰아넣은 나라의 통치자들을 비난하겠어요."

그렇게 말하며 미아는 확인하듯이 마음속으로 떠올렸다.

……이 아이는 가누도스 항만국 출신이라고…….

"혹은 앞날이 불안해서 무언가 돈이 될 법한 것을 훔친 거라면, 그 불안을 만든 영주를 비난하겠어요."

옆자리에 앉은 키릴에게, 그리고 그 옆에 있는 카론에게 시선을 주었다.

──이 아이는 야나의 동생이고, 이쪽 카론 소년은 베이르가 공국 고아원에서 보냈지만 다른 나라에서 보호된 아이…….

그렇다. 미아는 아이들의 출신국을 당연하게도 파악하고 있었다.

그리고 이 아이 중에는 제국 출신이 없다. 한 명도 없다!

따라서 제국이, 미아가 비난받을 이유는 없다!

미아는 절대적으로 안전한 영역에서 나불나불 말을 이었다.

"저는 악행을 싫어합니다. 절도를 싫어합니다. 하지만 만약 이 선량한 아이들이 악행을 저질렀다면…… 이 아이들을 싫어하고 미워하진 않습니다. 그건 해선 안 되는 일이라고, 나쁜 일이라고 가르칠 뿐……. 제 분노는 훔친다는 악행 그 자체에, 그리고 이 아이들에게 악행을 저지르게 만든 상황을 향할 거예요."

미아는 다시금 그 자리에 모인 학생들 한 명 한 명의 얼굴을 바라보았다.

"백성을 선량하게 만드는 건 통치자의 의무. 백성을 천하다며 비웃는 건 자신의 통치 방식을 폄하하는 행위. 저는 우리나라의 백성을 굶기는 것도, 그에 불만을 품는 백성을 멸시하지도 않을 겁니다."

미아의 그 말에는 설득력이 있었다. 자신의 탄신제 때 실제로 모범을 보였기 때문이다.

황녀 미아의 방탕 축제. 그것이야말로 지금 미아가 한 말을 정확하게 드러내 주고 있었다.

"저희들, 세인트 노엘에 다니는 학생은 그러한 시각을 가져야만 하지 않을까요?"

당당하게 선언한 미아는…… 내심 회심의 미소를 지었다.

미아의 주장, 그것은 즉 '책임 소재를 돌려버린다'…….

'아이들 본인의 죄'를 '아이들이 죄를 저지르게 만든 사람의 죄'로 돌린다. 즉 출신국의 귀족에게 책임을 묻는 논리다.

그렇다. 미아는 특별 초등부 아이들에게 책임을 물으며 돌을 던지려는 자들에게 그 책임의 돌을 마주 던진 것이다!

미아는 이 학원에 다니는 왕후·귀족의 자제들에게 이렇게 묻고 있었다.

이 아이들도 나쁘긴 하지만…… 너희 부모님도 나쁘지 않냐고.

이 질문에 당당히 우리나라는 아니라고 주장할 수 있는 사람은 별로 없다.

거기에 미아는 자신의 속내를 일절 거짓 없이…… 하지만 '약간의 해석'을 더해서 풀어냈다.

역시 사람의 마음을 가장 강하게 울리는 건 진심이다. 그렇기 때문에 미아는 열정을 담아 이렇게 주장했다!

"저는 이 아이들이 나쁜 짓을 해도 비난하지 않습니다. 과거에 악행을 저지른 적이 있어도 마찬가지로 비난하지 않습니다. 반성을 촉구하고, 다시는 하면 안 된다고 가르치고, 그렇게…… 스스로를 돌아볼 뿐이에요. 선량한 사람들에게 죄를 저지르게 만들지는 않았는가."

미아는 가슴에 손을 올리고 말했다.

사실 미아는 항상 스스로에게 묻고 있다.

백성을 혁명으로 내몰지는 않았는가? 그들이 단두대를 만들도록 부추기지는 않았는가?!

자신이 단두대를 부르는지 아닌지 항상 자문자답하는, 이것이야말로 미아 스타일.

그것을 다른 사람들도 이해할 수 있도록 번역해서 열정적으로 부르짖었다.

"이 학교를 졸업하는 사람들은 대부분 장래에 나라를 이끌어가는 사람들입니다. 그렇다면 생각해야 합니다. 백성들이 선량함을 유지하려면 통치자의 부단한 노력과 인내가 필요하다고. 그리고 아이들을 가르치고 이끌지 않는 것은 부모의 죄, 백성을 가르치고 이끌지 않는 건 우리들 통치자의 죄라고."

거기까지 말한 뒤 미아는 이마의 맺힌 땀을 스윽 훔쳤다. 그 한순간의 침묵에 맞춰 짝짝…… 작은 박수 소리가 났다.

미아의 말에 찬성을 표하는 성녀 라피나의 박수였다.

이로 인해 미아의 견해는 개인의 것이 아닌, 라피나의 지지를 얻은 '세인트 노엘 학원의 견해'가 되었다.

물론 이것은 연출이다. 사전에 미아가 부탁해놨다. 이렇게 미아는 라피나의 위엄을 단단히 빌려 덧붙였다.

"이 세인트 노엘에 있는 동안 여러분은 이 사실을 배우고, 나라에 돌아간 뒤에는 여기서 경험한 것을 살리길 바랍니다. 도난을 증오하고, 정의를 사랑하는 마음을 지닌 여러분이 그런 마음으로 나라를 다스리기를 기대합니다. 가까운 미래, 여러분이 나라를 다스릴 무렵에는 천한 평민이라고 말하는 사람이 없어지기를 기도합니다."

마지막으로 미아가 덧붙인 말—— 그것은 이 자리에 모여있는 자들의 책임을 미래로 이행하는 발언이었다.

즉…… 미아는 이렇게 말하는 것이다.

너희들의 부모에겐 책임이 있지만 너희들 자신에겐 지금 시점에선 책임이 없어! 너희들이 져야 하는 책임은 나중에 본국에 돌아간 뒤부터야! ……라고.

누구든 '네가 잘못했어!'라고 지적받으면 기분이 상한다. 고집을 부릴만도 하다.

하지만 부모는 못 했을지도 모르지만 너희라면 그걸 고칠 수 있다고 한다면 나쁜 기분은 들지 않는다.

또 자신의 부모를 자랑스럽게 여기는 사람에게는 애초에 너희 부모는 잘하고 있으니까 상관없거든? 이 된다. 미아의 말이 후벼 파는 건 우리 부모는 고아나 빈민에게 별로 잘해주지 않았던 것 같은데? 하는 사람뿐……

다음 순간 여기저기에서 박수가 터졌다.

물론 이것도 연출이다.

학생회 임원과 미아의 입김이 닿은 사람들을 바람잡이로 심어 놓고 박수를 보내게 하자 순식간에 성당 내에 박수 소리가 휘몰 아쳤다.

그것을 보고 미아는 조용히 안도의 한숨을 쉬었다.

이리하여 훗날 대륙의 교육 이념의 기초가 되는 선언이 이뤄졌다.

자식을 사랑하는 것은 그 행위 때문이 아니다. 그저 그 본질을 사랑하라.

행위가 악하다면 그 잘못을 가르쳐라.

악을 저지르게 한 환경과 가르칠 책임이 있는 자신을 돌아보 라…….

이때 미아가 한 선언은 '금지삼결(金至三訣)'이라 불리게 되었다.

그것은 자식을 황금(黃金)에 이르게 하는(至) 말로서, 마치 포자 처럼 각국에서 다양한 형태의 교육 개혁을 일으키게 되지만…….

그건 여기서는 생략하기로 한다.

제51화 벨은 속지 않는다!

"벨, 빨리. 집회 이미 시작했어."

슈트리나의 재촉을 들으며 벨은 달렸다.

"죄송해요. 리나. 너무 푹 자버렸어요."

어젯밤 벨은 슈트리나의 방에서 잤다. 쌓인 이야기는 끝이 없었기에 완전히 밤을 새워버리고 말았다.

──하도 즐거워서 그만 너무 대화했어. 반성해야지…….

그런 생각을 하는 벨이었지만……. 사실 그렇게까지 조급하진 않았다.

왜냐하면 미아 할머니가 수배한 전교생 집회이기 때문이다.

──미아 할머니는 철저하게 준비해놨을 테고, 오늘은 딱히 뭘 하라고 시키지 않으셨으니까.

그렇다고 늦잠자거나 행사에 지각하는 건 황녀로서 금물.

"음, 조심해야지. 역시 황녀는 밤에 일찍 자야 해."

미아 할머니는 일찍 자는 사람이었다. 그를 본받아 자기도 일찍 자고 일찍 일어나야겠다고 다짐하는 벨이었다.

그때였다. 벨의 눈에 어떤 사람의 모습이 비쳤다.

"……어라? 저 사람……."

안경을 썼고 부드러운 얼굴이 인상적인 남자, 그는…….

"리나, 저 사람…… 유리우스 선생님…… 인가요?"

특별 초등부의 강사, 유리우스가 학원 뒤쪽을 향해 걸어가는 모습이 보였다.

그건 딱히 신기한 일이 아니었다. 유리우스는 학생이 아니니까 전교생 집회에 참석할 필요는 없기 때문이다.

교사로서 무언가 다른 일을 맡았을 가능성도 있고…….

다만…… 무언가가 마음에 걸렸다. 뭐라고 말할 수 없는 위화감이 느껴졌다.

그리고 벨이 느낀 위화감을 정확하게 말해주는 사람이 있었다. 슈트리나는 유리우스의 모습을 보고 작게 고개를 갸웃거렸다.

"……이상하네. 왜 성장에 없는 거지? 유리우스 선생님의 성격이라면 어떻게 될지 궁금할 텐데."

그렇다……. 그는 '아이들을 위하는 자상한 선생님'이다. 적어도 소개받은 이후 벨의 눈에는 그렇게 보였다.

발렌티나를 만나고 돌아온 뒤에 소개받은 것이니 그리 오랜 기간은 아니었지만…… 그래도 벨 안에서는 그런 인상이 강했다.

그런데 아이들의 미래가 달린 전교생 집회에 불참?

미아가 그 아이들을 어떻게 대할지 신경 쓰이지 않는 건가?

그건 유리우스의 이미지에 전혀 어울리지 않았다.

"유리우스 선생님, 대체 뭘 하시는 걸까요?"

고개를 갸웃거리는 벨의 의문에 슈트리나가 억누른 목소리로 말했다.

"……저기, 벨. 혹시 어디선가 보물을 훔쳐야만 한다면 어떻게 할래?"

"네? 으음, 글쎄요……."

갑작스러운 질문에 벨은 짧게 신음했다.

"몰래, 아무에게도 들키지 않도록 성벽을 넘어서 잠입하고…… 감시하는 사람의 눈에 보이지도 않을 만큼 신속하게……."

슈슉 팔을 움직이자 슈트리나가 입가에 손을 가져가 쿡쿡 웃었다.

"후후후, 그래. 디온 알라이아…… 나 늑대술사처럼 비인간적인 능력을 지닌 사람들이라면 가능하겠다."

그 가련한 미소가 다음 순간에는 요염한 미소로 바뀌었다.

"하지만 리나나 벨처럼 평범한 사람에겐 무리야. 그러니까, 만약 리나라면 어딘가 가까운 곳에 불을 지를 거야."

"……네? 불?"

말문이 막힌 벨. 슈트리나는 계속 이어갔다.

"그래서 다들 불을 끄느라 필사적으로 노력하는 틈을 타서 훔치는 거지. 훔쳐 간 물건 같은 건 잊어버릴 정도로 커다란 화재를 일으키면 사람들의 눈을 속일 수 있어. 어쩌면 도망칠 때까지 눈치채지 못할지도……. 안 그래?"

"그건……."

걸어가는 유리우스를 향해 날카로운 시선을 보내는 슈트리나. 그 의미를 벨은 정확하게 이해했다.

"그렇구나……, 흐음……."

벨 또한 유리우스의 등을 바라보았다. 온화해 보이는, 조금 난처한 듯한 얼굴을 떠올리고…… 그 얼굴에서 반짝이는 안경을 떠올리고……!

"……듣고 보니까 저 사람…… 아주 수상해!"

벨은 말했다. 척! 하는 효과음이 들릴 듯한 어조로 단언했다.

"왠지 아주 수상해 보여요!"

벨은 안경의 권위에 현혹되지 않았다. 아주 냉정하게 유리우스를 관찰하고 그의 수상함을 간파했다.

안경을 썼다는 이유로 무조건 믿거나 하지 않는다! 의외로…….

그 이유는 무엇인가……? 미아보다 보는 눈이 있기 때문에?

아니, 그렇지 않다.

이유는 더 단순했다.

즉…… 벨에게 공부를 가르칠 때, 루드비히는 안경을 쓰지 않았기 때문이다!

……그랬다……. 교과서에 적힌 작은 글씨가 잘 안 보였다…….
잘 안 보이니까 안경을 벗고 벨을 가르쳤다.

그러므로 벨 안에서 공부를 가르칠 때의 루드비히에겐 안경이 없다.

벨은 안경에 권위를 느끼지 않는다.

그렇게 안경의 주박에서 자유로운 벨은…….

"수상해요……. 잠시 쫓아가 볼까요?"

두 명의 소녀는 서로를 보며 고개를 끄덕인 뒤 달렸다.

제52화 제국의 예지 미아의 금단의 망상

　발언을 마친 미아는 살며시 안경을 벗었다.

　후우 숨을 한 번 내쉰 뒤 인사. 그 후 우아하게 발걸음을 돌려 자리에 앉았다.

　대신 이번에는 라피나가 단상에 서서 정리해주었다.

　"지금 미아 님이 말한 대로 우리 학생회는 특별 초등부의 아이들을 옹호하겠어. 그들은 도난 사건과 관련이 없다고 믿지만, 만약 악행에 손을 물들였다고 해도…… 우리는 그들을 용서합니다. 물론 앞으로 그런 일을 저지르지 않도록 가르치고, 또 그런 일을 저지르지 않아도 되도록 만들어 줄 거야."

　기분 좋은 피로감과 가슴을 채우는 성취감에 잠기며 미아는 멍하니 라피나의 이야기를 들었다.

　"고생하셨습니다. 미아 님."

　살며시 안느가 다가와 컵을 건넸다. 차가운 베이르가 애플 주스의 상큼하고 새콤달콤한 맛이 입 안에 퍼지자 미아는 길게 한숨을 쉬었다.

　"고마워요. 안느. 한참 이야기했더니 목이 말랐거든요. 역시 눈치가 빠르군요."

　"칭찬해주셔서 감사합니다. 그리고…… 그, 훌륭한 연설이었습니다. 미아 님. 저는 감동했어요."

　"어머, 고마워요. 다른 사람들도 그렇게 받아들였다면 좋겠지만요…….”

그렇게 말하며 미아는 새삼 회장으로 시선을 옮겼다.

미아가 봤을 때 분위기는 나쁘지 않았다. 아무래도 그녀의 말을 호의적으로 받아들인 모양이었다.

다음으로 특별 초등부 아이들 쪽을 보자…… 놀랍게도 야나가 울고 있었다.

아마 많이 긴장했을 것이다. 어린 동생과 단둘이 살아온 그녀에게 이번 일이 어떤 의미를 지니는지 상상하기 어렵지 않다. 그리고 그 긴장의 실이 풀린 듯했다.

평소에는 굳센 눈빛이던 야나지만, 그 눈에서 눈물이 뚝뚝 떨어졌다. 그걸 두 손으로 열심히 닦고 있었다.

그리고 그런 누나를 동생 키릴이 걱정하는 얼굴로 바라보고 있다.

……그것이 회장의 분위기를 미아에게 유리하게 만들어 주었다.

깔끔하게 단장하면 비교적 예쁘장한 소녀인 야나. 그리고 야나의 동생이자 마찬가지로 귀엽게 생긴 키릴.

보호자도 없는 상황에서 열심히 노력한 누나와 그런 누나를 애써 격려해주려고 하는 기특한 동생……. 이들을 보고 동정과 보호 본능이 솟지 않는 사람은 없었다.

게다가 야나의 눈물에 전염된 듯 다른 아이들도 울고 있었다. 하지만 그들은 결코 소리를 내지 않았다. 입술을 깨물며 참고 있었다.

그것은 짓밟혀온 약자들의 모습이었다.

크게 소리 내어 울었다가 조금이라도 시끄럽다고 느껴지면 맞는다. 그래서 눈에 띄지 않도록, 무시무시한 자에게 최대한 발견되지 않도록 몸을 웅크린다.

가혹한 환경에서 체득해버린 습관, 그런 아이들의 모습은 빈민가에 발을 들여놓은 적이 없던 귀족 아이들의 눈에는 무척 불쌍해 보였다.

불결한 덩어리에 불과했던 것이 처음으로 자신들과 같은 인간으로서, 자신보다 약하고 왜소한 아이로서…… 그들 눈에 비쳤다.

따라서 이미 아이들을 비난하려는 분위기는 흩어지고 말았다.

한편으로 미아 또한 아이들의 눈물을 보며 생각했다.

감회 깊은 듯 신음한 뒤, 미아는…….

──흐음……. 제 이야기에 감동했군요. 사람을 울리는 힘이 있다는 건 말에 힘이 있다는 증거…….

그렇게 만족스러워하며……,

──저는 역시 문학적 재능이 있는 게 아닐까요?

살짝 콧대가 높아졌다!

──많은 사람에게 감동을 주는 소설, 혹은 시를 쓰는 재능……. 스스로는 눈치채지 못했었지만…… 그래요. 다음에 에리스의 도움을 받아서…….

그렇게 깜짝 시인의 길을 열어버리려는 미아였다.

──아무튼, 이대로 수습된다면 가장 좋을 테지만요……. 그러기 위해서는 역시 범인이 나서주지 않으면 안 돼요.

미아는 아이들이 과거에 죄를 저질렀다고 해도 그걸 어쩔 수 없는 일로 만들었다. 그건 아이들이 살던 지역의 영주에게 많은 책임이 있다고 언급했다. 세인트 노엘에 온 지 얼마 되지 않은 아이들의 정신도 아마 그동안 겪은 일이 영향을 미쳤을 것이라고 호소했다.

……하지만 그건 어디까지나 이미 저지른 죄에 관한 것. 그 죄를 인정하고 나서는 건 또 다른 차원의 문제였다.

전교생 집회가 끝난 뒤 범인이 나서지 않았을 때는…… 역시나 비난의 불꽃은 사라지지 않을 것이다. 일부 사람들은 '천한 평민은 미아 황녀 전하의 감사한 말씀을 듣고도 죄를 인정하려 하지 않는구나!'라고 할 수 있기 때문이다.

──만약 아이들이 범인이라면 자수하고 은 제구를 돌려줘야 하는데……. 패티가 범인이라면 아무 말도 하지 않을 테죠. 다른 아이가 범인이면 순순히 자수해줄 것 같지만……. 뭐, 범인이 자수해도 학생에게 공개하지 않아도 될 것 같으니까요. 그저 범인을 찾았다고만 하면 그 후에는 다들 알아서 상상해줄지도 모르죠.

미아는 다시금 안도의 한숨을 쉬었다.

──어쨌거나 제가 해야 할 일은 끝났어요. 하아, 오늘은 피곤하네요. 머리는 많이 썼어요.

그렇게 미아는…… 어쩐지 자신을 칭찬해주고 싶은 기분이 들었다.

──보상으로 아주아주 달콤한 케이크를 배부르게 먹어도 되지 않을까요? 지금까지는 단것은 최대한 참았지만……. 크림을 가득 올린 맛있는 케이크를 위가 가득해질 만큼 먹어도 괜찮지

않을까요? 오늘은 무척 열심히 했으니까요……. 저 자신에게 상을 줘도 되지 않을까요?

그렇게 금단의 망상에 잠겨있던 때였다.

단상에서 내려온 라피나에게 모니카가 조용히 걸어갔다. 잠시 대화한 후 라피나는 미아에게 다가와…….

"미아 님……. 범인이 움직였어."

"…………흐어?"

미아의 '상으로 단것을 배부르게 먹는 망상'은 이렇게 물거품처럼 사라지고 말았다.

제53화 구경꾼…… 탐정 벨, 미행하다!

벨과 슈트리나의 미행이 시작되었다.

성큼성큼 서둘러서 복도를 걸어가는 유리우스. 그 뒤를 두 명의 소녀가 소리 없이 쫓아갔다. 복도에 인기척은 없다. 따라서 들키지 않도록 어느 정도 거리를 벌리고 미행하게 되었다.

"벨, 이쪽이야."

목소리를 죽인 슈트리나의 지시. 그에 따라 벨은 타다닷 잰걸음으로 이동했다.

──어쩐지 리나, 아주 익숙해 보여…….

발소리를 죽이고 그늘에서 그늘로 스슥 이동하는 슈트리나에게 벨은 존경하는 눈빛을 보냈다.

──아까 평범한 여자아이는 성벽을 넘지 못할 거라고 했는데, 리나라면 혹시 가능할지도……?

아니면 도중에 손이 미끄러져서 떨어지지만 그걸 남편인 그 사람이 받아주고……. 그래서 발그레한 얼굴로 눈을 마주치고…….

그렇게 살짝 망상에 잠겨서 히죽거리는 벨. 그런 벨을 보고 슈트리나는 어리둥절한 얼굴로 고개를 갸웃거렸다.

"왜 그래? 벨. 뭔가 좋은 일이라도 있었어?"

"네? 앗, 아뇨. 아무것도 아니에요. 그나저나 유리우스 선생님, 어디에 가려는 걸까요?"

아하하 웃으면서 회피한 벨은 유리우스에게 시선을 되돌렸다.

그가 향하는 방향, 교실동을 지나친 너머에는 인기척이 없는 복도가 이어졌다.

그러고 보면 이 앞으로는 가본 적이 없었다는 걸 떠올렸다.

전에 이 세계에 막 왔을 때 학원 내에 한동안 숨어 살았던 벨이었지만, 기본적으로 먹을 것이 있는 식당을 중심으로 이동했기 때문에 이쪽에는 온 적이 없었다.

"……사람도 별로 없는데, 설마 정말로 불을 지르려는 건…….

"아, 그건 괜찮아. 이 앞에는 딱히 불에 잘 탈 만한 것도 없고, 일단 그런 곳은 라피나 님께 말씀드려서 대처해달라고 했거든."

생글생글 득의양양하게 말하는 슈트리나. 벨과는 다르게 이미 이 앞의 장소도 확인한 모양이었다. 이미 화재 위험 장소도 구석구석까지 잘 점검해 놓았다고 한다.

"역시 리나예요."

그렇게 말하면서도 그걸 조사해서 뭘 할 생각이었을까……? 하며 살짝 의문을 느끼는 벨이었다.

"어라……?"

하지만 다음 순간에는 그 관심도 다른 곳으로 튀었다.

할머니의 '음식 탐구심의 피'를 이어받은 벨의 가슴에는 맹렬한 '호기심'이 들러붙어 있다!

그 피가 시키는 대로 벨은 시선을 굴리고…… 고개를 갸웃거렸다.

"어라? 유리우스 선생님이 없네요……?"

유리우스를 쫓아 두 사람이 들어온 곳은 낡은 홀이었다. 신입생 환영 무도회가 열린 홀보다 크기가 작고 살짝 퀴퀴했다.

지금은 창고 대신 쓰는 건지, 오래된 성찬탁(聖餐卓)이며 망가진 책상 등이 난잡하게 놓여 있었다.

──어딘가에 숨었을 가능성은……?

그런 생각이 들기는 했지만 숨을 수 있을 법한 장소는 별로 없다. 창고라고 해도 실내는 가지런히 정리되어 있어서 몸을 감출 수 있을 장소는 두세 군데. 그곳도 금방 확인이 끝나자 유리우스가 없다는 게 확실해졌다.

"저기, 벨. 여기 수상하지 않아?"

그때였다. 미간을 찌푸린 슈트리나가 한 지점을 가리켰다.

그곳은 벽. 라피나의 거대한 초상화가 걸린 벽이었다.

"우와, 커요!"

초상화를 올려다보며 벨은 무심코 입을 떡 벌렸다.

거의 라피나의 두 배 정도 높이는 될 법한 거대한 초상화였다.

"……이렇게 훌륭한 라피나 님 초상화를 굳이 이런 창고 같은 곳에 걸어두다니, 아주 수상해."

신음하며 주장하는 슈트리나였지만 벨에게는 다른 견해가 있었다.

──라피나 아주머니는 자기 초상화를 안 좋아하시니까.

라피나가 매번 아주아주 우울하다는 듯이 초상화에 사인했었던 걸 떠올린 벨이었다.

심지어 그곳에 걸린 건 참으로 화려한 초상화였다. 등에 하얀 날개를 펼치고(라피나의 등에 날개가 달리는 건 기본 사양이다)

하늘을 나는 라피나. 주위에는 반짝이는 보석 같은 별을 흩뿌려 그녀의 아름다움을 치장했다.

반짝이는 별자리는 성녀를 따르는 종자처럼 라피나의 다리를 장식하고, 그 긴 머리카락을 아름다운 초승달이 물들였다.

다만 딱 한 부분, 어딘가 먼 곳을 바라보는 눈은 영 생기라고 할지 의욕이 없어서……. 모델과 화가의 심리적 온도 차이를 참으로 교묘하게 보여주는 그림이었다.

──이 각색은 아무래도 좀 그렇겠지……. 외부에 걸어두고 싶지 않을 만도 해.

까불이 벨조차 그렇게 느낀다. 이런 식으로 창고용 공간에 대충 걸어놔도 이상하진 않은 것 같은 느낌이 들지만…….

그러는 사이에도 슈트리나는 초상화 주변을 둘러보며 수상한 곳을 찾았다. 그러다 이윽고 무슨 생각을 한 건지 액자를 두 손으로 불쑥 잡고는 덜컥 빼 버렸다.

"위험해!"

비틀비틀 균형이 무너진 슈트리나. 벨은 허둥지둥 도와주러 갔다. 그렇게 끙차끙차 둘이 힘을 모아 초상화를 치우자…… 그곳에 나타난 건…….

"앗! 우와!"

벨의 눈이 무심코 휘둥그레졌다.

초상화에 가려졌던 벽 부분에는 네모난 구멍이 뚫려있고, 그 너머에 좁은 계단이 이어져 있었다.

"비밀 계단이야. 액자가 비뚤어진 흔적이 있어서 의심했는데……."

아무래도 슈트리나도 반신반의로 치워본 모양이었다. 얼굴에서 놀라움이 보였다.

"유리우스 선생님은 이 앞에 있는 걸까요?"

위쪽을 살펴보았지만, 계단이 나선형으로 올라가서 위쪽까지는 보이지 않았다.

"달리 숨을 수 있을 법한 장소는 없으니까…… 우선 들어가 볼까요? 세인트 노엘에 그렇게까지 위험한 장소가 있을 것 같지도 않고요."

그렇게 말하더니 벨은 천천히 구멍으로 들어갔다.

"앗, 기다려. 벨. 리나가 앞장설 테니까."

뒤에서 슈트리나가 쫓아와 옆에 섰다.

"어라? 리나. 그 초상화는 원래대로 안 돌려놓는 거예요?"

뒤를 돌아본 벨이 고개를 갸웃거렸다.

"응……. 일단 무슨 일이 일어났을 때를 대비해서. 저대로 두면 누군가가 눈치챌지도 모르고. 하지만……."

거기서 말을 끊은 슈트리나는 가련한 미소를 지었다.

"아마 괜찮을 거야……. 감시가 없었으니까."

"네……?"

"음, 아니야. 자, 가자."

그렇게 두 사람은 계단을 올라가기 시작했다.

"하지만 여기는 뭘까요? 학교에 이런 곳이 있다니……."

주위를 두리번거리며 벨이 말했다. 슈트리나는 작게 고개를 끄덕이고 대답했다.

"눈치챘어? 벨. 입구에, 열려있긴 해도 철창이 달린 문이 있었거든…… 아, 봐. 저기 창문에도……."

슈트리나가 가리키는 곳은 채광용 창문이 입을 벌리고 있었다. 그곳에는 튼튼해 보이는 철창살이 박혀 있다.

"어쩌면 여기는 누군가를 가둬놓기 위한 장소인 게 아닐까?"

"가둔다니…… 앗, 저기……."

이윽고 두 사람의 눈에 묵직해 보이는 문이 나타났다. 안을 감시하기 위해서일까? 작은 철창이 달린 문이었다.

방 안은 아직 보이지 않지만…… 안에서 인기척이 느껴졌다.

"역시 누군가를 가둬놓은 건가……? 앗?!"

문으로 다가가려고 한 벨은 별안간 그늘 뒤에서 나타난 그림자에 팔을 붙잡혀 그대로 구속당했다.

"벨?!"

놀란 슈트리나가 달려오려고 했으나 그 발이 멈췄다. 그녀의 시선은 벨의 뒤쪽에 못 박혀 있었다.

"이런, 라피나 님의 수하인 줄 알았는데 당신들이었습니까……."

벨의 팔을 단단히 붙잡은 남자. 부드러운 미소를 지은 그 남자는…….

"유리우스 선생님……. 어째서."

벨의 질문에 유리우스는 난처한 얼굴로 어깨를 으쓱했다.

"그건……."

"어라, 제법 소란스럽군요……."

갑작스러운 목소리……. 그건 벨과 슈트리나가 들여다보려고 한 방 안에서 들렸다.

　다음 순간, 문 위에 뚫린 철창에 여자의 얼굴이 착 달라붙었다.

　그 눈이 번들거리며 주위를 둘러보고는……. 슈트리나를 확인한 순간 환희의 빛을 머금었다.

　"오오, 이거 슈트리나 아가씨로군요. 오랜만입니다."

　갇혀있던 여자…… 바르바라가 생긋 뒤틀린 미소를 지으며 그곳에 서 있었다.

제5부 황녀의 휴일 Ⅱ로 계속.

티어문 제국
이야기

99일 뒤에 돌아오는 벨

99 Days Before Bell Returns

그것은 벨이 이 세계에서 떠난 뒤의 이야기.

세인트 노엘 학원에 돌아온 미아 일행 중 가장 심각한 타격을 입은 건 슈트리나 에트와 옐로문이었다.

친구를 자기 때문에 잃었다고 믿는 그녀는 완전히 넋이 나가서 방에 틀어박히고 말았다.

"그럼 실례합니다. 리나 양."

커튼을 친 어둑한 방 안. 미아는 침대 위에 멍하니 누워있는 소녀에게 말을 건넸다.

하지만 소녀, 슈트리나는 거의 반응이 없었다. 유일하게 작은 말 모양 부적을 굳게 움켜쥔 손만이 그녀의 의사를 보여주었다.

"식사는 잘 하지 않으면 안 됩니다."

미아는 거듭 슈트리나를 부르며 테이블 위에 놓인 식기에 시선을 주었다.

어제 가져온 음식이 접시 위에 고스란히 남아있었다.

──맛있어 보이는 수프였는데 아까워요.

가련한 소녀 같은 외모와는 반대로 의외로 잘 먹는 슈트리나였다. 그런 그녀가 한 입도 손을 대지 않았다는 사실은 그 마음이 얼마나 깊이 상처받았는지 증명하는 셈이었다.

──사실은 벨에 대해 제대로 이야기하고 싶지만……. 지금 리나 양에게 들릴지 의문이네요…….

그렇지 않아도 벨의 사정은 복잡하다.

"사실 그 아이는 미래에서 온 제 손녀입니다!"

같은 말을 해봤자 제대로 들어줄지 알 수 없다. 어쩌면 비웃는 거냐며 독을 탈지도 모른다.

──뭐, 그렇게 하려는 기력이 있다면 오히려 기쁜 일인 건지도 모르지만요……. 어쨌거나 언젠가는 이야기해야만 하지만, 지금은 아직 그럴 때가 아니겠네요…….

그렇게 복도로 나와 깊디깊은 한숨.

"역시 실패였군요, 미아 님."

동행했던 에메랄다가 그제야 입을 열었다.

선크랜드에서 일어난 사건 이후 한 번은 제도로 돌아갔던 에메랄다였으나, 슈트리나의 사정을 듣고 날아왔는데…….

"제 무력함을 실감했습니다. 뭐, 어쩔 수 없긴 하지만요……. 그 아이들은 무척 사이가 좋았으니까요. 갑자기 작별하게 되면 역시 충격을 받겠죠."

그렇게 어두운 표정을 짓는 에메랄다였다.

참고로 에메랄다에게는 벨이 먼 곳에 가게 되었다고만 말해놓았다. 죽었다고 알려주면 여러모로 귀찮아질 것 같았기 때문에 그렇게 했다.

──에메랄다 양도 의외로 정이 두터운 분이니까요. 벨과도 모르는 사이가 아니고. 그렇다면, 자칫 잘못 전달했다간 역시 충격을 받을지도 몰라요.

그런 미아의 배려였다.

"제도에서 과자를 이것저것 가져왔는데, 소용없었네요……."

아무래도 에메랄다는 동생처럼 여기던 슈트리나의 비통한 얼굴을 보고 완전히 언니 모드에 들어간 건지……. 특별히 주문한 맛있는 과자를 가져오고 다정한 말을 건네는 등, 철부지 영애인 그녀치고는 드물게도 배려심으로 넘치는 행동을 보였으나…… 역시나 슈트리나는 반응하지 않았다.

"역시 가만히 내버려 두길 바라는 일은 있기 마련이겠죠. 저희의 목소리는 전혀 들리지 않는 듯한 모습이었어요."

에메랄다는 난감한 얼굴로 한숨을 쉬었다.

"걱정되지만, 지금은 가만히 두는 게 좋으려나요……?"

뺨을 손바닥으로 감싸고 다시 한숨. 그런 에메랄다를 보며 미아도 생각에 잠기고는…….

"그렇…… 겠네요……."

어쩌면 그게 나을지도 모른다는 생각이 들었다.

마음의 상처를 치유하려면 시간이 필요하다.

지금은 그저 혼자서 조용히 지내는 게 슈트리나를 위한 행동인 건지도 모른다고…… 결론을 내릴 뻔한 미아였으나, 바로 작게 고개를 저었다.

"아뇨……, 하지만……."

불현듯 떠올린 소중한 기억. 그것은 이전 시간축……. 지하 감옥에서 일어난 일.

아버지가 단두대에 올라갔다는 이야기를 들었을 때의 일이었다.

"아바마마께서…… 처형?"

황제 마티아스 루나 티어문의 죽음을 알려준 사람은 미아를 감시하는 남자였다.

"그래. 드디어 우리는 신을 대신해 악랄한 황제에게 벌을 내려줬어."

남자는 마치 술에 취하기라도 한 것 처럼 어딘가 황홀한 어조로 말한 뒤 미아를 노려보았다.

"다음은 네 차례야. 각오하라고, 미아 루나 티어문."

그 말과는 달리 미아의 처형은 상당히 시간이 지난 뒤에 집행되었지만……. 당시 미아가 그런 걸 알 리는 없었고.

슬픔과 외로움과…… 강렬한 공포가 마음을 가득 채웠다.

다음은 미아 차례라는 그 말. 언제 죽음이 찾아올지 알 수 없다는 공포는 아주아주 컸고…….

하지만…… 하루가 지나고, 이틀이 지나고. 한대의 공포는 거짓말처럼 사라지더니…….

아버지를 잃었다는 슬픔만이 남았다.

"아아……. 아바마마와 다시는 만날 수 없는 거군요…….."

그렇게 생각하자 너무나도 외로웠다.

그 귀찮은 미소도, 아빠라고 부르라는 말도 더는 들을 수 없다고 생각하니 마음이 가라앉아서 아무런 의욕도 나지 않았다.

그런 때였다. 안느가 찾아온 건…….

"아아, 안느 양……."

미아는 사과했다.

예전에 했던 약속을 지키지 못하게 된 것을⋯⋯. 멍한 머리로 그저 그 말만을 했다.

그렇게 의기소침해하는 미아에게 안느는 소소한 잡담을 건넸다. 그러고는 카티라를 만들겠다고 약속해주었다.

──그래요. 그때는 딱히 의미 있는 대화를 한 건 아니었어요. 위로하는 말을 들은 것도 아니었죠. 다만 안느는⋯⋯ 곁에 있어 주었어요.

미아는 생각했다.

만약 그 자리에 있던 게 자신이었다면⋯⋯ 무언가 말을 건넬 수 있었을까?

──아버지가 죽은 황녀, 그것도 백성을 위해 헌신한 무척 선량하고 뛰어난 황녀였음에도 감옥에 갇히고, 처형을 기다리는⋯⋯ 그런 처지인 사람에게⋯⋯ 할 수 있는 말은 없지 않았을까요?

미아는 팔짱을 끼고 으으음 신음했다.

뭐, 그⋯⋯ 미아의 견해에 약간 하고 싶은 말이 없는 것도 아니지만⋯⋯. 그건 제쳐놓고.

──할 수 있는 말도 없으니 가만히 두는 게 좋겠다며 그 자리를 뒤로했을 가능성도 있어요. 그런데⋯⋯.

안느는 곁에 있어 주었다.

염려하고 어떻게든 말을 붙이면서 함께 있어 주었다.

그저 누군가가 곁에 있어 준다는 따스함이 당시의 자신을 얼마나 구해주었는지⋯⋯.

미아는 살며시 눈을 감았다. 그리고 에메랄다에게 말했다.

"혼자 있고 싶을 때, 조용히 있고 싶을 때는 확실히 있을 테죠. 하지만…… 목소리가 들리지 않아도 곁에 있어 주는 것 또한 필요하지 않을까요?"

시간이 해결해줄 수밖에 없는 일은 있다. 하지만 그저 곁에 있는 것……. 말없이 등을 토닥여주는 것, 그런 것도 필요하지 않을까.

곁에 있기만 해도 구원이 되는 게 있지 않을까.

과거에 안느가 해주었던 것처럼……. 그리고.

──벨이…… 그 아이가 여기에 있다면, 분명 똑같이 했을 테니까요.

조용히 숨을 들이마신 뒤 미아는 말했다.

"리나 양, 내일도 또 올게요. 내일도, 모레도……. 당신이 기운을 낼 때까지 몇 번이든 오겠어요."

미아는 문을 향해 살며시 말을 걸었다.

들렸는지 아닌지는 알 수 없지만, 포기하지 않고, 인내심을 발휘하며.

그런 미아를 본 에메랄다는 고개를 절레절레 내젓고는…….

"어쩔 수 없네요. 그럼 저도 같이 오겠습니다. 세인트 노엘 학원에서 별을 지닌 공작가의 사람이 모이는 월광회를 열 기회는 이제 별로 남아 있지 않으니까요……. 리나 양은 최소한 두세 번은 더 나와줘야 한다고요."

씩씩거리며 말했다.

"그러게요……. 아, 그런데 에메랄다 양……. 그 특제 과자 말인데, 아까우니까 저희가 먹는 건 어떤가요?"

"어머? 마음이 통했네요. 미아 님. 저도 마침 그렇게 말씀드리려던 참이었답니다. 이렇게 된 거 루비 양도 불러서⋯⋯."

그런 식으로 떠들썩하게 슈트리나의 방 앞을 떠나가는 미아와 에메랄다였다.

이렇게 두 사람의 슈트리나 방문은 계속된다.

벨의 귀환까지, 앞으로 99일.

누나들의 타산적인 우정

SISTERS' MERCENARY FRIENDSHIP

"누나……."

불현듯 들린 목소리에 패티는 퍼뜩 고개를 들었다.

밝은 소음이 가득한 장소. 그곳은 대륙에서 가장 호화롭고 화려한 학생 식당인 세인트 노엘 학원의 식당이었다.

메뉴만이 아니다. 이용하는 사람들도 호화로웠다.

왕후·귀족 자녀와 대상인의 자제……. 각국의 상류계급인 고귀한 핏줄이 모여서 우아하게 대화를 나눈다.

그런 구름 위의 식당에, 식당과 조금 안 어울리는 아이들의 모습이 있었다.

세인트 노엘 학원 특별 초등부 아이들……. 그 모습을 바라보며 패티는 작게 한숨을 쉬었다.

──어제는 미아 선생님이 개입해서 어떻게든 됐지만, 역시 눈에 띄어…….

어제 본 남자아이들처럼 노골적으로 공격하려는 사람은 없어졌다. 하지만 역시, 아이들이 이 자리의 분위기에 녹아드는 건 아직 어려울 것이다.

참고로 패티는 이 분위기 속에 녹아들 수 있었다.

뱀에게서 귀족의 행동거지를 배웠기 때문이다. 가본 적은 없지만, 아마 무도회에 참석해도 위화감이 없을 만큼은 행동할 수 있을 것이다.

따라서 평지풍파를 일으키지 않고 조용히 식사할 수 있지만…….

"누나…… 이거 싫어."

패티는 목소리가 들린 쪽으로 다시 의식을 되돌렸다. 그곳에는 어린 남자아이가 옆에 앉은 누나에게 말을 걸고 있었다.

누나 쪽은 야나, 동생은 키릴이라는 이름이었던가…….

키릴의 커다란 접시에는 빨간 콩이 따로 모여있었다.

"안 돼, 키릴. 사치 부리지 마. 이런 제대로 된 식사를 할 수 있다는 건 행복한 일이니까, 남기지 말고 다 먹어."

야나의 대답에 키릴은 불만을 드러냈다.

──저 콩은 확실히 조금 매우니까 싫어하는 아이에겐 싫겠지. 한네스도 별로 안 좋아했던가…….

패티는 딱히 이 두 사람과 엮일 마음은 없었다. 오히려 특별 초등부의 누구와도 친하게 지낼 생각이 없었고, 미아와도 최소한의 대화를 나누는 정도에서 멈추려고 했다. 하지만…….

패티는 야나가 보지 않는 틈을 노려 재빨리 키릴의 접시에서 빨간 콩을 가져가 그대로 입에 쏙 넣었다.

그렇게 먹은 뒤에 떠올렸다. 이 콩은 자신도 싫어했다는 걸…….

"어……?"

어리둥절한 키릴 앞에서 맛없어하는 표정은 조금도 보이지 않고 몰래 윙크해주자…… 키릴은 환하게 웃었다. 하지만.

"어? 뭐야, 키릴. 다 먹었어? 착하네."

누나가 머리를 쓰다듬자 키릴의 표정이 바로 복잡해졌다.

죄책감을 느낀 모양이었다.

그런 누나와 동생의 관계가 조금 재미있어서…… 패티의 표정이 살짝 누그러졌다.

머릿속에 동생, 한네스의 얼굴이 떠올랐다.

──한네스……. 무사할까…….

조용히 눈을 감자 눈꺼풀 뒤에 떠오르는 얼굴이 있었다.

동생의 얼굴……. 맞은 뺨을 누르며 눈에는 눈물을 가득 매단
얼굴이었다.

"무슨 잘못을 했는지 아십니까? 한네스."

클라우지우스가의 어린이 방에 차갑고 가시 돋친 목소리가 울
렸다. 엄한 말을 들은 한네스는 두려움에 얼굴이 딱딱해졌다.

그런 한네스의 얼굴을 들여다보며 클라우지우스 가의 교육 담
당인 메이드가 말했다.

"무슨 잘못을 했는지 아시냐고…… 그렇게 물었습니다. 못 들
었습니까?"

한네스는 어깨를 움질한 뒤 작게 고개를 저었다.

"모르신다? 누나……, 누나, 누나. 후작가의 아들은 그런 식으
로 누이를 부르지 않습니다. 누님이라고 부르라고 몇 번을 가르
쳐드려야 배우실 겁니까."

벽을 쾅 친 메이드는 패트리시아 쪽으로 시선을 돌렸다.

"당신은 알고 계시죠? 패트리시아."

온기라고는 한 톨도 없는 차가운 눈. 방심하면 벌벌 떨 것 같았
기에 패트리시아는 살며시 심호흡한 후…….

"……네."

작은 목소리로 대답했다. 그러자 메이드는 얼굴을 바싹 들이밀고 패트리시아를 빤히 바라보더니 말했다.

"후후후, 긴장을 달래기 위해 심호흡을 하셨습니까. 나쁘지 않습니다. 차분하고 청순한 행동거지는 영애다운 행동이니까요."

패트리시아에게 요구하는 건 귀족 영애로서 적절한 행동거지.

패트리시아에게 주입하는 건 황후로써 황제를 타락시키기 위한 뱀의 사고방식.

메이드는 만족스러운 듯 고개를 끄덕인 뒤 한네스를 쳐다봤다.

"한네스, 당신에게는 교육이 필요합니다. 조금 전 실수의 벌로서…… 오늘은 식사를 드리지 않겠습니다."

"어……?"

그 말을 들은 순간 한네스의 눈에 눈물이 고였다. 그걸 본 패트리시아는 무심코…….

"요……."

용서해달라고 말하려다…… 삼켰다.

뱀에게 애원하는 것만큼 무의미한 짓은 없다. 그건 의미가 없는 데다 어리석은 짓이기도 했다.

『그런 부탁이 통할 것 같습니까?』

그렇게 말하며 반대로 분노할 뿐이다.

뱀이 요구하는 건 어리석은 어린아이의 행동이 아니다.

뱀의 비위를 맞추기 위해서는 똑똑한 뱀이 되어야만 한다.

그러니 지금 해야 할 말은…….

패트리시아는 생각을 정리한 뒤 입을 열었다.

"동생은…… 병약합니다. 약을 먹어 안정된 상태라고 해도 식사를 하지 않으면 건강이 나빠질지도 모릅니다."

패트리시아의 주장에 메이드는 흡족하게 웃었다.

"네, 그렇군요. 그건 확실히 식사를 해야 하는 이유가 됩니다. 한네스는 어리석지만 클라우지우스의 가주가 되어야 하는 아이니까요."

그러더니 메이드는 패티의 뺨을 가볍게 쓰다듬고는…… 꽉 꼬집어서 자기를 보게 했다. 눈동자를 들여다본다. 감정을 읽을 수 없는, 뱀 같은 그 눈에 패트리시아의 마음이 희미하게 떨렸다.

"정말로 잘하셨습니다. 패트리시아. 그렇다면……, 그래요. 당신의 식사를 동생에게 주는 걸 허락하겠습니다."

차갑고 담담한 어조였다.

메이드는 어깨를 움찔 떠는 패티를 향해 쾌활한 미소를 지으며 말을 이었다.

"아아. 축하합니다. 패트리시아. 당신은 당신이 원하는 것을 손에 넣었습니다. 소중한 동생의 식사입니다. 목적을 위해서라면 자신이 고통받는 것도 꺼리지 않는 자세. 그것이야말로 뱀입니다."

무정하게 고하는 말에 패트리시아는 머리를 숙여 대답했다.

괜한 말은 하지 않는다. 이 이상 대화해서 얻을 수 있는 건 없다는 걸 안다.

교육 담당의 의도는 알고 있으니까…….

──한 번 안심시킨 뒤 추락시켜서, 나를 절망에 빠트리려는 거야.

머릿속에 주입 당하는 뱀의 가르침. 상대의 마음을 조종하는 방법. 그 가르침과 대조하여 상대의 의도를 읽어낸다.

모든 것은 패트리시아를 우수한 뱀의 첨병으로 키우기 위한 '교육'이었다.

절망이야말로 파괴와 혼돈의 갈망으로 이어진다.

하루하루 절망하다 보면 이런 세상 같은 건 멸망해버리라는…… 그런 마음이 들 것이다.

그리고 실제로 패트리시아는 이미 반쯤 그런 상태였다.

하지만…….

꾹, 옷자락을 잡아당기는 느낌. 시선을 돌리자 한네스가 울상이 되어 바라보고 있었다.

"괜찮으니까……. 한네스, 네가 먹어……."

"하지만, 누나…… 누님."

호칭을 정정하는 동생의 머리를 살며시 쓰다듬는 패티.

"둘만 있을 때는 누나라고 해도 돼. 응……?"

그러고는 다정하게 미소 지었다.

"……배고파."

한네스를 식당에 보낸 뒤 패트리시아는 작은 손으로 배를 문질렀다.

한 끼라고는 해도 성장기인 몸에는 타격이 컸다.

아무리 긴장될 뿐 즐겁지 않은 식사라고 해도…….

귀족으로서 갖춰야 할 매너에 더해 식사하며 상대의 마음을 읽어내고 뜻대로 조종하는 언어 구사법 등……. 배워야 하는 건 많이 있었고…… 그런 교육을 받으며 하는 식사는 솔직히 맛있지 않았다.

"어머니가 계실 때는…… 더 맛있었는데……."

빵이 딱딱해도, 수프의 건더기가 적어도…… 그래도 맛있고 즐거운 식사였다.

"왜 이렇게 된 거지……?"

어머니가 죽은 뒤로 운명은 나쁜 방향으로 굴러가기 시작했고, 어느새 새카만 어둠 속에 있었다. 전신에 달라붙는 듯한 어둠 속에서 어린 동생을 데리고 정처 없이 걸어간다.

한시도 안심할 수 없는 나날에 패트리시아의 마음은 조금씩 긁히고 마모되었다.

꼬르륵……. 처량한 소리. 패트리시아는 배를 천천히 문지르며 일어났다.

"……책이라도 읽자."

똑똑한 뱀으로서 행동하기 위해 지식을 익히는 건 권장되는 행위였다. 따라서 그녀는 최대한 책을 많이 읽었다. 만약 언젠가 뱀과 적대하게 된다고 해도 어떻게든 할 수 있도록…….

"어……? 뭐지?"

그때 패트리시아는 깨달았다. 방의 구석…… 책꽂이 주변이 눈부시게 빛나는 게 보였다.

"이것도 무언가를 노리고 한 건가……?"

조심조심 그 빛의 정체를 확인하기 위해 다가갔고, 그리고.

"저기……."

식당에서 나온 직후 불러세우는 목소리가 들렸다. 그쪽을 돌아보자 야나와 키릴이 서 있었다.

"……왜?"

"아까는 동생이 신세 진 것 같던데……."

문득 시선을 던지자 키릴은 아주아주 미안한 듯 얼굴을 구기고 있었다.

──아아, 비밀로 못한 거구나……. 아마 누나를 아주 좋아하니까…….

그렇게 생각하자…… 또다시 한네스를 떠올렸다.

"왜 그래?"

"어……?"

정신을 차리자 야나가 걱정하는 표정을 짓고 있었다. 그 옆에서는 키릴도 깜짝 놀란 얼굴로 이쪽을 바라보고 있다.

"왜 그러냐니, 뭐가……?"

"아니, 왠지 울 것 같아서."

"그렇지, 않…… 아."

마음이 흔들렸다는 자각은 있지만 그렇다고 해도 남들 앞에서 우는 건 말도 안 된다. 설령 눈물을 흘리는 일이 있다면, 그건 그렇게 해서 자신이 우위에 설 수 있는…… 그럴 필요가 있을 때뿐…….

"왜 대신 먹어준 거야?"

이쪽을 물끄러미 바라보는 야나. 마치 관찰하는 것처럼…….

——딱히 상관없어. 아마추어에게 마음을 읽히는 어설픈 실수는 안 해.

패티는 여느 때와 같은 무표정으로 고개를 끄덕였다.

"남기는 건 네 말대로 아까워. 하지만 식사는 맛있게 먹는 게 좋잖아."

그렇게 말한 뒤 패티는 살며시 키릴의 머리에 손을 가져가 쓰다듬었다.

조금 놀란 듯한 키릴이었지만, 얌전히 패티의 손길을 받았다.

"언젠가 또 먹을 게 없어져서 가릴 수 없게 될 때가 올지도 모르지. 그럼 맛있는 것만 먹을 수 있는 시간을 소중히 여기는 게 낫다고 생각했을 뿐이야."

패티는 드물게 말이 많아졌다는 걸 자각했다.

"하지만, 미안해. 나는 네 동생의 음식을 훔쳤어. 만약 필요하다면 나중에 다른 것과 교환하⋯⋯."

"너 혹시, 남동생 있지 않아?"

갑작스러운 지적에 패티의 어깨가 움찔 튀어 올랐다.

"어⋯⋯ 째서, 그걸?"

묵직한 충격을 받아 무심코 목소리가 떨렸다.

왜 그 사실을 파악한 건지⋯⋯ 전혀 이해할 수 없었다. 하지만 야나는 그런 패티의 반응을 보며 쿡쿡 웃었다.

"아니, 자기보다 어린 남자애를 다루는 게 익숙해 보여서 찍었어."

그러고는 표정을 확 바꿔서,

"아, 저기⋯⋯ 혹시⋯⋯ 그 동생은⋯⋯."

몹시 거북하다는 듯한 얼굴로 말했다.

"아, 괜찮아. 안 죽었어. 몸은 약하지만 살아있어."

"그렇구나. 몸이 약하다고…… 그거 고생이겠네……."

야나는 변함없이 미안하다는 듯 어두운 얼굴이었다.

아마도 자기와 겹쳐보고 상상한 모양이었다.

만약 키릴도 몸이 약했다면…… 제힘으로 지킬 수 있었을까, 같은 상상을.

아니면 지금 이 학원에 동생이 없는 걸 상상했을까? 동생을 두고 와야만 했던 패티의 처지를 동정한 걸까…….

어쨌거나 패티는 야나의 심정을 냉정하게 분석하고 그 속에 자기에게 유리하게 작용할 요소가 있다는 걸 지극히 자연스럽게 통찰한 뒤…….

"저기, 패트리시아. 괜찮다면 그…… 우리와 친구가 되지 않을래?"

친구……. 그 단어에 욱신거리는 통증을 느꼈다.

뱀의 사고와 분석. 상대의 마음을 읽고 자신에게 유리하게 굴리는 것…….

그런 짓을 하던 자신이 어쩐지 몹시 추악해 보여서……. 친구라니…… 그런 예쁜 단어로 부를 수는 없다고, 생각해서…….

그래서 패티는 고개를 저으려고 했지만…….

"아니, 친구는 좀 아닌가……. 상호 도움? 으음, 서로 이용하는 동료? 그런 거."

그 말에 패티는 놀랐고…… 웃음이 나왔다.

그녀는 딱히 뱀이 아닐 텐데 완전히 똑같은 생각을 했으니까…….

"서로를 이용하는 친구?"

패티는 아주 오랜만에 웃었다.

"뭐야, 딱히 이상한 건 아니잖아? 나는 키릴을 지켜야 해. 너도 지켜야 하는 동생이 있지."

그러더니 야나는 살짝 목소리를 죽였다.

"솔직히 고민 중이야. 여기 있는 사람들을 정말로 믿어도 될지……. 그 미아 님은 믿고 싶어……. 하지만 아직은 도저히, 깊게 믿을 수 없어. 배신당할지도 모른다고 생각하면 아무래도……."

"즉 배신당했을 때 도와줄 동아줄이 없으면 믿을 수 없으니까, 그게 되어달라는 거야?"

작게 고개를 기울이는 패티를 향해 야나는 씩 웃었다. 그건 마치 장난꾸러기가 공범자에게 짓는 듯한, 조금 짓궂은 웃음이었다.

"그래. 맞아. 그 표현이 딱 맞아."

패티는…… 아주 조금 웃었다. 자신과 비슷한, 조금 타산적인 생각을 하는 눈앞의 소녀를 보며.

——서로 이용하는 동료……. 아마 내가 도움이 필요한 일에 이 애는 아무런 보탬도 안 될 테지만, 그래도…….

작게 고개를 끄덕인 뒤 패티는 말했다.

"좋아. 할게. 친구. 서로 동생을 지키기 위해 협력하자."

그렇게 어린 두 누나 사이에 우정이 맺어지게 되었다.

그 타산적인 우정이 어떤 결말을 맞이할지…….

지금의 그녀들은 알 수 없는 노릇이었다.

미아의 육성 일기
(음식과 함께하는)

MIA'S

DIARY

OF DIETARY EDUCATION

TEARMOON
EMPIRE STORY

4월 17일

패티 문제는 고민스럽지만, 어떻게든 뱀의 가르침에서 건져내야 해요. 따라서 앞으로는 매일 (최대한) 일기에 패티의 교육 기록을 남기려고 합니다.

그리고 오늘은 좋은 아이디어가 떠올랐어요. 항상 제가 일기를 쓰면 어느새 식사 기록에 침식당하는 게 고민거리였는데, 패티를 개심으로 이끌려면 역시 식사가 중요하니까요. 앞으로는 처음부터 매일 식사 기록을 남기면서 그때 무엇을 가르쳤는지 정리하기로 했습니다. 이렇게 하면 침식당해도 신경 쓰이지 않겠죠.

4월 18일

오늘은 버섯 통구이를 통해 있는 그대로의 모습으로 사는 삶의 소중함을 가르쳤음.

적절한 화력 조절로 구운 버섯은 역시 소금만으로 간하여 먹고 싶음. 혀를 통해 전하고 싶은 건 느껴주었을 듯. 훌륭함.
☆☆☆☆

4월 20일

오늘은 버섯을 넣은 진한 크림 스튜를 먹었음.

치즈를 뿌리고 살짝 구워 그라탕처럼 만든 것이 무척 나이스! 물론 버섯의 맛도 훌륭함.

다양하게 장식해도 주역인 버섯의 맛이 확실하지 않으면 의미 없는 법. 심지가 곧은 인간이 되는 게 중요하다는 걸 가르쳤음. ☆☆☆☆☆

4월 25일

오늘은 세 종류의 버섯을 쓴 버섯 소테. 역시 세인트 노엘 섬의 풍부한 자연이 키워내는 베이르가 버섯은 훌륭함. 맛의 비결은 뭐니 뭐니 해도 촉감과 식감. 꼬들꼬들한 식감을 어떻게 살리는지, 그 요리의 핵심을 주방장이 잘 설명해주었음.

훌륭한 요리의 오의 설명에 패티도 눈이 휘둥그레져서 흥미진진하다는 듯이 들었음. ☆☆☆☆

어라? 이상하네요. 어느새 식사 해설과 교육 내용이 역전된 것 같은데요…….

마지막엔 요리가 중심이 된 것 같은 느낌……. 정말로 괴상한 일이에요.

후기 ~교육론과 미아의 교육자 데뷔~

새해 복 많이 받으세요. 모치츠키입니다.

2023년이 왔습니다! 티어문 제국 이야기에게는 애니화의 해입니다. 올해에도 미아와 함께 열심히 달려가겠습니다.

옛날에 아는 선교사분에게 이런 이야기를 들었습니다.

아이를 혼낼 때는 '○○하는 너는 싫어'라고 하면 안 되고, '너를 사랑하지만, 네가 ○○하는 건 싫어. 좋지 않은 일이야'라고 말해야 한다고요.

아이의 존재와 행동을 떼어놓고 생각함으로써 사랑과 훈계가 모순되지 않고 조화를 이루는 논리라고 느꼈습니다.

그런 이야기를 머릿속에 넣어두고 쓴 게 이번의, '가짜 권위를 쓰고 살짝 거만한 소릴 한 끝에 어린아이들을 울리는 미아'였습니다.

여러분, 즐겁게 읽으셨나요?

미아 : ……어쩐지 표현에 악의가 느껴지는데요. 제가 굉장한 악당처럼 보여요.

패티 : 하지만 거짓말은 아니야. 말은 참으로 심오해.

미아 : 그렇군요. 확실히 거짓말은 아니지만요……. 오해를 낳을 법한 말투예요. 역시 악의가 있는 말투라고 해야 하지 않을까

요……? 아니, 하지만 무의식중에 한 말일 가능성도 있을까요? 어쨌든 거짓말은 안 했으니까요……. 으음, 말이란 상당히 어렵군요. 저도 아이들을 가르칠 때 조심해야겠어요…….

패티 : ……말을 계산해서 사용해 상대의 마음을 조종하는 게 중요하다는 뜻인가요? 미아 선생님.

미아 : 으으음…… 패티가 말하면 영 뒤숭숭하게 들리지만, 틀린 말은 아닌…… 거려나요? 틀리진 않지만, 틀린 것 같은데……. 말이란 정말 어려워요.

여기서부터는 감사 인사입니다.

Gilse님, 이번에도 예쁜 일러스트를 그려주셔서 감사합니다. 살짝 성장한 미아와 벨의 표지 일러스트가 너무 좋았어요.

담당자 F님, 여러모로 신세 졌습니다. 올해에도 잘 부탁드립니다.

가족에게. 계속해서 응원 부탁드립니다.

그리고 독자 여러분. 12권을 읽어주셔서 감사합니다. 미아 일행의 이야기는 조금 더 계속될 것 같습니다. 함께 해주신다면 좋겠습니다.

그럼 또 다음 권에서 뵈어요.

티어문 제국
이야기

만화판 제24화 미리보기

Comics trial reading

Tearmoon

Empire Story

며칠 전에도 똑같은 말씀을 드렸는데, 머리가 나쁘십니까?

...라는 말을 삼킬 정도의 분별력은 있지만

이러다 이쪽의 인내심도 끊어질지 모르겠네.

망할.......

저 숲은 룰루 족의 영역입니다.

싸우면 이쪽에도 큰 피해가 생기죠.

병사는 영주를 위해 목숨을 거는 법이지 않은가.

무엇을 위해 군대를 양성한다고 생각하는 거냐?!

자작님씩이나 되시는 분께서 모르고 계셨군요.

......으.

......우리는 황제 폐하의 병사입니다.

살아서 돌아올 수 있는 건 나와 너 정도 아닐까?

거 결과는 어떻게 되셨수?

마찬가지야.

항아

그 숲에서 싸우는 건 위험이 너무 커.

크

그건 맞는 말이네!

하지만 대장과 부대장만 살아남는 것도 소문이 안 좋겠죠.

하하

어익쿠

글쎄요.

아무래도 잘 풀리지 않았던 모양이야······.

그 귀족 나리, 제도에 갔다고 해서 영락없이 황제 폐하의 칙명이라도 받고 돌아올 줄 알고 경계했는데

안심하는 건 조금 이를지도 모르죠?

응?

저벅

근위병
이라……

예.

소문에 의하면
제도에서
황녀 전하가
시찰하러
오셨다나?

게다가
……

안타깝게도
왕녀니 왕자니
하는 거에
설렐 만큼
순진하진 않아.

……

모처럼
황녀님이
오셨는데
참 불경한
표정인뎁쇼?

그건 또……

희망적 관측은 거의 빗나가지.

뭐, 덕분에 검술 실력이 향상된 셈이니 나쁘기만 한 것도 아니지만.

나.

두리번 두리번

그건 너무 비관적이지 않수?

어떤 철학자의 말이길래?

원래 원하는 대로 흘러가지 않는 법이야.

하아

하하

요컨대 무슨 일이 일어나도 대처할 수 있을 만큼 실력이 좋으면 된다는 뜻이우?

간단하게 말하자면 그렇게 되겠지.

응?

히끗...

풀썩

......근데

황녀
전하!

정신
차리
세요.

이건
어떻게
헤쳐나갈
생각이신지?

......몰라

제국군
최강의
검사.

용병 출신
이었으나
그 실력을
인정받아
제국군
백인대장이
되었다.

하지만

디온
알라이아.

이전 시간축에서
'보석함을 갖고 싶다'
는 미아의 이기심에
의해 시작되었다는
전쟁, 정해의 숲
전투에서

와아아 아아

그의 부하들은
그만 남기고
전멸했다.

......!

여기는......?

여

그래서 환각을 본 거예요. 네......

분명 마차로 이동하느라 피로가 쌓였던 거겠죠.

......조금 전에 무시무시한 것을 만난 듯한 느낌이 드는데

티어문 제국
이야기

Tearmoon Teikoku Monogatari 12~Dantoudai kara hazimaru hime no gyakuten story~
by Nozomu Mochitsuki

티어문 제국 이야기 12 ~단두대에서 시작하는 황녀님의 전생 역전 스토리~

2023년 12월 15일 1판 1쇄 발행

저   자 모치츠키 노조무
일 러 스 트 Gilse
옮 긴 이 현노을
발 행 인 유재옥
이   사 조병권
출판본부장 박광운
담 당 편 집 정영길
편 집 1 팀 박광운
편 집 2 팀 정영길 조찬희 박치우 정지원
편 집 3 팀 오준영 이해빈 이소의
디자인랩팀 김보라 박민솔
디지털사업팀 박상섭 김지연 윤희진
라이츠사업팀 김정미 맹미영 이윤서
영업마케팅팀 최원석 박수진 박소연
물 류 팀 허석용 백철기
경영지원팀 최정연
인쇄제작처 ㈜코리아피엔피
발 행 처 ㈜소미미디어
등   록 제2015-000008호
주   소 서울시 마포구 토정로222, 403호 (신수동, 한국출판콘텐츠센터)
판매 및 마케팅 (070) 8822-2301

ISBN 979-11-384-2323-6 04830
ISBN 979-11-6507-670-2 (세트)

단두대에서 시작하는 황녀님의 전생 역전 스토리

티어문 제국이야기

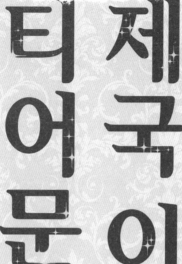

TEARMOON
EMPIRE STORY
WRITTEN BY
NOZOMU MOCHITSUKI

12권 초판 한정
쇼트스토리 소책자

모치츠키 노조무 지음
Gise 일러스트

번외편
성야제와 누군가의 후회

세인트 노엘 학원의 겨울이라고 하면 뭐니 뭐니 해도 성야제다.

1년의 마지막 달 초순에 열리는 그 축제는 중앙정교회의 3대 행사 중 하나로 꼽히는 성대한 축제였다.

세인트 노엘 섬에서는 섬 전체가 시끌벅적해진다. 그 특별한 밤을 위해 1년에 걸쳐 준비한다고 해도 과언이 아닐 정도다.

즐겁고 떠들썩한 분위기가 하늘에서 쏟아지는 축복의 빛처럼 섬 전체를 뒤덮고 있었다.

하지만 그런 가운데…….

"후우……."

우울한 듯 한숨을 내쉬는 소녀가 한 명. 턱을 괴고 멍하니 창밖을 바라보는 소녀의 이름은 라피나 오르카 베이르가. 성녀라고 불리는 소녀였다.

항상 부드럽고 청량한 미소를 지우지 않는 라피나였으나…… 오늘 그 얼굴에는 깊은 수심이 보였다.

"라피나 님, 무슨 일이십니까?"

책상을 사이에 두고 정면에 앉아있던 노령의 사제가 물었다. 얼굴에 난 주름이 한층 깊어져선 걱정하며 라피나의 얼굴을 바라보았다.

"아아…… 아니, 아무것도 아니야……. 계속 말해줄래?"

라피나는 안심시키듯 웃으며 사제에게 말했다.

"네. 그럼……, 크흠. 입장할 때 쓸 찬미가는……."

현재 라피나는 성야제 당일을 위한 회의 중이었다.

회의라고 해도 확인하는 정도다. 딱히 새로운 무언가를 하는 것도 아니고, 순서를 확인할 뿐······.

"후우······."

라피나는 무심코 마음이 다른 곳에 가 있는 듯한 한숨을 흘렸다.

그 상태를 한발 먼저 깨달은 건 세인트 노엘 섬의 경비를 담당하는 남자, 산테리 밴들러였다.

"실례합니다. 사제님. 라피나 님께서는 최근 격무에 시달리셔서 조금 피곤하신 모양입니다. 가능하다면 당일 순서는 서면으로 알려주셨으면 합니다만······."

"오오, 그랬군요. 눈치채지 못해서 면목이 없습니다. 그랬죠······. 기마왕국의 뱀 문제로 이래저래 마음고생도 많이 하셨을 테니까요. 그럼 서면으로······."

"고마워. 그렇게 해주면 나야 편하지."

어떻게든 성녀 스마일을 지으며 대답하는 라피나였다.

사실 산테리의 말은 반은 맞았고 반은 틀렸다.

라피나가 우울해하는 이유는 기마왕국 일과 관련되긴 했지만, 딱히 그래서 피곤한 건 아니었다. 그게 아니라······.

──미아 님이 기운이 없어······.

이것이었다. 즉 친구가 기운이 없어 보이는 게 걱정된 것이다.

──역시 벨 양이 사라진 게 미아 님에게 충격을 준 거겠지.

라피나도 벨이라는 그 소녀를 싫어하지 않았다. 항상 생글생글 웃으며 누구와도 친하게 지내고, 스스럼없이 대화하는······ 그 밝은 소녀를 싫어할 리가 없었다.

……뭐, 불편…… 하기는 했지만…… 그건 그렇다 치고.

그래서 그녀를 잃은 미아가 상심하는 건 이해한다. ……이해하지만, 그렇다고 내버려 둘 수도 없다. 극복할 때까지 시간이 필요하다고 해도 친구로서 무언가 해주고 싶다. 기운을 북돋아주고 싶다.

──게다가…… 슈트리나 양도 걱정이야.

뱀에게서 해방된 소녀, 슈트리나. 그녀는 벨과 사이가 좋았다. 절친한 사이라고 해도 과언이 아니었다. 그렇기에 벨을 잃고 남들보다 훨씬 상처받았을 것이다.

──친구를 잃는다는 건, 무척 슬픈 일이니까…….

어째서일까? 가슴속 어딘가가 작게 욱신거렸다.

자신은 그런 건 한 번도 경험한 적이 없는데……. 언제, 어디서인지는 알 수 없지만 자신도 소중한 사람을 잃은 적이 있다는…… 그런 느낌이 들었다.

그때 자신은 너무도 큰 슬픔에 짓눌려서, 괴로워서…… 너무 괴로워서, 그 사람을 잊고 싶어서, 만나지 않으면 좋았을 거라고, 전부 없었던 걸로 하려고 했다가……. 망가졌다.

──그런 적은 없었는데……. 어째서지……? 가슴이 무척 술렁거려.

살며시 가슴께를 누른 뒤 라피나는 작게 중얼거렸다.

"……슈트리나 양도 어떻게든 해줘야지……."

그런 생각에 계속 잠고 있었더니 어마어마하게 걱정되는 라피나였다.

"아아, 두 사람을 어떻게든 달래줄 수 없을까……?"

깊디깊은 한숨을 쉬는 라피나 앞에 다음 손님이 나타났다.

그 남자의 얼굴을 본 라피나는 한층 깊은…… 아주 깊은! 한숨을 쉬었다.

"실례합니다. 라피나 님, 올해의 초상화 문제로 찾아왔습니다……."

그 사람은 매번 라피나 초상화의 기반이 되는 그림을 그리는 화가였다.

솔직히 이런 일과는 별로 엮이고 싶지 않은 라피나였지만, 전에 위험한 초상화가 만들어질 뻔한 적이 있었기에 사전에 디자인을 확인하기로 했다.

애초에 인어공주 초상화라니 대체 뭔지……. 천사의 모습으로 악마를 밟는 그림은 놀리려는 의도인가……?

과거에 나왔던 초상화 아이디어에 마음속으로 태클을 걸면서……. 라피나는 남자를 향해 웃었다.

"항상 고생이 많네."

"과분한 말씀입니다. 올해는 라피나 님의 자연스러운 학원 풍경을 기반으로 만들 생각인데요……. 몇 장 데생을 그려왔습니다. 봐주시겠습니까? 저는 이 날개가 돋아난 게 마음에 드는데요……."

"으응……? 자연스러운 학원 풍경…… 이라고 하지 않았어……?"

시작부터 모순이잖냐 요녀석아! 하고 태클을 걸고 싶은 라피나였지만 그건 그거고. 성녀 스마일을 지으며 완곡하게 부정적인 견해를 제시했다.

"그보다는 더 좋은 게 있지 않을까?"

그렇게 말하며 데생을 팔락팔락 넘겨보았다.

사아앙당히 각색되어서 반짝반짝 빛나는 자신의 모습에 미소가 뻣뻣해지는 걸 느끼며 열심히 그나마 나은 걸 찾고…… 또 찾고! 그때였다.

"어라……? 이건……."

라피나는 그것을 발견했다.

그건 학원의 풍경 하나……. 그곳에 그려져 있던 건…….

"음, 이걸 그림으로 만들 수 있을까? 아, 판매용 말고, 개인적으로 선물하는 용도로……."

"그야 가능합니다."

"그럼 부탁할게. 아, 그리고 초상화로 그리는 건 가장 얌전한 디자인으로 해줘."

그 말을 끝으로 라피나는 빠르게 상담을 마쳤다.

훗날 초상화 디자인이 너무 얌전해서 커다란 날개와 천사의 고리를 추가했다는 이야기를 방정맞은 얼굴로 보고하는 바람에 라피나의 미소가 얼어붙었지만, 그건 여기서는 생략하기로 한다.

"사피아스 님, 시간 괜찮으십니까?"

그날 사피아스 에트와 블루문의 방에 키스우드가 찾아왔다.

"아아, 키스우드 경이구나. 딱히 상관은 없는데…… 무슨 일이야?"

"실은 성야제를 앞두고 조금 걱정거리가 있어 찾아왔습니다……."

방에 들어오자마자 인사도 대충 생략한 키스우드가 운을 뗐다.

"흐음, 걱정거리라. 뭐지……? 내가 협력할 수 있는 일이라면 물론 하고 싶은데……."

"감사합니다. 그렇게 말씀해주신다면 무척 든든하죠."

깊이 머리를 숙인 뒤 키스우드는 말을 이었다.

"조만간 열릴 성야제 말인데요……. 거기에 맞춰서 미아 황녀 전하께서 기운을 차리실 수 있도록 무언가의 시도가 발생할 가능성을 염려하고 있습니다."

"기운을 차리시게……? 아아, 그래. 확실히 최근 미아 황녀 전하는 어딘가 의기소침해 보이실 때가 많았지. 사대공작가의 일원으로서도 다시 패기 넘치는 황녀 전하로 돌아가 주시길 바라."

"물론 제 주인 시온 전하도 그것을 바라시며 미아 황녀 전하께서 기운을 되찾으시길 희망합니다. 그건 괜찮은데요……. 문제는 그 방법이란 말이죠."

그 순간 키스우드의 얼굴이 어두워졌다.

"예를 들어…… 만약 미아 황녀 전하를 기쁘게 해드리려고 성야제 날에 다 함께 맛있는 걸 만들자는 발언을 누군가가 꺼낸다면……."

키스우드의 말에 사피아스는 미간을 찌푸리며 신음했다.

"가능성이 있어. 그래. 그럴 가능성이 높아! 미아 황녀 전하께선 자타공인 대식가. 맛있는 음식을 먹는 것을 세 끼 식사보다 선호하는 분이시지. 아니, 아무리 그래도 세 끼 식사보다 좋아한다는 건 말이 지나친가? 미아 님께 세 끼 식사는 세 끼 식사보다 중요하다고 들었는데…….”

불쑥 튀어나온 무시무시한 가능성에 이미 혼란에 빠져버린 사피아스였다.

“심지어 더욱 문제는, 직접 요리하는 걸 아주 좋아하신다는 거지.”

무의식인 듯 머리카락을 거칠게 쓸어 넘기고는…….

“아니, 정말이지, 왜 요리를 못하는 아가씨일수록 요리를 하고 싶어 하는 건지 나는 너무도 이해하기 힘들어. 어째서일까? 심지어 하다못해 직접 맛을 보면 좋을 것을, 왜 대뜸 나에게 먹이려는 건지…….”

“자자, 사피아스 님. 진정하시고.”

화르륵 타오르려는 사피아스의 한탄에 키스우드는 쓴웃음을 짓고는,

“아마 맛을 볼 수 있을 만큼 양이 넉넉하지 않기 때문이겠죠…….”

지극히 냉정하게 분석했다.

“즉 먹을 수 있을 법하게 보이는 부분이 나에게 먹일 양밖에 없으니까……?”

“혹은 상대에게 먹이는 양을 이 이상 줄이는 걸 피하기 위해서일지도 모릅니다. 직접 만든 요리를 배부르게 먹여주고 싶다는

심리가 작용하는 식으로요……."

두 사람은 서로를 바라보며 하아아 한숨을 쉬었다.

"어쨌거나 골치 아픈 사태는 피하고 싶습니다. 그래서 저는 선수를 칠 생각입니다."

"선수라고……? 무언가 좋은 아이디어가 있는 건가?"

흥미롭다는 듯 듣는 자세가 된 사피아스를 향해 키스우드는 고개를 크게 끄덕였다.

"지난번과 마찬가지입니다. 저희 남자팀이 사전에 요리를 준비하면 되죠. 아벨 왕자님도 협력해주시면 미아 황녀 전하도 싫다고 거절하지 않으실 겁니다."

"그래. 아벨 왕자님과 미아 황녀 전하의 사랑을 이용한다는 거구나……. 역시 키스우드 경은 제법…… 악랄한데."

사피아스가 씩 웃자 키스우드도 사악한 미소를 지었다.

"심지어…… 작년에는 결국 하지 못했던, 학생회 냄비 요리 파티를 한다고 말씀드리면……."

"확실히 절묘한 한 수야. 그렇게 하면 아무도 싫다고 하지 않겠지. 게다가 그건 미아 황녀 전하께서 직접 꺼내셨던 계획. 황녀 전하의 기운을 북돋아드린다는 의미로도 유효해. 후후, 정말 책사구나, 키스우드 경."

무척 감탄한 반응을 보이는 사피아스였으나, 다음 말에는 아무리 그라고 해도 눈썹을 찌그렸다.

키스우드는 이렇게 말했다.

"이렇게 된 거 버섯 냄비 요리를 만들어버리면 아무도 불만은 없을 거라고 봅니다."

"잠깐! 버섯, 이라고……? 아니, 그건 아무래도 위험하지 않아……?"

바로 의의를 제기했지만, 키스우드는 일절 물러나지 않았다.

"아뇨, 문제없습니다. 전문지식이 있는 사람에게 준비해달라고 하면 버섯도 두려워할 필요 없죠."

그렇다. 버섯을 사랑하는 미아가 아니어도 버섯은 일반적인 식재료. 궁정 요리에도 사용되는 우수한 재료다. 직접 채집해온 걸 먹자는 둥 무모한 소릴 하지 않는 한은 안전하다.

"게다가…… 이런 말도 있지 않습니까? 버섯을 먹는다면 독버섯도 먹으라고……."

그 말에 사피아스는 작게 고개를 갸웃거렸다.

"……그런…… 말이 있나? 나는 처음 들어보는데……."

"그렇습니까? 황녀 전하께서 하신 말씀이라 영락없이 제국의 격언 같은 건 줄……."

"아…… 그렇구나."

그렇게 서로를 쳐다본 두 사람은 나란히 쓴웃음을 지었다.

그러는 사이에 성야제 당일이 찾아왔다.

촛불 미사를 마치고 안뜰로 나오자 환하게 불타오르는 거대한 모닥불이 시야에 들어왔다.

타닥타닥 소리를 내면서 춤추는 불꽃을 바라보고 있었더니 뭐라 말할 수 없는 향수가 가슴에 치밀어올랐다.

"올해에도 이 계절이 왔군요."

커다란 모닥불을 멍하니 바라보며 미아는 작게 중얼거렸다.

"시험도 끝났고, 성야제가 지나면 제국으로 돌아가야죠. 그러면 이번에는 제 탄신제. 으음…… 제법 바쁜 일정이네요. 어휴."

그리고는…… 작은 한숨을 쉬고……

"……하지만 바쁜 게 더 나을지도 모르겠어요. 역시 벨이 없는 건 조금 쓸쓸하니까요……."

미아의 말에 같이 있던 안느가 걱정하는 표정이 되었다.

계속 마음에 담아둘 생각은 없지만, 그래도 역시 이런저런 순간에 불현듯 떠올리게 되기 마련이기에……

"그 애는 시험이 끝나면 뭘 할지 신나서 이야기했었죠. 비교적 웃음이 나오지 않는 점수를 받곤 했었지만, 그저 끝났다는 것만으로도 기뻐할 수 있는 그 담력은 본받고 싶어요."

미아는 문득 생각했다.

"그리고 보면 결국 벨은 성야제에 한 번도 참가하지 못했네요. 작년에는 말을 타고 목숨을 건 도주극을 벌였으니……."

"아아. 미아, 이런 곳에 있었구나."

그때였다. 전방에서 아벨이 달려오는 게 보였다.

"어머나, 아벨. 무슨 일이신가요? 그 모습은……."

미아는 아벨의 옷을 빤히 바라보았다. 그는 어째서인지 교복 위에 앞치마라는…… 조금 심장을 공격하는 복장이었기 때문이다!

"요리를 좀 하고 있었거든."

아벨은 자신의 복장을 지금 깨달았다는 양 쑥스러워하는 표정으로 대답했다.

"널 초대하러 왔어."

"네……? 초대라고요?"

"그래. 사실 오늘 밤에 학생회 구성원끼리 파티를 열기로 했거든."

"어머나! 그랬나요? 저는 전혀 몰랐는데요……."

안느를 살피자 안느는 어째서인지 슬그머니 시선을 피했다.

"어라? 안느, 알고 있었던 거군요?"

뾰로통하게 입술을 삐죽이는 미아를 향해 안느는 머리를 숙였다.

"후후후, 죄송합니다. 미아 님. 미아 님께는 비밀로 해달라고 하셔서요……."

그리고는 살짝 장난기어린 미소를 지었다.

"뭐, 좋아요. 그래서, 학생회에서 파티를 연다고 했죠? 케이크라도 먹는 건가요?"

미아의 관심은 빠르게도 파티 음식으로 넘어갔다.

사소한 일은 신경 쓰지 않고 중요한 부분에 집중하는 미아의 넓은 그릇(위장)이 빛을 발하는 에피소드라고 할 수 있다.

"후후후, 실은 키스우드 경의 제안으로 버섯 냄비 요리를 만들어 봤어. 작년에 못 한 대신."

"어머나! 버섯 냄비 요리! 제법 적절한 아이디어잖아요. 역시 키스우드 씨는 센스가 좋군요."

미아가 키스우드에게 보내는 신뢰는 두텁다.

왜냐하면 미아는 잘 자각하고 있기 때문이다. 자신의 요리가 다소 지나치게 혁신적일 때가 있다는 사실을. 그런 미아의 지극히 혁신적이면서도 계획범적 도전을 키스우드가 아주 잘 보좌해주고 있다.

──그분이 있기 때문에 저희도 자유롭게 요리 실력을 발휘할 수 있는 거죠.

키스우드의 필사적인 수습과 위기 회피력이 미아의 신뢰도를 올리고 요리가 한층 혁신적인 방향을 향한다…….

그 사실을 눈치챘을 때 키스우드는 자신이 너무 잘 커버해주었다는 걸 조금 후회하지만…… 그건 별로 중요한 이야기가 아니다.

"그런데 아벨도 만들어주셨다는 건, 혹시 다른 학생회 남성진이 요리를 만들어주신 건가요?"

"그래, 맞아. 시온과 사피아스 공자도 함께했어. 사피아스 공자도 올해가 세인트 노엘에서 보내는 마지막 해니까."

"아아. 그러고 보면 그랬죠. 에메랄다 양과 루비 공녀도 그렇고요."

사대공작가의 자제 중 세 명이 올해로 세인트 노엘을 떠나게 되었다. 남는 건 슈트리나와 자신뿐이다.

──리나 양을 저 혼자서 어떻게 할 수 있을까요……?

그런 불안을 느끼는 미아였으나…… 학생회실에 들어선 순간 우울하던 기분이 날아갔다!

"오오…… 이것은…… 이렇게 훌륭할 수가……."

테이블 위에 놓인 호화로운 요리.

냄비 요리만이 아니었다. 그 외에도 페르쟝의 케이크, 기마왕국의 유제품, 갓 구워낸 푹신한 말 모양 빵도 있었다.

"흠…… 저 귀의 모양이…… 제법."

방 안에는 학생회의 평소 인원에 섞여 라냐와 후이마의 모습이 있었다. 게다가…….

"실례합니다."

문이 열리고 새로운 인물이 나타났다.

별을 지닌 공작 영애 루비. 마찬가지로 별을 지닌 공작 영애인 에메랄다. 그리고 에메랄다의 손에 잡혀 끌려온 슈트리나였다.

슈트리나는 미아의 얼굴을 보고는 미약하게 고개를 끄덕여 인사했지만…… 그건 어딘가 안쓰럽고 또 힘없는 몸짓이었다.

얼마 전부터 조금씩 방 밖으로 나오게 되기는 했으나, 역시 기운이 영 없는 슈트리나.

──흠, 그렇군요. 리나 양은 아버지인 옐로문 공작을 닮아 단 것을 좋아하니까요……. 케이크 같은 걸 먹으면 조금은 힘이 생길지도 모르겠어요. 오늘의 파티를 계기로 조금이라도 기운이 회복된다면 좋을 텐데요…….

"그럼 바로 시작하겠습니다."

사피아스의 말을 신호로 파티가 시작되었다.

건배한 뒤 저마다 요리를 가지러 간다. 그런 가운데 미아는 힐끔 슈트리나에게 시선을 주었다. 슈트리나는 케이크를 한 입 먹은 뒤로 작게 한숨을 쉬고 있었다.

──리나 양, 역시 조금 식욕이 없어 보여요. 무리도 아니죠.

저도 그다지…….

　그런 생각을 하며 버섯 냄비 요리를 한 그릇 더 가지러 가는 미아. 꼬들꼬들한 식감과 절묘한 국물과의 조화가 최고로 맛있어서 자꾸만 손이 가는 미아였다.

　미아는 어느 정도 마음과 위장을 별도로 돌릴 수 있는, 멀티태스킹이 가능한 황녀였다.

　새로 담아온 버섯 냄비 요리마저 싹 비운 뒤 잠시 쉬어줄 겸 케이크라도 먹으려고 테이블로 가려던 때…….

　"미아 님, 잠시 괜찮을까……?"

　라피나가 말을 걸었다.

　"실은 당신에게 선물하고 싶은 게 있어."

　"어머나, 라피나 님께서 제게 선물이요?"

　갑작스러운 말에 굳어버리는 미아. 그런 미아에게 라피나는 천으로 덮은 납작한 무언가를 내밀었다.

　"이건…… 그림인가요?"

　미아가 그 천을 풀자…….

　"이 그림은……."

　무심코 눈이 휘둥그레졌다.

　그곳에 그려져 있는 건 라피나와 미아…… 그리고 벨의 모습이었기 때문이다.

　차를 마시는 라피나와 케이크를 먹는 미아. 그리고 기쁘다는 듯 웃으며 두 사람을 바라보는 벨의 모습이 그려진 초상화. 미아는 신기하다는 듯 고개를 갸우뚱거렸다.

"이건…… 언제 이런 그림을……?"

"아마 다과회 때의 광경을 화가가 스케치했던 것 같아. 그걸 정식으로 완성해달라고 했어."

"아아, 그렇…… 군요."

다시금 그림을 바라보았다.

생글생글, 눈부신 미소를 짓는 벨.

얼마 전까지만 해도 곁에 있는 게 당연했던…… 지금은 이제 그 얼굴을 볼 수 없게 되어버린 소중한 손녀의 모습……. 그걸 다시 볼 수 있게 되었다는 기적…….

미아는 살며시 그림을 끌어안았다.

"감사합니다, 라피나 님. 소중히 간직할게요."

그렇게 대답한 뒤…… 미아는 문득 그녀의 모습을 찾았다.

벨을 가장 보고 싶어 할 그녀를…….

하지만 슈트리나는 이쪽을 향해 멍하니 서 있었다.

그런 슈트리나를 향해 라피나가 말을 걸었다.

"슈트리나 양, 당신에게도 그녀의 그림을 준비해놨어."

라피나는 천으로 감아놓은 초상화를 꺼냈다. 하지만 슈트리나는 그 그림에서 시선을 돌리고는 괴로운 듯 가슴을 붙잡았다.

"……필요 없어. 보기 싫어……. 버려…… 주세요."

괴로워하는 슈트리나의 대답에 라피나는 순간 무슨 말을 할지 망설였다.

지금부터 하려는 말은 그녀에게 한층 상처를 주는 말이 되진 않을까?

이건 정말로 해야 하는 말인 걸까……?

망설이면서 슈트리나에게 걸어가 어깨를 향해 손을 뻗으려다가…… 멈췄다.

그저 말없이 곁에 있어 줄 수는 있다. 어쩌면 등을 토닥여주면서 시간이 슈트리나를 치유해주기를 기다리는 게 정답일지도 모른다…….

하지만…….

뻗었던 손을 되돌린 라피나는 주먹을 꽉 움켜쥔 뒤 말했다.

"……아니, 버리지 않을 거야. 절대 안 버려. 버리면 안 돼."

방심하면 떨릴 것 같은 목소리를 필사적으로 자제하며……. 온화하게, 조용하게, 하지만 단호하게 말했다.

"슈트리나 양……. 당신이 상처받았다는 건 들었어. 친구가 사라져버리는 건 아주 괴로운 일이지. 슬픈 일이야……. 하지만 그걸 억지로 잊고, 눈을 돌리고…… 생각하지 않으려고 하는…… 그런 건, 아니지 않을까?"

그건 잘 알지도 못하는 남이 할 말은 아니었다. 말하면 뻔뻔하게, 경박하게 상대를 상처 주는 말이었다.

하지만 라피나는 말했다. 말하지 않을 수 없었다.

왜냐하면 그녀의 마음에는 분명한 아픔이 있었으니까.

머나먼 기억. 선명하게는 떠올리지 못하는…… 소중한 친구를 잃은 뒤의 기억과, 씻을 수 없는 후회가 그녀의 마음에 분명히 존재하니까.

"당신에게 그녀가 소중한 존재였다면 절대로 잊으면 안 돼. 추억을 잊으려고 했을 때, 거기에 남는 건…… 슬픔과 원한뿐이니까……."

라피나는 확신을 담아 말했다.

"그리고 그 원한은…… 자신을 삼키고 주변을 불행하게 만들어. 소중했던 사람이 그런 걸 원할 리가 없는데, 그런 것조차 잊어버리고……. 깊은 슬픔은 소중한 사람이 바라지 않았던 형태로 나를 뒤틀어놓는 거야."

지금은 이젠 어디에도 존재하지 않는 세계에…… 성황제라는 여성이 있었다.

소중한 친구를 잃고 슬픔에 사로잡힌 그녀는 친구와의 추억도, 마음도 버리고 증오에 삼켜졌다.

라피나가 그걸 떠올리는 일은 아마도 없을 것이다.

하지만 그 슬픔도, 증오도, 후회도…… 그녀의 영혼에는 또렷하게 새겨져 있다. 따라서 라피나는 말을 이었다.

"지금은 아직 떠올리지 못해도 괜찮아. 마주 보지 않아도 괜찮아. 도망쳐도 돼. 하지만 제발 버리지 마. 사라져버린 사람과, 소중한 사람과 만든 둘도 없는 추억을……. 분명히 행복했었다는 걸…… 제발 잊지 마."

그것은 그렇게 하지 못했던 사람의 후회.

그리고 너는 실패하지 말라는 기도.

라피나는 그림을 끌어안은 채 말했다.

"만약 또 이 얼굴을 보고 싶어지면……. 당신이 사랑했던 나날을, 즐겁고 그리운 기억으로서 떠올릴 수 있게 되는 날이 오면……. 나에게 와. 그때까지 이 그림은 맡아둘게."

슈트리나는…… 그저 말없이 라피나의 목소리를 들었지만…… 이윽고 조용히 고개를 끄덕였다.

두 사람의 대화를 지켜본 미아는 끄으응 신음하고는…….

"그래요. 저도 우울해하고 있을 수는 없죠. 슈트리나 양을 걱정하기 전에 먼저 제 문제를 어떻게든 해야만 해요……."

주먹을 불끈.

"제가 우울해했다간 역시 벨도 안심하지 못할 거예요……. 그 애의 몫만큼, 그 애가 먹었어야 했던 몫도 제가 전부 먹어드리겠어요! 케이크, 쿠키, 달콤한 벌꿀이 들어간 핫밀크, 뭐든 오라죠!"

……살짝 훈훈한 척하면서 상당히 위험한 소릴 하는 미아였다.

미아가 이 결심을 후회하는 순간은 꽤 금방 찾아오지만…….

당연하게도, 지금의 미아는 알 수 없는 노릇이었다.

티어문 제국 이야기

TEARMOON
EMPIRE
STORY

제국 이야기

번외편
전속 메이드가 되지 못한 소녀

"페트라 로젠플란츠 양, 당신을 미아 황녀 전하의 전속 메이드로 임명합니다. 미아 황녀 전하를 정성껏 섬기고 시중들도록 하세요."

메이드장의 말을 들어도 딱히 감흥은 없었다.

그저 '뭐, 그렇겠지……' 하는 느낌이었다. 딱히 불만도 없었지만 딱히 감동도 없이……. 페트라는 태도만 정중히 갖추며 그 역할을 배명했다.

페트라 로젠플란츠에게 세상은 이지 난이도였다.

제국의 대귀족 로젠플란츠 백작가의 삼녀로 태어난 그녀는 아주 똑똑한 소녀였다.

귀족으로서 아무런 부족함 없는 생활을 보내면서 별다른 고생 없이 귀족 영애로서 익혀야 할 것들을 배우고, 더불어 어른들에게 칭찬받는 방법과 혼나지 않는 어리광도 터득했다.

그렇게 요령이 좋은 그녀였기에 타이틀을 추가하려고 백월 궁전의 메이드로 들어가자마자 미아 황녀의 전속 메이드로 발탁된 것도 지극히 당연한 흐름이었다. 적어도 본인은 그렇게 생각했다.

그녀의 주인 미아 황녀는 아주 단순한…… 말하자면 쉬운 인간이었다. 조금만 띄워줘도 생글생글 기뻐했으며 금방 우쭐해졌다.

연애 이야기, 미남 이야기, 보석 이야기도 가볍게 할 수 있다는 의미로는 좋은 주인이었지만 그렇다고 해서 진심으로 섬기고 싶은 마음은 추호도 없었다.

　──뭐, 요령 좋게, 적당히 모시면 불만도 없겠지.

　아무튼 그녀는 똑똑하다. 충성스러운 사람처럼 행동하는 건 어렵지 않은 일이었다.

　감기에 걸린 미아를 내버려 두고 메이드 동료끼리 차를 마실 때도 미아는 푹 자고 있었으니까 딱히 문제는 없었고, 방을 좀 대충 청소해도 별문제는 없다.

　실제로 미아가 지적한 적은 없었다. 오히려 친구처럼, 편하게 대화할 수 있는 관계가 되었다.

　페트라는 아주 똑똑한 사람이니까.

　제국이 위험하다. ……그런 소문을 들었다.

　그건 그녀의 동료 메이드들의 이야기에서 나온 화제였다. 분위기는 계속 어두운 방향으로…… 가지 않았고, 위기가 닥친 제국을 구하기 위해 분투하는 잘생긴 청년 문관 이야기로 바뀌었다.

　당연했다. 일하는 도중 잠깐 쉬는 시간에 어두운 이야기는 하고 싶지 않다. 페트라도 그랬다.

　그런 일이 일어날 리 없다고 생각하고 싶은 건 당연했다.

　그렇게 믿을 수 있었다면…… 얼마나 좋았을까. 하지만…….

　"성에 와 주지 않으려나요. 유능한 미남이라니 궁금하잖아요."

　미아에게 즐겁게 화제를 던지면서도 그녀의 머릿속에는 어딘가 차갑게 식은 부분이 있었다.

　──어쩌면 제국은 정말 위험한 건지도 몰라. 아아, 혹시 제도

도 위험할지도…….

그렇게 판단한 뒤, 페트라의 행동은 아주 신속했다.

"오늘까지 신세 졌습니다. 본가인 로젠플란츠 영지로 돌아가겠습니다."

정해진 멘트를 남긴 뒤 바로 메이드를 그만둔 페트라는 곧바로 로젠플란츠 영지로 돌아갔다.

미아를 배신하고 버리는 듯한 행동이었지만 망설임은 없었다. 처음부터 충성심 같은 건 없었으니까.

판단을 내렸으면 바로 행동. 그녀는 아주 똑똑한 사람이다.

"하지만…… 만약을 위해서라고는 해도 조금 성급했나?"

저택에 있는 자기 방 침대 위에서…… 페트라는 멍하니 중얼거렸다.

부모님은 상의도 없이 백월 궁전의 메이드를 그만두고 집으로 돌아온 페트라를 혼냈다.

『모처럼 황녀 전하의 전속 메이드가 되었는데 이렇게 아까울수가!』

그런 말로 시끄럽게 잔소리를 해댔다.

확실히 전속 메이드라는 지위는 대귀족가의 영애인 페트라라고 해도 버리기 아까운 자리였다. 게다가…….

"집에 돌아와도 할 게 없어. 대화가 잘 통하는 메이드도 없고."

미아는 자신이 미아와 보낸 나날을 제법 즐거워했다는 사실을 처음으로 깨달았다.

그녀는 편하게 사랑 이야기 같은 걸 하면서 희희낙락할 수 있는 황녀 전하가 나름 마음에 들었었다.

"뭐, 그것도 중요한 건 아니지. 아아, 전속 메이드를 했었던 건 사실이니까 그걸로 괜찮은 가문과 혼담이 안 생기려나? 으음, 적당히 돈이 있는 잘생긴 귀족이랑……."

그런 식으로 태평하게, 태만하게 하루하루를 보냈다.

하지만 그것도 오래 가지 않았다.

제국이 궁지에 빠지고 나라가 위태로워진다는 그녀의 예감은 완전히 적중했다.

페트라가 저택에 돌아오고 바로 대규모 기근이 발생했다. 배고픔을 견디다 못한 민중이 각지에서 폭동을 일으켰고, 그 불길은 제국 전역으로 퍼져 나가려 하고 있었다.

그리고 그건 로젠플란츠 영지도 예외가 아니었다.

"왠지 느낌이 안 좋아……."

그날, 방 창문으로 별생각 없이 거리를 바라보던 페트라는 묘하게 긴장도가 올라간 분위기를 눈치챘다. 그건 며칠 전부터 이어지고 있었다. 심심해서 저택을 빠져나와 마을로 나왔던 그녀는 어딘가 스산한 상태인 사람들을 보며 어안이 벙벙해졌다.

로젠플란츠 영지의 사람들은 평소엔 조금 더 밝고 활기가 있었는데, 이 살벌한 분위기는 뭘까……?

막연한 불안은 저택에 돌아온 뒤에도 사라지지 않았고…… 오히려 날이 갈수록 커지더니……. 어느 날 밤, 단숨에 폭발했다.

로젠플란츠 백작가의 저택이 공격받았다.

"죽어! 썩은 귀족 새끼들!"

"백작을 끌어내! 너 때문에 내 아이가…….."

분노하며 소리치는 민중은 폭도가 되어 쳐들어와 저택 문을 부쉈다.

경비를 위해 고용했던 사병도 압도적인 폭도의 물결 앞에서는 무력했다. 누군가가 쏜 홍련의 불꽃은 마치 거대한 붉은 뱀처럼 순식간에 저택을 집어삼켰다.

무시무시한 불과 연기가 피어올랐다. 하지만 그건 페트라를 숨겨주는 가림막이 되었다.

혼란을 틈타 그녀는 무사히 저택에서 탈출했다. 그것도 그냥 도망치기만 한 게 아니라 얼마간의 돈과 장신구 종류도 가지고 나올 수 있었다.

그녀는 무척…… 무척 똑똑한 사람이었다.

페트라의 부모님, 로젠플란츠 백작과 그 아내가 폭도에게 붙잡혀 금방 처형당한 걸 생각하면 그녀는 정말로 똑똑하다고 할 수 있었다.

그렇게 페트라는 가지고 나온 돈을 여비 삼아 로젠플란츠 영지를 탈출했다.

처음에는 두 언니 중 누군가를 찾아가는 것도 생각한 페트라였지만 바로 포기했다.

어떻게 가야 하는지 몰랐기 때문이다.

그녀는 똑똑한 사람이긴 했지만…… 어차피 귀족 영애였다.

결국 페트라가 간 곳은 과거에 그녀가 생활하던 장소, 제도 루나티어였다.

제도라고 해도 안전할 것 같지는 않았지만…… 그래도 그곳에 가면 로젠플란츠가의 저택이 있다. 그곳에 있을 사용인과 합류한 다면 언니들이 있는 곳에 갈 수 있을지도 모른다.

수중의 돈과 가지고 나온 장신구를 물처럼 펑펑 써대면서 간신히 제도에 도착했을 때…… 페트라의 소지품은 이제는 어머니의 유품이 되어버린 예쁜 머리빗뿐이었다.

지친 몸을 질질 끌듯이 도착한 로젠플란츠가 저택은…… 빈 껍데기가 되어있었다.

로젠플란츠 영지가 무너졌다는 소식은 이미 제도에 도착해있었다.

주인의 사망을 안 사용인들은 자기들이 살아남기 위해 빠르게 저택을 나간 것이다. 돈이 될 만한 것을 퇴직금 대신 들고서.

"뭐…… 당연하지. 하하."

아무도 없는, 아무것도 없는 저택을 본 순간 페트라의 몸에서 힘이 빠졌다.

그 자리에 털썩 주저앉은 그녀는 메마른 미소를 지었다.

문득 세인트 노엘에서 있었던 일이 떠올랐다.

감기에 걸린 미아를 방에 남겨두고 메이드 동료와 차를 마실 때.

"하지만 옮고 싶지 않았단 말이야."

그렇게 말하며 페트라는 웃었다.

"그거랑 똑같은 거구나. 귀족 가문과 괜히 엮였다가 죽는 건 사양하고 싶겠지. 감기에 옮는 게 싫어서 가까이 가지 않는 것과 마찬가지⋯⋯. 마찬가지, 긴, 한데!"

분노하며 일어나려고 한 그 순간⋯⋯ 몸이 휘청 기울었다.

"어⋯⋯? 어라⋯⋯?"

정신을 차렸을 때는 뺨과 바닥이 밀착한 상태였다. 차가운 바닥 감촉에 등에서 오한이 내달렸다.

팔다리에 힘이 들어가지 않는다⋯⋯.

"어⋯⋯ 응?"

눈앞이 흐릿하다.

머리가 멍해서 아무 생각도 할 수 없다.

페트라는 아주 똑똑한 사람이다. 어떤 문제도 그 똑똑함으로 회피했다.

하지만 아무리 똑똑하다고 해 봤자 그것에서 도망칠 수는 없었다.

제도 루나티어를 덮친 무시무시한 전염병에서는⋯⋯.

특효약도 없고 치료법도 없다. 따라서 그 병에서 벗어나기 위해서는 본인의 체력과 자연치유력에 의존할 수밖에 없는 무시무시한 병.

하지만 집을 잃고, 가족도 처형당하고, 자신도 언제 잡힐지 알 수 없다는 극한 상태가 그녀의 체력을 한계까지 깎아 놓았다.

꾀죄죄한 뒷골목⋯⋯. 어디를 어떻게 걸었는지 기억나지 않지만, 그녀는 웅크리듯 쓰러졌다.

추위는 여전히 사그라지지 않았다. 하지만 아무도 그녀에게 모포 한 장 베풀어주지 않았다.

──벌써⋯⋯ 죽는 거야?

그런 공포에 떨고 있던, 그때였다.

"큭, 이런. 호되게 고생했네요."

불현듯 들어본 적이 있는 목소리가…… 들렸다.

──지금, 그 목소리…… 는?

페트라는 느릿느릿 고개를 들었다. 흐릿한 시야 속에서 주변이 하얗고 뿌옇게 보였다.

어느새 두꺼운 구름에서 눈이 내리고 있었다. 사락, 사락, 몸 위로 쌓이는 눈을 뿌리치지도 못한 채 그저 그 목소리가 들리는 방향을 바라보았다.

회색으로 물든 거리, 어두운 골목……. 그곳을 걷는 낯익은 소녀의 모습.

"미아…… 황녀 전하?"

갈라진 목소리가 굴러떨어졌다. 그걸 들은 건지 한때 페트라의 주인이었던 미아 루나 티어문은 의아한 얼굴로 이쪽을 보았다.

"누구죠……? 당신은…… 어?"

페트라를 빤히 바라본 미아는 놀라서 중얼거렸다.

"설마…… 페트라 양…… 인가요? 세상에! 어떻게 된 거죠……? 그런……."

직후, 미아가 숨을 삼켰다.

페트라는 목소리를 낸 걸 후회했다.

화려한 드레스도 보석도, 이름을 댈 가문마저 잃어버린 페트라에게 남은 건 볼품없는 몰골뿐이었다. 그녀에게는 이미 아무것도 남지 않았다. 일국의 황녀가 눈에 담을 이유가 아무것도 없었다.

하물며 페트라는 미아를 배신했다.

충절을 지키지 않고, 위험하다고 느끼고는 바로 제도에서 탈출해버렸다.

도와줄 이유도 없고 친절하게 대할 이유도 없다. 무시당하는 게 당연하다. 아니, 오히려 무슨 심한 짓을 당해도 불평할 수 없다……

그런데…….

"당신을 메이드로 고용해드릴 테니까, 백월 궁전에 오세요."

미아는…… 그렇게 말했다.

전혀 예상하지 못했던 말에…… 페트라는 멍하니 입을 벌렸다.

"어, 어째…… 서?"

갈라진 목소리가 나왔다. 목이 너무 얼얼하고 따끔거렸지만…… 그래도 물어보지 않을 수 없었다.

"어째, 서, 저를……?"

"간단해요…… 일손이 부족하거든요. 다들 당신처럼 백월 궁전에서 나가버렸으니까요. 게다가…….."

미아는 페트라를 바라보고는…….

"일단은 제 전속 메이드였던 분을 못 본 척 버리는 건 제 오점이 되니까요. 그냥 그것뿐이에요."

그런 간단한 대화 끝에 페트라는 구원받았다.

다시 백월 궁전으로…… 과거에 버렸던 장소로 돌아왔다.

"메이드로서 일하세요."

말은 그렇게 했지만, 그건 어디까지나 구실……. 그녀가 받은 일은 몸을 치료하는 것뿐이었다.

"병이 나을 때까지는 누워 계세요. 괜히 돌아다니다 전염시키면 민폐잖아요."

담담하게 말한 미아는 방에서 나갔다. 그 후에는 미아가 직접 찾아오는 일은 없었으나, 페트라는 정중한 간호를 받았다. 부드러운 침대와 따뜻한 이불, 이전만큼은 아니지만 제대로 된 식사.

하지만 친절한 대우를 받을 때마다 페트라는 세인트 노엘에서 있었던 일을 떠올렸다.

감기에 걸린 미아를 두고 차를 마시러 가버렸던 것…….

미아가 전속 메이드에게 보내는 신뢰를 페트라는 배신했다. 미아가 잘해줄수록 그 사실이 페트라를 야금야금 괴롭혔다.

"다음에 얼굴을 뵙게 되면 제대로 사과하자. 그리고 이번에야말로 진심을 다해 미아 님을 모시는 거야."

그러기 위해서는 빨리 회복해야 한다고 생각한 페트라였지만…… 그 마음이 이뤄지는 일은 없었다.

혁명의 불길은 제도 루나티어의 눈앞까지 들이닥쳤기 때문이다.

그날…… 백월 궁전이 함락된 날.

무언가 소리가 들려서 눈을 뜬 페트라는 복도를 비틀비틀 걸어가다 싱겁게 혁명군의 손에 붙잡혔다.

미아와 일부 사람들은 어떻게든 제도에서 도망쳤지만, 그래도 잡히는 건 시간문제였다.

혁명군의 남자들 앞에 서게 된 페트라는 힘없이 바닥에 주저앉았다.

연기가 아니었다. 실제로 서 있는 게 힘들었기 때문이다.

그리고…… 그게 행운이었다.

"저런, 불쌍해라. 악독한 황녀에게 괴롭힘을 당해서 쇠약해졌잖아."

한 남자가 염려하듯 말했다.

──아니야!

순간적으로 그렇게 외치려고 했으나…… 페트라는 말을 삼켰다.

만약 자신이 대귀족의 딸이라는 게 알려지면…… 어떻게 될까?

아버지도, 어머니도 혁명군에게 잡혀 처형당했다고 들었다. 언니들의 행방도 알 수 없다.

만약 자신이 로젠플란츠 백작의 딸이라는 걸 알게 되면…… 악역 황녀에게 몹쓸 짓을 당한 여자라고…… 그런 착각을 받지 않았다면, 대체 무슨 일을 당할까?

하지만, 그렇지만…….

──말하지 않는 건…… 미아 님을 크게 배신하는 거야. 이만큼 잘 대해주셨는데 그런 짓이 용서될 리 없어.

용기를 쥐어짜서 입을 벌린, 바로 그때였다.

"꼴을 보니 말하는 건 무리려나……. 잔인한 황녀의 수법을 증언해줬으면 했는데……."

"뭐 어때. 메이드가 무슨 말을 하든 어차피 이건데."

그렇게 말하며 남자는 자신의 목을 툭툭 두드렸다.

그걸 보고…… 페트라의 기력은 쉽사리 사그라들었다.

직후, 목에 느껴지는 위화감. 치밀어오르는 충동을 제어하지 못한 페트라는 그 자리에 웅크려 맹렬히 콜록거렸다.

그런 페트라를 보고 남자들이 노골적으로 얼굴을 찌푸렸다. 맹위를 떨치는 전염병을 모르는 사람은 제도엔 한 명도 없기 때문이다.

"어, 됐어. 가."

그렇게 남자들은 페트라를 대충 궁전 밖으로 내쫓았다.

혁명군에게 잡혀도 아주 간단한 심문만 받았을 뿐…… 도망칠 수 있었다.

그녀는, 아주 똑똑했으니까…….

"아니…… 야."

까득, 이를 갈며 토하듯이 중얼거렸다.

──나는 똑똑한 게 아니야. 그냥 비겁한 거야……. 은혜도 모르는, 배신자야.

열이 올라 흐릿한 머릿속에 그날 자신을 주워준 미아의 얼굴이 떠올랐다.

──그렇게 질해주셨는데……. 죽어가던 나를, 배신자인 나를 그렇게……. 그런데…….

숨이 끊어진다. 가슴이 아프다. 몸은 당장에라도 무너질 것 같았다.

아직 덜 나은 몸으로 계속 걸어가기에는 제도의 겨울은 너무 가혹했다.

그래도…… 미아가 주워줘서 조금은 회복했으니까…… 그녀는 도착할 수 있었다.

신월지구에 있는 작은 교회에…….

"크게 고생하셨네요……. 그 옷, 혹시 백월 궁전에서 일하셨나요?"

젊은 수녀의 질문에 페트라는 자신의 몸을 내려다보았다. 백월 궁전에서 나올 때 수중에는 메이드복뿐이었고……. 그걸 어떻게든 몸에 걸쳐서 간신히 추위를 버틸 수 있었다.

"역시 백월 궁전에서 가혹한 대우를 받았던 거군요."

"……어? 아…… 아니……."

아니라는 말을…… 페트라는 삼켰다.

부정할 수는 있었다. 아마 사실을 말해도 쫓겨나지는 않을 것이다.

하지만 그게 이제 와서 무슨 의미가 있을까…….

조금 전 병사들 앞에서라면 모를까, 이 젊은 수녀에게 그 말을 해봤자 아무 의미도 없지 않은가.

오히려 여기서 미아가 구해줬다고 말하는 건…… 미아를 배신하지 않았다고, 미아를 위해 제대로 항의했다고, 그렇게 믿고 싶어서가 아닌가.

그건 자신의 죄책감을 덜어주기 위해 비겁하게 도망치는 짓이 아닌가.

그래서 페트라는 그저 작게 고개를 저을 뿐이었다.

그 가슴속의 죄책감이 줄어들지 않도록…… 절대 놓지 않도록, 꽉 움켜쥐고서…….

이윽고 세월이 흘렀다.

미아 황녀가 붙잡혀서 지하 감옥에 갇히고, 황제는 단두대에서 처형당했다.

혁명군과 선크랜드 왕국군의 지배 아래에서 치안은 조금씩 회복되었다.

그런 가운데 페트라의 몸은 조금씩 좋아지고 있었다. 침대에서 일어나 문제없이 걸을 수 있게 되었을 무렵…… 그 젊은 수녀가 말을 걸었다.

"아, 맞다. 페트라 씨……. 그러고 보면 당신을 보호했을 때 맡아두었던 게 있는데요. 이거, 메이드복의 주머니에 들어 있었어요……."

그렇게 말하며 수녀가 내민 건 예쁜 머리빗이었다.

집에서 가지고 나온…… 지금은 어머니의 유품이 된 머리빗이다.

"이건……."

그걸 든 순간 불현듯 페트라의 머리에 아이디어가 떠올랐다.

자신이 할 수 있는 일이 아직 남아있을지도 모른다.

어느새 페트라는 교회에서 달려나갔다.

떠올렸다. 백월 궁전에서 있었던 지난날의 기억을.

머리카락을 빗겨주며 웃었던 일, 화려한 드레스를 입히고 둘이

서 미남 이야기로 이야기꽃을 피웠던 일.

그 나날은…… 그래. 그건 확실히 즐거운 나날이었다.

어찌할 수 없을 만큼 애틋한 나날이었다.

지나간 나날을 되찾으려고 하듯 페트라는 더욱 빠르게 달렸다.

──미아 님의 머리카락을 빗겨드리는 일……. 아직, 나에게도 할 수 있는 게 남아있어……. 아…….

그녀의 기력은…… 미아가 갇힌 감옥을 앞에 두고 흔들렸다.

눈앞의 건물은 견고하고, 압도적이고…… 차가웠다.

"이런 곳에, 미아 님이……."

감옥 앞에서 감시병이 이쪽을 보고 있었다.

멸시하는 듯한 눈을 보자 조금 전까지 타오르던 마음이 순식간에 얼어붙었다.

가야 한다고, 가야 한다고 발을 앞으로 내디디려고 해도 무언가가 누르고 있는 것처럼 그 자리에서 한 걸음도 움직이지 못하고 있던…… 그때였다.

"미아 님의 수발을 들러 왔습니다."

맑은 목소리가 들렸다.

문득 시선을 주자 한 젊은 여성이 망설임 없이 병사에게 말을 걸고 있었다.

──이 사람…… 본 적 있어.

페트라는 눈치챘다.

──백월 궁전에 있던 메이드였어. 일머리가 없어서 항상 미아 님에게 혼나던…….

그런 그녀가 감옥에 갇힌 미아를 여전히 모시고 있다는 게 신기했다. 하지만 그 이상으로 이건 기회였기 때문에 페트라는 말을 걸었다.

"저…… 저기."

같이 미아에게 가도 되냐고 물어보려고 했다.

──나는 미아 황녀 전하의 전속 메이드야…….

머리카락을 빗겨드리고 싶다고. 시중을 들고 싶다고.

자기에게 해준 걸 조금이라도 돌려주고 싶다고…… 그렇게 말하고 싶었지만…….

"네? 어, 무슨 일이신가요?"

그녀가 지은 미소가…… 너무나도 순수했기에 페트라는 움츠러들었다.

그리고 새삼 느꼈다.

──세 번이나 배신한 나를…… 그분이 용서해주실 리 없어.

페트라는 말을 삼키고는…….

"아뇨, 아무것도, 아니에요……."

작게 고개를 저었다.

……어떻게 해볼 수 없을 만큼 모든 게 늦어버렸다.

발걸음을 돌리려고 한 그때, 페트라는 문득 눈치챘다. 자신이 들고 있던 머리빗의 존재를.

"저기…… 이거……."

빗을 떠넘기듯 눈앞의 여성에게 넘겼다.

"미아 황녀 전하께, 이걸……."

"이건…… 빗인가요?"

"네, 그…… 머리카락을 빗겨드릴 때, 써 주세요."

"하지만 이거 비싼 것 같……. 앗."

무언가 말을 하려는 그녀를 남겨두고 페트라는 달렸다.

배신자인 자신에게는 이미 미아의 머리카락을 빗길 자격은 없다는……. 씻을 수 없는 죄책감을 가슴에 품고서.

그렇게 페트라는 신월지구의 교회에서 아이들을 돌보며 평생을 마치게 되었다.

아무에게도 그 배신을 고백하지 않았다. 입에 담은 순간 가슴에 품은 죄책감이 흐려질 것 같은, 그런 느낌이 들었으니까…….

자신을 절대 용서하면 안 된다고…… 이 죄의 기억이 흐릿해져서는 안 된다고.

스스로를 상처입히며 계속 벌을 주는 듯한 인생이었다.

그리하여 시간은 거꾸로 흐르고…….

──아아, 역시 저렇게 되지.

백월 궁전 복도 구석. 말다툼 같은 목소리를 들은 페트라 로젠플란츠는 별생각 없이 가까이 갔다.

눈에 들어오는 건 흔한 광경.

평민 메이드를 괴롭히는 장면이었다.

잘 보니 괴롭힘을 당하는 사람은 얼마 전 미아 황녀의 전속 메이드로 선택받은 소녀였다.

황녀의 전속 메이드라고 하면 귀족가의 사람이 맡는 게 통례다. 그것은 아주 명예로운 직함이자, 세인트 노엘에 가서 타국의 왕후·귀족과 가까워질 기회도 있다. 아주 매력적인 자리다.

그런데 미아는 놀랍게도 평민을 전속 메이드로 지명했다.

당연히 충돌이 발생한다.

"뭐야 쟤⋯⋯. 덜렁대고 굼뜬 주제에⋯⋯."

이윽고 한바탕 비아냥을 쏟아내고 분이 풀린 건지 흥흥 화를 내면서 걸어온 메이드들을 향해 페트라는 말을 걸었다.

"이제 그만하지 그래?"

"어⋯⋯? 앗, 페트라 님?"

놀라는 메이드. 그녀는 어딘가의 자작가 출신이었던가⋯⋯. 전속 메이드 라이벌 후보였던 소녀를 보며 페트라는 작게 어깨를 으쓱했다.

"미아 님께서 정한 일이니까 뒤집힐 일은 없잖아."

일부러 별일 아니라는 양 말하고는,

"애초에 미아 님께서 직접 그렇게 말씀하셨으니 괜한 짓은 안 하는 게 낫지 않아? 찍힐 뿐이야."

그 정도도 모르는 거냐며 반쯤 질린다는 표정을 지은 페트라였으나⋯⋯.

"하지만 괜찮으신 건가요? 페트라 님께서도 전속 메이드가 되어서 세인트 노엘에 간다고 말씀하곤 하셨잖아요?"

다름 아닌 페트라의 추종자가 끼어들었다. 전속 메이드가 되기 위해 아군으로 끌어들인 소녀였지만……. 정말 뭘 하는 거냐며 페트라는 고개를 저었다.

"뭐, 이미 정해진 건 어쩔 수 없잖아? 그런 짓을 해 봤자 결정 은 바뀌지도 않고, 내 입장이 나빠질 뿐이지. 그러니까 안 하는 걸 추천해."

가벼운 어조로 말하고 웃었다.

솔직히 분하지 않은 건 아니지만…… 페트라는 미아의 결정을 순순히 받아들일 수 있었다.

귀족이냐 평민이냐, 신분의 차이는 상관없다.

미아 곁에 있는 건 그 덜렁대는 메이드가 걸맞다. 그런 생각이 들어서 괴롭힐 마음도 들지 않았다.

──하지만 전속 메이드가 되지 못했다고 하면 아버지도 어머 니도 무슨 표정을 지으시려나. 아아. 집에 가기 싫다.

오히려 그게 더 마음이 무거운 페트라였다.

그녀의 예상대로 본가에서는 바로 황녀 전속 메이드가 되지 못 했으면 메이드는 그만두고 바로 돌아오라는 편지가 도착했으 나……. 깔끔하게 무시.

백월 궁전에서 적당히 빈둥거리며 지내던 페트라에게 소문이 라는 형태로 기회가 찾아왔다.

"흐음, 성 미아 학원이라……."

베르만 자작령의 일각, 프린세스 타운에 만들어진 새 학교의 소문은 페트라의 관심을 끌었다.

"시시하군. 평민 고아나 소수민족도 다닌다고 하지 않느냐. 세인트 노엘이라면 모를까, 그런 학교에 다니다니……."

그런 말을 하는 아버지를 또다시 깔끔하게 무시한 페트라는 바로 입학했다.

아무튼 그녀는 아주 똑똑한 사람이다. 자신이 바라는 바를 집안에서 받아들이게 만드는 것쯤은 어렵지 않았다.

그렇게 페트라의 기대대로 시작된 학교생활은 즐거웠다. 어린 학생들도 많았지만 그만큼 연상 노릇을 하면서 거들먹거릴 수 있었고, 어쩐지 아이들을 돌봐주다 보면 어딘가 그리움도 느꼈다.

나는 막내인데 이상하네…… 하고 고개를 갸웃거리면서도.

이윽고 세월은 순식간에 흘러가 졸업하는 날.

페트라는 교사가 되어 학교에 남지 않겠냐는 제안을 받았다.

연하의 학생들을 자주 돌봐주곤 했던 게 인정받은 모양이었다.

"음, 집에 돌아가도 재미없는 결혼이나 하게 될 뿐이니까."

조금 더 놀고 싶다는 가벼운 마음에서 받아들였지만, 그녀는 예상했던 것보다 더 오래 학교에 머무르게 되었다.

페트라는 아주 뛰어난 교사였다.

마치 가난한 아이들을 가르쳐본 경험이라도 있는 것처럼 끈질 기게, 하지만 항상 유머를 잊지 않고 교단에 섰다.

전문적인 교사를 많이 갖춘 성 미아 학원에서 그녀의 교양이나 귀족 사회의 식견은 아주 귀중했다.

그녀가 가르친 매너 덕분에 졸업생들은 귀족 앞에서도 당당할 수 있었다. 그건 미아 학원의 졸업생이 공부밖에 모르는 관료 집단이 아니라 예절과 귀족의 상식을 겸비한 지성인이라는 걸 증명하는 데 큰 도움이 되었다.

그리고 수수하면서도 착실한 페트라의 이야기는 이윽고 미아 황제의 귀에도 들어가게 되었다.

그날……. 페트라 로젠플란츠는 오랜만에 백월 궁전에 왔다.

미아 루나 티어문 황제의 초대를 받았기 때문이다.

알현실 옥좌에 앉은 미아는 친근한 미소를 짓고 있었다.

"오랜만입니다, 페트라 양."

"오랜만에 뵙습니다. 강녕하셨습니까, 폐하."

그런 인사를 적당히 끊은 미아는 본론을 꺼냈다.

"실은 루드비히에게서 보고를 받았습니다. 당신의 가르침이 미아 학원의 졸업생들에게 큰 도움이 되었다더군요. 졸업생들의 평판도 좋은 모양이고……. 그래서 당신의 충성스러운 근무태도를 높이 평가하여 훈장을 내릴 생각인데, 어떤가요?"

그 말에 페트라의 얼굴이 어두워졌다.

"아뇨, 그건…… 제게는…… 충의 같은 건 없습니다. 미아 폐하."

페트라는 충의나 충성이라는 단어를 어려워했다. 자신에게는 그런 게 눈곱만큼도 없다고…… 이유도 없으면서 어째서인지 마음속으로 확신하고 있었다. 아니, 그것만이 아니라…….

"저는 예전에…… 폐하를 배신했습니다."

그건 막연한 기억이었다.

구체적으로는 떠오르지 않는다. 실제로 있었던 것 같지도 않은, 꿈 같은 기억. 하지만 분명히 존재했었다고, 그녀의 마음이 기억하는 후회가 있다.

"저는 폐하께서 잘 대해주셨다고 말해야 할 때 삼키고, 마음속에 숨겼습니다. 그것만이 아닙니다. 저는 역할을 내던지고, 폐하를 버리고…… 배신했습니다."

왜 그런 말을 한 건지는 잘 알 수 없었다.

하지만…… 말하지 않을 수도 없었다.

지금을 놓치면 다시는 말할 기회가 없다고 생각했으니까.

"그래요……. 잘은 모르겠지만……."

배신했다는 소리를 듣고도 미아 황제는 딱히 화가 난 기색도 없이, 무언가 신기하다는 얼굴로 페트라의 이야기를 들었지만…….

"사람은 자신이 뿌린 씨앗을 제 손으로 거둬야만 하는 법……. 그렇다면 당신은…… 이미 충분히, 그 배신의 열매를 수확하지 않았나요……?"

"네……?"

"당신의 말에는 깊이 뉘우치는 듯한 감정이 담겨있다고 느꼈습니다. 그건 당신의 마음에 아주아주 깊이 박혀있었던 것 아닌가요?"

그 말은…… 페트라의 가슴에…… 스윽 파고들었다.

후회하는 인생이 있었다.

오랫동안 죄책감에 고뇌하면서 괴로워한 인생이 있었다…….

기억에는 없다. 하지만 분명히 있었다.

그리고 그런, 스스로도 이해할 수 없는 감정을, 미아는 전부 알고 있다는 듯한 얼굴로 고개를 끄덕였다.

"그렇다면 저는 그 죄를 묻지 않겠습니다. 아니면, 만약 용서하는 말이 필요하다면 저는 당신을, 당신의 배신을 용서할게요."

그녀는 페트라를 똑바로 바라보았다.

"그 모든 걸 감안하고도, 저는 그저 당신의 충성만 보고 싶네요. 당신은 교육자로서 성 미아 학원에서 잘해주고 있습니다. 아이들 교육에 진력해주고 있다고 들었어요. 거기에 포상을 내리는 건 당연한 일 아닌가요?"

미아는 장난기 어린 미소를 지으며 뺨을 손바닥으로 감쌌다.

"그러니 서훈을 내리려고 하는데……. 만약 훈장이 아니라 무언가 다른 형태가 좋다면 바꿔도 됩니다. 예를 들어…… 그래요. 맛있는 과자를 먹고 싶다거나, 그런 거라도……."

농담도 섞어가며 분위기를 풀어주려는 미아의 발언에 페트라는 무심코 웃음을 터트리고는…… 결심한 뒤 입을 열었다.

"그럼 한 가지…… 부탁드려도 되겠습니까?"

"어머나? 그게 뭐죠……?"

어리둥절해서 고개를 갸우뚱 기울이는 미아를 보며 페트라는 살짝 옛날을 떠올리게 하는 미소를 지었다.

"다음에 머리카락을 빗겨드려도 될까요?"

"네……?"

눈을 깜빡이는 미아를 향해 페트라는 말을 이었다.

"알고 계신가요? 저는 옛날에 미아 폐하의 전속 메이드가 되고 싶었습니다. 사이좋게 드레스 이야기도 하고, 관심이 가는 남성 이야기도 하고……. 그런 평화로운 시간을 동경했답니다."

그 순간…… 미아의 눈이 살짝 먼 곳을 바라보았다.

"아……, 그렇…… 군요. 당신도 그 시간을, 타산이 아니라 즐겁다고 느꼈던 거군요."

미아는 싱긋 웃었다.

"네. 상관없습니다……. 당신이 그걸 바란다면…… 다음에 제 머리카락을 빗겨주세요."

페트라 로젠플란츠.

로젠플란츠 백작가의 삼녀로 태어나 황녀의 전속 메이드가 되지 못한 그녀는, 훗날 역사서에 이렇게 기록된다.

성 미아 학원을 대표하는 교사 중 한 명, 또는 미아 황제의 친구 중 한 명이라고.

Tearmoon Teikoku Monogatari 12~Dantoudai kara hazimaru hime no gyakuten story~
by Nozomu Mochitsuki

Copyright © 2023 by Nozomu Mochitsuki
Original Japanese edition published by TO Books, Inc.
Korean translation rights arranged with TO Books, Inc.
Korean translation rights © 2023 by Somy Media, Inc.

티어문 제국 이야기 12 쇼트스토리 소책자

2023년 12월 15일 1판 1쇄 발행

저　　　　자	모치츠키 노조무
일 러 스 트	Gilse
옮 긴 이	현노
발 행 인	유재옥
이　　　　사	조병권
출판본부장	박광운
담 당 편 집	정영길
편 집 1 팀	박광운
편 집 2 팀	정영길 조찬희 박치우 정지원
편 집 3 팀	오준영 이해빈 이소의
디자인랩팀	김보라 박민솔
디지털사업팀	박상섭 김지연 윤희진
라이츠사업팀	김정미 맹미영 이윤서
영업마케팅팀	최원석 박수진 박소연
물 류 팀	허석용 백철기
경영지원팀	최정연
인쇄제작처	㈜코리아피엔피
발 행 처	㈜소미미디어
등　　　　록	제2015-000008호
주　　　　소	서울시 마포구 토정로222, 403호. (신수동, 한국출판콘텐츠센터)
판매 및 마케팅	(070) 8822-2301

ISBN 979-11-384-2323-6 04830
ISBN 979-11-6507-670-2 (세트)